唐宋绝句名篇评析

姚奠中　主编

2017年·北京

图书在版编目（CIP）数据

唐宋绝句名篇评析 / 姚奠中主编. —— 北京：商务印书馆，2017
ISBN 978-7-100-12716-5

Ⅰ.①唐… Ⅱ.①姚… Ⅲ.①绝句－诗歌欣赏－中国－唐宋时期－青少年读物 Ⅳ.①I207.22

中国版本图书馆CIP数据核字（2016）第274113号

权利保留，侵权必究。

唐宋绝句名篇评析
姚奠中　主编

商务印书馆出版
（北京王府井大街36号　邮政编码 100710）
商务印书馆发行
三河市尚艺印装有限公司印刷
ISBN 978-7-100-12716-5

2017年6月第1版　　开本 710×1000 1/16
2017年6月北京第1次印刷　印张 33 3/4
定价：86.00元

绝句和诗歌遗产

姚奠中

绝句是我国古典诗歌遗产中的重要体裁之一。从形式上看，它是一种四句头的短诗。古代民间歌谣，有两句的，有三句的，有四句的。前两种不普遍，而四句一首的则大量存在。人们从长期创作实践中，逐渐趋向于四句两韵的格式。这种格式，头一句，可押韵，可不押韵，只二四两句一定押韵。于是就成为一种通行的四句两韵体。不过四句一首的诗歌，句子的字数起先并无限制，有三言的，有四言的，有五言的，有六言的，有七言的。经过长期发展，五言、七言两种，便占了压倒性优势。我们今天可以看到的魏晋南北朝以来，南方的"吴歌"、"西曲"，其中百分之七八十，都是五言四句；北方民歌存于《梁鼓角横吹曲》的，也有相当多的五言四句体。七言四句的，晋以来存有《并州歌》、《豫州歌》、《捉搦歌》（四首）和梁、陈间的《乌栖曲》（十余首）、《栖乌曲》（四首）之类，虽不算多，但已可看出发展趋势。不过，这种五或七言四句的诗歌，还不能叫作绝句〔一〕。因为从音律上看，绝句又是格律诗的一种，必须再具备音律的条件，才能算绝句。从南齐永明间，沈约、王融等人为了增加诗歌的音乐美，把文字的"四声"运用于诗歌创作，走上格律诗的第一步。但他们所注意的，还只是两句诗的音韵协调，所谓"一简之内，音韵尽殊，两句之中，轻重互异"〔二〕。同时，他们当时着眼的是一般五言诗，和五言四句的短诗无涉。到了初唐，"沈宋"等人，发展两句的音律为四句的音律，并重复一次成了八句四韵的律诗，后来再把四句一周期的音律重复多次，成了排律，同时由五言推及七言，再加上节奏、对偶等条件，便完成了全套的格律诗。当然，绝句的完成也就包括在内了。

绝句作为一种新诗体，是否有优越性？它和其他诗体比起来，孰短孰长？一般说来，五、七言古和杂言歌行，不调平仄，不讲对偶，不限篇幅，不拘一韵，应该是最富于表现力了，但诗歌的发展，却说明它不能满足人们的艺术要求；长篇排律，不受篇幅限制，是优点，但无论多么长，都要全调平仄，除首二句末二句自由外，全要两两相对，增加了写作难度，即使像杜甫那样的大家，他的排律作品仍令人感到沉闷板滞，难免受吃力不讨好之消；五、七律要求全合音律，但好在只有八句，要求对偶工整，好在首二句末二句可以自由，因之，凡有一定修养的作者，便不难纯熟地掌握这一工具，而发挥它的音律美、对偶美等特点，从而加强它的表现力；绝句在格律诗中，短小而自由，音律方面，只要求四句两韵，对偶方面，可全对，可全不对，可首二句对、后二句不对，可后二句对、首二句不对，灵活性减少了它的局限性；篇幅小难于反映重大题材，但可以联成组诗以弥补其不足。因之，唐宋以来出现了大批绝句名家，作出了大量绝句作品，大大提高了它在格律诗以至整个诗歌史上的地位。

"唐三百年以绝句擅场"〔三〕，南宋洪迈编辑了一万首绝句诗，名为《唐人万首绝句》。清代王士祯就其中选出九百余首，名为《唐人万首绝句选》。可见，绝句诗如何被后世所重视。唐代诗人，往往由于绝句写得好而驰名当代。因为当时乐府歌辞唱的多半是绝句诗，流传得很快，像王维、李白、王昌龄、王之涣、高适、李益、韩翃等多人，都有有关故事，被传为佳话。

诗歌的任务，无非是抒情、写景、记事，然后通过情、景、事来反映现实。唐代诗人在绝句的创作上，给我们创造了很好的经验，他们最善于灵活地把情、景、事融在一起，短短的四句诗，却具有强烈的感人力量，给人以美的感受。早期的像王勃的五绝，曾被誉为"已入妙境"〔四〕。试读他的《思归》：

长江悲已滞，万里念将归。
况复高风晚，山山黄叶飞。

先写情而后写景，不是触景生情，而是情因景增。妙在把凝结于胸中的离家之久、之远、之悲和归心之切，一下子放在秋风落叶之中，其情便不言而喻。苏颋的《汾上惊秋》：

北风吹白云，万里渡河汾。
心绪逢摇落，秋声不可闻。

却是从景写起，再写到事，再写到心绪对秋声的感应，完全是另一种写法。王维的《辛夷坞》：

木末芙蓉花，山中发红萼。
涧户寂无人，纷纷开且落。

有景物却似乎无感情，他是用幽静冷漠的心情来写的，所以"别是一家体裁"〔五〕。当然这不代表王维的全部，他早年的从军、送别等题材的诗并不如此。像有名的《渭城曲》：

渭城朝雨浥轻尘，客舍青青柳色新。
劝君更尽一杯酒，西出阳关无故人。

"朝雨"、"轻尘"、"客舍"、"柳色"，只起着加深别情的作用，写来多么扣人心弦，因为它代表着千万人的共同感情。王之涣的小诗《登鹳雀楼》：

白日依山尽，黄河入海流。
欲穷千里目，更上一层楼。

头句还可以说是写景，写的是远山，太阳傍着山向山后落；次句就难说是写景，因为黄河入海他是看不见的，这是思维中整个黄河形象的缩写，面对当前的洪流，就联想到几千里的巨浸；后两句是说，想望远而登高，这是经验得来的常识，但却更涵概广阔的人生经验，富有暗示性，因而成了千古名作。

李白和王昌龄，是唐绝的两高峰。李的送别诗《送孟浩然之广陵》：

故人西辞黄鹤楼，烟花三月下扬州。
孤帆远影碧空尽，惟见长江天际流。

全未写情，而情之深、之挚，尽在言外。友人已去，送者伫望，他望船、望帆、望帆影，直到帆影消失于碧空之中，而碧空也尽了，只有江流远去与天空相接、相溶而已。王昌龄的《芙蓉楼送辛渐》：

寒雨连江夜入吴，平明送客楚山孤。
洛阳亲友如相问，一片冰心在玉壶。

"入吴"的不是人，是"雨"。"寒雨连江"，雨云很低；江北"楚山"在雨云中只见孤影，写景入画。诗中没有写离情别绪，他关心的是"洛阳亲友"，关心的是"洛阳亲友"对自己这个远谪东南的友人的关怀，而以胸怀磊落如玉壶冰，来告慰故人。曲折深沉，无以复加。李、王绝句的题材，都相当丰富，不胜枚举，这里只再各提一例。李白的《上皇西巡南京歌》：

莫道君王行路难，六龙西幸万人欢。
地转锦江成渭水，天回玉垒作长安。

安史乱起，玄宗西逃，"行路难"，等于说此路难行，作者原来是这样看的，这和关中人民意见一致，但玄宗抵蜀，依然有万人欢呼，君王依然欢乐，锦江、玉垒，竟变成旧日的渭水、长安了！这是何等深刻的讽刺！王昌龄的《从军行》之四：

秦时明月汉时关，万里长征人未还。
但使龙城飞将在，不教胡马度阴山！

前两句总结了历史。成千年的边防安否，千万征人的生死存亡，决定于边将的是否得人。对"飞将"的期望，包含着对现实的感叹！而后两句，正代表着人民的愿望。另外，李白的朋友杜甫，是被认为短于作绝句的，但他的作品却别具一格。他有四句全对偶、全写景的七绝，而议论体的《八阵图》五绝：

功盖三分国，名成八阵图。
江流石不转，遗恨失吞吴！

更值得注意。他高度评价了诸葛亮的"功"、"名"，而总结了诸葛亮"联吴"政策改为"吞吴"政策的错误的教训，发出了怀古之悠情。凝练到如此程度，足见功夫。

大历间的绝句名家，"以李益为第一"〔六〕；元和以后，刘禹锡大量吸取《竹枝词》、《杨柳枝词》、《踏歌词》等民歌，别开生面；王建大量以绝句写《宫词》，集中反映统治阶级压迫下的一种生活侧面，成了宫闱题材一类诗的总汇。刘禹锡的一些怀古咏史绝句"山围故国"、"朱雀桥边"之类，写得感慨苍凉；到了晚唐，李商隐、温庭筠、杜牧等人，把这类诗更推进了一步。怀古伤今不只抒发兴亡沧桑之感。李商隐的绝句写得和他的七律一样深沉绚丽，像《嫦娥》：

云母屏风烛影深，长河渐落晓星沉。
嫦娥应悔偷灵药，碧海青天夜夜心。

前二句已暗托出豪华宫院中彻夜不眠的人，而后二句却不写此人而写月宫中的嫦娥；嫦娥不是愉快的、欢乐的，而是孤独的、凄苦的，又不说她孤苦，只说她后悔当年偷药成仙，以致永远脱离人世，永对碧海青天，孤苦无告！而他所要写的人，便与嫦娥合而为一。嫦娥就是那人的影子，情绪一层深似一层。

宋人诗，一般认为说理多，性情少，伤于浅露，少有余味，但绝句好作品仍然不少，特别是王安石。《临川集》中，收有四百多首绝句，为其暮年所作，更是精妙绝伦。其他若苏轼、陆游、姜夔，好作品都不少。绝句作为一种习用的、灵活性很大的诗体，一直被人们沿用，到今天依然可以在写作中发挥它的作用。

如上所述，绝句诗对诗歌遗产的贡献，已可略见一斑。而今天的诗歌创作，除愿意、善于用这种旧诗体的作者外，一般写新诗的作者，也完全可以学习它的写作方法，以提高自己的艺术水平。比如高度的概括，是诗歌写作的首要要求，更是短诗的首要要求。前人绝句有不少很好的典范。像王之涣《凉州词》的后二句："羌笛何须怨杨柳，春风不度玉门关。"就概括了大量的历史和现实：两汉以来，沟通西域，有好的一面，但由于统治者的野心，使成千累万的征人葬身于玉门关外的荒沙之中的事，也不在少。李广利伐大宛不就是一次典型事件吗！这类惨事，在长期的封建历史中，不断发生，很少有改变的希望，而征人的苦难，更是说不完的。"春风不度玉门关"一句，就是对这种历史和现实的感情的升华。笛中吹出的《折杨柳》怨声，只是对作者的思维起了触发作用而已。其次，精练的语言，也是短诗共同的要求。像刘禹锡的《石头城》：

山围故国周遭在，潮打空城寂寞回。
淮水东边旧时月，夜深还过女墙来。

要写这座荒废了的历史名城，如何下手？作者捕捉了景色的几个特点：山在，城空，潮依旧打、回，特别是月，照样运行，以突显物是人非！而"故国"的"故"，"空城"的"空"和"旧时"、"还过"等词，都是精练之至。用不变的自然风光衬出变了的人世。怀古之情，溢于言外。再其次，暗示象征的方法，也是短诗必不可少的写作手段。像柳宗元的《江雪》：

千山鸟飞绝，万径人踪灭。
孤舟蓑笠翁，独钓寒江雪。

有人说此诗写了一个高人逸士，可谓全未着边；有人说写的是贫苦渔民，着了一点边，还没有抓住实质。你看：那么多的山，那么多的路，竟没有一鸟一人的影子，何等寂寞，何等阴沉！而寒气笼罩下、正下着雪的江中,那片孤舟、那个披蓑顶笠的老翁,却不管周围环境如何严酷,坚持着自己能做的工作!这不等于是作者的自画像吗!至如像黄巢的两首菊花诗,则是象征的杰作,这里不再引了。

总之,绝句诗,特别是丰富多彩的唐人绝句诗,是古代优秀诗歌遗产的重要部分。我们既可以拿它作为写短诗的借鉴,也可以学习前人用联章的方式作为写长篇的参考,还可以从写作诗歌的共同规律方面,总结他们的经验。20世纪60年代,文艺界曾经展开过新格律诗的讨论,虽还没有成熟的统一看法,但无疑是有意义的探索。我们的任务,在善于创造,而创造的开始,则是要善于学习。

一九八〇年三月于山西大学

■ 注释

〔一〕绝句一词,起于六朝,这里针对严格的学术而言。

〔二〕《宋书·谢灵运传论》。

〔三〕《唐人万首绝句选·序》。

〔四〕胡应麟语,引自《唐音癸籤》。

〔五〕同上。

〔六〕同上。

目录

虞世南（一首）
咏　蝉　垂绥饮清露 1

王勃（二首）
九日登高　九月九日望乡台 3
思　归　长江悲已滞 4

卢照邻（一首）
曲池荷　浮香绕曲岸 6

骆宾王（二首）
易水送别　此地别燕丹 8
在军登城楼　城上风威险 9

陈子昂（一首）
郭　隗　逢时独为贵 11

杜审言（一首）
渡湘江　迟日园林悲昔游 13

宋之问（一首）
渡汉江　岭外音书断 15

张敬忠（一首）
边　词　五原春色旧来迟 17

张说（一首）
蜀道后期　客心争日月 19

1

张九龄（一首）
　　照镜见白发　宿昔青云志 ……………………………… 21
孟浩然（二首）
　　宿建德江　移舟泊烟渚 …………………………………… 23
　　春　晓　春眠不觉晓 ……………………………………… 25
王之涣（二首）
　　登鹳雀楼　白日依山尽 …………………………………… 27
　　凉州词　黄河远上白云间 ………………………………… 28
贺知章（二首）
　　咏　柳　碧玉妆成一树高 ………………………………… 31
　　回乡偶书　少小离家老大回 ……………………………… 33
苏颋（一首）
　　汾上惊秋　北风吹白云 …………………………………… 34
祖咏（一首）
　　终南望馀雪　终南阴岭秀 ………………………………… 36
裴迪（一首）
　　送崔九　归山深浅去 ……………………………………… 38
张旭（二首）
　　桃花溪　隐隐飞桥隔野烟 ………………………………… 40
　　山行留客　山光物态弄春晖 ……………………………… 41
王翰（一首）
　　凉州词　葡萄美酒夜光杯 ………………………………… 43
崔颢（二首）
　　长干曲（其一）　君家何处住 …………………………… 45
　　长干曲（其二）　家临九江水 …………………………… 46
王昌龄（九首）
　　出　塞　秦时明月汉时关 ………………………………… 48
　　闺　怨　闺中少妇不知愁 ………………………………… 50
　　从军行（其二）　琵琶起舞换新声 ……………………… 51

从军行（其四） 青海长云暗雪山 52
从军行（其五） 大漠风尘日色昏 53
边　愁　烽火城西百尺楼 55
芙蓉楼送辛渐　寒雨连江夜入吴 56
春宫曲　昨夜风开露井桃 57
长信怨　奉帚平明金殿开 58

王维（十首）

相　思　红豆生南国 60
鹿　柴　空山不见人 61
竹里馆　独坐幽篁里 62
杂　诗　君自故乡来 63
鸟鸣涧　人闲桂花落 65
辛夷坞　木末芙蓉花 66
息夫人　莫以今时宠 67
九月九日忆山东兄弟　独在异乡为异客 68
渭城曲　渭城朝雨浥轻尘 69
少年行　出身仕汉羽林郎 71

李白（十六首）

静夜思　床前明月光 72
独坐敬亭山　众鸟高飞尽 74
劳劳亭　天下伤心处 75
怨　情　美人卷珠帘 76
玉阶怨　玉阶生白露 77
上皇西巡南京歌（其四）　谁道君王行路难 78
闻王昌龄左迁龙标遥有此寄　杨花落尽子规啼 80
黄鹤楼送孟浩然之广陵　故人西辞黄鹤楼 81
赠汪伦　李白乘舟将欲行 82
望庐山瀑布　日照香炉生紫烟 83
望天门山　天门中断楚江开 85

3

秋浦歌　炉火照天地 86
早发白帝城　朝辞白帝彩云间 88
峨眉山月歌　峨眉山月半轮秋 89
春夜洛城闻笛　谁家玉笛暗飞声 90
山中问答　问余何意栖碧山 91

高适（二首）
别董大（其一）　千里黄云白日曛 93
除夜作　旅馆寒灯独不眠 95

严武（一首）
军城早秋　昨夜秋风入汉关 96

刘方平（三首）
春　雪　飞雪带春风 98
月　夜　更深月色半人家 99
春　怨　纱窗日落渐黄昏 101

李华（一首）
春行即兴　宜阳城下草萋萋 102

岑参（八首）
题平阳郡汾桥边柳树　此地曾居住 104
见渭水思秦川　渭水东流去 105
武威送刘判官赴碛西行军　火山五月行人少 106
碛中作　走马西来欲到天 108
山房春事二首（其二）　梁园日暮乱飞鸦 109
逢入京使　故园东望路漫漫 110
春　梦　洞房昨夜春风起 111
虢州后亭送李判官使赴晋绛得秋字　西原驿路挂城头 112

畅当（一首）
登鹳雀楼　迥临飞鸟上 115

杜甫（十三首）
绝句二首（其一）　迟日江山丽 118

绝句二首（其二） 江碧鸟逾白……………………………………………119
绝　句　两个黄鹂鸣翠柳……………………………………………120
八阵图　功盖三分国…………………………………………………121
归　雁　春来万里客…………………………………………………123
戏为六绝句（其二） 王杨卢骆当时体………………………………124
赠花卿　锦城丝管日纷纷……………………………………………125
江南逢李龟年　岐王宅里寻常见……………………………………126
夔州歌十绝句（其九） 武侯祠堂不可忘……………………………128
奉和严郑公军城早秋　秋风袅袅动高旌……………………………129
三绝句（其二） 二十一家同入蜀……………………………………130
三绝句（其三） 殿前兵马虽骁雄……………………………………131
江畔独步寻花（其六） 黄四娘家花满蹊……………………………132

孟云卿（一首）
寒　食　二月江南花满枝……………………………………………134

刘长卿（五首）
逢雪宿芙蓉山主人　日暮苍山远……………………………………136
听弹琴　泠泠七弦上…………………………………………………137
送灵澈上人　苍苍竹林寺……………………………………………138
送李判官之润州行营　万里辞家事鼓鼙……………………………139
酬李穆见寄　孤舟相访至天涯………………………………………140

张谓（一首）
早　梅　一树寒梅白玉条……………………………………………142

钱起（一首）
归　雁　潇湘何事等闲回……………………………………………144

钱珝（一首）
江行无题　咫尺愁风雨………………………………………………146

李端（二首）
听　筝　鸣筝金粟柱…………………………………………………148
拜新月　开帘见新月…………………………………………………149

5

张继（二首）
枫桥夜泊　月落乌啼霜满天 151
阊门即事　耕夫召募逐楼船 152

韩翃（一首）
寒　食　春城无处不飞花 154

韦应物（一首）
滁州西涧　独怜幽草涧边生 156

柳中庸（一首）
征人怨　岁岁金河复玉关 158

戴叔伦（二首）
过三闾庙　沅湘流不尽 160
苏溪亭　苏溪亭上草漫漫 161

司空曙（一首）
峡口送友人　峡口花飞欲尽春 163

卢纶（六首）
塞下曲（其一）　鹫翎金仆姑 165
塞下曲（其二）　林暗草惊风 166
塞下曲（其三）　月黑雁飞高 167
塞下曲（其四）　野幕敞琼筵 168
山　店　登登山路行时尽 169
逢病军人　行多有病住无粮 170

李约（一首）
观祈雨　桑条无叶土生烟 172

顾况（二首）
忆鄱阳旧游　悠悠南国思 174
宫　词　玉楼天半起笙歌 175

雍裕之（一首）
农家望晴　尝闻秦地西风雨 177

孟郊（四首）

归信吟　泪墨洒为书 179

怨　诗　试妾与君泪 180

登科后　昔日龌龊不足夸 181

洛桥晚望　天津桥下冰初结 183

张碧（一首）

农　父　运锄耕斸侵星起 185

李贺（六首）

马　诗（其五）　大漠沙如雪 187

马　诗（其十）　催榜渡乌江 188

蝴蝶飞　杨花扑帐春云热 189

昌谷北园新笋（其二）　斫取青光写楚辞 190

南　园（其一）　花枝草蔓眼中开 192

南　园（其五）　男儿何不带吴钩 193

柳宗元（三首）

江　雪　千山鸟飞绝 195

与浩初上人同看山寄京华亲故　海畔尖山似剑铓 196

重别梦得　二十年来万事同 198

张仲素（一首）

春闺思　袅袅城边柳 200

韩愈（五首）

早春呈水部张十八员外　天街小雨润如酥 202

次潼关先寄张十二阁老使君　荆山已去华山来 203

同水部张员外籍曲江春游寄白二十二舍人　漠漠轻阴晚自开 205

晚　春　草树知春不久归 206

湘　中　猿愁鱼踊水翻波 207

刘叉（一首）

从军行　海畔风吹冻泥裂 209

李益（七首）

江南曲　嫁得瞿塘贾……………………………………………211
塞下曲　蕃州部落能结束…………………………………………212
春夜闻笛　寒山吹笛唤春归………………………………………214
夜上受降城闻笛　回乐烽前沙似雪………………………………215
上汝州城楼　黄昏鼓角似边州……………………………………216
度破讷沙（其一）　眼见风来沙旋移……………………………217
度破讷沙（其二）　破讷沙头雁正飞……………………………218

张籍（二首）

凉州词　凤林关里水东流…………………………………………220
秋　思　洛阳城里见秋风，………………………………………221

王建（二首）

新嫁娘　三日入厨下………………………………………………223
雨过山村　雨里鸡鸣一两家………………………………………224

元稹（三首）

行宫诗　寥落古行宫………………………………………………226
闻乐天授江州司马　残灯无焰影幢幢……………………………227
菊　花　秋丛绕舍似陶家…………………………………………228

刘禹锡（十首）

秋风引　何处秋风至………………………………………………230
石头城　山围故国周遭在…………………………………………231
元和十年自朗州召至京戏赠看花诸君子　紫陌红尘拂面来……233
再游玄都观　百亩庭中半是苔……………………………………234
浪淘沙（其八）　莫道谗言如浪深………………………………235
乌衣巷　朱雀桥边野草花…………………………………………236
赠李司空妓诗　鬌鬌梳头宫样妆…………………………………237
竹枝词（其一）　杨柳青青江水平………………………………239
竹枝词（其二）　山桃红花满上头………………………………240
竹枝词（其七）　瞿塘嘈嘈十二滩………………………………241

杜秋娘（一首）
金缕衣　劝君莫惜金缕衣 243

贾岛（三首）
寻隐者不遇　松下问童子 245
剑　客　十年磨一剑 246
题兴化寺园亭　破却千家作一池 247

刘皂（一首）
旅次朔方　客舍并州已十霜 249

李绅（二首）
悯农诗（其一）　春种一粒粟 251
悯农诗（其二）　锄禾日当午 252

白居易（九首）
问刘十九　绿蚁新醅酒 254
遗爱寺　弄石临溪坐 255
夜　雨　早蛩啼复歇 256
暮江吟　一道残阳铺水中 257
村　夜　霜草苍苍虫切切 258
登郢州白雪楼　白雪楼中一望乡 260
惜牡丹花诗　惆怅阶前红牡丹 261
同李十一醉忆元九　花时同醉破春愁 262
大林寺桃花　人间四月芳菲尽 263

张祜（一首）
题金陵渡　金陵津渡小山楼 265

朱庆馀（二首）
近试上张水部　洞房昨夜停红烛 267
宫中词　寂寂花时闭院门 268

崔护（一首）
题都城南庄　去年今日此门中 270

9

崔郊（一首）
　　赠　婢　公子王孙逐后尘……………………………………272
杜牧（八首）
　　山　行　远上寒山石径斜……………………………………274
　　清　明　清明时节雨纷纷……………………………………276
　　江南春绝句　千里莺啼绿映红………………………………277
　　泊秦淮　烟笼寒水月笼沙……………………………………278
　　将赴吴兴登乐游原一绝　清时有味是无能…………………280
　　过华清宫绝句（其一）　长安回望绣成堆…………………281
　　过华清宫绝句（其二）　新丰绿树起黄埃…………………282
　　赤　壁　折戟沉沙铁未销……………………………………283
许浑（一首）
　　塞下曲　夜战桑干雪…………………………………………285
温庭筠（二首）
　　赠少年　江海相逢客恨多……………………………………287
　　伤温德彝　昔年戎虏犯榆关…………………………………288
李商隐（七首）
　　登乐游原　向晚意不适………………………………………290
　　嘲　桃　无赖夭桃面…………………………………………291
　　瑶　池　瑶池阿母绮窗开……………………………………292
　　嫦　娥　云母屏风烛影深……………………………………293
　　隋　宫　乘兴南游不戒严……………………………………294
　　夜雨寄北　君问归期未有期…………………………………295
　　贾　生　宣室求贤访逐臣……………………………………297
郑畋（一首）
　　马嵬坡　玄宗回马杨妃死……………………………………299
曹邺（一首）
　　官仓鼠　官仓老鼠大如斗……………………………………301

皮日休（一首）

汴河怀古　尽道隋亡为此河 303

陆龟蒙（一首）

新　沙　渤澥声中涨小堤 305

黄巢（二首）

题菊花　飒飒西风满院栽 307

赋　菊　待到秋来九月八 308

陈陶（一首）

陇西行　誓扫匈奴不顾身 310

聂夷中（二首）

田　家　父耕原上田 312

公子家　种花满西园 313

章碣（一首）

焚书坑　竹帛烟消帝业虚 315

曹松（一首）

己亥岁　泽国江山入战图 317

杜荀鹤（一首）

再经胡城县　去岁曾经此县城 319

罗隐（八首）

雪　　尽道丰年瑞 321

自　遣　得即高歌失即休 322

感弄猴人赐朱绂　十二三年就试期 323

蜂　　不论平地与山尖 324

西　施　家国兴亡自有时 325

金钱花　占得佳名绕树芳 326

炀帝陵　入郭登桥出郭船 327

鹦　鹉　莫恨雕笼翠羽残 328

崔道融（一首）

西施滩　宰嚭亡吴国 330

11

韦庄（三首）
　　台　城　江雨霏霏江草齐 332
　　焦崖阁　李白曾歌蜀道难 333
　　古离别　晴烟漠漠柳毵毵 334
韩偓（一首）
　　自沙县抵龙溪县，值泉州军过后，村落皆空，
　　因有一绝　水自潺湲日自斜 336
张泌（一首）
　　寄　人　别梦依依到谢家 338
郑遨（一首）
　　富贵曲　美人梳洗时 340
王驾（一首）
　　社　日　鹅湖山下稻粱肥 342
陈玉兰（一首）
　　寄　夫　夫戍边关妾在吴 344
金昌绪（一首）
　　春　怨　打起黄莺儿 346
西鄙人（一首）
　　哥舒歌　北斗七星高 348
葛鸦儿（一首）
　　怀良人　蓬鬓荆钗世所稀 350
高蟾（一首）
　　下第后上永崇高侍郎　天上碧桃和露种 352
无名氏（一首）
　　胡笳曲　月明星稀霜满野 354
宫人韩氏（一首）
　　题红叶　流水何太急 356
王禹偁（三首）
　　清　明　无花无酒过清明 358

畲田调（其三）　鼓声猎猎酒醺醺..................................359

畲田调（其四）　北山种了种南山..................................360

寇准（一首）

夏　日　离心杳杳思迟迟..................................362

茜桃（一首）

呈寇公（其一）　一曲清歌一束绫..................................364

范仲淹（二首）

江上渔者　江上往来人..................................366

出守桐庐道中（其八）　素心爱云水..................................367

梅尧臣（二首）

陶　者　陶尽门前土..................................369

田　家　南山尝种豆..................................370

苏舜钦（一首）

淮中晚泊犊头　春阴垂野草青青..................................372

张俞（一首）

蚕　妇　昨日入城市..................................374

欧阳修（四首）

和梅圣俞杏花　谁道梅花早..................................376

画眉鸟　百啭千声随意移..................................377

别　滁　花光浓烂柳轻明..................................378

再至汝阴　黄栗留鸣桑葚美..................................380

李觏（二首）

读长恨辞　蜀道如天夜雨淫..................................382

乡　思　人言落日是天涯..................................383

刘敞（一首）

雨后回文　绿水池光冷..................................385

刘攽（二首）

雨后池上　一雨池塘水面平..................................387

新　晴　青苔满地初晴后..................................388

13

司马光（一首）
晓　霁　梦觉繁声绝 390

王安石（九首）
梅　花　墙角数枝梅 392
题舫子　爱此江边好 393
乌江亭　百战疲劳壮士哀 395
江　上　江北秋阴一半开 396
泊船瓜洲　京口瓜洲一水间 397
元　日　爆竹声中一岁除 398
登飞来峰　飞来山上千寻塔 399
商　鞅　自古驱民在信诚 401
书湖阴先生壁　茅檐长扫静无苔 402

苏轼（八首）
轩窗和子由　东邻多白杨 404
题西林壁　横看成岭侧成峰 406
惠崇春江晓景　竹外桃花三两枝 407
海　棠　东风袅袅泛崇光 408
东栏梨花和孔密州五绝之一　梨花淡白柳深青 409
题刘景文　荷尽已无擎雨盖 410
六月二十七日望湖楼醉书（其一）　黑云翻墨未遮山 411
饮湖上初晴后雨（其一）　水光潋滟晴方好 412

秦观（二首）
泗州东城晚望　渺渺孤城白水环 414
春　日　一夕轻雷落万丝 415

曾几（一首）
三衢道中　梅子黄时日日晴 417

李纲（一首）
病　牛　耕犁千亩实千箱 419

黄庭坚（二首）
  雨中登岳阳楼望君山（其一） 投荒万死鬓毛斑……………………421
  雨中登岳阳楼望君山（其二） 满川风雨独凭栏……………………423

宗泽（一首）
  早 发 伞幄垂垂马踏沙………………………………………………424

徐俯（一首）
  春游湖 双飞燕子几时回……………………………………………426

陈与义（二首）
  牡 丹 一自胡尘入汉关………………………………………………428
  春 寒 二月巴陵日日风………………………………………………429

徐元杰（一首）
  湖 上 花开红树乱莺啼………………………………………………431

杨万里（五首）
  宿新市徐公店 篱落疏疏一径深………………………………………433
  小 池 泉眼无声惜细流………………………………………………434
  过松源晨炊漆公店 莫言下岭便无难…………………………………435
  晓出净慈寺送林子方 毕竟西湖六月中………………………………436
  初秋行圃 落日无情最有情…………………………………………437

岳飞（一首）
  池州翠微亭 经年尘土满征衣………………………………………439

李清照（一首）
  绝 句 生当作人杰……………………………………………………441

刘子翚（一首）
  汴京纪事 空嗟覆鼎误前朝……………………………………………443

朱熹（二首）
  观书有感 半亩方塘一鉴开……………………………………………445
  春 日 胜日寻芳泗水滨………………………………………………446

陆游（十五首）
  秋夜将晓出篱门迎凉有感 三万里河东入海……………………449

剑门道中遇微雨　衣上征尘杂酒痕……450
北　望　北望中原泪满巾……451
梅花绝句　闻道梅花坼晓风……453
十一月四日风雨大作　僵卧孤村不自哀……454
秋风亭拜寇莱公遗像　豪杰何心后世名……455
岁　晚　云暗郊原雪意稠……456
读　书　归老宁无五亩园……457
秋旱方甚，七月二十八夜忽雨，喜而作　嘉谷如焚稗草青……458
示　儿　死去元知万事空……459
冬夜读书示子聿　古人学问无遗力……460
沈　园（其一）　城上斜阳画角哀……462
沈　园（其二）　梦断香销四十年……463
十二月十二日夜梦游沈氏园亭（其一）　路近城南已怕行……464
十二月十二日夜梦游沈氏园亭（其二）　城南小陌又逢春……465

范成大（四首）
州　桥　州桥南北是天街……466
四时田园杂兴（其三十一）　昼出耘田夜绩麻……467
四时田园杂兴（其三十五）　采菱辛苦废犁锄……469
雪中闻墙外鬻鱼菜者求售之声甚苦有感　饭箩驱出敢偷闲……470

姜夔（一首）
除夜自石湖归苕溪　细草穿沙雪半消……472

方岳（一首）
春　思　春风多可太忙生……474

戴复古（一首）
淮村兵后　小桃无主自开花……476

洪咨夔（二首）
促　织（其一）　一点光分草际萤……478
促　织（其二）　水碧衫裙透骨鲜……479

刘克庄（一首）
戊辰即事　诗人安得有青衫……481

林升（一首）
　　题临安邸　山外青山楼外楼……………………………………………483

吴仲孚（一首）
　　苏堤清明即事　梨花风起正清明……………………………………485

叶绍翁（三首）
　　游园不值　应怜屐齿印苍苔……………………………………………487
　　夜书所见　萧萧梧叶送寒声……………………………………………488
　　田家三咏（其三）　抱儿更送田头饭…………………………………489

华岳（一首）
　　田　家　鸡唱三声天欲明………………………………………………491

罗与之（一首）
　　商　歌　东风满天地……………………………………………………493

翁卷（一首）
　　乡村四月　绿遍山原白满川……………………………………………495

徐玑（二首）
　　秋　行　戛戛秋蝉响似筝………………………………………………497
　　新　凉　水满田畴稻叶齐………………………………………………498

文天祥（一首）
　　扬子江　几日随风北海游………………………………………………500

萧立之（一首）
　　偶　成　雨妒游人故作难………………………………………………502

谢枋得（二首）
　　蚕妇吟　子规啼彻四更时………………………………………………504
　　庆庵寺桃花　寻得桃源好避秦…………………………………………505

卢梅坡（一首）
　　雪　梅　梅雪争春未肯降………………………………………………507

朱淑真（一首）
　　落　花　连理枝头花正开………………………………………………509

郑思肖（一首）
　　咏制置李公芾　举家自杀尽忠臣………………………………………511

17

虞世南(一首)

虞世南(558—638),字伯施,唐越州余姚(今浙江绍兴)人。曾任秦府参军,迁秘书监,封永兴县子。人称"虞永兴"。能文辞,工书法,有《虞永兴集》。

咏 蝉

垂緌饮清露,〔一〕
流响出疏桐。〔二〕
居高声自远,
非是藉秋风。〔三〕

■ 注释

〔一〕垂緌(ruí):低下,喻蝉下垂在树枝条上悠然自得的样子。

〔二〕流响:不停地鸣叫。疏桐:稀疏的梧桐树。这两句说,蝉伏在垂下的枝条上,吃着清凉的露水;接连不断的鸣叫声,从稀疏的梧桐树枝叶缝中传了出来。

〔三〕藉:依赖。这两句说,蝉的声音之所以传得很远,是它身居高处的缘故,而并不是依靠秋风为其助声啊!

■ 简析

　　这首《咏蝉》诗，从蝉的居高写起，讴歌了蝉的清高风雅和不同凡俗的品德。一二两句写景，三四两句抒情。首句用"垂緌"，写蝉的姿态，是写其静；二句用"出疏桐"，写蝉的鸣叫，是写其动；三四两句，抓住"流响"进而抒写自己的议论。借颂蝉的"居高声自远"，暗喻自己是有才华的人。暗点能处于高位，是靠才能，而不是靠阿谀奉承。全诗形象完整丰满，韵味含蓄深长。

王勃（二首）

王勃（650—676），字子安，唐绛州龙门（今山西河津）人。六岁会写文章。麟德初，应举及第，曾任虢州参军，为唐初杰出诗人。他在赴海南探父途中，曾作了《滕王阁序》，一时文名大振。后因渡海落水而死，时年仅二十六岁。有《王子安集》。

九日登高

九月九日望乡台，〔一〕
他席他乡送客杯。〔二〕
人今已厌南中苦，〔三〕
鸿雁那从北地来。〔四〕

■ 注释

〔一〕望乡台：古代出征或流落在外乡的人，往往登高或登土台，眺望家乡，这种台旧称为望乡台。

〔二〕他席他乡：别人的酒席，别人的故乡。这两句说，在九月九日重阳节这天，我登上望乡台眺望故乡；在他乡和他人的酒席上，举送客之杯，饮离别之酒，有一种异常的感觉。

〔三〕南中：南方，这里指四川一带。

〔四〕这两句说，现在，人都不愿意待在这苦闷的南方，鸿雁又哪里会从北方飞到这里来呢？

■ 简析

　　这是诗人客居剑南（今属四川）时，在重阳节这一天登高望乡，写下的一首怀乡诗。题为《九日登高》，首句即用"九月九日"起句，点出时间，用"望乡台"写明主题。二句用"他席他乡"，来写登高望乡的缘由。三句选用"南中苦"三字，作进一层的叙写。四句借写"鸿雁"都不愿意从北方飞到这"南中"来，以作烘托，诗人所感受到的"南中苦"，就可以想见了。"南中苦"写尽，"九日登高"望乡之情，也就更为强烈了。在表现手法上，因是怀乡之作，自然要用故乡与客居之地相比。运用对比法，效果甚好。前两句采用对偶句式，"九月九日"对"他席他乡"，"望乡台"对"送客杯"，既扣题目，也客观地叙述了对家乡的怀念。三四两句，从形式上看不对，但意思却是对的。"人"对"雁"，"南"对"北"，诗人采用互对的结构来写，起到了很好的烘托作用。

思　归〔一〕

长江悲已滞，〔二〕
万里念将归。〔三〕
况复高风晚，〔四〕
山山黄叶飞。〔五〕

■ 注释

〔一〕《思归》,另题作《山中》。

〔二〕已:早已。滞:不流通,此处引申为滞留。

〔三〕念:想念的意思。将归:打算回去。这两句说,被阻留在离乡万里的长江一带,早已使人悲伤透了,每时每刻都在思念何时才能够归去。

〔四〕复:又。高风:大风。

〔五〕黄叶:深秋的树叶。这两句说,何况傍晚时候又刮起大风,把周围山上的黄树叶吹得纷纷落下呢!这就更增添了思乡的念头。

■ 简析

王勃这首《思归》,说是较早的一首五绝。无论在形式或格律上,都与汉魏时的古体诗有了明显的区别。这首诗,诗人运用先情后景,情因景增的手法,写得很有特色。首句"长江悲已滞",用一"悲"字写出当时的悲哀心情,"长江"点出地点,"滞"字写到悲因。二句用"万里念将归",进而写盼归的心情。明知归不去,偏说"念将归",悲意自然又加一重。这一联纯属抒情,突出的是一个"悲"字。三句转为写景,悲中又加"高风晚",末句又写"黄叶飞",且用"山山"两个叠字,就使悲中更见其悲。这首诗以情出景,以景衬情,层层叠进、加重,可谓是"已入妙境"的佳作。

卢照邻（一首）

卢照邻（635—689），字昇之，号幽忧子，唐幽州范阳（今河北涿州）人。曾任邓王李元裕府典签，后调新都尉。因得麻风病而辞官，最后投水而死。他是初唐四杰（王勃、杨炯、卢照邻、骆宾王）之一。诗多愁苦之音，后人辑其著作为《幽忧子集》。

曲池荷

浮香绕曲岸，
圆影复华池。〔一〕
常恐秋风早，
飘零君不知。〔二〕

■ 注释

〔一〕这两句说，荷花的芳香随风飘荡，环绕着弯曲的池岸；盛开的荷花和茂密的荷叶，覆盖着美丽的花池。

〔二〕这两句说，常常担心秋风来得太早了，使你没有来得及很好地欣赏，荷花就开败凋零了。

■ 简析

　　这是一首咏物诗。咏物，单纯写物不会感人，一般都有诗人的情感在内。有景有情，写出的诗歌才有活力。这首《曲池荷》，首句用"绕曲岸"写花的香气很浓，二句用"复华池"写"圆影"，直写荷的外貌。一个"绕"字，一个"复"字，写得形象、生动，富有生气。三句笔锋一转，"常恐秋风早"，四句接"早"，用拟人化的手法，写了荷花败于秋风来时。欣赏荷花，就要在它盛开之时。如果等到荷花开败，那就只有残荷了。从荷花的浮香，写到飘落，暗点时机的重要。实际上，诗人是借此巧妙地寄托了自己怀才不遇被冷落的情感。

骆宾王（二首）

骆宾王（640—684），唐婺州义乌（今浙江义乌）人。曾作侍御史，贬临海丞，后因参加徐敬业起兵反对武则天的活动，做了一篇《讨武曌檄》的檄文，兵败后，下落不明。他是初唐四杰中写诗最多的一个，尤其擅长于七言歌行。有《骆宾王文集》。

易水送别〔一〕

此地别燕丹，〔二〕
壮士发冲冠。〔三〕
昔时人已没，〔四〕
今日水犹寒。〔五〕

■ 注释

〔一〕易水：水名，即今河北易县的易河。

〔二〕燕丹：指战国时燕国的太子丹。

〔三〕壮士：是对荆轲的尊称。荆轲曾为太子丹入秦刺秦王。发冲冠：即"怒发冲冠"，形容盛怒。这两句说，荆轲就是从这里向燕太子丹告别的。告别时，他一想到秦王，便怒发冲冠，慷慨激昂地唱道：

"风萧萧兮易水寒，壮士一去兮不复还。"唱完就勇敢地启程了。

〔四〕人：指荆轲。没：同"殁"，死亡。

〔五〕这两句说，勇士荆轲虽早已死了，但今天临易水岸边，依然觉得水冷气寒，好像荆轲还在唱着那悲壮的告别之歌一样。

■ 简析

这是一首咏史诗。咏史诗，或寄托作者的情怀，或抒发作者的感慨，多是借咏史以喻今。作者来到燕地的易水，为友人送行，自然联想到当年的壮士荆轲。荆轲曾在易水河边向燕太子丹辞行，和随从秦武阳前往秦国谋刺秦王。"此地别燕丹，壮士发冲冠"两句是咏古，生动地描绘出当时的情景。三四两句，转为喻今。一个"没"字，写出今已时过境迁。"水犹寒"三字，与题中的"易水"相呼应，进而点明题意，使人感到壮士荆轲早已不在了，但悲壮的史实常存，像易水一样常在。暗中希望送别的友人，也要学习荆轲，流芳千古。

在军登城楼〔一〕

城上风威险，〔二〕
江中水气寒。〔三〕
戎衣何日定？〔四〕
歌舞入长安。〔五〕

■ 注释

〔一〕军：指军中。这时，诗人骆宾王在扬州的徐敬业军中。

〔二〕风威：即军威。险：望而生畏的意思。

〔三〕水气：指杀气。寒：不寒而栗的意思。这两句说，城上的军威显得十分雄伟壮观，连江中的江水都似乎有一股杀气。

〔四〕戎衣：即军装。《尚书》伪《武成》篇："一戎衣，天下大定。"定：平定。

〔五〕歌舞：载歌载舞。长安：唐时的京都，即今陕西西安市。这两句说，现在穿上了军装，从军在此，什么时候才能够平定天下呢？到平定天下之时，一定要欢欢喜喜、载歌载舞地进入京城长安。

■ 简析

"对仗"是近体诗的一种修辞方法。古时要求实字对实字，虚字对虚字。按照现在的语法，就是名词对名词，动词对动词，形容词对形容词，依此类推。同时要平对仄，仄对平。如，"天"对"地"，"山"对"水"，"蜀道"对"秦关"，"红玉"对"绿珠"，"山昏函谷雨"对"水落洞庭波"。绝句本不必对仗，然有的却四句皆对，或两句对、两句不对，这都出自作者的兴趣和爱好。沈德潜在《说诗晬语》中说："对仗固须工整，而亦有一联中本句自为对偶者。"这首诗，一二两句相对，三四两句不对。第一联用对仗的句式，描写军中的阵容及环境气氛；第二联表达了诗人对未来前途的乐观估计。"城上风威冷，江中水气寒"，虽没有提到军队、战场、士兵、武器等字样，但从"城"、"险"、"水"、"寒"的字意中，使人觉得诗人在这里不独是写景，而是在写军，且给人印象极深。闭目诵吟，军中形势，如在眼前，不能不为诗人这种高超的表达方法而赞叹。三句用"戎衣"，提出问题，点出军旅生涯无期。四句以"歌舞入长安"，表现了诗人期待胜利和自信、乐观的情绪。不过，诗人参加的这次反对武则天的军事行动，很快就失败了。

陈子昂（一首）

陈子昂（661—702），字伯玉，唐时梓州射洪（今四川射洪）人。出身于士绅家庭，二十四岁中进士，初任麟台正字，后升为右拾遗。因在朝廷十多年很不得意，三十八岁时辞职回乡。县令段简贪暴，闻其多金，捕入狱中，忧愤而死。在文学上，他反对齐、梁时形式主义的文风，提倡诗要有"兴寄"和"风骨"。他是唐代第一个有意识地扫除六朝以来文学纤弱的风气而且有了显著收获的诗人，对以后的诗人产生了一定影响。有《陈伯玉集》。

郭 隗〔一〕

逢时独为贵，
历代非无才。〔二〕
隗君亦何幸，
遂起黄金台。〔三〕

■ 注释

〔一〕郭隗（kuí）：战国时人。燕昭王曾为他修筑了黄金台，上面放上黄金，招来不少人才，后终于使燕国强大起来。

〔二〕这两句说，只有生得逢时，有才能的人才会受到重视和栽培；无论哪个朝代，都会出现一些才华横溢的人，只不过有的被发现，有的没有被发现罢了。

〔三〕遂：马上。这两句说，郭隗你生在那个时代是多么幸运啊！燕昭王一发现你，就为你马上修筑了黄金台。

■ 简析

古人咏古，绝不仅仅是怀古，多是借古喻今，借咏古人古事来表述自己的感慨和思想。陈子昂政治上深有抱负，提倡比较进步的主张。因不被武则天采纳，所以很感失意。这首诗，是他在蓟丘读史，看到郭隗受到燕昭王的重视，想起自己怀才不遇所发出的感叹，是陈子昂所写《蓟丘览古》七首之一。一二两句，"逢时独为贵，历代非无才"，一开始就直抒怀抱，把诗人的自负做了非常清楚的表述。三四两句择取战国时燕昭王为收集贤人才子，壮大国家，特为郭隗修筑黄金台扩大影响一事，加以叙写，进一步借古喻己，发抒情怀，显得颇为深刻。短短四句二十字，寄寓了诗人失意和寂寞无聊的情绪，表达了封建社会中一个正直而富有才能之士没有出路的悲哀。翁方纲在《石洲诗话》中说："伯玉蓟丘览古诸作，郁勃淋漓。"这首五绝之所以传诵古今，还因它有较大的感染力量，充分表现了诗人的性格、思想和情感，表现了被压抑的才士的"不平则鸣"的心境。

杜审言（一首）

杜审言（645—708），字必简，唐襄阳（今湖北襄阳）人。咸亨年间进士，唐初著名诗人。中宗时，曾因与张易之兄弟交往，被流放峰州。任修文馆直学士，工于五言律诗，格律严谨。为杜甫的祖父。明人辑其诗作成《杜审言集》。

渡湘江[一]

迟日园林悲昔游，[二]
今春花鸟作边愁。[三]
独怜京国人南窜，[四]
不似湘江水北流。[五]

■ 注释

〔一〕湘江：在今湖南省境内。

〔二〕迟日：往日。

〔三〕这两句说，回忆起往日在花园里欣赏游览时的情景，今天不禁会产生对过去悲恨的追思；现在在这边地的春天，似乎花鸟对我被放逐，也做出了种种愁态的表示。

〔四〕窜：流放。

〔五〕不似：比不上。这两句说，只可怜从京都被流放到这边远的南方来的游子，还不如那湘江之水，可以由南向北流去呢！

■ 简析

诗言志。这首《渡湘江》，是诗人被贬在峰州（约今福建永定）时所作。它抒发了诗人被贬斥之后的忧郁心情。首句用"迟日园林"写过去，二句用"今春花鸟"写现在。三句"独怜"、"南窜"是点题。四句用"湘江水北流"作比，用十分新颖的手法，进一步表达了诗人很不想南去的心情。诗虽四句，但含意颇深。这首诗在艺术形式上，是一二两句、三四两句各自为对。"迟日"、"今春"，是写被放逐的忧愁。用"湘江水"衬"京国人"，人们自然会领会到诗人的意思：水尚且能"北流"，"人"却在"南窜"了。一"北"一"南"，将诗人的苦痛心情写得极为真挚感人。

宋之问（一首）

宋之问（656—712），字延清，唐汾州（今山西汾阳）人。上元时进士，官至考功员外郎。因与沈佺期善写应制诗而得武则天赏识。后被贬为泷州参军，起为越州长史。到睿宗时被贬钦州，赐死。他对唐时绝句、律诗形成，曾起过一定的积极作用。明人辑有《宋之问集》。

渡汉江〔一〕

岭外音书断，〔二〕
经冬复历春。〔三〕
近乡情更怯，〔四〕
不敢问来人。〔五〕

■ 注释

〔一〕汉江：即汉水，由陕西经湖北，至武汉流入长江。

〔二〕岭外：五岭以外，作者贬所在岭外泷州。音书：音信。断：中断。

〔三〕经、历：都是经过的意思。这两句说，被贬谪在岭南时，家中的消息和书信都中断了。这种局面，从去年冬天又延续到今年的春天。

〔四〕乡：家乡。怯：畏缩不前，没有勇气。

〔五〕来人：从家乡来的人。这两句说，回家途中，离家越近，心中越产生一种紧张的情绪。怕听到战争带来的创伤和不幸，连对面碰到人，都不敢打听一下家中的情况。

■ 简析

　　这是作者流放期间的一首记行述感之作。语言自然，感情真挚。题为《渡汉江》，诗中却从未提到一个"渡"字。首句"岭外音书断"，写久客岭外，家书断绝。二句"经冬复历春"，进一层说出断绝之时日已有二年。着意写出"断"时的久长，为以后句子做了极好的铺垫。三句"近乡情更怯"，用"近乡"二字，暗指渡过汉江，一"怯"字用得甚妙，点出渡汉江以后的情形。四句由"怯"而来，"不敢问来人"，进一步写出"怯"的表现和缘由。短短四句二十字，烘托出一种忐忑心理。很有杜甫诗句中所说的"反畏消息来，寸心亦何有"之意。

张敬忠（一首）

张敬忠（生卒年不详），官监察御史，以文史著称。《全唐诗》存诗二首。

边　词

五原春色旧来迟，[一]
二月垂杨未挂丝。[二]
即今河畔冰开日，
正是长安花落时。[三]

■ 注释

〔一〕五原：指今内蒙古五原县一带。旧来：从来。

〔二〕垂杨：柳树。这两句说，五原一带，春天从来就来得很迟，现在已是二月了，杨柳还依然没有萌发出新的枝条。

〔三〕这两句说，即使现在河里的冰层开始融化，证明春就要来了，恐怕此刻的长安也早已是盛花开过，开始凋落了。

■ 简析

　　这首诗，题为《边词》，写的是边疆的风景，但诗人所要反映的却是对唐都长安的热爱和怀念。首句，开门见山，点出地点是在"五原"。"春色旧来迟"，是贯穿全诗的主意。二句接"迟"而来，"二月垂杨未挂丝"。三句假设一句，即使今日冰河开始融化，又能怎么样呢？四句用"正是"二字，推断出此时的长安，恐怕已是花卉凋落的时候了。诗人紧紧围绕边地春色来迟，十分巧妙地抒写了自己对长安的怀念。造意清新，凝情自然。

张说（一首）

张说（667—730），字道济，唐洛阳（今河南洛阳）人。在武则天时代，应诏对策，得乙等，授太子校书。唐玄宗时，任中书令，封燕国公。擅长诗文，有《张燕公集》。

蜀道后期〔一〕

客心争日月，〔二〕
来往预期程。〔三〕
秋风不相待，〔四〕
先至洛阳城。〔五〕

■ 注释

〔一〕后期：后于预定的期限。

〔二〕客：指作者自己。争日月：争取时间。

〔三〕预期程：原先定好的期限。这两句说，旅客在行途上，时间常是抓得很紧的，出去归来都有一定的期限。

〔四〕待：等待。

〔五〕至：到。这两句说，我没有按预定的时间，在秋天之前到达洛阳，而秋风也不肯同我做伴，抢在我的前头，提前到达洛阳城了。

■ 简析

在唐诗中，一些抒情绝句运用夸张的手法，常通过对某些事实上不会发生的事的叙写，来表达诗人极为深刻的情感。这首《蜀道后期》，诗人采用直叙和拟人的手法，通过对秋风的责怨，表达了诗人归心似箭，但因路途遥远，不能及时归还故乡的急切心情。首句一"争"字，写出归心似箭。二句点出"预期程"，承上转下。三四两句"秋风不相待，先至洛阳城"，用秋风的先到，来衬出自己的后期。细细琢磨，觉得此话好像全没有道理。但诗人正是从这些诗句中，表达出了一种极强烈的感情。这即是叶燮《原诗》中所说的"决不能有其事，实为情至之语"。以秋风的先到，形容出自己的误期，巧心浚发。

张九龄（一首）

张九龄（678—740），字子寿，唐代韶州曲江（今广东韶关）人，长安年间，进士出身。历任校书郎、右拾遗、中书舍人，直至中书侍郎同中书门下平章事。为人正直不阿，被李林甫排挤，贬为荆州长史。他对诗歌改革曾有一定的贡献。有《曲江集》、《千秋金鉴录》。

照镜见白发

宿昔青云志，〔一〕
蹉跎白发年。〔二〕
谁知明镜里，
形影自相怜。〔三〕

■ 注释

〔一〕宿昔：从前。青云志：远大的志向。王勃有"不坠青云之志"之句。

〔二〕蹉跎：这里指时间白白过去。这两句说，从前我有青云大志，但随着光阴的流逝，雄才未展，不觉已添白发，年已衰老了。

〔三〕形影：形体和影子。这两句说，现在只有对着镜中的影子，自己怜惜了。

■ 简析

这首《照镜见白发》，作者运用写实和议论相结合的手法，写出了自己壮志凌云而老大无成的感慨。一二两句是写虚，用对偶句式，写出诗人的感叹。"宿昔"、"蹉跎"，"青云志"、"白发年"，用词鲜明、中肯。三四两句转入写实，通过照镜这一小小动作的描写，进一步突出了主题。"谁知明镜里，形影自相怜。"全诗读来，平白如话，但言简意深。虽是写自己对流年虚度、雄才未展的感慨，然却十分巧妙地寄寓了诗人对唐王朝任用奸臣，排斥忠良，致使国家日渐衰败的不满情绪。

孟浩然（二首）

孟浩然（689—740），唐襄阳（今湖北襄阳）人。早年在家闭门苦学，四十岁时到长安求仕不就，失意而归。张九龄做荆州长史时，他曾为张做了一段时间幕僚。以后，一直居住在襄阳的鹿门山（今湖北襄樊附近）做"隐士"。他长于写五言诗，在当时的诗名很大。有一次他到长安参加了一些文士的集会，即席赋诗，写出了"微云淡河汉，疏雨滴梧桐"这样的诗句，使参加集会的文士大为叹服。据说，有的文士认为自己赶不上他，都搁笔不再作诗了。他的诗，因生活平淡，思想内容不够丰富。又和王维一样，诗多写山水风景，因而合称"王孟"。不过，他们的风格并不相同。有《孟浩然集》。

宿建德江〔一〕

移舟泊烟渚，〔二〕
日暮客愁新。〔三〕
野旷天低树，〔四〕
江清月近人。〔五〕

■ 注释

〔一〕建德江：今浙江上游的一段，因在建德市境内，故称。

〔二〕烟渚（zhǔ）：指暮烟笼罩着的小沙洲。

〔三〕新：喻指新添的忧愁。这两句说，天色已经黄昏，行舟来到烟雾蒙蒙的沙洲水边，将船停了下来；连日奔波，旧愁未消，现在泊舟荒滩又生许多新愁。

〔四〕天低树：天似穹庐，边际下垂，故而觉得树比天高。

〔五〕月：指水中的月影。这两句说，田野广阔，放眼望去，好似远处的天空比树还要低；江水清澈，映入水中的月影，近在咫尺，似乎在互相安慰呢！

■ 简析

　　从这首诗看，诗人当时并不乐观，是充满了烦愁的，但诗人善于捕捉适于自己心情的即景，点缀入诗，写得很有特色。"移舟泊烟渚，日暮客愁新。"移舟到此，荒滩水边被一层薄薄的雾霭所弥漫，显得旷野越加空阔。"客愁"而说"新"，暗含旧愁在内。连日奔波，又生新愁，有不少茫茫身世的感慨。"野旷天低树，江清月近人。"莽莽旷野里有稀疏的树影。遥望远处，天空显得低矮，好像与树连接在一起。自己孤独一人，除了这条小船，只有清清江水，倒映着临空的月影，在随波浮动。后二句字句清新，景色优美，且采用了相对的句式，所写景物，又全在情理之中。因为"野旷"，才有"天低树"；"江清"才能"月近人"。逼真而恰当地写出了天和树、人和月的关系。如果没有"野旷"，那"低树"就没有着落。没有"江清"，那"月近"也无从谈起。可见，此诗很讲究"诗眼"，分寸也掌握得贴切。这种境界，又是从"舟泊"的角度来领略。倘若换在岸上，对于"低"、"近"，就不会有如此的效果了。

春 晓〔一〕

春眠不觉晓，
处处闻啼鸟。〔二〕
夜来风雨声，〔三〕
花落知多少？〔四〕

- 注释

〔一〕春晓：春天的早晨。

〔二〕这两句说，春天的觉很香，睡着连天亮了都不知道；而那些知春的鸟雀，却到处可以听到它们报春啼叫的声音。

〔三〕来：传来。

〔四〕这两句说，经过一夜的风吹雨打，不知刚刚开出的花瓣儿被打落了多少。

- 简析

　　一些寻常言语，一经诗人组合入诗，就觉得格外有味。可以说，这是白描诗的一个主要特点。这首诗，用白描手法，把寻常话语点缀入诗，不假雕琢，不尚工巧，很有一番风味。诗的主意是在"不觉"，诗人正是在"不觉"之中写出了"觉"。由于季节的关系，春天，一般人们常有疲困的感觉。"春眠不觉晓"，一语抓住人心，写出人们的同感。"不觉"之中有"觉"。还加上一个叠词"处处"，"处处闻啼鸟"。为把"觉"突出出来，三四两句又抓住春夜来做文章，在"觉"中写"不觉"。且以问句作结，提出"多少",就使全诗更有一番情致了。一夜之间,花被风雨打落了多少呢?若不珍惜这美好的春天,那就没有机会了。语言精练自然,音韵和谐婉转,读来意味无穷。无愧是一首朗朗上口的好诗。

王之涣（二首）

王之涣（688—742），字季陵，唐晋阳（今山西太原）人。曾任冀州衡水主簿和文安县尉。他和高适、王昌龄齐名，都是盛唐时期著名的边塞诗人。其诗仅存六首，以描写边疆风光著称。热情洋溢，雄阔奔放。

登鹳雀楼〔一〕

白日依山尽，〔二〕
黄河入海流。〔三〕
欲穷千里目，〔四〕
更上一层楼。〔五〕

■ 注释

〔一〕鹳雀楼：原址在今山西永济西南城上，其楼三层，前瞻中条山，下可俯视黄河，常有鹳雀停留，故有此名。今已倒塌。

〔二〕依：傍着。尽：下的意思。

〔三〕入海流：东流入海。这两句说，太阳紧靠着山慢慢落下去了，黄河在不停地流向大海。

〔四〕穷：尽。千里：这是夸张。

〔五〕更：再。这两句说，要使眼界开阔，看得更远更清，那就要再登上一层楼。

■ 简析

　　字与字、句与句互对，这是绝句的特点之一。凡成对的绝句，读起来往往抑扬顿挫，朗朗上口。这首登高远望的写景诗，用一二、三四各自为对的句式，"白日"对"黄河"，"依"对"入"，"山"对"海"，"尽"对"流"，"千里目"对"一层楼"，把几个不同的物体融入同一体中，对得自然天成，气势阔大。诗人用极简练的笔法，写出了在黄昏日落时，山河苍茫壮阔的景象。西坠的夕阳，贴近了连绵起伏的中条山；一泻千里的黄河之水，奔涌流转，东注浩瀚无涯的大海。山衔落日，水流入海，是一幅多么气势磅礴的山水图！同时，三四两句，用"欲穷"、"更上"字作进一层描写，写出当前实感，表现诗人极目骋怀的雄心，体现了诗人的乐观主义精神，也表现了诗人一种非凡的胸襟抱负。有人评介此诗说："四语皆对，读来不嫌其排，骨高故也。"这首诗之所以为后代传颂，还因它写得很有气势，而且，末二句更带有哲理的色彩。"欲穷千里目，更上一层楼"，使人们能深刻领会到站得高才能看得远的哲学道理。

凉州词〔一〕

黄河远上白云间，
一片孤城万仞山。〔二〕
羌笛何须怨杨柳？〔三〕
春风不度玉门关。〔四〕

- **注释**

　　〔一〕凉州词：唐代乐府曲名，多歌唱边塞生活。题又作《出塞》。

　　〔二〕孤城：指玉门关。仞：古时一种长度单位，一仞相当于今八尺。万仞：极言其高。这两句说，从很远的地方流来的黄河，曲曲弯弯，似与白云连在一起；坐落在那里的玉门关，被无数山峰包围起来，显得孤独，冷漠。

　　〔三〕羌：古时西域的种族名。羌笛：传自羌族的一种管乐器。杨柳：指古代少数民族的民歌《折杨柳曲》。唐时有折柳送别的习俗。

　　〔四〕玉门关：在今甘肃敦煌西，古为通西域要冲。这两句说，羌笛里为什么要吹《折杨柳曲》那样悲哀怨恨的曲调呢？要知道，玉门关外是看不到春天的景色啊！

- **简析**

　　这首《凉州词》，是传诵千古的名作。据说，这首诗还有一段小小的传说。一次，王之涣和王昌龄、高适同在酒馆饮酒，并听十几名歌女唱歌。他们私下约定，如果谁的诗被歌女唱出，就证明谁的诗受人欢迎。结果，歌女先唱出了王昌龄的"奉帚平明金殿开"和"寒雨连江夜入吴"。接着，又唱了高适的"开箧泪沾臆"。后来，最好的一个歌女第一首就唱到了王之涣的这首《凉州词》。此事是真是假，无须考证。不过，这首诗受人欢迎，这一点是该肯定的。

　　这首诗，以荒漠壮阔的背景和羌笛所奏的哀婉乐曲，含蓄地表露了离家出征在外的人久戍思乡的哀怨。同时，表现了诗人对戍卒的深切同情。首句用"远上"二字，写出黄河的壮阔景象。黄河西来，奔走于西北高原之上，从下游望去，用"远上"二字，自然入神。"远上白云间"，这是远景。二句用"一片孤城"和"万仞山"写出戍守之地的形胜。这是近景，是缩写。一个很小的城堡，四无依傍，与万仞高山形成鲜明的对比。"黄河"，"白云"，"一片"，"万仞"，颜色是如此相互辉映，数字是那么相互错综，更为诗句增添了美感。一二两句写景，都由壮阔的气象相连相配。大有"两峰并峙，双水分流"之妙。三句"羌笛何须怨杨柳"，转写征人。唐代统治者整日荒淫纵乐，早已忘了玉门关外还有戍守的征人。唐代习惯，送人远行时，常折柳枝相赠，表示惜别。现在征人听到笛声，自然联想到春天，想到家乡该是绿柳成荫的季节了。关外无柳，征人也只能在羌笛声中听听《折杨柳曲》，徒增离别之情。四句写关外无春，用"春风不度"进解"何须"，与首句相呼应。含蓄双关，宛转深刻。这里，诗人用"何须"二字，进一步深化了内容。羌笛啊，你何必去抱怨杨柳呢？要知道，春风本来是不度这玉门关的呀！在这关外荒凉之地，根本没有春天，又哪里来的杨柳青青呢？用词巧妙，表达深刻。

贺知章（二首）

贺知章（659—744），字季真，唐越州永兴（今浙江萧山）人。他是李白的好友。证圣年间中进士，官至太子宾客、秘书监。中年还乡为道士。其诗作，仅存二十首。写景诗，较为清新通俗。《回乡偶书》，为世传诵。

咏　柳

碧玉妆成一树高，〔一〕
万条垂下绿丝绦。〔二〕
不知细叶谁裁出，
二月春风似剪刀。〔三〕

■ 注释

〔一〕碧玉：形容柳叶的颜色如同碧绿色的玉石。

〔二〕丝绦：比喻柳条犹如丝带一样。这两句说，一株碧玉装扮成的高树，如同化妆过的美人一样袅娜多姿；下垂的万条柳丝犹如缕缕丝带，在那里一动不动。

〔三〕这两句说，有人问，不知柳树的细叶是哪个心灵手巧的人裁剪成的？回答很简单，要知道二月的春风，比锋利的剪刀还要厉害呢！

■ 简析

　　古人写诗，在结构上很注意起、结两句。因为如果起句不好，则会造成下面引带不起。若结句无力，又会出现上边收束不住。尤其是结句，一旦收束不住，将会使全诗大为减色。因此，向来诗人写诗，既注意起句，更重视结句。贺知章这首《咏柳》的绝句，从柳树的枝条起句，写到"万条垂下绿丝绦"，逼真地描绘了柳树的袅娜多姿。春天的柳树如同碧玉一样浓绿，先作全貌概括。然后细写，柳枝纷垂，像千万条绿色丝线织成的绦带。三句"不知细叶谁裁出"，提出问题，为下句作铺垫，四句结出"二月春风似剪刀"，形象逼真地歌咏了春柳。这是全诗的妙处所在。一问一答，出人意料，问得新奇，答得有理，意趣盎然。尤其是诗的最后一句，可以说是全诗的画龙点睛之笔。既回答了上句中的"谁裁出"，又十分艺术地对一二两句作了精粹的概括。其中一"似"字，用得十分准确，恰到好处，为全诗大增色彩。春风吹来，柳树发芽，柳叶是能够看得到的。春风促使树木发育，这是不可捉摸的。先用"裁"，后点明"剪刀"，使人产生具体的形象联想。早春二月，春风裁剪出碧玉般的柳叶，透露出春天的气息，同时，抒写了诗人对春光的赞美。

回乡偶书[一]

少小离家老大回，
乡音无改鬓毛衰。[二]
儿童相见不相识，
笑问客从何处来？[三]

■ 注释

〔一〕偶书：随便写下的诗。本题共二首，这是其一。

〔二〕鬓毛：耳边的发。衰："花白"的意思。这两句说，从小就离开了家乡，直到年老时才回来，家乡的口音虽然没有什么改变，但头发和胡须却都已全斑白了。

〔三〕这两句说，和晚辈们相见，一个也不认识。他们都笑着问我这个客人，是从什么地方来的呢？

■ 简析

这是一首毫无雕琢的白描诗。是作者于天宝初年辞掉官职，回到了阔别多年的故乡，想到从小离家，垂老才归，思绪重重而记下来的。这首诗，既写了作者自己的衰老，也写了儿童的天真烂漫。前二句集中写"我"，后二句集中写"童"。写我"回乡"，先从"离家"写起。并在"离家"前面用"少小"，在"回"字前面用"老大"，对时间的相隔之远，作了清楚的说明。二句用"鬓毛衰"作进一步的描写，并为以下三四两句中的"不相识"、"笑问"，作了很好的铺垫。四句用"客从何处来"的问句，提出问题，形象地写出了儿童的天真烂漫，和自己对故乡的陌生。这就把"回乡偶书"所要表达的情感，写得既自然又逼真了。

苏颋（一首）

苏颋（tǐng〔670—727〕），字廷硕，唐京兆武功（今陕西武功）人。武则天朝进士，后袭封许国公。居相位，曾与宋璟合作，共理国事。工文，朝廷重要文件多出其手。当时和张说（封燕国公）并称"燕许大手笔"。有《苏廷硕集》。

汾上惊秋〔一〕

北风吹白云，
万里渡河汾。〔二〕
心绪逢摇落，〔三〕
秋声不可闻。〔四〕

■ 注释

〔一〕汾上：指山西汾河岸边。

〔二〕万里：喻远离家乡。这两句说，萧萧北风吹散了天上的白云；长途跋涉来到这充满寒意的汾河岸边。

〔三〕心绪：心情，情绪。逢：遭遇。摇落：凋残，零落，这里喻指沦落。

〔四〕秋声：秋天的风声。这两句说，烦愁的心情偏又遭到沦落境地，此时听到萧瑟的秋风，更加叫人难以忍受。

■ 简析

　　唐诗在写景抒情上，很注意处理情景之间的关系。尽管每个人在写法上各有千秋，有的是先景后情，有的是先情后景，还有的是情景结合，一句情一句景，从写景中抒情。但都力求要情景相生，情景"互藏其宅"，艺术地表达自己的诗意。苏颋这首《汾上惊秋》，是情景分写。首句"北风吹白云"，是先从景写起。二句"万里渡河汾"，是由景到叙事。三句"心绪逢摇落"，则由叙事写到心情。最后，"秋声不可闻"，以景语作结。一二两句侧重写景，皆写那些能够表达感情的景物。三四两句以情为主，又不是空泛抒情。两联各有侧重，但又"互藏其宅"，景中有情，情中有景，把情和景巧妙地结合起来。尤其是收句，以景结情，更显含蓄有味。

祖咏（一首）

祖咏（约699—746），唐时洛阳（今河南洛阳）人。与王维最善。开元年间中进士，官至驾部员外郎，后被贬为道州司马。其诗作，多通过描写景物，来宣扬隐逸生活。明人辑有《祖咏集》。

终南望馀雪

终南阴岭秀，[一]
积雪浮云端。[二]
林表明霁色，[三]
城中增暮寒。[四]

■ 注释

〔一〕阴岭：指今陕西终南山的北坡阴面。

〔二〕这两句说，终南山从北面看去，在严冬之际显出一派怪石嶙峋的神采，上边雪铺万丈，几乎要连到云端。

〔三〕林表：树林的顶部。霁（jì）：雪止，雨止。

〔四〕这两句说，在傍晚时分，雪停云散，树林顶上反射出一片阳光；此时，城里的人们似乎觉得天气更加寒冷了。

■ 简析

　　《唐诗纪事》中，有关于祖咏写这首诗的记载。说有一年，朝廷考试举子，试官出的诗题是《终南望馀雪》。按照当时朝廷规定的格式，应写六韵十二句，但祖咏只写了两韵四句就交卷了。试官问他为什么不按规格来写，他说："要写的意思都写完了。"试官读了，很赏识这首诗，于是祖咏中了进士。这寥寥四句，虽不合当时规格，至今却为人所称道。可见，写诗作文原无一成不变的格局，也并不见得长了就好。

　　这首诗写得很成功，不仅仅是因它能尽意而止，主要是它在表达题旨上很有造诣。首句用"阴岭"二字，点明从北面看终南山。用一"秀"字，贴切地写出终南山在严冬中怪石峋嶙的神采。二句用"浮云端"三字，点出积雪的高厚，同时，带出了山势的高峻。到此为止，就已把题中"终南望雪"四字都做了精巧的描写。剩下一个"馀"字，便用三四两句极力进行描绘和烘托。句中的"霁色"、"暮寒"，正是从眼前的景色和人们的感觉两个方面来烘托这个"馀"字的。四句二十字，在一般文章里是微不足道的。但在祖咏的笔下，却不多不少，恰到好处，可谓圆满完成了命题作文。倘要再有所增添，恐怕只能是画蛇添足了。

裴迪（一首）

裴迪（约 716—740），唐代关中（今属陕西）人。初和王维、崔兴宗隐居在终南山，后曾任蜀州刺史，尚书省郎。其诗作，今存者多为"五绝"，以写自然景色见长。

送崔九〔一〕

归山深浅去，
须尽丘壑美。〔二〕
莫学武陵人，〔三〕
暂游桃源里。〔四〕

■ 注释

〔一〕崔九：即崔兴宗，曾任唐玄宗的秘书监。

〔二〕丘壑：这里指隐居的山区。这两句说，到山里去，无论在深山还是山边，都应该尽情享受深山中的幽美和雅静。

〔三〕武陵人：指陶渊明写的桃花源中的渔夫。他误入神仙居地，全然不知，又出来了。

〔四〕这两句说，你千万不要和那渔夫一样，仅仅在桃花源里暂停片刻，就又糊里糊涂地离开了。

■ 简析

　　一首好的绝句，它的含意很深，切忌浅薄乏味，因此，起承转合，各句皆应要求蓄意深刻。合句作结，更"要含蓄意远"。这首诗是崔九到终南山去时，裴迪为他写的送行诗。希望他到达终南山后，无论入山深浅，总能享受深山的幽静和恬雅，尽历丘壑之美。并以陶渊明的桃花源来比喻崔九的去地，表示了作者对隐居生活的向往。全诗主题是一个"送"字。围绕"送"字，从"归"字写起，在"尽"字上大做文章。三四两句，引用武陵渔人暂入桃源的典故，从另一角度反衬了丘壑之美。从"须尽"跌出"暂"字，写出不要学武陵渔人，暂入桃花源，即行出山。至此，"须尽"之意，不叙自见。同时，把诗人送别时的心境、诚望，全部饱含在诗句之中。全诗不甘久隐，含意深刻，可见，绝句只有做到含蓄而意远，方不显浅薄而无味。

张旭（二首）

张旭（生卒年不详），字伯高，唐吴县（今江苏苏州一带）人，做过常熟尉。他善于书法。据说，醉后下笔，效果更佳，有"张颠"之称。他的草书和同时代的李白的诗歌、裴旻的剑舞，并称为当时的"三绝"。他也长于创作七绝。

桃花溪[一]

隐隐飞桥隔野烟，
石矶西畔问渔船。[二]
桃花尽日随流水，
洞在清溪何处边？[三]

■ 注释

[一]桃花溪：一个桃花流水的山溪，非实指某地。

[二]石矶：水中露出的石头。这两句说，隔着一层薄薄的云雾，隐约可见一座大桥横架在河上。在石头的西边，我向打渔的人问话。

[三]这两句说，"只见桃花整天都在随着流水飘去，那么桃花源的洞口，又在这河流的什么地方呢"。

- 简析

　　陶渊明憧憬的世外桃源,曾为一些后人所赞许。作者在桃花溪看到轻风吹拂,桃花瓣儿落入清澈的水中,引起了无限感慨。不禁发问:现在桃花已在眼前,而桃花源又在哪里呢?流露了作者对隐居生活的向往。这首诗,首句用一"隔"字,写出飞桥和野烟之景。二句用一"问"字,承上转下。三四两句,一句用一"随"字描绘出眼前实景,一句用"何处边"三字提出问题。就此止笔,所提问题,不作回答,诗人对桃花源生活的向往,流露于字里行间。

山行留客

山光物态弄春晖,〔一〕
莫为轻阴便拟归。〔二〕
纵使晴明无雨色,〔三〕
入云深处亦沾衣。〔四〕

- 注释

　　〔一〕山光:山色。物态:各种景物的姿态。弄春晖:指在春天,日光时隐时现,不断变化的景象。

　　〔二〕这两句说,春天,群山放光,其他自然景物也都各具形态,这正是春天的美景。请不要因为天气微阴不开,就不去游春而返回。

　　〔三〕纵使:即使。晴明:明朗的晴天。

　　〔四〕沾衣:这里指山中的雾气沾湿了衣服。这两句说,这里即使是晴天,因山中的云气多含有水分,所以也会沾湿衣服,请不要怕微阴有雨就不敢出去了。

■ 简析

　　这首诗写的是山行之景，表现的主旨是留客。全诗围绕一个"留"字，通过山行所见，歌咏了山地春天的美景。"山光物态弄春晖"，一"弄"字，用得甚妙，十分贴切地表达了山中不断变化的各色景物。景色如此之美，怎能归去呢？"莫为轻阴便拟归"，还是留下来欣赏这山中的景物为好。写到这里，笔锋一转，又引申开去："纵使晴明无雨色，入云深处亦沾衣。"用"纵使"来写"莫为"，写出"入云深处亦沾衣"的又一景色。有景有情，层层深入，不写"留"而"留客"之意自见。写的是生活中的小事，但小中见大，悠然意远。在一般人看来，只注意雨天的雨，而不会想到晴天也同样有"雨"。诗人正是在这里给了我们新颖的启示。"入云深处亦沾衣"，可以说，是诗人在描绘山中景色之外，给予读者较为深刻的又一启发。

王翰（一首）

王翰（生卒年不详），字子羽，唐并州晋阳（今山西太原）人。景云年间进士出身，曾任仙州别驾，后被贬为道州司马。其诗作，存者不多，但《凉州词》一诗，脍炙人口。

凉州词

葡萄美酒夜光杯，〔一〕
欲饮琵琶马上催。〔二〕
醉卧沙场君莫笑，
古来征战几人回。〔三〕

■ 注释

〔一〕夜光：玉名。夜光杯：是当时西域用的极精致的酒杯。

〔二〕这两句说，正要捧起夜光杯，斟满葡萄酒，开怀痛饮的时候，忽然，琵琶声在骏马上响起来了。

〔三〕这两句说，请你不要笑我喝得酩酊大醉，躺在了沙场上，其实，这又有什么呢！要知道从古至今，出征在外的人有几个能活着回去呢？

■ 简析

　　反映边疆生活的边塞诗，有的情调昂扬激奋，有的是悲哀的慨叹，还有的是反战的呼吁。这首诗，诗人用饱满的笔调，写出了军中的豪情逸兴和边疆战士忠勇爱国，置生死于不顾的无畏气概。由于诗人用笔曲折，使人感到好似是在借酒消愁。戴叔伦诗云："愿得此身长报国，何须生入玉门关。"一般人看了都认为是写战士忠勇爱国的气概。这首诗中"古来征战几人回"，似乎就不做这种理解。其实，同样是这个意思，不过诗人用笔曲折了一些，带上了一种悲壮的情调罢了。这首诗，首句从"酒"、"杯"写起，点明地点是在西域，并摆出一个豪华场面，给读者以形象鲜明之感。二句由"欲饮"引出饮酒的人。正在开怀畅饮，琵琶声在骏马上响起来了。一"欲"一"催"，巧妙地描绘出一种错综矛盾的情景和心情。催是催，饮还要饮。在唐帝国，一个兵士只是为皇朝镇压边民，为将帅拜将封侯而出生入死，到头来自己只能是黄沙埋白骨。面对这样的现实，兵士自然会发出一种豪迈而悲凉的感叹。"醉卧沙场君莫笑，古来征战几人回"，正是以士卒酒醉后的壮语，微微流露了他们的复杂心情。

　　谈到这首诗的妙处，不能不提它的顿挫得法。首句从酒说起，二句"欲饮"作为一顿。在句法上，为上二下五。三句写：催尽管催，饮只管饮；"醉卧沙场"又是一顿，"君莫笑"一挫。四句再来一挫，方跌出正意。读起来，就很有意味了。

崔颢（二首）

崔颢（？—754），唐汴州（今河南开封）人。开元年间中进士，官至司勋员外郎。他的边塞诗，慷慨激昂，雄浑奔放，很少有伤感之情，且接近民歌。

长干曲（其一）

君家何处住？
妾住在横塘。〔一〕
停船暂借问，〔二〕
或恐是同乡。〔三〕

■ 注释

〔一〕妾：古时女子的自称。横塘：今南京西南，在长干近旁。这两句说，你家住在什么地方呢？我家就住在离长干不远的横塘。

〔二〕暂：短时。借问：打问。

〔三〕恐：可能。这两句说，让我把船停下来问你一声，也许我们可能是同乡呢！

■ 简析

　　长干曲是古时歌曲中的一种。作者利用这一旧题,采用民歌形式填写了新的内容,将一对青年男女相逢时的姿态、言语,生动细腻地描摹了出来。全诗用女子的口吻来写,首句"君家何处住"是问语,先问君家的住处。二句接说自己的乡贯,"妾住在横塘",作自我介绍。又恐自己所业卑贱,恐是同乡被其所笑,故必停船借问。"停船暂借问",写出一个细小动作。四句由"借问"结到"或恐是同乡"。小巧别致,言简情深。女子羞涩心情,隐约可见。

长干曲(其二)

家临九江水,〔一〕
来去九江侧。〔二〕
同是长干人,
自小不相识。〔三〕

■ 注释

　　〔一〕临:面对。九江:泛指长江下游一段。
　　〔二〕侧:两边。这两句说,我家面对着九江之水,经常在九江一带来往。
　　〔三〕这两句说,你我都是长干人,只因为从小离家,所以我们彼此都不认识。

■ 简析

　　《长干曲》(其一),是女子的问语,这一首则是男子的答词。

首句用一"临"字，点出家在"九江"。二句"来去九江侧"，写彼此长年往来于江上。亦用自白，写出所以往来于九江的缘由，始知原是同乡。三、四两句"同是长干人，自小不相识"，把从小离家，虽是同乡却不相识的缘由一笔写尽。并多少含有为己解嘲的意思在内。这两首诗，语言平淡，浅显易懂，然却形象感人，诗味甚浓。在作法上，这两首诗都用的是乐府体裁，白描而并不用辞藻。诗人只是模拟儿女喁喁的口气，曲曲书写，故有婉约微妙的效果。

王昌龄（九首）

王昌龄（698—756），字少伯，唐京兆长安（今陕西西安）人。开元年间中进士，曾任汜水尉、江宁丞等职。安史之乱时，被刺史闾丘晓所杀。他是七绝圣手，其边塞诗，大多采用乐府旧题，内容也多是抒写和反映将士的爱国立功和思念家乡的急切心情。其诗气势雄伟，格调高昂，尤以《从军行》与《出塞》，为后世传诵之作。明人辑其诗为《王昌龄集》。

出　塞〔一〕

秦时明月汉时关，
万里长征人未还。〔二〕
但使龙城飞将在，〔三〕
不教胡马度阴山。〔四〕

■ **注释**

〔一〕出塞：乐府旧题，内容多为边塞生活。

〔二〕这两句说，曾经照过统一中国的秦朝和强盛汉朝的明月，现在依然高悬天空；而建于秦汉时的边关，至今还在，仍是抵御外族入侵的主要依托。那些万里长征来到边塞镇守边关的将士，自秦汉以来，从未间断，长期戍守在此，不能返回家乡。

〔三〕龙城飞将：指汉朝右北平（约今河北东北部）太守李广，英勇善战，被匈奴称为飞将军。龙城，即今河北卢龙县。

〔四〕胡：指北方少数民族。阴山：在今内蒙古北部，西起于河套西北，东接大兴安岭。这里泛指北方有战略意义的地区。这两句说，只要李广这样的将军还活着，就一定不会叫敌人的马队从阴山进入内地。

■ 简析

王昌龄这首《出塞》诗，诗句精练，耐人寻味，向被后人推为压卷之作。诗人以秦汉以来，边塞战争不断，人民不得安宁的史实为背景，用深沉含蓄的诗句，真实地表达了士兵们希望国家委任得力将帅，加强边防，使人民得以平安生活的急切心情。这首诗，首先用"秦时明月汉时关"七字，生动地描绘了一幅关城夜月图。天上是孤零零的明月，地上是静悄悄的关塞。在这片荒凉的土地上，有成千上万的征戍士兵。望着明月，诗人不禁联想起历史上秦代在北方修筑长城，汉代在边塞建筑城堡抵御外族侵略的种种情形。"秦、汉、关、月"四字，这在修辞上称为"互文见义"，是交错使用。说秦虽说到明月，也包括了关塞。说汉只说关塞，也包括了明月。不可理解为"明月"只是秦时才有，"关塞"也只是汉时修筑。用"秦时明月汉时关"，更为感人，富有诗意。写了"关"、"月"，二句接写"万里征人"。用"未还"二字，极巧妙地写出秦、汉以来，多少征人仰望过这一轮明月，多少征人在关城上洒下了血汗，留下了脚迹。有了一二两句的铺垫，三四两句用"但"字一转，写出了全诗的主旨。如果朝廷能任用有勇有谋、尽忠为国的"龙城飞将"，那敌人是不敢轻举妄动、前来入侵的。诗人采用这样的方法，来表情达意，自是十分新颖的。

闺　怨

闺中少妇不知愁，
春日凝妆上翠楼。〔一〕
忽见陌头杨柳色，〔二〕
悔教夫婿觅封侯。〔三〕

■ 注释

〔一〕凝妆：打扮。这两句说，在闺房生活的年轻妇女，还没有感到孤独的愁闷，在春光明媚的季节，打扮得漂漂亮亮，登上翠楼去观景望远。

〔二〕陌头：路边。

〔三〕觅封侯：指从军求取功名。这两句说，忽然看到路边的杨柳发青，才后悔不该让丈夫前去求取功名，使其不能与己同度这可爱的春天。

■ 简析

唐代反映闺房少妇生活的诗，颇为不少。这是其中有名的一首。诗人以一个年轻的少妇为对象，艺术地描写了她思念丈夫的强烈情怀。题为《闺怨》，即闺中之愁，然诗的首句却写"闺中少妇不知愁"。用"不知愁"来写"愁"。二句又从"不知愁"来，写了"凝妆"，还要"上翠楼"。好似她真的没有一点离愁别恨。其实，这是诗人布下的一个疑阵。三句用"忽见"二字一转，转出了真正用意。一见柳色，始触动了心中的离愁。四句用一"悔"字，结出了少妇的全部"闺怨"，迸发出了少妇心灵深处的强烈感情。四句两层，非常巧妙地描写了少妇的感情变化和诗人所寄的同情。其诗含蓄蕴藉，层次分明，喻义深长，不说别而别情自露，不言愁而愁思倍增，不愧为"七绝圣手"之作。

从军行[一]（其二）

琵琶起舞换新声，
总是关山离别情。[二]
撩乱边愁听不尽，
高高秋月照长城。[三]

■ 注释

〔一〕从军行：乐府旧题，多是反映军旅辛苦生活的。原诗共七首。行，歌曲的一种体裁。

〔二〕关山：即关山月，古乐府曲调。这两句说，在一个秋夜，军中有人奏起新的调子，跳起新的舞蹈。但新调子仍然是离不开旧内容，在干戈并起，丝竹幽咽之中，人们又想到别离已久的家乡。

〔三〕这两句说，越是卖劲地弹唱，越是引起久戍塞外将士的哀愁。徘徊四望，高高的天空还是一轮秋月，蜿蜒而去的仍是迤逦远去的长城。这美丽而又乏味的景色啊，何日才能同你拱手告别呢？

■ 简析

这首边塞诗，描写了在封建王朝统治下，戍边将士的愁苦生活。诗人截取了边塞军旅生活中的一个片断：首句从"琵琶起舞换新声"写起，使人看到在一个秋夜，军中有人奏起了新的曲调，跳起了新的舞蹈。二句用"总是"二字，接写新的调子离不开旧的内容。用"离别情"三字，暗点对离别已久的家乡的怀念。三句用一"乱"字，四句用一"下"字，把征人无穷无尽的愁闷，做了进一步的揭示。在这短短的诗章中，有动作有音响，新声旧情。缭乱的音响、婆娑的舞影、头上的秋月、脚下的长城，全被织入延绵不尽的怀乡思绪之中了。

从军行（其四）

青海长云暗雪山，〔一〕
孤城遥望玉门关。〔二〕
黄沙百战穿金甲，〔三〕
不破楼兰终不还。〔四〕

■ 注释

〔一〕青海：即今青海湖，在青海东北。长云：连绵不断的云。雪山：指今甘肃祁连山，因终年积雪，故名。

〔二〕孤城：即玉门关，汉代的边关名。这两句说，青海湖上空的密云，遮住了祁连山；远远望去，在塞外只有玉门关这座孤城。

〔三〕黄沙：在沙漠里。穿：磨破的意思。金甲：铠甲。

〔四〕楼兰：汉代时西域的国名，在今新疆的鄯善县。汉武帝派使臣到大宛国去，受到楼兰攻掠。之后汉杀了楼兰王，平定了这个地方。后来楼兰成了外族敌人的代词。这里是借指吐蕃。这两句说，在黄沙遍地的战场上，征人身经百战，铁衣战袍也磨破了。尽管如此，不歼灭敌人是决不归回故乡的。

■ 简析

　　大概是由于唐代屡次对外用兵的缘故，在唐代出现了不少反映边地生活的边塞诗。从内容上看，大多是对边疆戎马生活的讴歌，有意气昂扬的一面，也有的情绪沉郁，是悲哀的慨叹和反战的呼吁。总之，从各个方面反映了那个时代的客观实际。王昌龄的这首边塞诗，着力描写了唐代西北边塞的将士，不灭外患不返家园的坚强决心。一二两句以"雪山"、"孤城"为背景，首先写了边地的风光。由于战斗的惨烈，在青海更加感到阴云弥漫，大片浓厚的阴云一直伸到天边。连高耸的积雪山峰都锁在云雾之中，显得暗淡了。遥望前方，连玉门关都那么遥远，何况千里之外的家乡呢！三句用"黄沙百战穿金甲"七字，集中概括了守边将士过去的身经百战，金甲磨穿的战地生活。四句用"终不还"三字，进一步写出将士们忠勇爱国的气概。诗人饱满的笔触，淋漓的表现，很自然会使人想起中唐诗人戴叔伦的两句诗："愿得此身长报国，何须生入玉门关。"这首诗，确如他人所评："作豪语看亦可，然作归期无日看，倍有意味。"

从军行（其五）

大漠风尘日色昏，
红旗半卷出辕门。〔一〕
前军夜战洮河北，〔二〕
已报生擒吐谷浑。〔三〕

■ 注释

〔一〕半卷：指偷偷地袭击敌人。辕门：军营的大门。这两句说，在茫茫无边的沙漠里，风卷黄沙，日光被遮得模模糊糊。就在这个时候，队伍举着半卷的战旗，偷偷地从驻地出发了。

〔二〕洮河：在甘肃省西南部，为黄河的支流。

〔三〕吐谷（yù）浑：我国古代西北少数民族国家之一。这里借指敌人首领。这两句说，在洮河北部，先头部队经过与敌人夜战，已有捷报传来：击溃了敌军，并活捉了他们的首领。

■ 简析

　　王昌龄的七绝，历史上曾有"神品"之称。还有的认为，他可以与李白并驾齐驱。这些评价，虽然有些言过其实，但王昌龄的代表作《边塞诗》，确是独具特色的。历来诗家选诗，只要选唐人七绝，就不能不选王昌龄的七绝。在这位七绝圣手的笔下，往往寥寥数笔，就使边塞军旅生活的画面跃然纸上，把所要表达的思想，通过典型化的形象反映出来。这首边塞诗，摘取守卫边塞的军士生活中的一个片断，一个镜头，用精练的诗句，讲述了一个成功的夜袭战。第一句"大漠风尘日色昏"，首先点出了作战的时间、气象。二句用"红旗半卷"，写偷袭敌人。三句转写"前军"夜战情况。四句用一"报"字，写出这次夜袭战的战果和全军将士们振奋不已的心情。一首七绝，无烦琐的战争描写，却给读者以完整的艺术形象。一场夜战写得有始有终，有声有色，实不愧为高手之作。

边 愁

烽火城西百尺楼，〔一〕
黄昏独坐海风秋。〔二〕
更吹羌笛关山月，〔三〕
无那金闺万里愁。〔四〕

■ 注释

〔一〕烽火城：古代边境上设置的镇守烽火台的城。楼：指守卫战士的岗楼。

〔二〕海风：指今青海湖上的风。这两句说，战士们住在烽火城西的高楼上，一到黄昏，面对青海湖上刮来的瑟瑟秋风，思乡的愁绪就难于克制。

〔三〕关山月：古乐府名，多以反映戍守边疆的离别之情为内容。

〔四〕无那（nuó）：无可奈何之意。金闺：指妻子。这两句说，有人吹起了《关山月》的曲调，更加引起了思念亲人、怀恋乡土的感情；此时，妻子也是万里愁怀，同样以无可奈何的心情在思念着征人。

■ 简析

诗人在写诗的时候，尤其像《边愁》这样的边塞诗，总是从景色所引起的情感中，选择那些典型的字眼，来表达自己的感想。这首边塞诗，以景见情。一二两句，从高楼和黄昏的海风写起，用"百尺楼"、"黄昏独坐"，已隐隐点出愁意。三句用一"更"字，巧妙地烘托出由乐曲所引起的戍边将士的万里相思之情，四句"无那金闺万里愁"，一语道破主题。读后，给人以突出的感觉，就是这首诗诗意开阔，情调激越，非同于一般的温柔缱绻的儿女之情。这不能不说诗人文字洗练，用意至深。

芙蓉楼送辛渐〔一〕

寒雨连江夜入吴，〔二〕
平明送客楚山孤。〔三〕
洛阳亲友如相问，
一片冰心在玉壶。〔四〕

■ 注释

〔一〕芙蓉楼：在今江苏镇江。城西南有万岁楼，城西北有芙蓉楼，为当地名胜。这是王昌龄在芙蓉楼赠别他的朋友辛渐去洛阳的诗作。原诗二首，这是其一。

〔二〕吴：泛指江苏南部，古为吴地。

〔三〕楚山：因镇江一带原属楚地，所以那一带的山又称楚山。孤：孤单。这两句说，寒冷的秋雨，阵阵落入吴地，与江水连成了一片。天亮之后，就要送你启程前往洛阳，楚山也显得更孤单寂寞。

〔四〕冰心：冰冷的心，"冰心"一词见于《宋书·良吏传》陆徽语："冰心与贪流争激，霜情与晚节弥茂。"比喻自己对宦途的冷漠。玉壶：玉制的酒壶。"玉壶"一词出自鲍照诗，两个美好的意象叠加在一起，形成一个冰心玉映的拟人形象。这两句说，你回到洛阳，若是亲友问起我的情况的话，你一定要告诉他们：我对仕宦生涯，已经厌恶，整日饮酒自乐，别无他求。我的品德，如同冰玉般的洁白，决不会受到功名和富贵的干扰。

■ 简析

王昌龄这首诗，从题目上看，好像是一首送别诗，是为友人送行而作的。实际上，这首诗是以写景起句，用比兴之法，寄寓了作者自己高雅纯洁的品德。诗的一二两句，集中写送客，点出送行的时间、地点和客人将要去的目的地。首句写雨夜饯别，二句写平明相送。首句的"入"，二句的"送"，紧相呼应。三句转写自己的为人。临别致意，辛渐系回洛阳，未写自己对洛阳亲友的关心，而转写洛阳亲友对自己的询问。四句出人意料，不说彼此的思念之情，不说客居的感慨，单用"一片冰心在玉壶"作结，意在告诉友人，自己是决不会被功名、富贵所诱惑。"冰心"、"玉壶"，纯洁高尚，是清廉自守的。本诗描摹生动，比喻奇特，抒情深刻。

春宫曲

昨夜风开露井桃，〔一〕
未央前殿月轮高。〔二〕
平阳歌舞新承宠，〔三〕
帘外春寒赐锦袍。〔四〕

■ 注释

〔一〕露井：没有盖的井。桃：长在井旁的桃树。出于"桃生露井上，李树生桃旁"之典。

〔二〕未央：汉代宫名。这两句说，昨天夜晚，东风吹开了生长在露井旁边的桃花；尽管月亮已经升起很高，时候不早了，但未央宫前殿依然歌舞不断。

〔三〕平阳歌舞：即卫子夫。她原是武帝姐平阳公主家的歌妓，后得武帝宠爱，做了武帝皇后。

〔四〕帘外春寒：早春时节，天气寒冷。这两句说，平阳公主家里善于歌舞的歌妓卫子夫,刚刚得到汉武帝的宠爱,当天气尚有寒意之时,皇帝怕她受凉,立即赐给她一件锦袍。

■ 简析

　　这是一首反映皇宫内妇女生活的怨诗。诗人借汉武帝宠爱平阳公主的家奴歌妓卫子夫,而抛弃其表妹陈皇后(即陈阿娇)一事,写了皇帝喜新厌旧和封建社会妇女一旦红颜衰老,就被遗弃的可悲结局。这首诗含蓄不露,讽刺颇深。从这首诗看,有些诗作,运用含蓄的手法,往往是同讽刺结合在一起的。这首《春宫曲》,一二两句,是在写景,既写"桃",又写"月",但用"昨夜"二字,点明了时间有含蓄之意,使人知道意之所指。风开露井桃,春风送暖,桃花应时而开,露珠盈盈,宫中的景象变得暖意融融,这种比兴的手法为后面奠定了感情基础。可见,诗中所用的意象是诗人刻意选择的,而非真实的时间与景色,其间充满了浓郁的情感。三四两句不去直写宫人之怨,偏从侧面得宠者写起,枯荣相比,愈见可怨。"新承宠"、"赐锦袍",虽然没有去明写陈阿娇被遗弃的可悲结局,但已把这种讽刺十分含蓄地表达出来。这即有人所说,诗中最忌直说正意。直则没有余味,曲则愈见神韵。

长信怨

奉帚平明金殿开,〔一〕
且将团扇共徘徊。〔二〕
玉颜不及寒鸦色,〔三〕
犹带昭阳日影来。〔四〕

- **注释**

〔一〕奉帚：恭敬地拿着扫帚，这里指打扫长信宫。平明：天明。

〔二〕团扇：旧说班婕妤曾写《怨歌行》，内有"裁成合欢扇，团团似明月"句，亦称《团扇歌》。"团扇"它本象征团圆的，却在秋风中被主人摒弃了，成了失意宫人的一个象征，寄托了她的哀怨。这两句说，班婕妤天一亮就恭恭敬敬地捧着扫帚打扫长信宫；她出于孤独和哀怨，姑且拿出团扇与它一起徘徊。

〔三〕玉颜：指班婕妤。

〔四〕昭阳：即昭阳殿，为汉宫殿名，赵飞燕的妹妹赵合德居住的地方。这两句说，自己的容颜还不如寒鸦，寒鸦尚且能带着昭阳殿温暖的日光飞来，而自己却永远不能再见到君王了。

- **简析**

长信宫是汉朝太后居住的地方。汉成帝时，班婕妤很受宠爱。后来，因为赵飞燕姐妹得宠，班婕妤为避其嫉妒，请求离去，到长信宫去侍奉太后。诗人以此为题，替她写了这首《长信怨》。首句写"奉"，二句用"共徘徊"暗点怨情。三句用"玉颜"比"寒鸦色"，班婕妤在清晨洒扫之后，看到空中飞过一两只乌鸦，在旭日的辉映下，它们的毛羽金光灿灿，十分炫人眼目。相比之下，失意宫人黯然失色。诗人比喻的高明之处，在于他突破了"拟人必于其伦"的限制，将"寒鸦"和"玉颜"这两个毫无可比性的东西作比，谓美不如丑，人不如鸦，真是颠倒黑白之至，而宫人对"昭阳日影"的怨意，可见是很深的。寒鸦还能从昭阳殿里，带着温暖的日影飞过来，而班婕妤心中的怨情，就无处申诉了。

王维（十首）

王维（698—759），字摩诘，唐代河东祁（今山西祁县）人。二十一岁中进士，官至尚书右丞。四十岁以后，一直过着亦官亦隐的生活，晚年成了一个佛教徒。王维是个多才多艺的人，于诗古、律、绝兼长，而且精通绘画、音乐，书法也很有造诣。前人称他："诗中有画，画中有诗。"有《王右丞集》。

相 思〔一〕

红豆生南国，〔二〕
春来发几枝？〔三〕
劝君多采撷，〔四〕
此物最相思。〔五〕

■ 注释

〔一〕唐代绝句名篇经开工谱曲而广为流传者数甚多。王维《相思》就是梨园弟子爱唱的歌词之一。

〔二〕红豆：产于今广东、广西一带，树干高一丈多，秋季开花，冬春结果。形如豌豆，颜色鲜红，又名相思子。古人常用来表示爱情。

〔三〕发几枝：新添的枝条。这两句说，红豆生长在南方，到了春天，它会增添新的枝叶。

〔四〕撷（xié）：摘取。

〔五〕这两句说，希望你多多摘取红豆，因为它最能表达人间相爱的心情。

- 简析

　　古代表达爱情的诗，占有大量篇幅。王维《相思》二十字之所以成了千古绝唱，首先就在于诗人给"相思"找到了一个绝妙的象征物——红豆。诗人借用红豆的别名"相思子"，以一位姑娘的口气，直率地表达了自己对爱人的深厚情谊。这首诗，虽是直接咏物，但却大有因物寄寓相思之意。先以"红豆生南国，春来发几枝"起句，然后，三句承上转下，四句"此物最相思"，结出相思的正意。这样写来，起到了余音绕梁的效果。全诗字句自然流畅，朗朗上口，表达的爱情深沉而不轻浮，感情真挚而不陋俗，故深受历代文人好评，一直流传至今。

鹿　柴〔一〕

空山不见人，
但闻人语响。〔二〕
返景入深林，〔三〕
复照青苔上。〔四〕

- 注释

〔一〕鹿柴（zhài）：即鹿砦，辋川风景之一。

〔二〕但：只，仅。这两句说，空荡荡的山谷中看不见人，只能听到说话的声音。

〔三〕返景（yǐng）：返照的阳光，这里"景"同"影"。

〔四〕青苔：潮湿地生长的一种藻类植物。这两句说，日落时，晚霞映入深林，又返照到青苔上，景色宜人。

■ 简析

古人云："文章本天成，妙手偶得之。"这首诗，是诗人中年后，居辋川（今陕西蓝田县南）时所作。可以说，是妙手偶得的佳作。它天成自然，毫无造作之迹。首句写静，二句写动，静中有动；三句写动，四句写静，动中有静。寥寥四句二十字，把动静写得十分贴切。一二两句"空山不见人，但闻人语响"，写人不见人。三四两句"返景入深林，复照青苔上"，写景人自见。反复吟诵，很有推敲之味。佳处不在语言，与陶渊明"采菊东篱下，悠然见南山"是同一表现方法。

竹里馆〔一〕

独坐幽篁里，〔二〕
弹琴复长啸。〔三〕
深林人不知，
明月来相照。〔四〕

■ 注释

〔一〕竹里馆：辋川风景之一。建在辋川一片竹林之中，环境幽深。王维常憩馆内，"日与道相亲"（唐代裴迪《竹里馆》）。此诗写其恬淡自得的生活情趣。

〔二〕幽篁（huáng）：寂静的竹林。"幽篁"一词出自《楚辞·九歌·山鬼》："余处幽篁兮终不见天。""终不见天"正表现篁竹遮天蔽日的深幽。

〔三〕啸：古时一种口技。这两句说，独自一人坐在寂静的竹林里，又是弹琴又是练习口技，幽静得很。"长啸"，自魏晋以来就是名士风度的一种象征，那啸声饶有旋律，相当富有魅力。

〔四〕这两句说，幽静是幽静，但在这深深的竹林里，谁又知道我呢？只有天上的明月同我做伴了。

■ 简析

这首诗写的是一种闲适的生活。这与王维晚年过着亦官亦隐的悠游生活有很大关系。诗人在这里通过对田园山水生活的描绘，来写隐士生活，此诗在用字造语上没有用力的痕迹。写景只在俯仰之间，"幽篁"、"深林"、"明月"，几个物象，自成幽雅环境；叙写的笔墨也简淡，"独坐"、"弹琴"、"长啸"几个动作，妙达闲逸自适心情。一种独隐的生活情趣，跃然纸上。三四两句"深林人不知，明月来相照"，又对以上作了点缀。竹林、明月、琴声、长啸，在这一幅天织美景之中"独坐"的人，其生活的闲适、幽静，不是清晰可见吗！这首诗，体物精细，状写传神，具有诗人独特的艺术风格。

杂 诗〔一〕

君自故乡来，〔二〕
应知故乡事。〔三〕

来日绮窗前,〔四〕
寒梅著花未?〔五〕

■ 注释

〔一〕这首诗题名为"杂诗",相当于无题。其中有两个主题词,一个是"故乡",一个是"寒梅"。

〔二〕君:你。这里指从故乡来的人。

〔三〕这两句说,你是从故乡来的,应该知道故乡的情况。

〔四〕来日:来的时候。绮窗:用白绫糊裱的窗子。

〔五〕著花未:指开放了没有。这两句说,你能不能告诉我,你来的时候,那窗前的梅花开放了没有呢?

■ 简析

关于写诗,古人曾有"炼字"之说,讲究"一字之工"。有的为了一字之工,曾呕心沥血:"吟安一个字,捻断数茎须。"但炼字不如炼意。一首诗,须有意境的创造,形象性的表现,方可称为好诗。意境不妙,纵有佳句,也是枉然。王维这首诗,字句平淡无奇,但他构思巧妙,意境优美,感情真挚。写作手法,是以第一人称询问的形式开始,显得格外亲切。一二两句"君自故乡来,应知故乡事",是概写。三四两句才是细描:"来日绮窗前,寒梅著花未?"故乡的父老亲友,皆不在诗人的问答之中,唯独关心和问起的是绮窗前的寒梅,有没有开放。这是暗点时令吗?不是。然而,为什么要选这株寒梅作为故乡的象征物呢?这就不得不说到院果林花在孩童或少妇记忆中的特殊地位了。对孩童、少妇来说,生活空间本有局限,诗人的眼中会将其放大,特别是那些占据重要空间(如绮窗下)的花木,将成为诗人一生中重要记忆。诗人对故乡的怀念,正是通过这样生动的形象,巧妙地表达出来了。

鸟鸣涧

人闲桂花落，〔一〕
夜静春山空。〔二〕
月出惊山鸟，
时鸣春涧中。〔三〕

■ 注释

〔一〕闲：寂静。

〔二〕空：空荡。这两句说，在这春日寂无人声的时候，桂花无声无息地凋落了。静静的夜间，春山显得空荡荡的。

〔三〕这两句说，只有被月色惊扰的山雀，发出鸣叫的声音，打破这春天山涧的沉寂。

■ 简析

王维这首《鸟鸣涧》，是他题赠友人皇甫岳的《云溪杂题》五首中的第一首。一二两句"人闲桂花落，夜静春山空"是写景。三四两句"月出惊山鸟，时鸣春涧中"，也是写景。第一联写"人"、"花"、"夜"、"山"，第二联写"月"、"鸟"。诗人选用"落"、"空"、"惊"、"鸣"四字，表现了其中的声息、动态。读之，使人有可闻可见之感。可见，诗人选词造字是很下功夫的。意与言会，间不容发，可谓其辞益工。

辛夷坞〔一〕

木末芙蓉花,〔二〕
山中发红萼。〔三〕
涧户寂无人,〔四〕
纷纷开且落。〔五〕

■ 注释

〔一〕辛夷：一名木笔,现时多为木兰的别称。辛夷坞,为辋川的风景之一,因盛产辛夷花而得名。

〔二〕木末芙蓉花：指木芙蓉。语出《楚辞·九歌·湘君》："搴芙蓉兮木末。"

〔三〕萼(è)：花萼的简称,原为花的最外一轮,一般呈绿色。红萼：指红色的花苞。这两句说,在幽静的深山中,木芙蓉长出了几朵红色的花苞。

〔四〕涧户：指山水间的住户。

〔五〕这两句说,两水之间住着的家户,寂寞无人；只有木芙蓉花独自开放,又无声无息地飘落。

■ 简析

　　感事抒怀之作,因篇幅有限,常以用典来表达较多的意思和情感,然在写景的诗作中,却很少有这种现象。在王维的写景绝句中,用典就更少了。诗人总是以平淡无奇的诗句,淡淡几笔,创造出一种极妙的境界。这首《辛夷坞》,首句从芙蓉花写起,二句写它生长在山中,此刻已生发几朵花苞。三句写人,用"涧户寂无人"作衬,四句"纷纷开且落",仍回到芙蓉花上来。全诗不用一典,紧紧围绕芙蓉花来写,仅用二十字,将辛夷坞的一片幽景写得如在目前,足见诗人功力。可谓体物精细,状写传神,"别是一家体裁"。

息夫人〔一〕

莫以今时宠,
难忘旧日恩。〔二〕
看花满眼泪,
不共楚王言。〔三〕

■ 注释

〔一〕息夫人:春秋时息侯的夫人,楚文王灭了息国,娶其为妻,共生了两个儿子。她一直不与楚王对言,楚文王问她何故,她答道:"我一个妇人嫁了两个丈夫,不能殉节,还有什么话可说呢!"

〔二〕这两句说,并没有因为自己今天已经得宠而忘怀原来的夫妻恩情。

〔三〕这两句说,尽管面对着良辰美景,仍然是满面愁容,泪水不断,始终也不愿意和楚王讲一句话。

■ 简析

宁王依仗权势,夺取了一个卖炊饼人的妻子作侍妾。在一次宴席上,宁王问她是否还怀念原来的丈夫。她没有回答,只是流了眼泪。王维以此为题,引用典故,作恰当的比喻,即席吟成此诗。据说,宁王后来又将她送归了原夫。这首诗,一二两句,似对非对,写出"今时宠"和"旧日恩"。三句"看花满眼泪",运用反衬的修辞方法,作进一步叙写,四句结到"不共楚王言"。全诗都是叙事,没有一句抒情,但细细吟诵,又觉句句都是情语。诗人又运用反衬手法,使这首五绝,发挥出了更为深刻的艺术力量。

九月九日忆山东兄弟〔一〕

独在异乡为异客,〔二〕
每逢佳节倍思亲。〔三〕
遥知兄弟登高处,
遍插茱萸少一人。〔四〕

■ **注释**

〔一〕九月九日:古时的重阳佳节,民间习俗要插茱萸喝黄酒。山东:泛指函谷关以东一带地方,非专指今山东省。

〔二〕为异客:作他乡的客人。

〔三〕倍:格外。亲:父母,这里泛指亲人。这两句说,独自一人在异乡作客,一到过节就加倍地思念亲人。

〔四〕茱萸:一种植物。古代习俗,九月九日要登高插茱萸。据说,插此能避灾疫。这两句说,今天,我在远方想到你们在登高,个个应景插茱萸,一定会想起只少我一人不和你们在一起。

■ **简析**

这是王维十七岁时所做的一首名诗。他用形象思维,把寄居他乡、思念亲人的心情,真实地描写了出来。先是开门见山,托出主题，然后，用比兴手法加以深化，给人以逼真、形象生动之感。首句由一"独"字写起，接着连用两个"异"字，加以衬托，写出"异乡"、"异客"的凄苦。别人在热热闹闹地过节，我更加感到寂寞凄凉。二句用一"倍"字，不仅写出节日的特点，并且进而托出佳节思亲的急切之情。三句承上转下，专忆此时此刻被思念之人的登高，更转进一层。最后，用反意作合。既不直说我忆兄弟，也不直讲兄弟忆我，而只叙遍插茱萸少我一人。在他们插上茱萸的时候，一定会为少我一人不能欢聚而十分遗憾。此刻，他们一定会加倍地想我，并为我挂牵。不说自己想念家乡的兄弟，反说家乡兄弟在想念自己。实际上，说的还是我忆兄弟。这正是"倍思亲"感情的进一步深化。这首诗，语言质朴，用意婉转。一句一转，自然流畅，感情至深，是千百年来为人乐于传诵的名作。

渭城曲〔一〕

渭城朝雨浥轻尘，〔二〕
客舍青青柳色新。〔三〕
劝君更尽一杯酒，
西出阳关无故人。〔四〕

■ 注释

〔一〕诗题又称《送元二使安西》。渭城：在长安西北，渭河的北岸。

〔二〕浥（yì）：润湿。

〔三〕客舍：旅店。这两句说，渭城早上下雨了，雨点沾湿了路上的灰尘，使人感到空气很新鲜。经过雨水冲刷，房屋一新，排排柳树在蒙蒙细雨中，显得更为青翠。

〔四〕阳关：在今甘肃敦煌西南，玉门关南，为当时出塞入塞的交通要道。唐时，出了阳关就是西域。这两句说，请你再喝完这一杯酒，因为再向西，出了阳关就没有熟悉的朋友了。

■ 简析

　　这是一首非常有名的送别诗。唐时，曾有"此辞一出，一时传诵不足，至为三叠歌之"的记载。在唐代，人们送别时，常常吟到它，甚至有人把它谱成歌曲来唱。刘禹锡诗云："旧人唯有何戡在，更与殷勤唱渭城。"白居易亦有诗云："相逢且莫推辞醉，听唱阳关第四声。"可见，这首诗作在当时影响是很大的。它集中表现了送别时，朋友之间的深厚情谊。这首诗，重在三句。一二两句，先描绘了晨雨洗刷后旅舍、柳树的风貌。早晨的阴雨天气，路上的尘土被雨点沾住飞不起来；旅舍房前的柳树，在细雨中显得更加鲜绿，清爽的空气，带来一种微凉的感觉。写出离别时的一种特定气氛。然后，三句一转，"劝君更尽一杯酒"，方把"送"意表露。四句"西出阳关无故人"，是一句绝妙的诗句，既深情又婉转。送行者不说朋友远去的感伤，也不说彼此的难分难舍之情，而是从对方落笔，说行人在异乡不能见到自己，用"无故人"，进而说明"更尽"，把"送"意说尽。一杯酒贮满了朋友间的深厚情谊。诗人采用写景和抒情交融的笔法，加以高度概括，提炼成为一首辞意兼美的绝句。自然亲切，有如一幅情感真挚的送别图画。

少年行

出身仕汉羽林郎,〔一〕
初随骠骑战渔阳。〔二〕
孰知不向边庭苦,〔三〕
纵死犹闻侠骨香。〔四〕

■ 注释

〔一〕羽林郎:汉时皇家禁卫军的一种官职。唐时,一般借汉指唐,故诗中说汉代羽林郎。

〔二〕骠骑:骠骑将军。渔阳:今河北蓟县一带。这两句说,刚离家当上皇家禁卫军的军官,第一次跟随骠骑将军参加渔阳这样大的战斗。

〔三〕孰:谁。边庭:边疆。

〔四〕这两句说,谁也懂得既要到边疆就必须担风险,受苦受累,但他想的是即使牺牲在战场上,也是为国捐躯,当会流芳百世。

■ 简析

王维这首边塞诗,以慷慨激昂的情调,抒发了边防将士为保卫疆土献身的英雄气概。诗人把描写的对象,选择为一个刚入伍的少年加以描写,有叙述有议论,先写初战渔阳,尔后提出"纵死犹闻侠骨香"。全诗写得很有气势,既无悲腔,更无儿女之情。所表现的感情果敢,意气风发,确是英雄气概的体现。它抒发了诗人对保卫国土的将士的尊敬,讴歌了他们戍守边疆,不畏艰苦,勇敢作战,视死如归的高尚品德和风格。

李白（十六首）

李白（701—762），字太白，祖籍甘肃天水，先世因故被流放西域，五岁随父迁居绵州（今四川江油），自号青莲居士。幼年时博览群书，二十四岁开始在蜀中漫游。四十三岁时被唐玄宗召见，命为供奉翰林。五十七岁问罪狱中。六十一岁时，李光弼征讨史朝义，李白请缨杀敌，但行至金陵，因病折回，次年病故于族叔李阳冰家中。李白是我国历史上的伟大诗人。他的诗作富有积极的浪漫主义色彩，而且创造性地运用一切浪漫主义手法，使内容与形式得到和谐与统一。杜甫曾称赞他的诗的特点是："笔落惊风雨，诗成泣鬼神。"有《李太白集》。

静夜思

床前明月光，
疑是地上霜。〔一〕
举头望明月，〔二〕
低头思故乡。〔三〕

- 注释

〔一〕疑：不相信，疑心。这两句说，床前被月光照射得明亮洁白，宛如地上起了一层冰霜。

〔二〕举头：抬头。

〔三〕这两句说，抬头看到天空美丽的月亮，不觉低头又怀念起自己的故乡。

- 简析

　　这首诗是诗人在漫游途中之作，写的是在寂静的夜晚思念家乡的感受。这样的题材，古人作诗颇多，可有谁写得情景如此逼真，落笔这样轻松呢？诗人运用白描手法，写得真切，说得透彻。字面上没有什么惊人的地方，构思也并不显得有什么新奇之处。然而，深挚的感情藏在表面的平淡之中，耐人寻味，动人的正是那种平淡。"其淡语皆有味，浅语皆有致。"

　　全诗二十字，不用一典，似全不费力，皆为寻常口语。但一经诗人道出，则别有一番风韵。一二两句，"床前明月光，疑是地上霜"，思潮起伏，不能入眠，忽然月光照在床前；睁眼一看，夜深寒气袭人，看到床前一片白色，以为是秋霜降在床前。一"霜"字，用得恰好。既说了月色的皎洁，又表明了季节的寒冷。三句"举头望明月"，承上启下，写出了一个小小的动作。一二三句，都是在情中写景。最后，四句"低头思故乡"才点出思乡的主题。一"思"字，包括了多少内容，足给读者以丰富的余想。这首诗，情景交融，自然贴切，没有雕琢和词藻的堆砌，是一首为后人传颂的五绝。凡在异乡望月的人，吟诵此诗，思乡之情更烈。这不能不说是此诗的艺术魅力所在。

独坐敬亭山〔一〕

众鸟高飞尽，〔二〕
孤云独去闲。〔三〕
相看两不厌，
只有敬亭山。〔四〕

■ 注释

〔一〕敬亭山：又名昭亭山，在今安徽宣城北。

〔二〕飞尽：飞光了。

〔三〕独去闲：独自去偷闲。这两句说，所有的鸟都高高地飞走了，天上的云彩也偷偷地找地方去休息。

〔四〕这两句说，只有我和山彼此做伴，彼此相看，总不觉得厌烦。

■ 简析

　　李白一生特别喜欢漫游。在漫游途中，写下大量热情奔放、歌颂祖国山河的浪漫诗歌。但有时作者孤独一人，心中也产生苦闷之感。这首诗，就是作者用拟人化的手法，给山以生命和感情，来寄托自己的孤独之情的。诗人独坐敬亭山，欣赏山中景色，以对自然景色的热爱和依恋，来反衬自己内心的抑郁和愤世嫉俗的心情。诗的主意在一"独"字，却没从独字下笔，而是从"众"字写起。从"众"写到"尽"，二句方写出"独"。三四两句，围绕"独"来写"山"和"我"，点出似乎"山"也感到寂寞，和"我"彼此依托，在相随做伴。一群飞鸟从山谷的树丛中掠起飞走；天上飘来一片孤云，也悠然而去，离开了敬亭山，消失在太空，面前只有这座敬亭山安然矗立。青山相对坐啊！在这茫茫天宇之间，似乎只有你才和我终日盘桓。诗人这种情景交融的写法，丰富了诗歌的艺术形象。

劳劳亭〔一〕

天下伤心处，
劳劳送客亭。〔二〕
春风知别苦，
不遣柳条青。〔三〕

■ 注释

〔一〕劳劳亭：故址在今江苏南京南，为古代送别之地，为吴时所建。

〔二〕这两句说，天下令人伤心的地方，要数劳劳亭这个送别亲友的地方了。

〔三〕遣：使，让。柳条青：古人在春天送别，有折柳赠送的习惯。这两句说，春风好像知道人间离别时是十分痛苦的，它至今没有让柳条发青。

■ 简析

古人写抒情诗，往往运用夸张的手法，通过叙写事实上绝对不会有的事，来表达极为深刻的感情。由于感情是真切的，所以，所写的事实上不会有的事，也就变成合理和真实了。李白这首五绝《劳劳亭》，就是运用这样的手法，给春风以人格化，真切地写出了自己对朋友的深厚情谊。首句开门见山，直写"天下伤心处"，为二句"劳劳送客亭"做衬垫。一二两句，点明送客的伤心。三四两句，"春风知别苦，不遣柳条青"，进行点染、烘托。诗人为了强调离愁别苦，联系折柳送别，何等的含蓄！道破

"柳"字，益妙。用"不遣"二字，写出春风不让柳条发青，希望来阻止送别之事。初看，这些诗句写得好像皆无道理，但"决不能有其事，实为情至之语"，正是从这些事实不会有的事里，从这些"情至语"中显出了诗人的极为强烈的情感。这正是"情至之语"所起的作用。

怨　情

美人卷珠帘，
深坐颦蛾眉。〔一〕
但见泪痕湿，〔二〕
不知心恨谁。〔三〕

■ 注释

〔一〕颦（pín）：皱起眉头，指心中苦闷。蛾眉：像蚕蛾触须，细而长曲的眉。这两句说，美丽的女子无聊地卷起珍珠帘子，孤独地坐在宫内，紧紧地锁着她那秀丽的双眉。

〔二〕但见：只见。

〔三〕这两句说，只见她的眼泪把衣襟都沾湿了，不知道她心里在怨恨谁呢？

■ 简析

李白这首诗，采用直接描写外貌与行动的手法，反映了宫内女子被禁闭、不见天日的怨情。此诗信手写来，读之却井然有序。首句用"卷珠帘"三字，写出盼望来者的急切之心。二句用"颦蛾眉"三字，写出女子失望而怨恨的情态。三四两句再作进一步的描摹,用"泪痕"、"心恨",把美人的幽怨情态,细细托出。诗以问句结尾,形式上似在发问。其实,读到这里,诗之所寄,"恨谁"的问题,早已为读者所知。真是全诗"无一字言'怨',而隐然幽怨之意见于言外"。诗人运用灵巧的笔触,把要写的人物和她的精神状态,通过细微的动作勾勒出来,艺术思想蕴藏在艺术形象之中,由形象的作用来透出诗人的思想。这正是这首诗高妙的艺术技巧。

玉阶怨[一]

玉阶生白露,
夜久侵罗袜。[二]
却下水晶帘,[三]
玲珑望秋月。[四]

■ 注释

[一] 玉阶:指宫中的台阶,此处暗指女子的住处。《玉阶怨》是乐府旧题,其性质,与《婕妤怨》、《长信怨》等曲一样,都是"宫怨"。也是反映宫中女子被禁闭怨情的诗。

[二] 久:长。侵:打湿。罗袜:丝罗制的袜。这两句说,尽管天色很晚,夜已很深了,这个女子还立在屋外,直到台阶上生满白露,以至把罗袜都打湿了,她才醒悟过来。

[三] 却:然而。

[四] 玲珑:指晶莹透明的样子。这两句说,然而,当她返身回到屋中,放下水晶帘子时,却又透过玲珑的疏帘,痴痴地凝望起秋月来了。

■ 简析

　　李白这首反映封建社会禁闭在宫中女子的怨诗,别具特色。诗人没有明白直率地把自己的思想倾向讲出,而是用十分含蓄的手法,着力描写了一个女子的动作、形象。从而,唤起读者的想象,由读者通过联想,加以充实。其理解,也就越加深刻。一二两句,"玉阶生白露,夜久侵罗袜",客观地描写出一个孤寂的场面:夜已很深,四周静寂,一个孤独少女,久久地悄立阶上凝思什么,直到白露浸湿罗袜,她才有所醒悟。一个"侵"字,用得多么巧妙!一个细小动作和人物的精神状态,全然勾勒出来。三四两句,依然捕捉这样的细微动作,加以描绘。"却下水晶帘,玲珑望秋月",更进一层。通过细微的描绘,由读者自去体会、寻味。诗人在这首小诗中,是通过形象的作用,来巧妙地寄寓了自己的思想感情。

上皇西巡南京歌〔一〕(其四)

　　谁道君王行路难,〔二〕
　　六龙西幸万人欢。〔三〕
　　地转锦江成渭水,〔四〕
　　天回玉垒作长安。〔五〕

■ 注释

　〔一〕原诗共十首,这是其中之四。上皇:这里指唐玄宗。巡:古指帝王巡视各地。西巡,这里指唐玄宗为避安史之乱,逃向蜀郡一事。南京:今四川成都,为唐玄宗在长安未收复时的驻地,改蜀郡为成都府，因在长安南，故称南京。

〔二〕君王：唐玄宗。

〔三〕六龙：古代天子之车驾六马，因用为天子车驾的代称。这两句说，不要认为上皇离开长安时，心中是很沉痛的，你看六龙驾车向西去的时候，那许许多多的随从者是多么欢快啊！

〔四〕转：转动。锦江：一名流江、汶江，当地习称府河。在今四川成都一带。传说古人织锦濯其中，较他水鲜明，故名。渭水：源出甘肃渭源鸟鼠山，东流横贯渭河平原。

〔五〕回：作运转的意思。玉垒：即玉垒山，在今四川理县东南，多作成都代称。长安：唐时京都，即今西安。这两句说，（玄宗逃至蜀郡，悠然自得）好像天地能够旋转一样，现在，他已经把蜀地的锦江当作陷于贼兵的渭水，把蜀府的玉垒之地当作是京城长安了。

■ 简析

抒写情感的绝句，多是以含蓄蕴藉为贵，或写哀痛愤恨，或写忧愁悦乐，常是借景物来做透露和烘托。这种写法，着墨不多，却沁人心脾，有弦外之音。但李白这首叙事的讽刺诗，却写得非常直率，毫不隐瞒，毫不修饰，对唐玄宗荒淫误国，安于蜀地的苟且生活做了透彻的描写和讥讽。一二两句是叙事，"谁道君王行路难，六龙西幸万人欢"，寥寥十四字，即把唐玄宗西逃写绝。尤其是"万人欢"三字，既回答了上句之问，又把唐玄宗误国尚还不觉，依然在寻欢作乐一笔写尽。三四两句，采用对偶句式，作深深的讥讽。"地转锦江成渭水，天回玉垒作长安"，好像天地旋转，把长安给他运转到了蜀郡（成都），把渭水移到了四川。不然，他怎么能够把锦江当作关中的渭水，把蜀地的玉垒山认作是京城长安，整日寻欢作乐呢！诗人结合叙事来抒发情感，来做讽刺，写得至深、至透、至痛、至切。虽是讥讽，但说出的少，不说出的更多，耐人寻味。

闻王昌龄左迁龙标遥有此寄〔一〕

杨花落尽子规啼，〔二〕
闻道龙标过五溪。〔三〕
我寄愁心与明月，
随君直到夜郎西。〔四〕

■ 注释

〔一〕左迁：古时右为上，左为下，左迁即指降职贬官。龙标：古地名，在今湖南洪江。

〔二〕子规：即杜鹃鸟，相传其啼声哀婉凄切。

〔三〕五溪：指在今湖南西部贵州东部的辰溪、酉溪、雄溪、满溪、潕溪。这两句说，在杨花落尽，杜鹃正在悲鸣的暮春时节，竟然听到了你被贬官的消息，而且是被贬到过了五溪的偏远的龙标之地。

〔四〕夜郎：古代有夜郎国，唐代夜郎国在今贵州桐梓县，龙标则在今湖南西部，邻近古夜郎地，故云。这里用夜郎暗喻龙标地处偏僻遥远。这两句说，对于你贬官到龙标，我毫无办法，只有把这颗同情和为君担忧的心，让明月捎去，和你一起到那遥远的边地吧。

■ 简析

古人写诗，很注意结尾。有人曾提出："一篇之妙在乎落句。"结尾之妙，能起到"所思深矣"的作用。以景结情，"含有不尽之意"；以情结尾，"往往轻而露"。这首《闻王昌龄左迁龙标遥有此寄》，是李白听到好友王昌龄遭受谗毁，被贬官到荒僻的龙标做县尉的消息，为自己的好友担忧而写下的一首诗。诗的开头,从"杨花"、"子规"写起,用"落尽"和悲鸣,把"闻道"的气氛做了渲染。二句写到正题:"龙标过五溪"。三四两句"我寄愁心与明月,随君直到夜郎西",用古代遥远的"夜郎"来比喻"龙标",用一"寄"字表露出对朋友的一片真情。下字虽然不多,包含的感情却很饱满。皎皎明月,悬挂在天,把我为君的担忧、同情之心,寄于明月,一同随你到那遥远的边地吧!悠扬跌宕,一唱三叹,"遥有此寄"的主题,至此抒发得饱满酣畅。"将心寄明月,流影入君怀"之意,出以摇曳之笔,语意一新。结尾甚妙,可谓"所思深矣"。

黄鹤楼送孟浩然之广陵〔一〕

故人西辞黄鹤楼,〔二〕
烟花三月下扬州。〔三〕
孤帆远影碧空尽,〔四〕
唯见长江天际流。〔五〕

■ 注释

〔一〕黄鹤楼:故址在今湖北武汉黄鹤矶上。原楼因建长江大桥,拆毁,现有楼为1985年修葺。之:往。广陵:即今江苏扬州。

〔二〕故人:指孟浩然,他年龄比李白大,在诗坛上享有盛名。李白对他很敬仰,彼此感情深厚,故李白称其为"故人"。

〔三〕烟花:形容柳絮如烟、鲜花似锦的春天景物。下:顺流而下。因扬州在武昌之东,而江水是东流。这两句说,我的朋友孟浩然将要在柳絮如烟、鲜花似锦的春天,由黄鹤楼出发,东到扬州去了。

〔四〕碧空尽:在青绿色的天空消失。

〔五〕天际流：流向天边。这两句说，友人的行船渐渐远去，连船帆也在碧空中慢慢消失了。只剩下浩荡的长江水，似乎和天连接在一起，在缓缓地流动着。

■ 简析

　　这是一首赠别诗。表面似在写景，实则是在写情。诗人用形象的比喻写到朋友已去，只剩下了辽阔无际的长江江水，以此生动地表达了诗人对友人的深厚情谊。题目《黄鹤楼送孟浩然之广陵》，已点出行人是自长江"东"下。然诗人却从"西"字入笔，标出送别的地点是在"黄鹤楼"，送别的时间是在"三月"，送往的地点是"扬州"。这些都一一标明，三四两句，方写离别之情。在写离别之情时，完全摆脱了一般的写法。诗人独选孤舟远去的情景，加以细致的描绘。楼头话别，故人登舟启程；孤舟扬帆，破浪前进；行人渐去，送者伫立江边；望断青山，目送孤帆，渐渐消失于白云碧水之间，友人已去，长江自流。一幅别致的景物画，呈现在眼前，一种别离的难遣之情，也就不写自露了。这时候，读者也会和送行者一样，把深深的感情寄托在那浩浩荡荡的流水之中。画面上，苍茫空阔的感觉，又会袭上心头。这样写景见情，情寓于景，语近情远，弦外有音，令人神往。

赠汪伦〔一〕

李白乘舟将欲行，
忽闻岸上踏歌声。〔二〕
桃花潭水深千尺，〔三〕
不及汪伦送我情。〔四〕

- 注释

〔一〕汪伦：据说是泾县（今安徽泾县）桃花潭的农民。

〔二〕踏歌：用脚踏地作为唱歌的节拍。这两句说，李白乘船将要离去，忽听岸上传来了送行的歌声。

〔三〕桃花潭：在泾县西南。

〔四〕这两句说，纵然桃花潭水有千尺之深，也没有汪伦送我的情意深啊！

- 简析

李白漫游今安徽泾县桃花潭时，当地村民汪伦曾特地酿酒招待他。分手时，汪伦又唱歌为李白送行。李白很感激他，为此写下了这首《赠汪伦》。这首诗，首句写"欲行"，二句写"踏歌声"。"忽闻"二字写出一种出人意料的情感，用"岸上"点明地点，为下句做出铺垫。三四两句，运用比兴手法，把深厚的思想感情和生动的生活形象结合，创造了"桃花潭水深千尺，不及汪伦送我情"的优美意境。用"深千尺"来比"送我情"，并加"不及"二字，就显得情谊更加深厚，从而使这首诗更富有感染力。

望庐山瀑布

日照香炉生紫烟，〔一〕
遥看瀑布挂前川。〔二〕
飞流直下三千尺，
疑是银河落九天。〔三〕

■ 注释

〔一〕香炉：庐山北峰称香炉峰。紫烟：日光透过云雾，远望如紫烟。

〔二〕挂前川：瀑布坠下与河流相连，看去好似悬挂在河上。这两句说，由于太阳的照射，庐山北峰像是香炉升起了紫色的烟雾。远远地看到山前的瀑布流入河中，好似悬挂在河面上的一块白布。

〔三〕疑：怀疑。银河：天河。九天：天空的最高处。这两句说，瀑布从很高的山上落下，在日光下发出闪闪的光亮，真使人怀疑是天上的银河落到了人间一样。

■ 简析

这是李白的一篇传神之作。古人写诗，非常重视佳句。杜甫说："为人性僻耽佳句，语不惊人死不休。"李白说："张翰黄花句，风流五百年。"袁枚曾说："得人佳句，心不能忘。"可见，诗人写诗是很注意在佳句上用气力的。读者读诗，对于形象生动、寓意深刻、凝练概括的句子，也都是十分喜爱的。李白这首《望庐山瀑布》中"飞流直下三千尺，疑是银河落九天"二句，历代流传，更为后人所称颂。李白游历江西庐山，看到"瀑布挂前川"，触景生情，"托物取喻"，"借物发端"，运用浪漫主义的创作方法，发挥丰富的想象，创造了"飞流直下三千尺，疑是银河落九天"的生动形象，热情地歌颂了祖国的大好山河。诗人站在山峰之下，远远地欣赏瀑布奔腾雄放的景色。一条白练从青翠的山壁间跌落下来，诗人用他特有的语言，来赞美祖国山川的壮观。用"飞"字喻水流，来表现凌空而出。用"直"字说落下，足见地势之陡峭。"飞流直下"，写出异乎寻常的流速，"三千尺"说出其意想不到的高峻。这还不够，四句又进而写出，怀疑是银河从九天云里落了下来。不然，怎会有这样大的力量呢？这里，用了一个"疑"字，说得恍恍惚惚，使人觉得若真若假，更为全诗增添了意外的效果。

望天门山〔一〕

天门中断楚江开，〔二〕
碧水东流直北回。〔三〕
两岸青山相对出，〔四〕
孤帆一片日边来。〔五〕

■ 注释

〔一〕天门山：位于安徽省和县与芜湖市长江两岸，在江北的叫西梁山，在江南的叫东梁山（古代又称博望山）。两山隔江对峙，形同天设的门户，天门由此得名。

〔二〕楚江：指流经湖北、安徽的一段长江。因这一带古为楚地，故有此称。

〔三〕回：即回旋。直北回，指东流的长江在天门山附近转向北流。这两句说，天门山被长江冲断，成为博望山和西梁山，碧绿的江水就是从这儿打着旋儿向北转去的。

〔四〕两岸青山：指天门山。

〔五〕日边：太阳升起的东边。这两句说，两岸的青山遥相对峙，在两山之间的一片绿波中，一只帆船渐渐从太阳升起的地方行驶过来了。

■ 简析

叶燮在《原诗》中写道："可言之理，人人能言之，又安在诗人之言之？可征之事，人人能述之，又安在诗人之述之？必有不可言之理，不可述之事，遇之于默会意象之表，而理与事无不灿然于前者也。"李白的这首《望天门山》绝句，描写天门山附近一段长江的景色，犹如展现出一幅壮丽的图画。这首诗，之所以有着特殊的艺术魅力，其中一个原因，就是这首诗不是对客观的直接描摹，而是为诗人的感情所加工过的一种主观印象。在写法上，诗人没有力求去刻画景物的各个方面，总是抓住他自己感受最深的某些方面，加以集中，然后用自己的想象把它们深化。这首诗，都围绕一个"望"字来写。首句用一"断"字和一"开"字，写出楚江的威力，冲开天门山口。二句用"直北回"三字，写出楚江"碧水东流"的气势。三句由"碧水"写到"青山"。用"相对出"三字，使"两岸青山"增添了新异的色彩。四句"孤帆一片日边来"，更为这幅画面增加了美妙的一笔。在这幅画面上，有山有水，有远景有近景，且都是诗人抓住景物的特点，写出了诗人独特的感受。由此看来，那些让诗人具有独特感受的景物，只有诗人描写出对这些景物的独特感受，所描写的景物才能独具特色。

秋浦歌〔一〕

炉火照天地，
红星乱紫烟。〔二〕
赧郎明月夜，〔三〕
歌曲动寒川。〔四〕

■ 注释

〔一〕秋浦：今安徽贵池，唐时为铜和银的产地。

〔二〕红星、紫烟：指冶炼炉口冒出的火焰和烟雾。乱：这里为混杂的意思。这两句说，冶炼炉里吐出的火焰，照亮了周围的一片天地；炉口溅出的红火星，在冒出来的紫色烟雾中乱窜，犹如缤纷灿烂的花朵一样。

〔三〕赧郎：这里指冶炼工人。

〔四〕寒川：寂静寒冷的平川。这两句说，在这明亮的月夜，冶炼工人的脸膛被炉火映得红彤彤的，他们欢快的歌声震动了这寂寞寒冷的旷野。

■ 简析

这首反映劳动人民生活的诗，是诗人第二次漫游到安徽贵池县时写的。《秋浦歌》一共十七首，这是其中第十四首。其内容反映的是冶炼工人劳动的场景。这是我国古代反映手工业生产最早的诗篇之一。从这首诗中，可以了解唐时的工业状况。全诗用两副对联组成。第一联"炉火照天地，红星乱紫烟"，诗人特意把要冶炼时的场面，安排在月夜下描写，十分精巧。广阔的天宇之下，除了星月之外，旷野里便是这个冶炼炉子。这就使"炉火"、"红星"，更加色彩鲜明了。倘若是在白天，就决不会有如此场景。而且，是用极精练的字句加以描绘，首句中的"照"，二句中的"乱"，都是传神字眼。仅用十字，即写出了冶炼的瑰丽场面。第二联转写冶炼工人，"赧郎明月夜，歌曲动寒川"。经过紧张的劳动，看到即将取得的成果，工人抒豪情，唱出了动人的歌曲。"歌曲动寒川"，其中"动"字，同样传神，写得气势豪迈。诗人将冶炼工人的形象写得如此鲜明，饱含了对劳动者的赞美之情。

早发白帝城〔一〕

朝辞白帝彩云间，〔二〕
千里江陵一日还。〔三〕
两岸猿声啼不住，〔四〕
轻舟已过万重山。〔五〕

■ 注释

〔一〕白帝城：在今四川奉节县东，城在山上，地势较高，常为云霞所罩。

〔二〕朝：早晨。辞：告辞。

〔三〕江陵：今湖北江陵县。这两句说，早上告辞了彩云缭绕的白帝城，只用一天时间就可以到达千里之外的江陵县了。

〔四〕不住：不停。

〔五〕这两句说，长江两岸的猿在不住地啼鸣，江中的小船眨眼之间就越过了重重大山。

■ 简析

这是李白脍炙人口的七绝之一。有人说它是"神品"，有人说它是"绝唱"，给予了很高的评价。此诗的成就，在于诗人准确地把握绝句的艺术特点，不多不少，二十八字构成一个完整的内容，高度概括了长江在三峡中特有的气势和诗人当时的亲身感受。意境优美，情感饱满，浑然天成，真是"行乎其所不得不行，止乎其所不得不止"。

李白因参加永王璘的军事行动，兵败而被扣上"附逆"的罪名，流放到夜郎。他沿长江西上，不料第二年春天，在巫山附近的白帝城时传来了肃宗大赦的消息。他像一只脱笼的鸟雀，可以立刻返回江陵了。滔滔的长江流水，似乎也很理解诗人重获自由的欢乐心情，载着一叶扁舟，箭一般地驰向江陵。首句用一"朝"字，先点出时间，再用"彩云"二字，指出白帝城的地势之高。处于彩云之间，暗示有据高顺流而下的意思。二句用"千里"二字写出路程的遥远，又用"一日还"说出行舟之疾速。这一二两句，就已将行舟的迅速之意写尽。瞬息千里，若有神助。三句写了两岸的猿声，和四句的"万山"互相映带。最后，再用一"轻"字，复写舟行之快，说出水势的急泻。舟行是如此，一泻直下。诗人的诗笔也更是如此，一泻直下，毫不拖泥带水。"猿声"一句，文势不伤于直，这犹如画家布景着色，于关键之处用意。

峨眉山月歌

峨眉山月半轮秋，〔一〕
影入平羌江水流。〔二〕
夜发清溪向三峡，〔三〕
思君不见下渝州。〔四〕

■ 注释

〔一〕峨眉山：在今四川成都西南。半轮秋：半圆形的秋月。

〔二〕平羌：即青衣江。在今峨眉山东北。这两句说，峨眉山中半圆的秋月，是十分动人的；当它皎洁明亮的影子映入青衣江中，随江水流动，就显得更为媚人了。

〔三〕清溪：即青溪驿，在峨眉山附近。

〔四〕君：指李白好友。不见：指高山遮住了月亮，看不见。渝州：今重庆一带。这两句说，夜间，从清溪出发到渝州去，一路上因月亮被两岸的高山挡住，不能见到，所以很叫人思念。

■ 简析

　　这首《峨眉山月歌》，是李白二十六岁离开蜀地时的作品。诗人通过对峨眉山月的热情赞美，表露了自己对蜀地的依恋和友人的怀念。首句直写峨眉山月的半轮情态，似是写静态之景，二句从"影"入手，由"入"和"流"写出峨眉山月的"动"中之景。三句用"夜发"，写自己即将出蜀。四句用"思君不见"，表示了对峨眉山月的怀念。尽管全诗连用五个地名："峨眉"、"平羌"、"清溪"、"三峡"、"渝州"，但吟诵起来并不感觉呆板，依然给人一种流畅、明快的感觉。

春夜洛城闻笛

谁家玉笛暗飞声，〔一〕
散入春风满洛城。〔二〕
此夜曲中闻折柳，〔三〕
何人不起故园情。〔四〕

■ 注释

　　〔一〕玉笛：精制的笛子。暗：悄悄。

　　〔二〕洛城：洛阳。这两句说，不知谁家的玉笛，悄悄地传出了动听的曲调；曲调随着微微春风，散满了整个洛阳城。

　　〔三〕折柳：指《折杨柳》，一种离别的曲调。

　　〔四〕故园：故乡。这两句说，在这样的夜晚，当人们听到《折杨柳》这个曲调时，有谁能不引起对自己故乡的思念呢？

- 简析

　　准确地把握绝句的艺术特点，在有限的字句中，构成完整的内容，体现优美的意境，表达饱满的情感，透出悠然的韵味，这常是诗人们用心着力的地方。李白这首《春夜洛城闻笛》，从写景入手，一二两句从"玉笛"写到"春风"，进而写到"满洛城"。用"暗飞声"、"满洛城"的传神字眼，将春夜良景写得优美动人，明快欢乐。一"暗"一"散"，用得很是妥帖。悠扬动听的笛声，传遍洛阳全城，为春天的美景增添了色彩。三句，诗人笔锋一转，"此夜曲中闻折柳"，将吹奏的内容点明。诗意由欢转悲，以乐衬哀。四句用"何人不起故园情"的问句作结，深切表达了诗人对故乡怀念的依恋之情。有景有情，情景交融，情意深远。

山中问答

　　问余何意栖碧山，〔一〕
　　笑而不答心自闲。〔二〕
　　桃花流水窅然去，〔三〕
　　别有天地非人间。〔四〕

- 注释

　　〔一〕余：我。栖，指居住。碧山：在今湖北安陆。李白曾在此读过书。

　　〔二〕这两句说，有人问我为什么要居住在碧山呢？我笑而不答。其实，我心里很清楚，而且是悠然自得的。

〔三〕窅（yǎo）然：深远的样子。去：离开。

〔四〕别：另外。这两句说，鲜艳的桃花瓣，随着清澈的河水飘流到遥远的地方去了。这儿与其他地方相比有不同的秀丽景致，使人觉得好像这是仙境而非人间。

■ 简析

李白曾经隐居，在碧山读过书。这首《山中问答》，采用问答的形式，巧妙地回答了自己居住在碧山的缘由，并借以抒发了诗人当时的情意。诗句优美，浅显易懂，意境诱人，清新自然。首句由"问"字写起，引出"何意"，不住喧哗的闹市，而来这深山中"栖"居，是什么原因呢？二句用"笑而不答"，"心自闲"作答。"心自闲"三字，既把诗人得意的心情和悠然自得的样子写出，又起到承上启下的作用，引出三四两句："桃花流水窅然去，别有天地非人间。"有虚有实，颇为动人。三句"桃花流水"，自然使人联想到仙境一般的桃花源。四句用"别有天地"做比喻，又是三句写实得出的恰当结果，从而十分惬意地抒写了诗人当时的悠然情意。

高适（二首）

高适（706—765），字达夫，唐沧州渤海蓨（今河北景县）人。少时贫困，二十岁进到长安想谋求一官，失意后，客游河西，为哥舒翰麾下掌书记。以后升任淮南、西川节度使，终散骑常侍。封渤海县侯。他是盛唐时期很有名望、成就很高的边塞诗人，时与岑参齐名。其诗"多胸臆兼有骨气"，"多佳句"。有《高常侍集》。

别董大〔一〕（其一）

千里黄云白日曛，〔二〕
北风吹雁雪纷纷。〔三〕
莫愁前路无知己，〔四〕
天下谁人不识君。〔五〕

■ 注释

〔一〕董大：指当时著名弹琴名手董庭兰。

〔二〕曛：昏暗。

〔三〕这两句说，满天乌云，把日光遮得一片昏暗，阴阴沉沉；寒冷的北风，刚刚送走了大雁，现在又送来了鹅毛大雪。

〔四〕知己：知心的人。

〔五〕这两句说，不要担心在你前去的地方没有知心的朋友，天下哪一个人不知道你的大名呢！

■ 简析

　　诗人在这首赠别友人的诗里，名曰别董大，实际上，是诗人用比兴手法，在抒写自己的不凡抱负和落魄不得其志的处境。全诗感情慷慨豪放，用字精巧，毫无沮丧落寞之情。一二两句"千里黄云白日曛，北风吹雁雪纷纷"，很有特色地写出眼前实景，既点明时间是在严冬，又对北国雪景做了动人的描写，并为以下抒情警句做了很好的铺垫。千里黄云把太阳遮住了，天气阴沉沉的。呼呼的北风送走了雁群，又吹来了漫天大雪。在你即将与我分手登程的时候，气候是这样的恶劣，隐隐露出一种低沉的悲痛情调。面对如此景况，前途是凶是吉，很难预料，不免要为朋友的前程担忧了。但三四两句出人意料，诗笔一转："莫愁前路无知己，天下谁人不识君？"以洗练的语言，塑造了一个苍劲的形象。心中悬起的疑难，顿时消失，为一种喜悦和自豪的情感所代替。这慷慨激昂、落落大方的诗句，是对朋友的诚心鼓舞，也是诗人自己胆略气魄及傲岸自负之气的流露。这首诗感慨殊深，警策动人，不失为一首好诗。

除夜作[一]

旅馆寒灯独不眠，
客心何事转凄然？[二]
故乡今夜思千里，
霜鬓明朝又一年。[三]

■ 注释

〔一〕除夜：即旧历除夕。

〔二〕凄然：凄凉，悲伤。这两句说，住在客店里，独对残灯，叫人睡不着觉，不知什么缘故，使客人的心情变得十分凄凉悲伤。

〔三〕霜鬓：两鬓白如霜。这两句说，在这除夕之夜，难以见到亲人，只能遥思千里之外的故乡。而明天又要增加一岁，新添不少白发了。

■ 简析

高适这首《除夜作》，与前一首诗大不相同。从这首诗看，当时诗人身居异地，远离家乡，求取功名不遂，仕途上落拓，心情是很不欢悦的。首句用"旅馆"点明地点，是客居在外。"寒灯"是说夜里，"不眠"说明诗人心事重重。因难以入睡，遂引起下句"客心何事转凄然"，这是提出问题。心中凄凉不快，原因在哪里呢？三四两句用对偶句式，做了答复。对于"故乡"，回不去，只能在这佳节之夜"思千里"。佳节思亲，这是常事，历来如此。但除夕之夜，"独不眠"、"转凄然"、"思千里"，还有一层意思：到了明天，就又增加一岁，"霜鬓"增添几根白发，包含了诗人年复一年、老大无成的伤感。诗写得自然生动，很真实地表达了诗人当时的心情。

严武（一首）

严武（726—765），字季鹰，唐华阴（今陕西华阴）人。初为太原府参军事，后任剑南节度使，官至礼部尚书。他与杜甫关系很好，杜甫在成都居住时，曾得到他的帮助。

军城早秋

昨夜秋风入汉关，〔一〕
朔云边月满西山。〔二〕
更催飞将追骄虏，〔三〕
莫遣沙场匹马还。〔四〕

■ 注释

〔一〕汉关：汉朝的关塞，这里指唐军驻守的关塞。

〔二〕朔云：指北方冷空气凝结起的云彩。西山：指今四川西部的大雪山。这两句说，在一个早秋的晚上，萧瑟秋风从西北吹到边关里来。登城远望，月亮高悬在天空，远处的大雪山寒冰映月，乌云沉重地压着大地。这些都预示着两军相斗即将开始。

〔三〕骄虏：指得意忘形的吐蕃军队。

〔四〕遣：送还之意。这两句说，已得到情报，前锋与敌人遭遇，并杀退了来者。将军向前传令：必须继续主动进攻，彻底追歼敌人，不能让一人一马从战场逃走。

■ 简析

　　这是一首洋溢着爱国激情的诗篇。是严武任剑南节度使时，击破吐蕃七万余众，收复当狗城（在今四川阿坝境内）后所作。它反映了一个身负国防安全重任的边关主帅，在对敌斗争中的高度警惕性和责任感。题为《军城早秋》，诗却从"昨夜"下笔。一二两句是在写边关的秋夜景色，然而细细体察，在这秋夜景色之中，更写了人物和人物的思想感情。首句"秋风入汉关"，一个"入"字，写出将军对秋天反应的敏锐，马上引起他的警惕。二句用一"满"字，给人以战云密布之感。三四两句用"更催"、"追骄虏"和"莫遣"、"匹马还"，一正一反，表达出主帅斩钉截铁的决心。短短四句，集中而形象地表现了主帅对军事形势果断的决定和蔑视敌人的豪迈气概。杜甫读后，曾和了一首《奉和严郑公军城早秋》。

刘方平（三首）

刘方平（生卒年不详），唐河南（今河南洛阳）人。一生没有作过官。《全唐诗》辑诗一卷。

春 雪

飞雪带春风，
徘徊乱绕空。〔一〕
君看似花处，〔二〕
偏在洛城中。〔三〕

■ 注释

〔一〕这两句说，春风卷着漫天大雪，在天空飘来飘去，落得到处都是。

〔二〕似花处：指雪花落在树枝上，如盛开的梨花一般。

〔三〕洛城：即洛阳，这里指富贵人家。这两句说，你看那欣赏雪景的人们，原都是居住在洛阳城中的富贵人家啊！

■ 简析

诗贵含蓄，绝句尤甚。或五绝，或七绝，要在有限的篇幅内，表达丰富的内容，不能不讲究诗中用意。刘方平这首《春雪》，看似在描写早春的雪景，又是"飞雪"，又是"春风"。春风吹着雪花，漫天飞舞，是一片优美的景致。三四两句，借景抒情，"君看似花处，偏在洛城中"。因天寒，风雪独宜于富贵之家，而洛阳独多。作者正是借对春雪的赞美，饱含了辛辣的讽刺之意。在此刻，欣赏这漫天雪景的，只有那些洛城中的富贵人家。作者正是通过咏雪来对富贵人家的豪华生活进行抨击和谴责。所以，虽是五绝，却含意深沉。

月　夜

更深月色半人家，〔一〕
北斗阑干南斗斜。〔二〕
今夜偏知春气暖，
虫声新透绿窗纱。〔三〕

■ 注释

〔一〕半人家：指月光照亮了半个院子，一半儿明亮，一半儿暗淡。

〔二〕北斗：即北斗七星，为大熊星座。阑干：横斜貌。南斗：即二十八宿中的斗宿，共六星，属人马星座。这两句说，夜深了，月亮西斜，月光照亮了半个院落；天上的北斗和南斗也已经倾斜了。

〔三〕这两句说，今夜不仅星月的位置使人感到春天来临，连绿色窗纱之外的虫子也鸣叫起来，报告春天来临了。

■ 简析

　　这是一首写静谧春夜的绝句。月色、星斗、人家、虫声，淡淡的背景，稀疏的笔意，把春夜写得生意盎然。这首诗，是在静中写景，静中写静。首句写"月色"用"更深"，写"人家"用"半"，甚妙。深夜时分，月亮西斜，月光照着院落，一半儿明亮一半儿暗淡，一个"半"字足可想象出深夜之景，并渗透着诗人对春宵将逝的惋惜心情。二句不说别物，独写星辰。"北斗"用"阑干"，"南斗"用"斜"，从几个不同的角度来观察，来描写。隔窗而望，月落星朗，夜深所见，只能如是。一般诗人写月夜，多写有花的月夜。刘方平这首《月夜》，却是写无花的月夜，且是在屋子里写春夜，更见其难度之大。但诗人的感觉是十分敏锐的，即使身居室中，同样对大地回春很有感触。在极平常的事物中捕捉最为生动的形象，用平淡无奇的字句，淡淡几笔，即将一片夜景写出。三句"今夜偏知春气暖"，用"偏知"二字，专写对春天独有的感受。这还不够，紧写一句"虫声新透绿窗纱"。由"春气暖"写到"虫声"，已有工笔，写"虫声"用"新透"，更见其妙。春风一吹，万物从冬眠中苏醒过来，昆虫在篱笆、墙角发出声声鸣叫，透过绿色纱窗传了进来，这不正是春天来了吗？诗人运用"一因一果"的句法，写得很有生气。读来亲切有味，境界全出。

春　怨

纱窗日落渐黄昏，
金屋无人见泪痕。〔一〕
寂寞空庭春欲晚，
梨花满地不开门。〔二〕

■ 注释

〔一〕金屋：汉武帝的表妹叫阿娇，后来做了他的皇后。汉武帝曾说："若得阿娇作妇，当作金屋贮之。"但后来却被汉武帝抛弃了。这两句说，眼看着纱窗之外的红日落下，天色渐渐地黑了；在这黄金屋内，至今还看不到一个人，只有我自己满脸的泪痕。

〔二〕这两句说，空荡荡的房子里冷静寂寞，尽管春天将尽，梨花遍地，也无心开门欣赏。

■ 简析

这首《春怨》，描写的是被幽禁在深宫里的妇女生活，充满了苦闷和怨恨。同时，对于封建统治者的腐化生活也是一个暴露。首句由"纱窗"写到"日落"、"黄昏"，写出一种孤独之感。二句借用"金屋"之典，用"见泪痕"写出宫女被幽禁和抛弃的苦闷心情。三四两句写景，"寂寞空庭"是由二句中的"金屋无人"而来，又用"春欲晚"三字，暗示青春将去，写得含蓄、意深。四句用"梨花满地"，再写青春将去。末句用"不开门"三字结束，其"春怨"主题，就表达得更为真切了。

李华（一首）

李华（约715—766），字遐叔，唐赵郡赞皇（今属河北）人。开元年间，进士出身，曾任监察御史、右补阙。安禄山占长安时期，曾任职，乱平之后，他被贬为杭州司户参军，后官至检校吏部员外郎。有《李遐叔文集》。

春行即兴〔一〕

宜阳城下草萋萋，〔二〕
涧水东流复向西。〔三〕
芳树无人花自落，
春山一路鸟空啼。〔四〕

■ 注释

〔一〕即兴：对眼前景物有感而作，谓之"即兴诗"。

〔二〕宜阳：在今河南福昌县。萋萋：茂盛的样子。

〔三〕涧水：源出河南渑池县东北白石山，流经宜阳。这两句说，宜阳城下长着茂盛的青草，一片葱绿；涧河水东流到此，又折向西潺潺流去了。

〔四〕这两句说，生长在那里的花树，因无人观赏，花儿盛开之后，又默默坠落在地上；在这布满春景的山中，一路上只有那鸟儿在孤独地啼叫着。

■ 简析

这首《春行即兴》，由于作者当时的心情不佳，所以尽管时值春季，却没有一点快意，全诗倒给人以一种伤春、凄凉的感觉。首句写"宜阳城下草萋萋"，说出春行的地点及时间。二句写潺潺涧水，一个"复"字，写出水流之势。三句写"花"，用"自落"写出一种凄凉之感。四句写"鸟"，用"空啼"，又为春行增添了一种凄凉的气氛。这首诗，一句一景，四句写四景，都是春行所遇。对于所写景物，选择都很有特色。在写法上，情景交融，以哀景抒哀情，诗人的"即兴"之意，表露无遗。尤其是诗的三四两句，用对偶形式，"芳树"对"春山"，"花"对"鸟"，"自落"对"空啼"，有山有路，有花有鸟，把当时诗人遇到的一片春景写得逼真如画。作者失意和不遇知音的心情，也就自然可见了。

岑参（八首）

岑参（715—770），唐南阳（今河南南阳）人。曾祖父、祖父、伯父都官至宰相。父亲两任荆州刺史。父亡后，家道衰落。幼年从兄读书，遍读经史。三十岁中进士，授兵曹参军。他曾两次出塞，在边塞生活达六年之久。回朝后，任右补阙，后放外任，升嘉州刺史。他是唐代边塞诗人中卓越的代表。其诗急促高亢，常以奇峭俊丽的风格，生动地描绘边地风光和军中将士的战地生活。有《岑嘉州集》传世。

题平阳郡汾桥边柳树〔一〕

此地曾居住，
今来宛似归。〔二〕
可怜汾上柳，〔三〕
相见也依依。〔四〕

■ 注释

〔一〕平阳郡：今山西省临汾。

〔二〕宛似：好像。归：回到家里。这两句说，我过去曾经在此地居住过，今日重来，好像回到了自己的家乡一般。

〔三〕可怜：可爱。

〔四〕依依：形容柳树对人依依惜别的情态。这两句说，长在汾河边上娇娜可爱的柳树，也好似对我显出一种依依惜别的情怀。

■ 简析

　　古人写诗，写景写情，都要求写"真景物"、"真感情"。运用形象思维，把"真景物"、"真感情"交织在一起，创造出完美的艺术形象。岑参这首《题平阳郡汾桥边柳树》，一二两句是叙事写情，三四两句是写景写情。第一联点出"此地"，即题中的"平阳郡"，扣住题目。"今来宛似归"，抒发了诗人的心情。对于重返旧地，心情是相当快乐的，如同回到了自己的家乡。第二联独写"汾上柳"。用"也依依"几个字，直写重返旧地时恋恋不舍的情怀。不说自己看到柳树有留恋不舍之情，而是说柳树对自己有情。这种赋予柳树以生命、感情的拟人化手法，别致、动人。这首诗，真景真情，交织在一起，创造了较好的艺术形象。因此，艺术效果是很好的。这可作为这种写法的一例。

见渭水思秦川〔一〕

渭水东流去，
何时到雍州？〔二〕
凭添两行泪，
寄向故园流。〔三〕

■ 注释

〔一〕渭水：即渭河，由甘肃流经陕西入黄河。秦川：地名，即今陕西。

〔二〕雍州：古代的九州之一，包括今甘肃和陕西一带。这里指陕西。这两句说，渭河的水在不停地向东流淌而去，我什么时候才能回到自己的故乡雍州呢？

〔三〕故园：故乡，往日所居。这两句说，既然还乡的目的难以实现，那就任凭两行热泪滴到河中，由河水把它带回故乡去吧！

■ 简析

　　这是一首怀乡诗。诗人用充沛的感情和真挚的语言，表达了自己对故乡的无限怀念。第一联，用"渭水东流"，引出"到雍州"，紧扣诗题。用"何时"作问，寄寓了许多情思在其中。第二联写"泪"和"寄"，"凭添两行泪，寄向故园流"。看到渭水一刻不停地朝东流去，自己不能回到故乡，任凭那滚滚的热泪滴入河中，随渭水流往故园，心里也是可以得一些宽慰的。短短四句二十字，写得深刻而真切，巧妙地寄托了诗人的怀乡之情。

武威送刘判官赴碛西行军〔一〕

火山五月行人少，〔二〕
看君马去疾如鸟。〔三〕
都护行营太白西，〔四〕
角声一动胡天晓。〔五〕

■ 注释

〔一〕武威：即今甘肃武威。碛（qì）西：指安西都护府。

〔二〕火山：今新疆吐鲁番的火焰山。

〔三〕这两句说，火焰山一带，在五月这个季节里，过往行人是很少的。眼看着你骑马登上征程，如同飞鸟一般向着目的地疾进了。

〔四〕都护：官名，这里指高仙芝的行营。太白：即太白星。

〔五〕这两句说，当刘判官远赴碛西的都护行营，太白星会在西方出现，那时，只要一声号令，在这西北边境就会取得战斗的胜利。

■ 简析

唐朝天宝年间，汉族与西北少数民族之间多次发生战争。久居塞外六年多的诗人岑参，曾写下大量独具特色的边塞诗，讴歌边塞将士的战斗生活。这首诗所记述的，是当时西北边境少数民族贵族引大食（古阿拉伯帝国）入侵唐朝，高仙芝出征抵抗，作者为朋友刘判官送行，并预祝大军旗开得胜时的情景。全诗围绕"送"字来写，首句点出时间、地点，用"行人少"三字，又为下句做衬托。二句用"马去疾如鸟"，写出路行的迅速。三句继续写"送"。四句用一"晓"字，表达了诗人的送情和全部祝愿。这首诗叙述自然，比兴得体，感情真挚。从这首七绝的艺术手法来看，诗人摆脱了一般送往迎来的题材，进行了大胆的革新。题目仍为送行赠别，却以主要篇幅来描绘边地山水的雄奇。直到末了，才轻点一笔，写出自己的送别和祝愿，确是别具一格。

碛中作〔一〕

走马西来欲到天，
辞家见月两回圆。〔二〕
今夜未知何处宿，
平沙万里绝人烟。〔三〕

■ 注释

〔一〕碛：沙漠。

〔二〕辞：告辞。两回圆：两次见到圆圆的月亮。这里指时间已有两月。这两句说，骑马西行，越登越高，好像到了天上一样。从现在起，离开家乡已经足有两个多月了。

〔三〕万里：这里形容广阔。这两句说，在这黄沙茫茫、断绝人烟的地方，圆圆的月亮已经升了起来，还不知道今天夜里要住在什么地方呢！

■ 简析

作者在边塞长期任职，对边地的征战生活和塞外风光，有着深刻的体会。这首诗正是作者对征戍者英勇战斗精神的热情歌颂。首句用"欲到天"三字，写出西走的路程，在漫无边际的沙漠里，越走越远，越爬越高，好像要登上天去了。二句用"两回圆"三字，点出用去的时间。月出月落，已经见到过两个十五的月亮了。一二两句，从行程和时间两个方面，来写征戍者过去的艰苦和无畏的战斗精神。这是泛写。三四两句，转写眼前，做进一步的具体描写。三句由"今夜"，提出"何处宿"的问题，四句用"平沙万里绝人烟"作结，似在回答"未知"。用"绝人烟"三字，对"今夜"之"宿"做了回答，同时，也把"辞家"之后"两回圆"的几十个"夜"，做了很好的注脚。这首诗，两句一转，奔腾跳跃，形象丰满。但其中也表露了边防将士面对荒沙，产生的一种惆怅心情。

山房春事二首〔一〕（其二）

梁园日暮乱飞鸦，〔二〕
极目萧条三两家。〔三〕
庭树不知人去尽，〔四〕
春来还发旧时花。〔五〕

■ 注释

〔一〕山房：山中居处。春事：春天的景色。

〔二〕梁园：即兔园，为汉代梁孝王刘武造的花园。故址在今河南商丘东部。梁孝王好宾客，司马相如、枚乘等人曾住园中，因而出名。这里是借用。

〔三〕极目：尽目力之所及。这两句说，昔日繁华热闹的园地，今日到傍晚时分，只有乌鸦在乱飞乱叫；极目望去，尽收眼底的也不过是两三家人家，呈现出一片萧条冷落的景象。

〔四〕庭树：园中的树木。

〔五〕这两句说，园中的树木，不知道当年繁华时曾住的人们早已离去，每到春天，它总还是要发出和过去一样艳丽的花色的。

■ 简析

岑参这首《山房春事》，写的是一处"园地"由盛转衰的景况。诗人用人皆熟悉的比喻和颇为感人的语言，使诗很有特色。首句用"梁园"之典，简洁地暗喻出过去的盛况，然后，直写其衰。"日暮"、"飞鸦"、"萧条"、"三两家",将衰况作了生动的描写。一群老鸦落在树上,回到窠里。原先的屋舍楼台不见了,前来游赏的人也不见了。望到尽头,不过是稀稀落落的两三户人家。多么萧条!三四两句又用拟人的手法,"庭树不知"、"春来还发",写出风景依旧,人物皆非。庭苑中的树木还和往常一样,在春风吹拂下发芽滋长,开出繁花满枝。人已没有了,树木还在这里装点春光。这有何用呢?作者通过描写景物,写出其中的感受,表达出自己的情思。诗人只用景物来做陪衬,仅仅透露出一点点苗头,让读者自去体会。"还发旧时花"五字,简括的语言蕴藏了深深的感叹。因此,这首诗耐人寻味,可备一格。

逢入京使[一]

故园东望路漫漫,[二]
双袖龙钟泪不干。[三]
马上相逢无纸笔,
凭君传语报平安。[四]

■ 注释

〔一〕逢:相逢。京使:指由京都派出的使臣。

〔二〕漫漫:遥远。

〔三〕龙钟:这里作沾湿解。这两句说,离开家乡已经有很长时间,东望故乡,路途漫漫,什么也看不到。每想起自己的故乡,眼泪把双袖都湿透了,泪水还是难以控制。

〔四〕凭:委托。这两句说,现在骑着马,在马上与你相逢,既没有笔墨,也没有纸张,只好拜托你给我的家里传个平安的口信吧。

■ 简析

岑参的边塞诗,在热情地歌颂边防将士勇敢战斗精神的同时,还描写了征戍者生活其他许多方面。这首怀土思亲之作,就是诗人对久居西北沙漠,不便书信传音的边防将士思乡之情的真切表露。这首诗,采用前后呼应之法来做,层次比较分明。而且,一气写来,自然语语入神。一二两句,为题前一层,写出对故乡的怀念。"故园东望"、"泪不干",写得至深。当然,这里运用了夸张手法。古人云:"男儿有泪不轻弹。"泪,可能会有,不至于是"双袖"都"不干"。但读者是不会就此提出责难的,反会认为这种夸张甚为真实。诗人在对怀乡作了一番描写后,三句点明"逢"字正意,"马上相逢无纸笔"。此句出人意料,结到"凭君传语报平安",可为题后一层。全诗分作几层来写,层次分明。当然,这首诗并不在于是以层次取胜,而在于它的立意警策,措辞恳挚,是以它明白通畅的语言和细致曲折的表达,一直为人们所欣赏。

春 梦

洞房昨夜春风起,〔一〕
故人尚隔湘江水。〔二〕
枕上片时春梦中,〔三〕
行尽江南数千里。〔四〕

■ 注释

〔一〕洞房:深邃的内室,这里指女子居住的地方。

〔二〕故人:这里指女子的丈夫。湘江:水名,在今湖南。这两句说，随着冬去春来，昨夜春风又吹入洞房，而离别已久的丈夫还没有回来，被隔在湘江那边。

〔三〕片时：很短的时间。

〔四〕行尽：走遍。这两句说，睡下片刻，做了一个美梦：梦见我渡过湘江水，奔波了数千里的路程，去迎接自己的丈夫了。

■ 简析

　　这是一首代闺房女子写的怀念亲人的诗。在春光明媚的季节，女子思念远出的丈夫，唐时以此为题的诗歌很多。而岑参这首《春梦》，从表面看来，句子比较平淡，但平淡中有着十分丰富的想象力和巧妙的安排。首句从"春风"写起，既扣题目，又点明春风吹到的场所——洞房。二句写"故人"远被隔于湘江之外。一二两句作了很好的铺垫之后，三四两句，发挥了丰富的想象能力和艺术技巧，写出"枕上片时春梦中，行尽江南数千里"的诗句。三句是承上启下。四句七个字，极为形象。女子在梦中，渡江过水，爬山越岭，奔波千里，去寻找远游在外的丈夫。仅只七字，把深闺中女子真挚的情感作了动人的描写。尽管诗中并无一处讲到"忆"、"念"等词，但比直书其字给读者的感染还深。诗人为我们塑造了一个性格顽强、感情真挚的女性。她不甘心为狭小的闺房所关闭，而是大胆勇敢，对美满生活充满了追求和想象。这是一首写梦的诗，可算得又是一番笔法了。

虢州后亭送李判官使赴晋绛得秋字〔一〕

西原驿路挂城头，〔二〕
客散江亭雨未收。〔三〕

君去试看汾水上，〔四〕

白云犹似汉时秋？〔五〕

■ 注释

〔一〕虢（guó）州：唐代虢州城在今河南灵宝南十余里，依山而建。后亭：即黄河边上的送客亭。使赴：做官上任。晋绛：今山西绛县一带。得秋字：指在酒席上士大夫或文人作诗，每人定一诗韵作诗。作者当时抽得"秋"字韵。

〔二〕西原：约指虢州城外的某一地方。驿路：古时的交通大路，即所谓"官道"。

〔三〕雨未收：指雨还没有停止。这两句说，通往西原的驿路，穿过重重叠叠的山峦，远远看去，好像是挂在了城头上似的；客人由送客亭告别，将要上路登程之时，雨还没有停下来。

〔四〕君：你。汾水：山西的汾河水。

〔五〕白云：这里是用典。汉武帝到河东祠后土，渡汾水时，曾作了一首诗，其中有"秋风起兮白云飞，草木黄落兮雁南归"的句子。这两句说，李判官啊！当你到了汾水的时候，要看看那里的云光山色，可还像汉武帝时那样雄伟壮丽吗？

■ 简析

这是一首送别诗。单从题目，就已看出送别的地点、被送的人、所去之地及此诗的诗韵。一二两句，紧扣题目，用"驿路"、"客散江亭"，是作进一步的具体点明。"挂城头"、"雨未收"，则把雨中送客的场景描绘了出来。近处城堞耸峙，远方驿路蜿蜒，纯然以写景来叙事达情，达到了情景交融的艺术效果。这还没有什么思想价值，作者的侧重点放在了三四两句。用问句形式，把作者对国家前途的关怀和挂念，用相当感慨的口气一笔写出。经过安史之乱，唐王朝的封建政权正处在风雨飘摇之中。

三句用"汾水上",点明李判官所要去的晋绛的地理位置。这里虽未发生战事,但人民的苦痛是可以想见的。四句用汉武帝游河东的典故,似乎在写历史上强盛的汉王朝,其实,诗人是借汉武帝之典,对曾是显显赫赫、威震四方的盛唐帝国之衰落而深沉叹息。诗人对祖国命运抱着无限关切的真挚感情,自然流露于诗句之中,为诗作增添了光彩。

畅当（一首）

畅当（生卒年不详），唐河东（今山西永济）人。大历间进士，贞元初，为太常博士，仕终果州刺史。

登鹳雀楼〔一〕

迥临飞鸟上，〔二〕
高出世尘间。〔三〕
天势围平野，〔四〕
河流入断山。〔五〕

■ 注释

〔一〕敦煌出土"唐抄本"，作畅当诗，为八句。此姑从习惯。

〔二〕迥（jiǒng）：高远。

〔三〕世尘：人间。这两句说，鹳雀楼远比鸟飞的高度还要高，恐怕在世间也是数一数二的高大建筑了。

〔四〕天势：天空。

〔五〕断山：指山间断峰。这两句，说登上这座高楼，可以看到广阔的天际覆盖着无垠平原，滔滔黄河一刻不停，直向那山间断峰奔流而去。

■ 简析

　　王之涣写过一首有名的《登鹳雀楼》五言绝句。这里，畅当也写了一首，同一内容，同一题目。畅当这首诗，运用夸张手法和对偶的句式，集中描写了鹳雀楼的高峻雄伟的气势，也很有特色。一二两句，用"迥临"和"高出"，写鹳雀楼的高峻和雄伟，是近景。三四两句："天势围平野，河流入断山。"是用对仗的句子，写登上鹳雀楼后远望的浩大气势。从这里，可望到天地相连的平地，奔腾的黄河进入断山，这是远景。四句二十字，将鹳雀楼宏伟的气势展现在目前，犹如亲自登上一般，既有对于楼的想象，也有登楼远眺的体会。

杜甫（十三首）

杜甫（712—770），字子美，唐巩（今河南巩义）人。他出身于官僚家庭，是杜审言的孙子。因居长安城东南的少陵，自称"少陵野老"，世称"杜少陵"。早年仕途的失意和生活的贫困，使他对社会现实有清醒的认识，并从思想感情上接近了人民。二十四岁时，曾到洛阳赶考，但没考中。遇上安禄山反叛，逃难到陕西、四川。后，依靠严武等人之助，在成都营建草堂，过了两年多比较安定的生活。蜀中军阀混战，他离开四川漂流到湖北、湖南。广德二年回成都，严武表为节度参谋、检校工部员外郎，所以，又称"杜工部"。

杜甫是一位伟大的现实主义诗人。他的诗反映了唐王朝由盛到衰过程中的社会风貌，真实地再现了历史转折时期的重大事件，各阶层的动态、思想及其之间的矛盾，揭露了封建社会腐朽本质，表现了同情人民的态度和爱国主义精神。因此，他的诗后人素称"诗史"。杜诗在思想性艺术性上，都有很高的成就，对后来诗人起了深远影响。他与李白齐名，并称"李杜"。他的绝句别具特色，多兴议论，质朴通俗。有《杜工部集》。

绝句二首（其一）

迟日江山丽，〔一〕
春风花草香。〔二〕
泥融飞燕子，〔三〕
沙暖睡鸳鸯。〔四〕

■ 注释

〔一〕迟日：春日迟迟，因春日较冬日长，故有迟日之说。

〔二〕这两句说，在春天阳光的照耀下，江山秀丽，东风吹拂，花香草翠，景色十分宜人。

〔三〕泥融一句：指燕子衔泥造巢。

〔四〕这两句说，在这迷人的季节，燕子飞来飞去，衔泥造巢；由于日晒沙子发热，鸳鸯却在那里贪睡不起了。

■ 简析

罗大经在《鹤林玉露》中说："有些诗只把做景物看亦可，把做道理看，其中亦尽有可玩索处，大抵看诗要胸次玲珑活络。"对于杜甫的这首《绝句》，有人把这首诗看作两副对子，看不到它们之间的联系。实际上这四句诗，构成了一幅优美的图画。一二两句"迟日江山丽，春风花草香"，是在写背景。在一幅画面上，还有比"江山"、"花草"更美的背景吗？三四两句"泥融飞燕子，沙暖睡鸳鸯"是抒写重点：有衔泥的燕子，有沙滩上睡着的鸳鸯。一动一静，描绘了明媚的春光，蓬勃的生意，从中透露了诗人对美丽春光的赞赏心情。

这首诗，是杜甫晚年漂泊在成都时的作品。尽管诗人当时生活十分窘困，饥寒交迫，但春日美景还是引起了他对祖国的无限热爱。一二两句对仗，三四两句对仗，自然活泼，不用辞藻，写得极为艳丽,构成了杜诗的另一种风格。看来,看诗要从所写的景物中,善于细细体会诗人的情意,不要凭片面的理解,轻下断语。

绝句二首(其二)

江碧鸟逾白,〔一〕
山青花欲燃。〔二〕
今春看又过,
何日是归年?〔三〕

■ 注释

〔一〕逾:同越。

〔二〕燃:形容花的光彩烂漫。这两句说,在碧绿的江水衬托下海鸟的羽毛显得越加洁白,青翠的山色更显得花朵红艳,简直如同燃烧着的火一样红。

〔三〕归年:指返回故乡的时间。这两句说,眼看今年的春天又要过去了,而什么时候才是我返回久别故乡的日子呢?

■ 简析

这是诗人在战争动乱之中,漂泊到西南一带时,当地优美的景致引起他对自己故乡的感叹。这首诗,看去好似全是写景,然却生动地反映了诗人当时的漂泊之苦和生活之贫的景况。一二两句"江碧鸟逾白,山青花欲燃",用"江"、"山"、"鸟"、"花"四物,写出当时当地的一片美景。三句"今春看又过",触景生情,四句突起"何日是归年"把对故乡的怀念之情,一笔写尽。

第一联写景,第二联写情,以景寓情,情深意长。

绝 句

两个黄鹂鸣翠柳,〔一〕
一行白鹭上青天。〔二〕
窗含西岭千秋雪,〔三〕
门泊东吴万里船。〔四〕

■ 注释

〔一〕黄鹂:即黄莺。

〔二〕这两句说,两个黄莺在浓绿的柳树梢上欢乐地歌唱,一行白鹭在晴朗的天空袅娜飞翔。

〔三〕西岭:指成都西部的岷山。千秋雪:多年不化的积雪。

〔四〕这两句说,从窗户里望见西边远山上常年不化的积雪,开着的窗户如同张开的口,远山积雪之景就好像含在张开的口里一样;门前还停泊着将要直下东吴、航行万里的船只。

■ 简析

这一首诗是杜甫于广德二年(764)在成都所作。当时,诗人想离开四川到吴地远游,心情十分愉快。所以,写下的这首诗立意新颖,语言朴实,优美如画。像这样轻快的诗句,在杜诗中是不多见的。这首《绝句》,千百年来广为人们传诵。历代诗家也都给它以较高的评价。这不仅是因它立意新颖,结构灵巧,而且在写作方法上,采用了绝句中一种特殊的修辞手法。四句各写景物,彼此并列,中间不用关联词语,只靠这些景物的安排,产生一种内在的联想，构成了一种优美的境界。首句是黄鹂在翠柳上鸣，二句是白鹭飞上青天。三句是从窗里看到西山上的积雪，四句是门口停泊着去东吴的船只。四句写出四景，且把四件景物，安排在一起。看去，好像它们彼此之间，并无什么特别的内在联系。然而，它们却构成了一幅十分完整的图画。有谁读了这首诗，能不产生这样的艺术效果，为之而拍案叫绝呢？诗人在排列的方法上，也比较独特。一是用对偶，即一二两句相对，"两个黄鹂"对"一行白鹭"，"鸣翠柳"对"上青天"。三四两句相对，"窗含西岭"对"门泊东吴"，"千秋雪"对"万里船"。把并列之景，巧妙地结成两联。四句皆对，这在绝句中是少见的。杜甫这首诗，尽管四句皆对，但并非拘于对偶，而是对得自然天成。诗人一气呵成，读来声调跳动，节奏铿锵。这正是杜绝非同于他人的一个重要特点。二是先后安排，先写近景，后写远景。三四两句，"千秋雪"显得时间的永恒，"万里船"显得空间的广阔，含意深远。而且，一二两句颜色匹配得当，"翠"上方见得"黄"，"青"上方见得"白"。色彩鲜明和谐。绝句采用这样的表现方法，用四样景物构成一幅画面，形象生动，配合自然，读之，犹如赏画。但诗之含意，诗所要达到的效果，却并非画所能画出来的。

八阵图［一］

功盖三分国，［二］
名成八阵图。［三］
江流石不转，［四］
遗恨失吞吴。［五］

■ 注释

〔一〕八阵图：诸葛亮推演兵法，聚石作"八阵图"。

〔二〕三分国：指魏、蜀、吴三国。

〔三〕这两句说，诸葛亮的盖世之功，是他凭借自己的才能，使当时的动乱局面稳定下来，形成了魏、蜀、吴三国鼎立的局面。他的远大声望，成就于他发明的用以作战的八阵图。

〔四〕石不转：指诸葛亮设在吴蜀边界的石头。诸葛亮用八阵图布局，以此阻止了吴将进攻。

〔五〕遗恨：指诸葛亮以未得吞吴为恨。吞吴：灭亡吴国。这两句说，江水在不停地流着，而江中的石头，从蜀汉至唐近六百年来，却一直未动。诸葛亮每当想起未能佐刘备灭亡吴国，就感到十分痛心，遗恨终生。

■ 简析

杜甫在夔州住过不短的时间，而夔州有八阵图，诗人自然会记起具有雄才大略的诸葛亮。这首诗，从"功名"写到"遗恨"，既有吊古，又有议论。首句"功盖三分国"，只五字即把诸葛亮的历史功绩做了高度概括。功业辉煌，盖世无双。一开始就点出其历史地位。二句又具体来写诸葛亮的杰出才能。三句写眼前实景，抒发凭吊感情。全诗既赞颂了诸葛亮的丰功伟绩，又指出了他不能辅佐刘备灭吴而留下的遗恨。不过，通篇看来，其诗重在末句。诸葛亮没有并吞吴国，这对他来说真是遗恨无穷。就是对后世凭吊的人来说，也不能不引为恨事。无穷的感慨叩动了读者心弦。若就章法而论，一二两句相对，末句照应首句，三句照应二句，更进一层。无论从哪里讲，这首诗都属绝句中的又一格。

归 雁

春来万里客,
乱定几年归?〔一〕
肠断江城雁,〔二〕
高高向北飞。〔三〕

■ 注释

〔一〕乱:指安史之乱。这两句说,春天回来了,我这个离乡万里之外的游客,究竟要等到哪一年,战争才能平定,才能返回自己的家乡呢?

〔二〕肠断:指极度悲哀伤心。

〔三〕这两句说,最使我悲伤的是,连那江城雁都可以从天空高高地向北飞去,而我却待在这里不能回去了。

■ 简析

这是一首怀念故乡的诗。诗人采用触景生情的手法,语巧工精地写出了自己对故乡的极度怀念。第一联,"春来万里客,乱定几年归",采用抒情笔调,由"万里客",写到"归"。因为"春来",又是一年了。把诗人由于安史之乱、流浪吴楚一带的艰辛生活及对归回故乡的渴望写尽。第二联,"肠断江城雁,高高向北飞",采用直观与联想,把诗人对故乡的思念,通过对大雁的羡慕之情,进一步深化。既紧扣诗题,又很形象。这种以景结情用作结尾的写法,富有诗意,且也较为含蓄,耐人寻味。

戏为六绝句（其二）

王杨卢骆当时体，[一]
轻薄为文哂未休。[二]
尔曹身与名俱灭，[三]
不废江河万古流。[四]

■ 注释

〔一〕王杨卢骆：指初唐四杰王勃、杨炯、卢照邻、骆宾王。当时体：指初唐时诗歌的体裁。

〔二〕轻薄：浅薄的人。哂（shěn）：讥笑。这两句说，王勃、杨炯、卢照邻、骆宾王四人是初唐时写近体诗的优秀诗人，有些轻薄文人却写文章喋喋不休地讥笑他们。

〔三〕尔曹：你们这些人，指讥笑四位诗人的人。

〔四〕不废：不伤害。江河：比喻四杰如江河永存。这两句说，你们这些讥笑他们的人，随着时光的磨洗，身名早已销声匿迹，被人遗忘，为历史所淘汰。而这四位诗人却像长江大河一样，流传久远，绝不会因你们的诽谤而受任何影响。

■ 简析

这是杜甫专门论诗的组诗《戏为六绝句》中的第二首。唐代随着文化艺术的高潮，诗歌由古体逐渐形成了近体，即律诗和绝句。当时，在这方面，王勃、杨炯、卢照邻、骆宾王初唐四杰是有一定贡献的。但有一些轻薄的文人，却自以为是，对他们进行讥笑和挖苦。杜甫对这些轻薄文人的举动，很看不惯，用十分尖锐的语言对他们进行了讽刺。一二两句，用叙事的方法，先讲四杰的功绩，就在于开创了"当时体"。二句用"哂未休"三字，写出轻薄文人的讥议。三四两句，就此，议论，"尔曹身与名俱灭，不废江河万古流"。通过艺术的形象来说理，把哲理寄寓于具体的事物之中，既有感染力，又有说服力。这些带哲理意味的句子，是诗人的激情和才华相互交织的结晶。所以，向为后人诵不绝口。

赠花卿〔一〕

锦城丝管日纷纷，〔二〕
半入江风半入云。〔三〕
此曲只应天上有，
人间能得几回闻？〔四〕

■ 注释

〔一〕花卿：姓花名敬定，驻成都的剑南节度使。卿，古时对男子的一种称呼。

〔二〕锦城：今四川成都。丝管：琴笛等丝竹做的乐器。

〔三〕这两句说，锦城花家的乐器，整天不休地在响着。这乐曲有一半随风飘去，有一半荣幸地飞入云霄。

〔四〕这两句说，这样的乐曲，只应该是天上的神仙才能听到，在人间的平民百姓，生活动乱，困难重重，又能听到几回这样的乐曲呢？

■ 简析

王夫之在谈到诗的婉转时说："情语能以转折为含蓄者，唯杜陵居胜。"杜甫的这首记事诗作,运用婉转含蓄之法是很成功的。这首《赠花卿》,表面似乎在赞美当时驻节在成都的军政长官花敬定的。其实不然,真正诗意是诗人对花敬定在战火纷纷,民不聊生的年代,不问国事,一味过着花天酒地的豪华生活,进行了无情的讽刺和揭露。题为"赠花卿",诗却从"锦城丝管"落笔,由"日纷纷"写到"半入江风半入云"。全诗从一种乐曲引起,好像与主题并无关系。但经过转折,三四两句"此曲只应天上有,人间能得几回闻"才婉转地透露全诗的正意。这样的诗句,往往耐人寻味,比明白说出更为有味,真可谓意在言外。且给予读者的印象也颇为深刻。杨慎曾评论此诗说:"杜公此诗,讥其僭用天子礼乐也,而含蓄不露,有风人言之者无罪,闻之者足戒之旨。公之绝句百余首,此为之冠。"

江南逢李龟年〔一〕

岐王宅里寻常见,〔二〕
崔九堂前几度闻。〔三〕
正是江南好风景,
落花时节又逢君。〔四〕

■ 注释

〔一〕李龟年:唐开元年间著名的音乐家。

〔二〕岐王:唐睿宗之子,唐玄宗之弟李范。

〔三〕崔九:即殿中监崔涤,玄宗的宠臣。这两句说,咱们在岐王的家里经常见面,在崔中监的家里曾几次听过你的歌唱。

〔四〕逢：相遇。君：指李龟年。这两句说，正是江南风景极为美妙的时候，今天又与你相逢了；可惜，此时百花凋谢，已是落花时节了。

■ 简析

　　这是大历五年（770），杜甫去世的这一年在长沙时所作，是杜甫绝句中最晚的一首。诗人在十四五岁时，曾在洛阳听过李龟年的歌唱。几十年之后，又在长沙和他偶遇，便写下了这首诗。这首诗并非是恭维，而是杜甫遇见李龟年以后，抚今怀昔的伤感之作。说是伤感诗，读了并不产生可悲之感。只在细细体味时，才知是另有所指。一二两句，通过对出入达官贵人之家的主人的追忆，借以说出当时太平之世的承平气象。三句用一"正"字，提出江南好风景，可谓"风景不殊，河山有异"。正是江南风景极好的时候，今天又碰到了你呀！多年老相识，阔别重逢，又在山明水秀的湖南，本应高兴。然而，却遇这不景气的"落花时节"，就使人扫兴，以致感慨系之了。四句用"落花时节"，加一"又"字，把彼此的衰老飘零，社会的凋敝丧乱，都概括在其中。"好风景"到了"落花时节"。"落花时节"四字，包括了多少内容！自然春光，由万紫千红到已经凋谢，引起人们的伤春之情。诗人和李龟年也都是暮年，作为人生也到了"落花时节"。对于时局，唐帝国的太平景象早已不见，社会上是一片动荡萧条。时局的变动，个人的悲欢，都有概括。综合过去和现在，构成了尖锐的今昔对比。因此，读这首诗，需从弦外的余音上去领会。此诗比兴得体，精工神妙，笔无虚设，大有寓情于景的绝妙境界，不愧为杜甫的七绝压卷之作。

夔州歌十绝句[一]（其九）

武侯祠堂不可忘,[二]
中有松柏参天长。[三]
干戈满地客愁破,[四]
云日如火炎天凉。[五]

■ 注释

〔一〕夔（kuí）州：今重庆奉节东。本题十首，这是其中之一。

〔二〕武侯：后汉蜀国的丞相诸葛亮，字孔明，被封为武乡侯。因治蜀有功，后人为其建立祠堂。

〔三〕参天：高耸入云。这两句说，武侯的祠堂和武侯一样，决不会被后人遗忘。祠堂前长着高耸入云的松柏，就是人们追思和怀念武侯的象征。

〔四〕干戈满地：这里指松柏阴森，浓阴遍地。破：消失。

〔五〕炎天：伏天最热的时候。在葱葱郁郁的林木中，哪怕是盛夏也觉凉快。在这特定的环境——武侯祠里的参天柏松庇荫下，好像诸葛之神，对他有所慰藉而感到身心爽适。

■ 简析

这是杜甫的一首感怀之作。唐代统治者沉醉于酒色，久不思治，引起了社会的动荡，造成了人民的流离失所。杜甫当时避乱夔州，看到诸葛亮的祠堂，不禁引起了他对诸葛亮的怀念。他另外还有对诸葛亮怀念的诗句，如"出师未捷身先死，长使英雄泪满襟"，皆是为后人所喜爱的诗句。看去，这首诗四句都是写景，但却处处流露了诗人对诸葛亮的深切追思。这首诗，开门见山，首句写"武侯祠堂"，即点出"不可忘"。由"忘"引出二句中的"松柏参天"。三句写"干戈满地"，用一"破"字，集中写出游客此时的情怀。四句又写"云日如火炎天凉"。一句接着一句，句句写得警策精妙，闪动着诗人所独具的风采，变化万千，别具一格。

奉和严郑公军城早秋

秋风袅袅动高旌，〔一〕
玉帐分弓射虏营。〔二〕
已收滴博云间戍，〔三〕
更夺蓬婆雪外城。〔四〕

■ 注释

〔一〕袅袅：缓缓地。高旌：高大的战旗。

〔二〕玉帐：指军队宿营在外的帐篷。分弓：指部署兵力。射：进攻。这两句说，秋风轻轻地吹动着高悬的战旗，军帐里正在研究兵力部署和进攻敌人的对策。

〔三〕滴博：山名，在今四川理县一带。戍：士兵。

〔四〕蓬婆：山名，在今四川茂县，属大雪山。这两句说，你带领的军队，既已收复了高入云霄的滴博这个地方，下一步夺取白云密布的蓬婆，就更是垂手可得了。

■ 简析

这首诗，是杜甫读了严武的七绝《军城早秋》以后，奉和的一首诗。这在题目"奉和严郑公军城早秋"中，已经看出。这首诗和严武的原诗一样，采用同样的格调，都表达了作者的激昂奋发的心情。不过，在这同时，诗人杜甫在诗中寄寓了对严武才略的赞赏和歌颂。首句"秋风袅袅动高旌"七字,似在写军城之景,然在这军城之景中,却看出了严武治军的严明。二句用"玉帐分弓",接写严武的将略,三句用"已收",四句用"更夺",选用"滴博"、"蓬婆"两地作进一层的具体来写,更加衬出严武的非凡才略。其诗景情结合,写得很有气势,洋溢着一腔为国而战、奋不顾身的激情。

三绝句(其二)

二十一家同入蜀,〔一〕
唯残一人出骆谷。〔二〕
自说二女啮臂时,〔三〕
回头却向秦云哭。〔四〕

■ 注释

〔一〕蜀:四川。

〔二〕残:剩余。骆谷:在今陕西周至县西南。这两句说,当时有二十一家共同逃入蜀地,至今却只有一个人由骆谷自蜀返回了。

〔三〕啮(niè)臂:喻指咬臂诀别,比喻被迫分离时的痛彻情景。

〔四〕秦:指陕西中部。这两句说,这个逃难者告诉人们说,当他在蜀地无法生活,把两个女儿送给他人,想到父女再不能相会的时候,不禁回头朝着当初出发的方向放声痛哭起来了。

■ 简析

　　我国历史上以现实主义诗人著称的杜甫,一个最主要的特点就是他所具有的那种一贯同情人民、热爱人民的思想感情。他同人民一同经受着战乱、饥饿、寒冷，因此，他常能以一般诗人从未达到的深度，反映出人民所受的种种压迫和苦难。这首诗，诗人以第三人称的口气，描写了唐时一位逃难者的悲惨结局。用鲜明而凝练的语言，从另一角度揭露了唐朝腐败的本质。一二两句，用对比的写法，一写"二十一家同入"，一写"唯残一人出"，一个"入"字和一个"出"字，通过前后变化，把人民的苦难作了高度概括。三句紧接二句，用"自说"来进写逃难者，更增强了实感，四句落于"向秦云哭"。全诗充满了强烈的现实生活气息，笔调客观严谨，难怪有人对他这种精确地反映生活的创作态度，赞为"穷极笔力，如太史公记传"。

三绝句（其三）

殿前兵马虽骁雄，〔一〕
纵暴略与羌浑同。〔二〕
闻道杀人汉水上，〔三〕
妇女多在官军中。〔四〕

■ 注释

〔一〕殿前兵马：指皇帝的直属禁军。

〔二〕羌：指吐蕃。浑：吐谷浑。这两句说，你看禁军那个耀武扬威劲儿，他们残害百姓，差不多和入侵扰乱的外族军队一样了。

〔三〕闻道：听说。汉水：在今湖北，南流入长江。

〔四〕官军：唐禁军。这两句说，有人说过，禁军在汉水一带，曾将平民百姓当作叛军来杀害，以请战功；不少百姓的妻子和女儿被抢在军中，造成了家破人亡的惨景。

■ 简析

　　这首诗，诗人以极其愤慨的心情，对唐代官兵的残暴行径进行了深刻揭露。短短四句，将唐军抢掠奸淫的无耻罪恶暴露无遗，从而生动地反映了当时战争动荡、民不聊生的悲惨景况。首句用"骁雄"二字，反写"殿前兵马"的气势。二句用一"略"和一"同"字，写了他们残害百姓犹如入侵的外敌一样"纵暴"。三句用"闻道"二字，写出禁军"杀人"之惨，四句又专写"妇女"的悲惨命运。诗人没有议论，没有写景，完全运用写实记事、直切陈述的方法，记述了唐军的所作所为。这样写来，更觉真实，犹如就在眼前一般。

江畔独步寻花（其六）

　　　黄四娘家花满蹊，〔一〕
　　　千朵万朵压枝低。〔二〕
　　　留连戏蝶时时舞，〔三〕
　　　自在娇莺恰恰啼。〔四〕

■ 注释

　　〔一〕蹊（xī）：径。

　　〔二〕这两句说，黄四娘家里种了很多的花，几乎把路都堵住了；成千上万的花朵，争相开放，把花枝都压弯了。

　　〔三〕留连：留恋，不愿离开，这里是飞来飞去的意思。

　　〔四〕自在：自由自在。恰恰：本意为融和，这里形容声音的和谐。这两句说，戏游的彩蝶，常常在这里飞来飞去，不忍离去；自由自在娇美的黄莺恰恰欢声啼鸣。

- 简析

  这首写景诗，一气呵成，是《江畔独步寻花》组诗七首中的第六首，都是诗人寓居成都时的作品。这首诗通过记叙在黄四娘家赏花时的场面和感触，描写了春光烂漫的景象。没有抒情，没有议论，纯属写景。但诗人的欢快情怀，却从迷人的景色、幽美的画面中，表露出来。首句"黄四娘家花满蹊"，和题目"独步寻花"相呼应。二句"千朵万朵压枝低"，是对花的长势做夸张描写。三四两句对偶，"戏蝶"对"娇莺"，"舞"对"啼"，并连用"时时"、"恰恰"叠词，对鲜花盛开之地做一番描绘。使人看到，连彩蝶、黄莺都被各色鲜花所吸引，其赏花之人的心情，就更不必提了。彩蝶恋恋不舍，方能看到它时时在花间飞舞；黄莺自在悠然，方能发出悦耳的鸣叫。但就是在这景物缤纷的诗句中，依然使人体味到一种"独步"的孤寂。

孟云卿（一首）

孟云卿（生卒年不详），唐时平昌（今山东商河）人。天宝年间应考不第，仕途失意，只做过校书郎。据《唐才子传》卷二称："云卿禀通济之才，沦吞噬之俗，栖栖南北，苦无所遇。"杜甫、韦应物等人，很赏识他的作品。

寒 食

二月江南花满枝，
他乡寒食远堪悲。〔一〕
贫居往往无烟火，
不独明朝为子推。〔二〕

■ 注释

〔一〕远：更加。这两句说，二月的江南，虽然花草茂盛，是一片美好景象，但因出门在外，在他乡过寒食节，仍感到十分悲凉。

〔二〕明朝：明天。这两句说，居住在外，由于生活贫寒困苦，常常连烟火也点不起。这可不是因为明天是寒食节，为了要纪念介子推的缘故才偶断炊烟的。

■ 简析

　　春秋时,重耳逃亡在外。在这逃亡的十九年中,介子推对他精心服侍,受尽艰辛。当重耳回国,作了国君(即晋文公),在赏赐当初随从他的臣仆时,漏封了介子推。为此,介子推带着老母亲一起隐居在绵山(今山西介休)。重耳得知后,便满山遍找。没有找到,想焚山逼他出来,结果,介子推被火烧死在大树下。后人为纪念介子推,在每年清明节前两天,禁火吃冷食,俗称寒食节。

　　这首诗,是作者采用一般人常用的题目,借题发挥,来抒发自己心中的感情的。首句"二月江南花满枝",用一"满"字,点出江南临到寒食时的优美风光,给人心头增添一份喜悦。二句触景生情,转写自己在"他乡寒食"的痛苦。用"远堪"二字,对这种痛苦作了进一步的形容。到此,主题既已点出,三四两句,便发出牢骚。指出停烟灭火,不是为了纪念介子推,而是由于生活贫困,生不起火所致。用"无烟火"三字,与题目"寒食"相吻合,又用"不独"、"为子推",作进一步表白,很巧妙地把自己强烈的感受抒发出来了。

刘长卿（五首）

刘长卿（709—780），字文房，唐河间（今河北河间）人。二十四岁中进士，因性格刚强耿直，曾得罪当时权贵下狱被贬，官终于随州刺史。他的诗，多写贬谪漂泊的感慨和山水隐逸的闲情。擅长近体，五言绝句成就尤高，享名于中唐诗坛，曾有"五言长城"之称。有《刘随州诗集》。

逢雪宿芙蓉山主人〔一〕

日暮苍山远，〔二〕
天寒白屋贫。〔三〕
柴门闻犬吠，
风雪夜归人。〔四〕

■ 注释

〔一〕芙蓉山：在今福建闽侯县北。山形秀丽，如芙蓉，故名。主人：指投宿的人家。

〔二〕苍山：山上有雪，如发斑白。

〔三〕白屋：茅草屋。贫：萧条冷落的意思。这两句说，天将黑时，苍山显得更远了。因为天气寒冷，山中那十分简陋的房屋，越发显得萧条冷落，不能挡寒。

〔四〕归人：指作者自己，有"宾至如归"的意思。这两句说，在一个用柴草撑起的房门口，一只狗在狂叫；风雪之夜，有陌生人借宿来了。

■ 简析

这是一首广为传诵的写景绝句。诗人生动地为我们描写了一幅深山雪夜借宿的图画。一二两句"日暮苍山远，天寒白屋贫"，写出即将降雪的预兆。第三句写山家主人的贫洁情景，末句才点出"雪"字和"夜归人"。至此，寄宿之意，则已尽在其中了。刘长卿这首诗，妙处还在于起首两句相对。"日"对"天"，"苍山"对"白屋"，"远"对"贫"，十分妥帖自然。三四两句，又用"柴门"对"风雪"，"犬吠"对"归人"，似对非对。熟读琢磨，意味无穷，更觉含蓄温和，清雅洗练，选字精确，用意曲折。首句"日暮"点明时间，"苍山"是指地点，一"远"字，容量很大，写出了归途的遥远和所遇到的艰难。二句中，"天寒"是指季节，"白屋"写出投宿之处，一"贫"字，用以烘托气氛。三句"柴门闻犬吠"，写出一幅山村景色，末句"风雪夜归人"，用鲜明的形象，描写了一个独自奔波于荒山之中，冒雪投宿人的景况。

听弹琴

泠泠七弦上，〔一〕
静听松风寒。〔二〕
古调虽自爱，
今人多不弹。〔三〕

■ 注释

〔一〕泠（líng）：本指水声，这里指琴音。七弦：指有七条弦的古琴。

〔二〕松风：琴调名，即"风入松"调。这两句说，高雅平和的琴声，常能唤起听者水流之上、风来松下的幽清肃穆之感。

〔三〕这两句说，古代的乐曲虽使我特别喜欢，常常弹奏，但现在的人却都不弹它了。

■ 简析

作者借写琴声，来暗喻自己的恬静高雅、人生苦闷和没有知音。这和作者平生遭遇不幸，仕途不顺是很相符的。题为《听弹琴》，却没有从正面写弹琴，"泠泠七弦上，静听松风寒"，倒似是从一个旁观者听琴写起。从泠泠的琴声之中，传来了一股寒意，然后，三四两句，生发感慨，"古调虽自爱，今人多不弹"。通过对自己颇爱古调、不合时宜的趣好的描写，把独自恬静高雅和没有知音的苦楚写了出来。诗写得语意深远，耐人寻味，历来颇受文人爱好。

送灵澈上人〔一〕

苍苍竹林寺，〔二〕
杳杳钟声晚。〔三〕
荷笠带斜阳，〔四〕
青山独归远。〔五〕

■ 注释

〔一〕灵澈：当时有名的诗僧。上人：对和尚的尊称。

〔二〕苍苍：青色的。竹林寺：在今江苏丹徒。

〔三〕杳杳（yǎo）：深远的样子。这两句说，日落之前，苍苍竹林寺，一片幽静；随着天晚，寺里传来了深远的钟声。

〔四〕荷：背着。笠：用竹篾编的斗笠。

〔五〕独：独自。归：回来。这两句说，在夕阳的照耀下，你背着竹笠，正独自沿着青山走向远方。

■ 简析

这是一首送别诗。因为对象是一和尚，诗人抓住深山、寺庙、竹林、钟声，这些最能代表僧者的特殊景物，构思造意，提炼语言，既有特色，又不俗气。这首诗，一二两句"苍苍竹林寺，杳杳钟声晚"先写出寺庙的晚景，以"苍苍"、"杳杳"、"钟声"、"夕阳"相映衬。然后，写到"独归"的主人。从"归"字上来写"送"，造意清新，颇饶风致。这首诗，虽在艺术上有较高的成就，但在思想感情上，却是消极的。

送李判官之润州行营〔一〕

万里辞家事鼓鼙，〔二〕
金陵驿路楚云西。〔三〕
江春不肯留行客，〔四〕
草色青青送马蹄。〔五〕

■ 注释

〔一〕判官：官名。之：往。润州：今江苏镇江。行营：古时主帅出征驻扎的地方。

〔二〕事：从事。鼙（pí）：古时一种军乐。事鼙鼙：这里指参与军事。

〔三〕金陵驿路：从南京东去的驿路。驿（yì）：旧时各地所设沿路传递文书的站。楚：今长江中段一带。这两句说，远离家乡去从军，从金陵向东沿着驿道行进，与西流的楚云相背。

〔四〕江春：江南的春天。

〔五〕青青：这里形容草色的浓艳。这两句说，一路上不停地行走，虽然江南的春天没有留客的意思，但路旁浓绿的青草，却在微风中不住地摇摆，好似是为离去的马蹄而有点儿依依不舍了。

■ 简析

　　这是一首送别诗。主意在一个"送"字，但诗人没有用华丽的词藻来着力写"送"，以表达自己难舍难分的心情。而是先用恭维的笔法，将对方远离家乡、从军江南、报效国家的高尚品质进行了赞颂。"万里辞家"，说出离家的遥远，"金陵驿路"，说出转战的路途。尔后，三四两句"江春不肯留行客，草色青青送马蹄"，江南这一片美景，依然不能留住你，你又要继续登程了。巧妙的是诗人在这里采用拟人化的手法，把自己对朋友的难舍之情，化为青草对马蹄的依依不舍。既生动，又形象，可以说，是全诗"送情"的高度概括。

酬李穆见寄〔一〕

孤舟相访至天涯，〔二〕
万转云山路更赊。〔三〕

欲扫柴门迎远客,〔四〕
青苔黄叶满贫家。〔五〕

■ 注释

〔一〕酬：答复。

〔二〕天涯：天边，这里是指很远的地方。

〔三〕云山：指高山入云。赊（shē）：远。这两句说，你为访我，特意到这偏远的地方来，独自乘船走了很远的路程；倘若走陆路的话，还要翻山越岭，几乎比水路远几倍的距离。

〔四〕柴门：篱笆门，这里喻指家贫。

〔五〕这两句说，本来想早点打扫一下柴门，迎接远道而来的客人，只是我这贫穷之家除了满地青苔黄叶之外，其他一无所有。

■ 简析

这首七绝，诗人用简括鲜明的语言，描写了一个贫穷学士的生涯。诗从"相访"写起。由"孤舟"写到"至天涯"，一是点明乘船而来，二是说出路途遥远。二句用"万转云山"和"更赊"，是作烘托。第一联是写朋友。朋友不远万里，乘船来访，对我感情至深，自然有感激不尽之意。三句转写"迎远客"。迎客不写备酒，而是"欲扫柴门"，这已有"贫"意在内。四句进而点题，"青苔黄叶满贫家"，四处都长满了青苔，落满了黄叶，一贫如洗，这可让我拿什么来迎接远到的客人呢？第二联是从自己写来。既有客人，又有主人，写得精细贴切、凝练见长，颇能代表诗人的风格。

张谓（一首）

张谓（生卒年不详），字正言，唐河内（今河南沁阳）人。曾作尚书郎，后官至礼部侍郎，潭州刺史。《全唐诗》中有其诗一卷。

早 梅

一树寒梅白玉条，
迥临村路傍谿桥。〔一〕
不知近水花先发，
疑是经冬雪未销。〔二〕

■ 注释

〔一〕迥（jiǒng）：远。傍：临近。谿：同溪。这两句说，在远离村路、临近河流的小桥旁边，一棵梅树开花了，条条梅枝如同白色的玉带一样。

〔二〕疑：怀疑。销：同消。这两句说，如果不知道近水的花草，总是先显出春天这个道理的话，有人就会认为这是冬雪未消，仍然凝在梅树上呢！

■ 简析

　　历史上咏梅的诗颇多。这首《早梅》，另具一种特色。诗人选择冬春相交之际，在百花尚未吐蕊，梅花却已盛开的美好季节，加以艺术的描绘，赞颂了梅花的倔强性格。首句"一树寒梅白玉条"，写出早梅凌寒独开的风姿，二句用一"迥"和"傍"字，写出"一树寒梅"独开的环境，并用"谿桥"二字为下句做了铺垫。三句用"不知"二字，引出"近水花先发"，四句用一"疑"字，对"不知"作了进一层的说明。将"一树寒梅"的风姿，展现在读者眼前。从其凌寒独开的风姿中，读者自然领悟到了梅花倔强的性格。

钱起（一首）

钱起（722—780），字仲文。唐吴兴（今属浙江）人。天宝十年，进士出身，曾任考功郎中、翰林学士。他是"大历十才子"之一，善于写五言诗，风格比较清丽。有《钱考功集》。

归　雁

潇湘何事等闲回？〔一〕
水碧沙明两岸苔。〔二〕
二十五弦弹夜月，〔三〕
不胜清怨却飞来。〔四〕

■ 注释

〔一〕潇湘：指今洞庭湖以南的潇水和湘水。等闲：随随便便。

〔二〕苔：可供大雁食用的一种植物。这两句说，鸿雁为什么要回到南方的洞庭湖一带去呢？因为那里风光明媚，水草丰美，不像北方的冬天那样冰封千里，难于安身。

〔三〕二十五弦：一种有二十五弦的瑟。

〔四〕这两句说，明月之下，忽听有人在弹瑟，瑟声抑扬疾徐，一片悲凉怨抑的情调。倾耳静听，才知是一曲《归雁操》。

■ 简析

　　这是诗人一首借物喻人的怀人之作。所借之物为"归雁"，所喻之人为诗人之友。借物喻人，这是诗家常用的一种做法。钱起独选鸿雁，大概是诗人对雁有着特别的喜爱和情感吧。

　　这首诗，首句用"潇湘"二字，点出"归雁"的处所，并用"何事等闲回"的疑问句式，隐隐藏起一种难舍之情。二句针对首句的疑问作答，写出老家潇湘的"水碧、沙明、两岸苔"，与此时北地的冰封千里，形成显明对比，进而点明南归的原因。有了一二两句的一问一答，三四两句"二十五弦弹夜月，不胜清怨却飞来"，才正写诗人的忆念。夜月弹琴，不胜清怨，这就使得所要表露的款款深情更加淋漓尽致了。

钱珝（一首）

钱珝（生卒年不详），字瑞文。唐吴兴（今属浙江）人。著有《舟中录》二十卷，已佚。有组诗《江行无题》共一百首。

江行无题

咫尺愁风雨，〔一〕
匡庐不可登。〔二〕
只疑云雾窟，
犹有六朝僧。〔三〕

■ 注释

〔一〕咫尺：古时长度单位，相当今八寸。

〔二〕匡庐：即庐山。传说周朝时代，有匡姓兄弟登上此山，结庐隐居，山以此得名，称庐山，或称匡山，又称匡庐。这两句说，庐山山峰尽管相距很近，但一有风雨就会阻隔路途，就是当年登山结庐的匡氏兄弟，也难以攀越。

〔三〕六朝僧：东晋时有名的僧人慧远曾在庐山结社讲道。六朝以来，盛极一时。六朝僧，泛指讲道修行。这两句说，只使人怀疑在庐山山峰的洞里，好像至今还有六朝时代的僧人，在那里讲道修行。

■ 简析

  这是讲述庐山风景的一首五言绝句。庐山，是我国重要的名胜之一，历来游人甚广，对它的评论也极多。作者这首《江行无题》，非同于一般的庐山题诗。它是运用古代的典故，来讲述庐山，别具一格。首句用一"愁"字，二句用一"不"字，已把庐山的险峻和攀登之难写尽。三四两句用"只疑"和"犹有"，发挥了充分的想象，写到"云雾窟"和"六朝僧"。"六朝僧"似与"匡庐"各不相干，但在这首诗中，在诗人的笔下，却为庐山的美景增添了另一番色彩和情趣。

李端（二首）

李端（737—784），字正己，唐赵州（今河北赵县）人。大历五年，进士出身，曾任秘书省校书郎，官至杭州司马，后弃官隐居衡山（湖南），号"南岳幽人"，为"大历十才子"之一。《李端诗集》三卷。

听　筝

鸣筝金粟柱，〔一〕
素手玉房前。〔二〕
欲得周郎顾，〔三〕
时时误拂弦。〔四〕

■ 注释

〔一〕筝：一种古乐器，有十三弦，形状如瑟。金粟柱：用桂木做成的筝弦轴。

〔二〕玉房：华丽的房舍。这两句说，弹筝的美人，坐在一所尊贵的房舍前；响亮的筝音，从桂木弦轴里传了出来。

〔三〕周郎：三国吴将周瑜，因他二十四岁做中郎将，故称周郎。

周郎顾：出于"曲有误，周郎顾"一说。说他精通音乐，有人奏乐出错，他定要回头一看。这里暗喻知音。

〔四〕这两句说，弹筝的人由于一心想得到知音，把自己的筝弹给他听，有时，常因心思不专而弹错。

■ 简析

这首诗通过对弹筝人的形象描写，反映了作者对知音的向往心情。此诗是合于平起的五言绝句。首句"鸣筝金粟柱"是写筝，二句"素手玉房前"是咏弹筝的人。三四两句"欲得周郎顾，时时误拂弦"，运用典故，再进一层。从弹筝的人来做生发，同时来咏筝曲，隐切其中的"听"字。用"误拂弦"三字，意在邀听者的顾盼。从歌咏筝调曲，曲曲写出一种儿女邀宠之情，细腻婉约，耐人寻味。

拜新月

开帘见新月，
即便下阶拜。〔一〕
细语人不闻，
北风吹裙带。〔二〕

■ 注释

〔一〕即便：马上。阶：台阶。这两句说，打开窗帘看见天上一轮弯月，急忙走下台阶朝着弯月拜了几拜。

〔二〕北风：指这时为冬天。这两句说，她究竟默默细语了些什么，谁也没有听见，只见那凛冽的北风将她的裙带吹得来回飘动。

■ 简析

　　古人写诗，很注意诗的意象。即使是一首短短的五言绝句，也不能例外。有造诣的诗人，常常透过艺术的语言、感人的意境，表现出生动的形象。李端这首爱情诗，所创造的形象就颇为生动。一二两句，"开帘见新月，即便下阶拜"，写了几个细小动作，开帘、望月、下台阶、朝拜，精练细腻。三四两句"细语人不闻，北风吹裙带"，极形象地描写了一个少妇思夫时的情态。这里有千愁万绪，有无限烦恼，也有深深的嘱托。少妇轻声细语讲了些什么，谁也没有听见，只看见寒风在吹动着她的裙带来回飘动。单从时间的长久，也可想到少妇的感情是深沉的。意新语工，形象鲜明，读者如同亲自看到一般。

张继（二首）

张继（生卒年不详），字懿孙，唐襄州（今湖北襄阳）人。天宝年间，进士出身，曾作过盐铁判官、检校祠部员外郎等职。有《张祠部诗集》。

枫桥夜泊[一]

月落乌啼霜满天，
江枫渔火对愁眠。[二]
姑苏城外寒山寺，[三]
夜半钟声到客船。[四]

■ 注释

〔一〕枫桥：在今江苏苏州城西阊门外。夜泊：意为夜晚把船只靠在岸边。

〔二〕江枫：江边的枫树。渔火：夜晚渔船上的灯火。这两句说，在一个深秋的夜晚，月亮落下去了，地上铺满了霜，偶尔能听到几声鸟叫。江畔的枫树和渔舟上的火光，相映相照，游客在愁闷中入睡了。

〔三〕姑苏城：今江苏苏州。寒山寺：在今江苏苏州。

〔四〕这两句说,午夜时分,传来了姑苏城外寒山寺的钟声。一只满载游客的渔船,迎着这沉闷的夜半钟声,来到了这平静的枫桥江畔。

■ 简析

　　这首诗用白描手法,介绍了苏州城外名胜古迹寒山寺的夜景。诗体清逈,不雕不饰,读来形象生动,宛如一幅图画展现在眼前。有好景,总会有好诗。好的题山赋水诗作,又往往会提高景致的声誉。有了张继这首《枫桥夜泊》,苏州城外的枫桥、寒山寺和寺里的大钟,就都成为远近知名的胜迹了。这首诗之所以成为名作,是因为这首诗把形象、色彩、音响交织融汇,而且在交织融汇中,所写景物的远近、明暗、位置、层次十分巧妙和谐。并都与夜泊旅人的心情融为一体,不显一点割裂之迹。这正是诗人高度的艺术造诣所至。从景物层次上看,远处是秋夜的霜天,天边的残月,啼叫的栖鸦;近处是江畔的枫树,渔舟的火光,桥下夜泊的客船。从景物色彩上看,有霜天残月,有江枫渔火。既有"冷色",又有"暖色"。分别交织在树、桥、渔舟、山寺的阴影之中,显现出或明或暗的不同色彩。这夜泊的特有气氛,已使旅客产生孤寂之感。三四两句近写"寒山寺"传出"夜半钟声",这震荡夜空的钟声,就更给旅客增添了满怀愁绪。景物、色彩、音响与夜泊旅人的心绪,和谐协调,又不违反格律诗的安排和规范,这不能不说是诗人高超的艺术手法的体现。

阊门即事〔一〕

耕夫召募逐楼船,〔二〕
春草青青万顷田。〔三〕

试上吴门窥郡郭，[四]

清明几处有新烟？[五]

- **注释**

〔一〕阊（chāng）门：古代城门。即事：这里指就眼前的事写诗。

〔二〕耕夫：农民。逐楼船：意即去当兵。楼船是古代的兵船。

〔三〕这两句说，农民都被官府抓去当兵，春草漫遍了原野，万顷良田全都荒芜了。

〔四〕吴门：今苏州的城门。郡郭：近郊。

〔五〕新烟：指过了寒食节重新点火，故谓"新烟"。这两句说，登上苏州城门，去观望一下城外的景况，本来今天是清明节，家家应当重新烧火，可现在能看到几处有新烟呢？

- **简析**

这是一首忧国忧民的议论诗。作者不雕不琢，开门见山，把《阊门即事》所要表达的思想，写的深入浅出。初看，一二两句，似与主题无关。殊不知正是这一二两句，为主题作了很好的铺垫。首句写"耕夫召募"，二句写"召募"之后出现的后果。"春草青青万顷田"，已使人想到，唐代统治者到处抓民当兵，造成土地荒芜，人民流离失所的悲惨景象了。三句用"试上"、"郡郭"，再作具体描写，四句用"清明几处有新烟"是说寒食节后，城外又有几家冒出了新烟呢？这里用反问句式，不言自明：耕夫被抓去当兵，不少人家，由于农田荒芜，无法生存，已经被迫流落异乡了。

韩翃（一首）

韩翃（hóng，生卒年不详），字君平，唐南阳（今河南安阳）人。天宝年间，进士出身，官至中书舍人，为"大历十才子"之一。其诗多酬赠之作，以《寒食》一诗，最为有名。明人辑有《韩君平诗集》。

寒 食 [一]

春城无处不飞花，
寒食东风御柳斜。[二]
日暮汉宫传蜡烛，
轻烟散入五侯家。[三]

■ 注释

〔一〕寒食：古时在清明节前两天不生火，只吃冷食，因称"寒食节"。

〔二〕御柳：御苑中的杨柳。这两句说，春天来临，长安城内处处都飘扬着杨花柳絮。寒食节时，在东风吹拂下，御苑中的杨柳也在随风起舞。

〔三〕五侯家：《后汉书·单超传》说桓帝封单超为新丰侯，徐璜为武原侯，左悺为上蔡侯，具瑗为东武阳侯，唐衡为汝阳侯，"世谓之五侯"。五人都是宦官，这里泛指掌握实权的宦官。这两句说，天黑了，因为寒食节禁止灯火，所以家家都没点灯。但在汉朝宫内，却传递着朝廷特赐的蜡烛，那蜡烛燃烧起来的阵阵烟雾，正从五侯家里冒了出来。

■ 简析

吴乔在《围炉诗话》中说："诗贵有含蓄不尽之意，尤以不著意见声色故事议论者为最上。"这首诗以古时寒食节为题，一二两句专写寒食节时，杨花柳絮，漫天飞舞的美好景象。写"花"写出花的"飞"，写柳写出柳的"斜"。为以下诗句，暗含了轻薄之意。三句转写"汉宫"，以"传蜡烛"的典故，又紧紧扣住"寒食"。四句用"散入五侯家"，进而把"传"字写明，点出宦官的得宠。皇帝宠爱太监，造成太监掌握大权，终于亡国。这一事实，正是通过"轻烟散入五侯家"来进行讽刺的。这种兴怨之诗，常是寓意深远，可谓是无讽而甚于讽的"讽诗"。

韦应物（一首）

韦应物（737—790），唐京兆长安（今陕西西安）人。少年时作过唐玄宗的三卫郎，晚年悔悟，折节读书。永泰时任洛阳丞，后任滁州、江州、苏州刺史，世称"韦苏州"。他与刘长卿同是中唐时期山水田园诗人的代表，其风格恬淡高远。有《韦苏州集》。

滁州西涧〔一〕

独怜幽草涧边生，〔二〕
上有黄鹂深树鸣。〔三〕
春潮带雨晚来急，
野渡无人舟自横。〔四〕

■ 注释

〔一〕滁州：即今安徽滁县。

〔二〕怜：爱惜。幽草：深草。

〔三〕黄鹂：即黄莺。深树：茂密的树木。这两句说，我很喜爱生长着青草的河边，在那枝叶茂密的高树上，又有黄鹂在不断地鸣叫。

〔四〕渡：渡口。这两句说，当春天的潮水向岸边涌来时，正赶上又下了一场急迫的春雨。江边无人送渡，只有一条小船靠在岸边，在水面上轻轻飘动。

■ 简析

　　这是作者在滁州任刺史时，到西涧（滁州西上马河）漫游后作下的一首诗。不仅把春雨荒山野渡的景色写得优美如画，而且，含蓄地传出行人待渡的怅惘心情。这首诗在写西涧晚潮雨中景物时，特别要提到它的用意造字之妙。单就诗人对"雨"字的表露为例，在一二两句中，"涧边"、"深树"已多少带出了晚潮的雨意。三句写了"春潮带雨"，句末又用一"急"字，给人以音响，似闻雨声。因有雨至，故"野渡无人"，潮来而"舟自横"。写得合情合理，贴贴切切，不能不称赞诗人在用字造意上的工精。

柳中庸（一首）

柳中庸（生卒年不详），本名淡，以字行，唐时河东（今山西永济）人。官至洪府户曹。仅存诗十三首。

征人怨

岁岁金河复玉关，[一]
朝朝马策与刀环。[二]
三春白雪归青冢，[三]
万里黄河绕黑山。[四]

■ 注释

〔一〕金河：即黑河，源出内蒙古呼和浩特市，流入黄河。玉关：即今甘肃玉门关。

〔二〕马策：马鞭。刀环：指有环的刀。这两句说，征戍来到塞外，每年看到的都是金河和玉门关；每天手中握着的也离不开马鞭和刀枪。

〔三〕青冢：指汉代王昭君墓，在今内蒙古。传说此地草皆白，只有昭君墓上草青，故曰"青冢"。

〔四〕黑山：一名杀虎山，在今呼和浩特一带。这两句说，正二三月，归拢到昭君墓那里的不是春花而是白雪。万里黄河在此绕围黑山，奔流东去，都可以进入内地。征人长期驻守在塞外，却没有返乡的可能了。

■ 简析

　　这是被后代诗人高度评价，世代流传的对偶七言绝句。它一二两句成对，三四两句也成对，在一句之中又有成偶的句式。这首诗，粗看似是几种不同物景的拼凑，互不相关。但细细吟诵，则有不少打动读者之处。尤为突出的，是诗的形式之美。一二两句"岁岁金河复玉关，朝朝马策与刀环"，构成一联，是叙事，而且"金河"、"玉关"、"马策"、"刀环"，处处对仗工整。三四两句"三春白雪归青冢，万里黄河绕黑山"，构成又一联，来作写景。"白雪"、"青冢"、"黄河"、"黑山"，四物四色，色调华美。二联直起直收，无有中间转折。读之，音韵铿锵。这一引人入胜的形式，所烘托的内容，自然是一"怨"字。虽然诗人未直接来写，但征人的"怨"意，已在诗中隐隐可见。

戴叔伦（二首）

戴叔伦（732—789），字幼公，唐润州金坛（今属江苏）人。进士出身，曾任抚州刺史、容管经略使等职。其诗多表现隐逸生活与闲适情调。晚年出家做了道士。明人辑有《戴叔伦集》。

过三闾庙

沅湘流不尽，〔一〕
屈子怨何深。〔二〕
日暮秋风起，
萧萧枫树林。〔三〕

■ 注释

〔一〕沅湘：指沅江、湘江，均在今湖南省境。

〔二〕屈子：即屈原，为战国时楚国三闾大夫，是我国历史上伟大的爱国诗人。后楚王听信谗言，他被放逐。他看着祖国的衰败，十分气愤，最后投江而死。这两句说，屈原的怨恨是多么的深沉啊！如同那沅江、湘江的江水一样，是永远流不尽的。

〔三〕这两句说,看着庙祠,想着他的不幸遭遇,又恰逢这日落西山,秋风阵阵,枫树林内一片冷落萧索的景象,更使人感到悲凉。

- 简析

这是诗人游览屈原祠时,写下的一首怀古之作。屈原原本对祖国一片忠诚,竭力欲使楚国强盛起来,以免遭受秦国的欺压。但楚怀王听信奸人谗言,反而放逐了屈原。屈原为此写出了名诗《离骚》。骚,即一般解释为"牢骚",以发泄心中的气愤。戴叔伦的这首怀古诗,首句写"沅湘",二句写"屈子",抒写了屈原的不幸遭遇和无限怨恨。时值深秋,天气将黑,萧萧秋风吹入枫树林中,一片萧索景象。三四两句转入写景,"日暮秋风起,萧萧枫树林",数千年来,尽管朝代换了多少,那悲风悲秋,似乎仍然在抱怨和同情屈原的不幸遭遇。

苏溪亭

苏溪亭上草漫漫,〔一〕
谁倚东风十二阑。〔二〕
燕子不归春事晚,
一汀烟雨杏花寒。〔三〕

- 注释

〔一〕苏溪亭:在今浙江义乌。

〔二〕谁:指被怀念的人。十二阑:即阑干十二,十二是约数。这两句说,苏溪亭周围长满了青草,好像看见你站在苏溪亭上,背着东风,倚着阑干。

〔三〕汀：岸边的平地。这两句说，时间已到了晚春，还不见燕子归来，然而，在河岸的平地上，杏花却在一片烟雨寒气之中开放了。

■ 简析

　　这首诗，题为《苏溪亭》，然并非真咏苏溪亭，而是诗人借描写苏溪亭及其周围的自然景物，倾吐了自己对被怀念人的盼望心情。首句用"草漫漫"三字，描写出苏溪亭上的景色，暗示了一种不能叫人快意的情感。二句发挥想象的能力，用一"倚"字，写出对方正在背风倚阑而立。三四两句，既是写景，又是抒情。诗人把自己对友人的怀念之情，用"燕子不归春事晚，一汀烟雨杏花寒"两句，做了巧妙的书写和寄托。

司空曙（一首）

司空曙(shǔ，生卒年不详)，唐广平（今河北广平）人，字文明。进士出身，曾参剑南节度使幕府和水部郎中等职。他是"大历十才子"之一。其诗收入《司马文明诗集》中。

峡口送友人

峡口花飞欲尽春，〔一〕
天涯去住泪沾巾。〔二〕
来时万里同为客，
今日翻成送故人。〔三〕

■ 注释

〔一〕峡口：两山夹水的地方。这里指长江出蜀的险隘。欲尽春：春欲尽。

〔二〕去住：指走的人和留的人。这两句说，峡口的花随风降落，春天快要过去了；想到彼此将要分手万里，不禁泪水沾湿了巾帕。

〔三〕这两句说，来的时候我们是同路的旅伴，今天我这个"客人"倒变成主人来送别自己的朋友了。

■ 简析

　　唐时，以相互送别为题的绝句颇多，或写景寄情，或直抒心怀，在写作上手法多样，千姿百态。这首《峡口送友人》，也不同于一般的送别诗。客中送客，自难为情，况又"万里"之远，"同为客"呢？作者身为客人，却反客为主，淋漓尽致地表露了自己送客的惆怅心情。首句写眼前景物，点明时间、地点。二句通过"去住"形象的描绘，写到"客"、"主"双方。三句转写"来时"，为下句铺陈。四句用"今日翻成送故人"作结，写出彼此间的惆怅心情。选材一般，写法却比较别致。可见，作者匠心独用，想象力较为丰富。

卢纶（六首）

卢纶（739—799），字允言，唐河中蒲州（今山西永济）人。曾做过河中元帅府判官、检校户部郎中。他和吉中孚、韩翃、钱起等十人合称"大历十才子"。在十才子中，他的送别酬作之诗颇多，诗风较为雄壮，内容多反映军旅生活，尤以《塞下曲》有名。

塞下曲[一]（其一）

鹫翎金仆姑，[二]
燕尾绣蝥弧。[三]
独立扬新令，[四]
千营共一呼。[五]

■ 注释

〔一〕塞下曲：古代的一种军歌。

〔二〕鹫（jiù）：一种食野兔的鸟类。金仆姑：古代一种箭。

〔三〕燕尾：喻旗的形状如燕尾。蝥（máo）弧：古代旗名。这两句说，将军所用的箭是鹫翎做成的，所撑的金绣大旗，形状犹如燕尾一样。

〔四〕扬新令：发布新的命令。

〔五〕千营：喻部队众多。这两句说，只要将军站在那里发一声号令，千军万马，就会一起行动。

■ 简析

这首诗避开许多烦琐的刻画，独选最能代表将军性格的金箭和最能说明将军身份的绣旗，运用形象的语言加以点染，描写了一支纪律严明、士气奋发的部队和一位受战士爱戴的主帅。一二两句，用相对的句式，分别写了将军所佩的箭和将军的帅旗。三句接写将军发号施令，末句写出军中的声势。寥寥数语，把一支军队动员出发时的雄壮气势和主帅的形象描写了出来。作者选用"金仆姑"和"绣蝥弧"，并非故意卖弄技巧，而是用以表现主帅最主要的特征。这种古代诗词的传统写法，既服从了诗的规范，又使所写对象的形象，凝练而集中。

塞下曲（其二）

林暗草惊风，〔一〕
将军夜引弓。〔二〕
平明寻白羽，〔三〕
没在石棱中。〔四〕

■ 注释

〔一〕草惊风：风惊草，即"风吹草动"。

〔二〕将军：指西汉猿臂善射的"飞将军"李广。引：开弓。这两句说，天黑以后，森林中一片黑暗。由于风吹草动，似乎草中有一只老虎。将军看到，随手拉弓把箭射了过去。

〔三〕平明：天亮。白羽：古时的箭名，指尾部装有白色羽毛的箭。

〔四〕没：淹没。棱：棱角，石块最硬的地方。这两句说，第二天天亮之后，去寻找箭，发现箭原来射入石头最坚硬的地方去了。

■ 简析

这首诗，借用汉代飞将军李广"射虎中石"的故事，来对将军误石为虎，一箭射去，将箭插入石头里场面的点染，赞美了将军的善射和勇敢。由此使人想到，这支卫国部队击败敌人，不仅有信心，而且有力量。一二两句，从"风从虎"的传说，写到"夜引弓"，写出将军夜出巡边。尔后，笔意一转，三四两句用李广射猎之典，专写"引弓"之后的情形，将诗意推进一层。用一"没"字，进一步写出"引"字，把将军的善射和勇敢，这支部队战胜敌人的信心和力量，写得十分周全，点滴不漏。

塞下曲（其三）

月黑雁飞高，〔一〕
单于夜遁逃。〔二〕
欲将轻骑逐，〔三〕
大雪满弓刀。〔四〕

■ 注释

〔一〕月黑：没有月亮。

〔二〕单（chán）于：唐时匈奴首领。遁（dùn）：逃跑。这两句说，在荒漠沙碛之中，敌人连夜退却，连鸿雁也受惊而高高飞起。敌人正在崩溃，他们的首领现已偷偷地逃走了。

〔三〕将：率领。轻骑：轻装迅走的骑兵。逐：追击。

〔四〕这两句说，将军亲自率领轻装的骑兵，在漫天大雪中追歼残敌。因雪太大，连弓和刀上都落满了雪。

■ 简析

　　这首诗写的是轻骑在雪夜追击敌人的动人景象。诗人要写追奔逐北，却不写两军相搏，他不是没有经过思考和选择的。诗人从侧面落墨，着意刻画敌人崩溃和将军乘胜追击的场景，更显出诗人写作手法的高明、纯熟。首句"月黑雁飞高"，已经暗示了敌人在连夜退却，连鸿雁都受惊吓而飞走。二句用"夜遁逃"三字，进而点明敌人已处在总崩溃之中。三四两句，只写乘胜追击中的一景，用"大雪满弓刀"一句作结，把将士所向披靡的英雄气概烘托出来。"月黑"和"大雪"，并非显示作战的艰苦，而在反衬主将的坚决、果断和部队昂扬疾进的气势。

塞下曲（其四）

野幕敞琼筵，〔一〕
羌戎贺劳旋。〔二〕
醉和金甲舞，〔三〕
雷鼓动山川。〔四〕

■ 注释

　　〔一〕琼筵：丰盛的宴会。

〔二〕羌戎：唐时居住在西北部的少数民族。这两句说，旷野里支撑起了帐幕，摆开了酒席，全军举行盛大的庆功会，当地的少数民族也纷纷牵羊携酒，前来慰劳和祝贺。

〔三〕金甲：金属铠甲。

〔四〕这两句说，将士带着醉意和大众一起唱歌跳舞，连身上披着的铠甲都忘记解下来了。军民载歌载舞，欢乐的击鼓声，传遍了整个山川。

■ 简析

　　这首诗描写了战斗结束，将士胜利归来，热烈庆功的场面。首句"野幕敞琼筵"，写将士凯旋，设酒庆功，而且地点是选在旷野。还未展开，二句就写起"羌戎"来贺，为这次"琼筵"增添了气氛。然后，三四两句"醉和金甲舞，雷鼓动山川"，转写欢庆的场景。将士们连身上的铠甲都来不及脱下，就与当地的羌族人民欢乐地跳起舞来。那欢乐的击鼓声，几乎震荡了整个山岭。这是多么欢乐、热闹的场面啊！看去，四句四个意思，好似皆未说尽。然细细体察，尤其二句"羌戎贺劳旋"，仅用五字，就把击败入掠者后，对加强民族间的团结作用和此战的正义性，充分地体现出来了。

山　店

登登山路行时尽，〔一〕
决决溪泉到处闻。〔二〕
风动叶声山犬吠，
一家松火隔秋云。〔三〕

169

■ 注释

〔一〕登登：上山的脚步声。行时尽：走完了登山的道路。

〔二〕决决：泉水流动的声音。这两句说，在噔噔的脚步声中，终于走完了登山的道路；在登山的沿途，到处都可以听到潺潺的流水声。

〔三〕松火：松明火把。古时山中常砍松枝代替灯烛，俗称"松明子"。隔：同融。这两句说，山风吹动树叶哗哗作响，引起了山犬狂吠的叫声。傍晚时分，在远远的山上，一户人家点燃了松明火把，火把的烟雾飘上天际，同秋云交融在一起。

■ 简析

这首诗，一反作者行军诗的格调，用轻松愉快的笔调，通过对几个动作、景致的描写，为读者描绘了一幅生动活泼的山中美景图。首句用"登登"叠字，写出攀登山路时的形象，二句用"决决"写出溪泉的声音。由山路"登登"写到"尽"，由溪泉"决决"写到"闻"，使人如临其境，如闻其声。三句写"风动叶声"，引起山犬的狂吠，四句落到"一家松火"，烟雾飘上天空，同秋云融合在一起的景色上。四句分写四景，既不平淡，也不分散。把一家《山店》设置其中，自有一番风韵。

逢病军人〔一〕

行多有病住无粮，〔二〕
万里还乡未到乡。〔三〕
蓬鬓哀吟长城下，〔四〕
不堪秋气入金疮。〔五〕

- 注释

〔一〕逢：遇到。

〔二〕行：行军。住：住宿。

〔三〕还：返回。这两句说，在行军的途中，经常患病，住宿下来又没有粮吃，只得忍饥挨饿。在这万里归乡的途中，奔波不息，至今还没有回到自己的家乡。

〔四〕蓬鬓：因病而头发蓬乱。

〔五〕金疮：刀箭的创伤。这两句说，在这生病之际，头发蓬乱，宿在古城角下哀吟，身上的创伤被寒风一吹，如刀割一般，实在令人难以忍受。

- 简析

卢纶这首《逢病军人》，通过对一个患病军人返乡途中所遇景况的描写，反映了封建王朝时代，患病军人的悲惨遭遇。全诗都是把患病军人放在途中来写。首句从"行"写起，说出"有病"和"无粮"。二句用"万里"、"未到乡"，近写途中，并对上句中"有病"、"无粮"的状况，作了呼应和烘托。这样的日子，还不知要维持到何时才能结束。三句又近写一笔，"蓬鬓哀吟长城下"。四句用一"入"字，来写"秋气"吹入箭伤时的疼痛。四句都是采用白描的手法，并无一字议论，但患病军人的苦难和诗人对他的同情，却都做了淋漓尽致的表述。可见，并非凡诗都需有议论。只采用白描叙事的方式，同样能起到抒情议论的效果。

171

李约（一首）

李约（751—820），唐陇西成纪（今甘肃天水）人。曾做过员外郎。他不但是诗人，还是唐著名的古物收藏家。《全唐诗》录存诗十首。

观祈雨〔一〕

桑条无叶土生烟，
箫管迎龙水庙前。〔二〕
朱门几处看歌舞，〔三〕
犹恐春阴咽管弦。〔四〕

- 注释

〔一〕观祈雨：看求神降雨的仪式。求雨是古代乡间一种迷信活动。

〔二〕水庙：即龙王庙。古时认为龙王掌管下雨。这两句说，桑树的枝条因天旱而没有叶子了，土地也因久旱而尘土飞扬。为了祈求下雨，农民在龙王庙前演奏着欢迎龙王的乐曲。

〔三〕朱门：红漆的大门，指富贵人家。

〔四〕咽（yè）：发音不响。这两句说，做官的人家因为要享乐，欣赏歌舞表演，却在担心天阴下雨，乐器受潮不能发出清脆的乐声。

■ 简析

　　这是一首针对性很强的讽刺诗。诗人用鲜明的对比，写了穷苦农民和富贵人家对天气的两种不同态度。从而，艺术地揭露了唐代社会农民的贫困和统治者的腐化奢侈。这首诗题是《观祈雨》，首句从"久旱"写起，选写了"桑条"和"土"两个事物，用"无叶"和"生烟"，先生动地写出久旱的景象。二句再写"迎龙"，显得非常自然贴切。三句一转，转写"朱门"，四句用"犹恐"二字，逼真地写出"朱门"之家此刻的心理。一二两句集中写久旱和农民"迎龙"，三四两句集中写朱门"歌舞"和担忧。在同一诗中，把两处箫管并列在一起，既有农民在水庙前迎龙的歌舞，又有官僚地主们在朱门里享乐的歌舞，自成鲜明对照。一正一反，写出两种根本不同的态度，对"朱门"之家，进行了有力的抨击。

顾况（二首）

顾况（725—814），字逋翁，唐海盐（今属浙江）人。至德年间中进士，官至著作郎。后因作诗嘲讽当时权贵，被贬为饶州司户参军。后又隐居茅山，自号华阳真逸。其诗平易流畅，并注意反映当时的社会矛盾。明人辑有《华阳集》。

忆鄱阳旧游

悠悠南国思，〔一〕
夜向江南泊。〔二〕
楚客断肠时，
月明枫子落。〔三〕

■ 注释

〔一〕悠悠：忧思长久。

〔二〕江南：指长江南岸。这两句说，每当回忆起很久以前居住江南的景况，就会想起曾将船泊停在长江岸边的日日夜夜。

〔三〕枫子：枫树的种子。这两句说，最能引起留在楚地客人怀念故乡的，是那明月高照，看到枫子随着秋风降落的时候。

■ 简析

我们知道,绝句须遵循一定的格律,并须讲究声调。这首《忆鄱阳旧游》,是一首仄韵绝句。它逢双句押韵,构成了同一收音的回环,形成一种音乐美。因此,读起来十分和谐。"悠悠南国思,夜向江南泊。楚客断肠时,月明枫子落。"宦游在外的人思念故乡的心情,正是通过抑扬顿挫、自然流畅的语言,表达出来了。

宫 词

玉楼天半起笙歌,〔一〕
风送宫嫔笑语和。〔二〕
月殿影开闻夜漏,〔三〕
水晶帘卷近秋河。〔四〕

■ 注释

〔一〕玉楼:指皇帝居住的楼阁。天半:喻达天之一半,形容其高。

〔二〕和:混合起来。这两句说,从高高的皇宫楼阁里,传出了阵阵动听的乐曲。这乐曲同宫女的笑声、说话声一起被风吹得扩散开去。

〔三〕夜漏:古代宫内一种计算时间的仪器,用壶水漏去的多少来计时。

〔四〕秋河:天上的银河。这两句说,在月亮的映照下,宫殿的影子渐渐地斜了。滴漏声清晰地传来,听到高楼的欢乐,看到眼前的孤独,不禁使人觉得这个"水晶帘"和天上隔开牛郎织女的银河差不多。

■ 简析

　　这首诗,诗人用传统的对比手法,形象地写出了宫中女子的苦闷和怨恨。一二两句用"起笙歌"、"笑语和",写出别处的热闹、欢乐。三四两句选择"月殿影开"、"水晶帘卷"这些特有的景物,并用"闻"、"近"二字,与一二两句恰成鲜明对照,写出了宫女自己的冷落情形。由别处的笙歌笑语,相形到自己处所的寂寞冷落。由夜深不能入眠,未睡听漏,情不自禁地独自卷帘,遥看秋河。由闹写到静,由荣写到枯。一闹一静,一荣一枯,何等显明!所要抒写的宫女的愿望,跃然纸上。倘若是无心的人,绝不会在深夜之中,去听别处的笙歌笑语,而且,又是如此的清楚!并且,还"闻夜漏",卷起水晶珠帘去看"秋河"了。不说怨,而怨情自在言外,可谓妙笔所在。

雍裕之（一首）

雍裕之（生卒年不详），唐蜀州（今四川重庆）人。曾多次应举进士，落第后一直过着流浪生活。

农家望晴

尝闻秦地西风雨，〔一〕
为问西风早晚回？〔二〕
白发老翁如鹤立，
麦场高处望云开。〔三〕

■ 注释

〔一〕秦地：指今陕西关中一带。

〔二〕为问：替我问一下。这两句说，曾听说陕西关中一带刮起西风就会下雨，请替我问一下："西风什么时候就能回去了呢？"

〔三〕这两句说，在雨淋之中，白发老农像白鹤一样，站在麦场上的最高处，希望能看到乌云退开，太阳出来的预兆。

■ 简析

　　在封建社会里，深受统治阶级剥削和压迫的劳动人民，对天气的阴和晴，是十分关心的。这首《农家望晴》，即以此为题，很富有生活气息。它描写了小麦登场以后，一位老农急盼天晴的动人形象。全诗紧紧围绕"望晴"来写。一二两句，用老翁的口气，写风写雨。首句根据经验，用"尝闻"写"西风雨"。二句用"为问"，提出"西风早晚回"。三四两句，转写望者老翁。用"如鹤立"作了形象的比喻。"如鹤立"又站在"麦场高处"，其"望云开"的急切心情，跃然纸上。

孟郊（四首）

孟郊（751—814），字东野，唐湖州武康（今浙江德清）人。四十五岁以前多次应举不中，遂在湖州组织诗会，苦意吟诗。四十六岁中进士，五十岁出任溧阳尉。后对县尉不感兴趣，又辞职归乡。他很受韩愈赏识，诗风也接近韩愈。所写诗歌多反映自己的穷愁生活，具有独特风格和浓烈的生活气息。有《孟东野诗集》。

归信吟

泪墨洒为书，〔一〕
将寄万里亲。〔二〕
书去魂亦去，
兀然空一身。〔三〕

■ 注释

〔一〕洒：喷洒，这里作写。

〔二〕将：将要。这两句说，用泪水和墨水写成了这封书信，将要把它寄给万里之外的亲人。

〔三〕兀（wù）然：浑然无知的样子。这两句说，自从把信寄出去以后，好像魂也跟着去了，只留下毫无知觉孤零零的身子。

■ 简析

　　一向被称为苦吟诗人的孟郊，在琢句炼字上有独到之功。韩愈曾评价孟郊作诗，是"刿目怵心，刃迎缕解。钩章棘句，掐擢胃肾"。孟郊的诗作，大多数造句奇险，往往是在苦涩之中见诗意。无论古朴或僻奥，都有一番经营的匠心在内，决非信手拈来。这首《归信吟》五绝，诗人用比兴手法和简洁的语句，形象地描写了一种真诚而执着的情感。首句写"书"，用一"洒"字，写出了其中的全部情感。二句用一"寄"字，承上转下。三句连用两个"去"字衬垫，四句用一"空"字作结。短短四句二十字，表达了一种深切的情思。"诗从肺腑出，出辄愁肺腑"，犹如吃橄榄，别有一番滋味。

怨　诗

试妾与君泪，〔一〕
两处滴池水。〔二〕
看取芙蓉花，〔三〕
今年为谁死。〔四〕

■ 注释

　　〔一〕试：试验，尝试之意。妾：少妇的自称。

　　〔二〕这两句说，你总是说你也在想念我，那让咱俩起誓赌咒，把各自的相思之泪，分别滴到荷塘里。

〔三〕看取：看一看。

〔四〕这两句说，看一看各自池中的荷花今年是否长出，看是谁的芙蓉花因无水而枯死，就知道我为你流下了多少思念和惆怅的眼泪！

■ 简析

　　抒情诗词，有数十成百行的长篇，也有几句话的片言短章。不过，比较的说来，要在四句二十字的五言绝句中，深刻而完整地写出一种情感，不是那么容易的。这就要求诗人要有深刻敏锐的洞察力，善于抓住最能代表事物本质的东西，进行艺术的选择和提炼。可以想见，一向以苦吟闻名的孟郊，在写这首《怨诗》的前前后后，里里外外，是花费了一番心血的。这首诗是写闺中怨妇的一种情思。诗人脱离了一般的写法，唯独选择从"妾与君泪"写起，并作了符合少妇身份、心情的设想。二句继续在"泪"字上做文章，把"泪"分别滴入池中，引出三四两句的赌咒话。用"芙蓉花"、"为谁死"，深刻刻画了少妇的怨愤之情。全诗围绕一个"泪"字，来表现一个"怨"字，虽只二十字，却比千言万语还要有力、动人，表现手法也十分新颖别致。

登科后

昔日龌龊不足夸，〔一〕
今朝放荡思无涯。〔二〕
春风得意马蹄疾，〔三〕
一日看尽长安花。〔四〕

■ 注释

〔一〕龌龊：指心情苦闷而有所拘束。

〔二〕放荡：自由自在，不受拘束。涯：边际。这两句说，以往的苦愁岁月，已经过去，再不值一提。今天要自由自在，不受拘束，任其浮想联翩。

〔三〕疾：快速之貌。

〔四〕这两句说，在和煦的春风里，得意扬扬，骑马奔驰，不用一天工夫，就把京都长安的鲜花美景都看完了。

■ 简析

　　写诗讲究"诗眼"。因为从"诗眼"中，能传出一首诗的精神。倘若这个"诗眼"用得不好，不仅会影响一句诗，反会使全诗的艺术性也受到影响。因此，很多诗人常在一两个字上，苦心雕琢。孟郊这首《登科后》，为了表现诗人终于在四十六岁考中进士后的愉快心情，在炼字上是很下了功夫的。题为《登科后》，却着意来写登科前。用"不足夸"，概括了"昔日龌龊"，倍受压抑。二句接写"今朝"，用"放荡"二字与昔日"龌龊"，两两相对，景况完全不同，变化之大，天上地下。三句"春风得意马蹄疾"，用一"疾"字，四句"一日看尽长安花"，用一"尽"学，十分生动形象地表现了作者登科中进士后的兴奋和愉快的心情。如果把"疾"字和"尽"字换成别的字眼，三四两句，就不会如此传神，也不会出现这样的效果了。

洛桥晚望

天津桥下冰初结，〔一〕
洛阳陌上行人绝。〔二〕
榆柳萧疏楼阁闲，〔三〕
月明直见嵩山雪。〔四〕

■ 注释

〔一〕天津桥：即洛桥，在今河南洛阳西南洛水之上。

〔二〕陌：小路。这两句说，在一个冬天的夜晚，洛阳桥下结了薄薄的一层冰。洛阳路上，行人绝迹，喧闹的街道顿时变得冷落起来了。

〔三〕榆柳：榆树和柳树。

〔四〕嵩山：在今河南登封。这两句说，道旁的榆树、柳树在严寒中瑟缩，富家大宅的楼阁显得冷冷清清，失去了平时的光彩。然而，天上的明月却比平时尤显光华。高耸在东南的嵩山，雪铺万丈，在月光下也好像更加活跃起来了。

■ 简析

孟郊的这首《洛桥晚望》，是一首内容颇为不凡的写景诗。诗人采用前三衬后、突出主题的方法，艺术地概括了所看到的景色和自己的深切感受。首句写的是桥下结冰之景；二句写的是路绝行人之景；三句写的是榆柳楼阁之景；四句写的是明月嵩山之景。四句写四景，并无堆垛冗杂，使人生厌之感。由于诗人在艺术结构上安排精巧，虽然平列四景，但仔细寻味，反复吟诵时，就会看出，前三句是属一种境界，而末句又单独另属一种境界。它们彼此在诗中所处的位置不同，其作用也是各不相同的。用前三衬后的写法，以加强对比感觉，突出主题，从而写出诗人不寻常的感受和思想倾向。由此可见诗人在结构安排上的细密。诗人通过艺术的高度概括和筛选，把自己所看到的景色写下来，介绍给读者，同时，也把自己的感受告诉了读者。尤其是"月明直见嵩山雪"一句，既写了不易为人发现的美，又表露了作者当时的强烈感受。王国维把诗中"明月照积雪"的境界，称为"千古壮观"。

张碧（一首）

张碧（生卒年不详），字太碧，籍贯不详。贞元年间，屡试进士不中。其诗作，数量虽然不多，但尚能反映民间生活疾苦，为人称道，如孟郊对他有"下笔证兴亡，陈词备风骨"的评语。《全唐诗》录其诗十六首。

农　父〔一〕

运锄耕劚侵星起，〔二〕
垄亩丰盈满家喜。〔三〕
到头禾黍属他人，
不知何处抛妻子。〔四〕

■ 注释

〔一〕农父：年老的农民。

〔二〕劚（zhú）：锄地用的农具。

〔三〕这两句说，每天星星还没有坠落，就去田间劳动，辛辛苦苦，待到庄稼丰收在望的时候，全家是多么高兴呀！

〔四〕抛：抛弃，这里作卖掉解。这两句说，到头来，丰收所得，全被官家剥削去了。家中无法生活，不知哪一天要把自己的妻子儿女卖掉呢！

■ 简析

　　这是一首替农民呼吁的反抗诗。作者从现实生活的斗争中，摄取典型事件，通过讽喻的形式，加以生动的刻画，深刻揭露了封建统治者残酷剥削和压迫人民的不合理现象。这首诗，一二两句，写出农父勤勤恳恳，早出晚归的辛勤劳动和"垄亩丰盈"给全家带来的欢喜。这是单纯叙事，全由正面写起。三四两句，发出议论。用一"属"字，写出"禾黍"的归属，又用一"抛"字，写出农父的悲惨结局。全诗只选写农父一件极为普通的"运锄耕斸"之事，把封建社会官府和庄园主盘剥、压迫农民的惨状，作了深刻的揭露。

李贺（六首）

李贺（约790—约816），字长吉，祖籍为陇西成纪（今甘肃秦安）人，生长在河南福昌（今河南宜阳）昌谷一带。他是唐宗室的后裔。少时才华出众，以远大自期，但由于封建礼教的限制，据说，他父亲名"晋肃"，"晋"与"进"同音，因此，不能应进士考试，一生抑郁不得志，仅作过奉礼郎。李贺死时年仅二十七岁。李贺是一个很富于创造性的诗人，其诗想象丰富，立意新奇，独树一帜。具有浓厚的浪漫主义色彩。有《昌谷集》。

马 诗〔一〕（其五）

大漠沙如雪，〔二〕
燕山月似钩。〔三〕
何当金络脑，〔四〕
快走踏清秋。〔五〕

■ 注释

〔一〕《马诗》：是李贺写的咏马组诗，共二十三首，这是其中之五。

〔二〕大漠：泛指沙漠，这里喻指北方的广阔原野。

〔三〕燕山：今河北燕山山脉。这两句说，广阔无边的原野上，布满沙石，远远看去，那反射出的清冷光辉，就像是下了一层白雪。燕山山头升起一弯新月，像金钩一样悬挂在天空，冷冷的月光照耀着这一片阔野。

〔四〕何当：何时才能够。金络脑：用黄金装饰的辔头。

〔五〕踏：这里作奔腾解。这两句说，到什么时候，这匹用黄金络脑装饰起来的骏马，才能够在广阔的原野上，飞奔驰骋呢！

■ 简析

在古代，有画马的专家，也有咏马的诗人，多用来寄托作者的某些情感。李贺这首《马诗》，以他丰富的想象力和浪漫主义笔法，创造了一匹威武雄壮的骏马奔腾在广阔原野上的形象，借咏马来抒发自己的情怀。诗人在一二两句，先给马儿提供了驰骋的广阔场面，使它能够在广阔的天地之间施展才力。"大漠沙如雪，燕山月似钩"，这是多么难得的场景啊！照此下去，将该是描写骏马腾空，长驱直入，飞奔疾走在旷野上的壮景了。然而，诗人的笔锋转了。没去写骏马如何去施展它神奇的本领，而是用"何当"二字，引出"快走踏清秋"一句。原来，这是梦幻，虽有广阔的天地，骏马也不能奔驰。这不正是对诗人虽有雄心壮志，而没有机会施展的最好表白吗？

马　诗（其十）

催榜渡乌江，〔一〕
神骓泣向风。〔二〕

君王今解剑，〔三〕

何处逐英雄？〔四〕

● 注释

〔一〕榜：船只。乌江：在今安徽和县东北的乌江镇附近。楚汉之际，项羽垓下战败，至此自刎。

〔二〕神骓（zhuī）：指项羽骑的乌骓马。这两句说，乌江亭的亭长把乌骓马拉到船上，渡过乌江去了。因项羽没有上船，乌骓马在惨烈的北风中，禁不住悲痛地嘶鸣起来。

〔三〕君王：指项羽。解剑：指项羽拔剑自杀。

〔四〕逐：追逐、追随。这两句说，君王他今日拔剑自杀了，到什么地方能再找到像他这样的英雄，随他一起驰骋在疆场上呢？

● 简析

李贺这首《马诗》，写的是英雄项羽的战马——著名的乌骓马的事。项羽曾说："吾骑此马五岁，所当无敌，常一日行千里。"项羽垓下战败，乌江亭亭长备了一条小船，要项羽急渡江东，但项羽谢绝了。他为感谢亭长的好意，把乌骓马送给了亭长。李贺以此为题，发挥丰富的想象力，写成此诗。这首诗，首句写"渡"，二句写"泣"，将乌骓马人格化了。三四两句"君王今解剑，何处逐英雄"才写出马泣的原因。这实际是抒发作者怀才不遇的悲哀，耐人寻味。

蝴蝶飞

杨花扑帐春云热，〔一〕

龟甲屏风醉眼缬。〔二〕

东家蝴蝶西家飞，

白骑少年今日归。〔三〕

- 注释

〔一〕帐：指屋内。

〔二〕龟甲屏风：指用杂色玉石镶嵌成龟甲纹式的屏风。醉眼缬（xié）：原指比较碎小的花纹。这里指屏风。这两句说，被春风扬起的花瓣，扑入闺房，给闺房增添了十分迷人的景色。用杂色玉石镶嵌成的屏风上，花纹斑斑，看去实在叫人缭乱。

〔三〕这两句说，东家的蝴蝶西家飞，总不歇脚。英俊的少年一旦出去就四处游荡，直到今日才迟迟归来。

- 简析

李贺这首《蝴蝶飞》，用了十分形象的比喻，写了纨绔子弟的浪荡生活。一二两句全是写景。用"杨花扑帐"和"龟甲屏风"，先细致地描绘出闺房里的迷人景致。三句以到处觅花弄草的蝴蝶作比，用一"飞"字来做暗喻。四句点明"白骑少年"。用"今日归"三字，与"飞"相呼应。这首诗，比喻恰当，既给人以生动的直感，又对这些纨绔子弟进行了讽刺。兴中有比，意味深长。

昌谷北园新笋〔一〕（其二）

斫取青光写楚辞，〔二〕

腻香春粉黑离离。〔三〕

无情有恨何人见？〔四〕

露压烟啼千万枝。〔五〕

■ 注释

〔一〕昌谷：李贺的家乡，连昌河东流入洛河的汇流处为河谷地区，故名。新笋：新长起来的嫩竹。

〔二〕斫（zhuó）：削。青光：竹上的青皮。楚辞：这里借屈原的诗，喻指自己的诗作。

〔三〕腻香：很香。春粉：新竹皮上的白粉。黑离离：指写在竹上的字迹。这两句说，削去新竹的青皮，在上面写下我新作的这首诗。新皮的白粉放出阵阵清香，把墨写的诗句映衬的格外显明。

〔四〕无情：指竹子。有恨：指所作的诗。

〔五〕这两句说，新竹和题在新竹上的这首诗，有谁前来欣赏呢？千枝万枝的新竹啊！可惜都让那烟雾笼罩，露水淋浸了。

■ 简析

这是李贺题在青竹上的一首诗。诗人在家乡看到新长出来的竹子，又青又嫩，便削去青皮，欣然挥笔，在上题诗。李贺的诗，向被后人称为寓意深长。这首诗，也不例外。一二两句，开门见山，直写诗人削皮写诗的情景，使人好像闻到新笋皮上的粉香，又看到了竹皮上的黑色墨迹。三四两句，用"无情有恨何人见？露压烟啼千万枝"一问一答的句式，借一二两句加以发挥，感叹自己的诗作，得不到更多人的欣赏，只能和新竹一样，任凭烟雾笼罩，雨水滴浸罢了。前两句写景，后两句抒情，以此景，抒此情，比喻恰当，融合得体，值得借鉴。

191

南　园〔一〕（其一）

花枝草蔓眼中开，〔二〕
小白长红越女腮。〔三〕
可怜日暮嫣香落，〔四〕
嫁与春风不用媒。〔五〕

- 注释

〔一〕南园：李贺故乡昌谷附近的花园。与北园相对。

〔二〕草蔓：这里指草本的花。

〔三〕越女：原称西施，这里指美女。这两句说，翠绿的枝叶和美丽的鲜花映入眼帘，比比皆是，各色花朵犹如美人的脸腮一样，红白相映，互相扶衬。

〔四〕嫣香：指花的娇艳和芳香。

〔五〕这两句说，可惜天黑以后，艳丽的花朵被风吹落了，好像是这娇艳的鲜花嫁给了春风，连中间媒介都不要，就随风一起飘走了。

- 简析

　　李贺是唐代一个有政治见解，有功业抱负的诗人。他的诗，多有自喻、讽刺和替他人抒发的慨叹，集中反映了他对中唐封建社会许多现状的不平和愤懑。这首《南园》诗，是写春天之景。首句用"眼中开"三字，从诗人观赏者的角度来写。二句用"越女腮"，对"开"字作进一层比喻。用"小"去形容白花，用"长"去描写红花，别致新颖，把艳丽的花色写得形象逼真，"南园"的美景，不喻自见，已为读者所领略。诗人这样来写花草，与别的诗章迥然不同。三句用"可怜日暮嫣香落"一转，借世无知音，鲜花只能任风吹落的现象，抒发自己怀才不遇，无人赏识的感慨。四句又用"嫁与春风不用媒"七字，大胆地将花落比作嫁于东风，又多了一层意思。同是写景诗，由于诗人一生贫困，政治上不得意，所以，写景写情，与别人大不相同，用他独特的表现方法和喜爱运用的字眼，吟成的诗句，诗意颇为幽深。

南　园（其五）

男儿何不带吴钩，〔一〕
收取关山五十州。〔二〕
请君暂上凌烟阁，〔三〕
若个书生万户侯？〔四〕

■ 注释

〔一〕吴钩：古时一种兵器，似剑的弯刃刀。带吴钩：意即从军。

〔二〕收取：收复。关山五十州：指当时唐代黄河南北被藩镇割据的五十余州。这两句说，作为一个堂堂男子汉大丈夫，为什么不佩带武器，投身军中，去为祖国的统一出力呢？

〔三〕上：上去看看。凌烟阁：唐太宗为了表彰开国功臣，让阎立本把魏徵等二十四人的像画在凌烟阁上。

〔四〕若个：哪个。这两句说，请你先到凌烟阁上看看，那里画着被封侯的功臣像，有哪个是文弱书生呢？

■ 简析

李贺活了不过二十七岁，在他短暂的一生中，政治上失意，文学上也不随心。这首抒情诗，几乎全是用议论的口气写就，深刻表达了诗人弃文就武的打算及其建立功业的雄心壮志。一二两句,正写男儿应该佩带武装,去为国拼杀,为民除患,去"收取关山五十州"。告诉人们,这才是男子汉应该具备的志向和勇气呢!三四两句,"请君暂上凌烟阁,若个书生万户侯"用"凌烟阁"、"万户侯",进写"带吴钩"的主题。用问句作结,抒发了作者希望为国献身,做出一番丰功伟业的豪情壮志。

柳宗元（三首）

柳宗元（773—819），字子厚，唐河东解（今山西运城）人，世称"柳河东"。贞元年间，进士出身。授校书郎，后调任蓝田尉，升任监察御史里行。后参加了当时主张政治改革的王叔文集团。斗争失败后，降职为永州（今湖南零陵）司马，后改迁柳州刺史，四十七岁时死在柳州（今属广西）。所以也有人称他为"柳柳州"。他有朴素的唯物主义进步思想，是唐朝进步的思想家和文学家，其诗善写景物，尤长于哀怨。其山水游记和山水诗很有特色。其诗文均收入《柳河东集》。

江 雪

千山鸟飞绝，
万径人踪灭。〔一〕
孤舟蓑笠翁，〔二〕
独钓寒江雪。〔三〕

■ 注释

〔一〕径：路。踪：脚印。这两句说，大雪铺地，所有的山峰上，鸟儿都飞得无影无踪，无处可寻。茫茫旷野，不见一人，连各处道路上的脚印都被大雪覆盖，没有一点踪迹。

〔二〕蓑笠（suōlì）翁：披着蓑衣，头戴斗笠的渔翁。

〔三〕这两句说，有一位身披蓑衣，头戴斗笠的老渔翁，却无视严寒，独驾小船，冒雪在江边垂钓。

■ 简析

柳宗元的山水诗，史称"史法骚幽并有神，柳州高咏绝嶙峋"。这首五言绝句，可以称为奇绝。一二两句，采用相对的句式，先将众山和原野的雪景写尽。漫天大雪覆盖了大地，鸟儿躲在窝里，不敢出来寻食。茫茫旷野，不见一人，连路上的脚印儿都被雪花覆盖了。"千山"、"万径"，多么广阔，而一"绝"一"灭"，又是多么凄凉、孤寂。诗人写到此，"雪"字还未点破。在用排比对偶造成这种气势后，三四两句，方用孤舟独钓，进而点缀。将天然雪景，凑成一幅极妙的雪景图画。用"千山"、"万径"的寂静，来衬托渔翁垂钓，收到了静中见动的效果。一"孤"一"独"，更为这种沉寂清冷增添了气氛。诗人运用白描手法，创造出一种意境，给人以强烈的感染，从而，巧妙而曲折地反映了诗人在政治革新失败后，不屈而又孤独的精神面貌。有人评论说："二十字可作二十层，却是一片，故奇。"

与浩初上人同看山寄京华亲故〔一〕

海畔尖山似剑铓，〔二〕
秋来处处割愁肠。〔三〕

若为化得身千亿,^{〔四〕}
散上峰头望故乡。^{〔五〕}

■ 注释

〔一〕上人：和尚的尊称。浩初：潭州（今湖南长沙）人。京华：京师。亲故：亲戚，故人。

〔二〕海畔：海边。剑铓（máng）：铓同芒，剑的顶端尖锐部分。

〔三〕这两句说，海边的山峰如同锋利的剑铓。在这悲秋的季节，处处都感到它在刺痛我的愁苦心肠。

〔四〕若为：如果能够。千亿：极言其多。

〔五〕这两句说，如果能够将自己的身体，用分身法变成千千万万个，那我就将要站在这无数的尖峰头上，去遥望自己的故乡了。

■ 简析

诗的写法变幻多端，千姿百态。仅就怀乡绝句而言，有从题中写出，有从题外写入。有以彼写此，有以此写彼。有开门见山，直抒心怀；有含蓄婉转，意在其中。也有情景交融，借景寄情。凡此种种，常因诗人各自的感受不同、写法不同而有所不同。柳宗元这首怀乡诗，在写法上比较新奇。诗人用相当奇特的比喻，发挥极其浪漫的想象能力，淋漓尽致地把自己思念故乡的一片衷肠表达了出来。这首诗，题为《与浩初上人同看山寄京华亲故》。在题中已点出"看山"寄故。首句从"尖山"写起，显得十分自然妥帖。二句点出时间，用一"割"字，直写正题。三四两句运用比兴手法，"若为化得身千亿，散上峰头望故乡"，用一"化"字和一"望"字，把"看山寄故"作了生动的描写。柳宗元被召回长安，不久，又被任为柳州刺史。他的心情是抑郁的。在萧瑟的秋天，看到尖峭的山峰，想起自己被贬边远，自会勾起满腔的愁绪，"处处割愁肠"。此时，诗人的心情和所看到的景物完全融为一体。倘若有分身之术，化为千百万个，每个山峰都站一个，散在这柳州各地，随时都可眺望故居长安，那也可多少有些弥补这一遗恨啊！诗人把多年来的愤慨和希望，用他丰富的想象，冷峻的诗句，构成这奇特瑰丽的诗篇。可见，此诗并非一首怀乡之作，而是诗人理想的寄托。

重别梦得〔一〕

二十年来万事同，
今朝歧路各西东。〔二〕
皇恩若许归田去，〔三〕
晚岁当为邻舍翁。〔四〕

■ 注释

〔一〕梦得：即刘禹锡，字梦得。

〔二〕歧路：这里指分手的地方。这两句说，你我二十年来的命运是一样的，今天又在这里分手，各奔东西了。

〔三〕皇恩：指皇帝开恩。归田：辞掉官职，回家种地。

〔四〕晚岁：晚年。邻舍翁：邻居中的老翁。这两句说，皇帝如果开恩，允许我回家种田去的话，待到老年之时，我就是你的邻居中间的一位老翁了。

■ 简析

这是一首写别离的诗，不同于王维的《渭城曲》，也不同于高适的《别董大》。王、高之诗，都是写为别人送行。这首《重别梦得》，送者和被送者，别者和被别者，都受到贬谪，彼此都要到边远的地方，同有一种惆怅的心情。因此，同是别诗，却另有意味。柳宗元本是河东解州人，却被贬到广西的柳州，离家数千里，感慨当然是不同的。在表现手法上，诗人并没有去谴责对方，而是只讲些自己的牢骚话。首句写诗人和刘禹锡二十年以来"万事同"的遭遇。二句写对"今朝歧路"的料想，自然无饰地写出过去和现今的境况。三四两句，本应直抒胸中所怀，但诗人没有这样做，而是运用形象思维，写到"归田去"。"皇恩若许"、"为邻舍翁"，写出自己告老还乡的想法。虽是不可能的，但却把彼此的别离之情，由衷地表达了出来。

张仲素（一首）

张仲素（约769—约819），唐代诗人，字绘之，符离（今安徽宿州）人，郡望河间鄚县（今河北河间）。官至司勋员外郎。

春闺思

袅袅城边柳，〔一〕
青青陌上桑。〔二〕
提笼忘采叶，
昨夜梦渔阳。〔三〕

■ 注释

〔一〕袅袅：形容柳树枝条纤细柔美的样子。

〔二〕陌上：田间小路。这两句说，城边的柳树发绿了，枝条在随风起舞；田野的桑叶也长出来了，一片青绿，叫人十分喜爱。

〔三〕渔阳：今河北蓟县。以在渔水之阳得名。这里代指边城。这两句说，本来提上笼子出来是要采桑叶的，由于只顾回想昨天夜里梦见到夫君的情景，所以连桑叶也忘记采摘了。

■ 简析

  这首诗通过对春天采桑的描写，生动形象地刻画了一个闺房女子，对她出征在外的夫君思念之情。诗的主旨在一个"思"字，但在写法上却全是写景叙事。首句写"城边柳"，二句写"陌上桑"。用"袅袅"、"青青"四字，这两个叠词渲染出融合和骀荡的无边春意，暗喻了时间过得是多么飞快啊！三句用一"忘"字，写到女子如呆如痴的情态，四句"昨夜梦渔阳"，点明题意。全诗未用一个"思"字，却把思念之情，写得淋漓尽致。

韩愈（五首）

韩愈（768—824），唐代文学家、哲学家，字退之，河南河阳（今河南孟州）人。幼年时贫穷孤苦，刻苦自学，二十五岁中进士，历任监察御史等官。五十岁因劝谏唐宪宗被降为潮州刺史，后历官国子监祭酒、京兆尹及兵部、吏部侍郎。其诗风格雄奇险怪，注重形式，反对庸俗浅浮。其诗文甚多，均收入《韩昌黎集》中。

早春呈水部张十八员外〔一〕

天街小雨润如酥，〔二〕
草色遥看近却无。〔三〕
最是一年春好处，
绝胜烟柳满皇都。〔四〕

■ 注释

〔一〕水部张十八员外：指张籍。
〔二〕天街：长安的大街。酥：酥油，牛羊乳汁制品。
〔三〕遥看：远看。这两句说，长安大街在微雨的滋润之下，处处显出清新的样子。春色，近处看来虽不明显，但远远看去却是一片青翠的绿草了。

〔四〕皇都：指唐都长安。这两句说，这是一年里最好的季节，此时的长安景色，完全超过了它柳絮如烟的晚春之景。

■ 简析

　　作诗，要炼意。但雕章琢字之功，也不可轻视。有时一首诗或一句诗，只动一字，便能给全诗平添千钧之力。韩愈这首《早春呈水部张十八员外》，是一首写景诗。诗人以他细致入微的观察能力和较高的文学修养，炼字造句，十分逼真地写出了早春微雨的优美景色。首句用一"润"字，来写"天街小雨"、"润如酥"，大为提神。二句用"遥看"、"近看"，描绘早春的"草色"。春雨过后，嫩草发芽了。远远看去，地上浮起一层浅绿颜色，然在身边近处，却看不出来。草芽很小，颜色不浓，又是稀稀落落，近看不如远看能连成一片。这种观察，多么细致，描写又多么准确！三句用一"是"字，引出"一年春好处"。四句用一"胜"字，结出"烟柳满皇都"。且在"是"前用一"最"字，在"胜"前选用一"绝"字，用"最是"、"绝胜"来进写此时此地之景，把长安早春小雨中的景色，写得十分新鲜别致。倘若诗人把"最是"、"绝胜"换作别字，恐怕诗意就要大为逊色了。

次潼关先寄张十二阁老使君〔一〕

荆山已去华山来，〔二〕
日照潼关四扇开。〔三〕
刺史莫辞迎侯远，
相公亲破蔡州回。〔四〕

■ 注释

〔一〕次：军队驻扎。张十二：张贾，时作华山刺史。阁老：当时通行将中书、门下二省的官员称为"阁老"。

〔二〕荆山：在今河南省灵宝市阌乡县南。华山：在今陕西省渭南市华阴市城南。

〔三〕照：出。四扇：四面。开：明亮。这两句说，我们胜利归来的军队，已经离开荆山，到了潼关，很快就要回到华山来了。此时，一轮红日从东方升起，满山是一片光明。

〔四〕相公：指唐时宰相裴度。这两句说，请刺史不要推辞去远远迎接胜利归来的军队，要知道，这是宰相裴度亲自在蔡州平息了叛乱而胜利归来呀！

■ 简析

韩愈是唐代杰出的古文家。他不仅在文体改革方面取得卓越的成就，就是他的诗，也在李白、杜甫之后，开创了一个重要的流派。所谓"以文为诗"和"奇崛险怪"，正是他在艺术风格上企图有所革新的表现。这个特点，在他描写自然景物和某些酬唱的诗中更为明显。这首诗，是诗人跟随唐宰相裴度出征，平息蔡州叛乱，归来以后写下的。风格清俊、意味隽永，与他过去"物状奇怪"、"僻字晦词，拗调硬语"的风格相比，发生了明显变化。诗人选用一个侧面，开门见山，把一个重大的政治事件描述出来，同时，也表达了诗人跟随出征的喜悦心情。首句用一"去"一"来"，直写出征胜利归来。二句借写"日照潼关"，用一"开"字，生动地描写了军队归来时的沿途景致。一种喜悦的情怀，也巧寓其中。三句转写"迎侯远"，更为胜利归来增添阵势。四句用"亲破"点题作解，对"迎侯远"、"四扇开"作了很好的回答。这首诗，给人以朴实而顺口，新鲜而独创的感觉。

同水部张员外籍曲江春游寄白二十二舍人〔一〕

漠漠轻阴晚自开,〔二〕
青天白日映楼台。〔三〕
曲江水满花千树,
有底忙时不肯来?〔四〕

■ 注释

〔一〕张员外籍:即唐代诗人张籍,时任水部员外郎。白二十二舍人:即白居易,家族中同辈排行二十二,又曾任中书舍人,故称"白二十二舍人"。

〔二〕漠漠:迷蒙。

〔三〕这两句说,江面上迷迷茫茫,笼罩着一层阴云,直到傍晚,蒙蒙雾气才各自散开,露出了倒映在江中的蓝天白日和那些高台楼阁。

〔四〕有底:有何。这两句说,满满的一曲江水,映照着岸边的千树万花,绚丽多彩,这是多么美好的景致啊!你为何不肯前来一起观赏呢?

■ 简析

这是韩愈与张籍同游曲江之后,写下的寄给白居易的一首诗。诗的旨意在"寄",诗人却紧紧围绕曲江来作文章。首句着意描写傍晚时分,江面上笼罩着的阴云退开了。二句用一"映"字,进而描写倒映入江中的蓝天、白日和高台楼阁。三句继写曲江之水,映照两岸的千树万花。以上三句,巧妙地描写了曲江之美,四句方用问句结尾,对主题作进一步的点缀。无须再写，其诗之所"寄"，就自在其中了。

晚　春

草树知春不久归，〔一〕
百般红紫斗芳菲。〔二〕
杨花榆荚无才思，〔三〕
惟解漫天作雪飞。〔四〕

■ 注释

〔一〕不久归：指春天不用多长时间就要过去。

〔二〕芳菲：指鲜花香艳美丽。这两句说，花草树木知道春天不久就要结束了，它们以各种花样和色彩在争相盛开着，似乎在比赛谁更为美丽芳香。

〔三〕榆荚（jiá）：即榆钱。

〔四〕惟：只是。这两句说，杨花和榆钱认为自己没有才能去同鲜花比美，只懂得漫天飞舞，造成鹅毛大雪般的降落之势。

■ 简析

韩愈这首《晚春》，抓住晚春时节，花草树木所发生的自然变化现象，发挥充分的想象力，并巧妙地给它们以拟人化的特征，进行了一番颇为生动形象的描绘。首句概写"草树"，用"不久归"三字，引出二句中的"斗芳菲"。一个"斗"字，颇有一派百花争艳之景。三句笔锋一转，写"杨花榆荚"，似是离开了"斗"，其实不然，"无才思"正是从"斗芳菲"来。正因为"杨花榆荚无才思"，才有四句"惟解漫天作雪飞"。一个"飞"字，又同"斗"字紧相吻合。可见，韩愈在用字上是独有精工的。

湘　中

猿愁鱼踊水翻波，
自古流传是汨罗。[一]
苹藻满盘无处奠，[二]
空闻渔父叩舷歌。[三]

■ 注释

〔一〕汨（mì）罗：即汨罗江，为湘江的支流。屈原就是投此江而死。这两句说，猿哀鸣，鱼飞跃，掀起层层波浪，这就是自古以来被传颂的汨罗江呀！

〔二〕苹藻：水生植物。

〔三〕渔父叩舷歌：指屈原被放逐后，在江畔遇一渔父交谈一事。舷，船的边沿。这两句说，我准备了满盘的祭奠之物，却找不到恰当的祭奠地方；这时，宛如当年渔父叩船唱歌的声音，频频传来，使人怅然若失。

■ 简析

这是韩愈被贬任为阳山（今广东阳山）令，路经湘中，过汨罗江时所写下的一首诗。诗人被贬，来到汨罗江边，不禁想起忠心耿耿的屈原，自然会引起诗人的激情。一二两句，写汨罗江，一不写它的浩瀚，二不写它的平静，而是用"猿愁鱼踊"、"水翻波"，来写它的动态，写它的愁思，别有生姿，富有情感。三四两句，就此抒写自己的情怀，"苹藻满盘无处奠，空闻渔父叩舷歌",面对着波涛滚滚的汨罗江,我思绪万千,有多少言语要向你表达!尽管预备了许多的祭奠品,然而,却不知把它们放在哪里合适。徘徊之中,似乎传来了当年渔父叩着船帮唱歌的声音,巧妙地表达出诗人的寄托之情。

刘叉（一首）

刘叉（生卒年不详），籍贯不详。生活在河北一带。性情比较孤傲，曾做过韩愈的门客。《全唐诗》录诗一卷。

从军行[一]

海畔风吹冻泥裂，[二]
枯桐叶落枝梢折。[三]
横笛闻声不见人，[四]
红旗直上天山雪。[五]

■ 注释

〔一〕从军：随军队出发。行：古时一种歌体。

〔二〕海：指今青海、新疆的大湖。

〔三〕这两句说，由海边湖泊吹过来的寒风，将泥土都冻得裂了缝；枯桐的树叶纷纷落地，树的枝梢也都被风折断了。

〔四〕横笛：古代军中乐器之一。

〔五〕天山：横贯今新疆的山脉。这两句说，在长长的队伍中，传来了笛子的吹奏声，却看不见吹笛的人；抬头望去，开路的红旗已经插在了积雪遍野的天山顶上。

■ 简析

　　这是一首咏边诗。作者在这里描绘了一幅豪迈壮观的严冬行军图。全诗没有议论，没有评述，只用写景，生动地反映了当时征人之苦和其乐观的精神。题为《从军行》，在写时，是从海风写起。首句用一"裂"字，写海风之"寒"。寒风吹来，泥土都冻得裂开了缝，足见其"寒"了；二句用一"折"字，写海风之"猛"。海风吹来，桐叶落地，连枝梢都被折断，可见风势之大。一二两句，写出了行军时的气候条件，从环境上作了充分的烘托，三四两句才写到"人"。三句用"横笛"引出"闻声不见人"，这里有队伍的壮观之意。四句落在"红旗直上天山雪"。一个"上"字，写出了行军的豪情壮志和乐观精神。尽管气候恶劣，守边将士依然是一往无前，一面鲜艳的红旗飘扬在雪山顶上，更加鼓舞了将士的勇气。

李益（七首）

李益（约750—约830），字君虞，唐陇西姑臧（今甘肃武威）人。他二十岁中进士，曾北游河朔，从事于幽州节度使刘济，居住边塞达十余年。官至礼部尚书。在他居住边地时，写了不少描写边塞生活的诗歌，一时曾颇为流传。其诗风格明快豪放。因他的诗以七绝见长，后人曾把他和王昌龄相提并论。有《李君虞诗集》。

江南曲〔一〕

嫁得瞿塘贾，〔二〕
朝朝误妾期。〔三〕
早知潮有信，〔四〕
嫁与弄潮儿！〔五〕

■ 注释

〔一〕江南曲：古代歌曲中的一种旧题目，内容多写江南地区生活。

〔二〕瞿塘：即瞿塘峡，在今四川。贾（gǔ）：商人。

〔三〕朝朝：天天。这两句说，嫁给了在瞿塘做生意的买卖人，他为了外出挣钱，常常不能在和我约定的日期归来。

〔四〕信：信用，潮水一涨一落有一定的规律，故有潮信之说。

〔五〕弄潮儿（ní）：识水性的青年。这两句说，如果早知道潮水不失信用，能够按时来，倒不如嫁给弄潮儿了。

■ 简析

　　押韵，是我国诗歌的传统特色。古人曰："诗中韵脚，如大厦之有柱石，此处不牢，倾拆立见。"还说，诗韵一乱，就要影响声调的谐和，就会拗口。因此，古人作诗很注意诗韵。李益这首《江南曲》，是一首逢双句押韵的五言绝句。"期"和"儿"，用现代普通话的语音来读，当然很不和谐。这是因为随时代的变化，语音也发展了。如果用唐代的古音来读现代的"儿"，实际上是被读作"儿"（ní），这就显得非常和谐，构成声音的回环，形成一种音乐美。

　　这首诗是写商家女子的怨恨。亦属描摹儿女情态一类。不过，在表现手法上，既不婉转隐约，也非直接痛快，而是有些半吞半吐，藏头露尾之妙的。一二两句"嫁得瞿塘贾，朝朝误妾期"，写出嫁于贾人，屡次失约延期所带来的怨情，自然有一种发思发痴之态。三四两句"早知潮有信，嫁与弄潮儿"，以潮之有信，运用双关语，写出自己的情意。有怨有恨，有情有爱，半吞半吐，曲曲如见。

塞下曲

蕃州部落能结束，〔一〕
朝暮驰猎黄河曲。〔二〕

燕歌未断塞鸿飞，〔三〕

牧马群嘶边草绿。〔四〕

■ 注释

〔一〕蕃州：指胡地。结束：意为戎装打扮。

〔二〕这两句说，胡地的少数民族贵族，善于戎装打扮，一早一晚常骑马猎射于黄河河套一带。

〔三〕燕歌：即《燕歌行》，指出征在北地的兵卒，思念家乡唱的歌。

〔四〕这两句说，戍边战士的《燕歌行》还没有唱完，南飞的大雁就已经飞走了；一群群放牧着的战马在草原上仰首嘶叫，春天又不知不觉地来到了草原上。

■ 简析

李益在边塞居住期间，对边塞情景和征戍士卒的心情，有较为深刻的体察和理解。因此，他所写的边塞诗，在当时流传很广。有不少诗歌，还曾被乐工谱入管弦，在内廷歌唱。作者这首《塞下曲》，用豪放的笔调写了边塞的风光，艺术地歌颂了战士们慷慨激昂、勇于牺牲的精神，反映了当时人民要安边定远的心愿。同时，也表达了戍边战士思归的怨望心情。首句用一"能"字，写出"蕃州部落"一向善于戎装打扮。二句用"驰猎"二字，来写"蕃州部落"的入猎，很有特点。三句转写"燕歌"、"塞鸿"，写出戍边战士的思归情思。四句结到"牧马群嘶"，概括了戍边战士的边地生活。

春夜闻笛

寒山吹笛唤春归，〔一〕
迁客相看泪满衣。〔二〕
洞庭一夜无穷雁，〔三〕
不待天明尽北飞。〔四〕

■ 注释

〔一〕寒：寒冷。这里还指环境的凄凉和心情的寂寞。唤：召唤。

〔二〕迁客：受到贬谪的人。这两句说，在这略带寒意的山村之夜，忽然远远地传来了笛声。悠悠笛声，仿佛把春天召唤回来了。然而，受到贬谪的人，却因为春天的悄悄到来而满怀愁绪，泪水都沾湿了衣襟。

〔三〕洞庭：即洞庭湖，在今湖南境内。无穷：无数，许多。

〔四〕待：等待。这两句说，从北方飞到洞庭湖边来过冬的许多鸿雁，也感到春天的到来，等不到天明，就全部急匆匆地飞回北方去了。

■ 简析

　　李益的七言绝句，在艺术上有着较高的成就，有人曾把他与李白、王昌龄相比。从这首《春夜闻笛》看，李益的绝句，笔意洒脱，语言含蓄，形象鲜明，言尽而意不尽。特别需要提到的是，这首诗在构思造意上有独到之处。写的是悠悠笛声，表达的是思归的情绪，由江南春夜闻笛声，曲曲写出一种思念家乡的感情。首句"寒山吹笛唤春归"，一"寒"字，为山村之夜增添了多少寒意，巧妙地写出环境的凄凉和心情的寂寞。一"唤"字，既写了笛声召回了春天，还包括了这悠悠笛声牵动了诗人的心绪在内。这本来是一种欢乐的事，但诗人笔锋一转，却写出"迁客相看泪满衣"。为什么"迁客"会如此痛苦？诗人没有去作明白回答，却着力来写洞庭鸿雁。"洞庭一夜无穷雁，不待天明尽北飞"，洞庭湖畔的雁群，觉察到春天的来临，连夜就飞回到北方去了。鸿雁尚且如此，那失意在外的人，对故乡的思念，又将是怎么样呢？诗人运用比兴之法，表达了自己远处异乡的情感，艺术性较强，但却带有悲凉的情调。

夜上受降城闻笛〔一〕

回乐烽前沙似雪，〔二〕
受降城外月如霜。〔三〕
不知何处吹芦管，〔四〕
一夜征人尽望乡。〔五〕

■ 注释

〔一〕受降城：唐时，筑有东、西、中三个受降城，都在塞外。这里指今内蒙古自治区五原西北的中受降城。

〔二〕回乐烽：指今宁夏灵武西南的烽火台。

〔三〕这两句说，边地的回乐烽前，风卷黄沙，铺天盖地，好像是降了一场大雪；受降城外，月光映照，地上像是铺了一层白霜，塞外的夜景是美丽的。

〔四〕芦管：是一种横吹笛子。

〔五〕这两句说，不知什么地方有人在吹奏起乐曲。这乐曲使长期出征在外的人，顿起思乡之情，一夜未能入眠，在月光下思念着自己的故乡。

■ 简析

中唐时代，幽州河朔已是藩镇割据的地方。驻守在这里的兵士,迫于连年不断的内外战争,当初卫国立功的英雄气概,已黯然消失。其时,诗人李益也从军在此。他对这种体会是很深的。这首边塞诗,就抒发了当时战士们久戍思归的心情。首句写"回乐烽前沙",二句写"受降城外月",分别以"雪"和"霜"作了恰到好处的比喻。一二两句,写出"夜上受降城"的优美景色。三句用一"吹"字,始点出"闻笛",四句用"尽望乡"三字,写明题意,抒发了一种久戍思归的情怀,真切动人。

上汝州城楼〔一〕

黄昏鼓角似边州,〔二〕
三十年前上此楼。〔三〕
今日山川对垂泪,
伤心不独为悲秋。〔四〕

■ 注释

〔一〕汝州:即今河南临汝。汝州城楼指临汝城楼。

〔二〕边州:泛指边防城镇。

〔三〕这两句说,黄昏时,登上汝州的城楼,首先听到的是那喧腾的鼓角之声,犹如是来到边防前哨阵地一样,很有些两军对垒的气势。这就是三十年前,登上此楼时所感到的景象。

〔四〕这两句说,今日登上城楼,面对山川,不禁流下了伤心的眼泪;我的伤感,并不单单是一种悲秋之情。要知道,如今连三十年前那种表面上安定的景象都看不到了。

简析

　　李益大约在二十岁时，中了进士，随后，漫游了黄河南北。当时，他曾来到汝州，登过汝州城楼。三十年之后，他又来此地，重登此楼，抚今追昔，感慨交加，遂写下了这首诗。这首诗，写得很有时代特点。首句选用"鼓角"来写，很有代表性。"安史之乱"以后，唐王朝出现了藩镇割据的分裂局面。到唐德宗时，割据局面更为严重，兵锋曾直逼东都洛阳。即使是汝州这样的腹心地区，也变成了军事前哨。"似边州"，正是诗人第一次登上汝州城楼，对所看到的景象的集中概括。三十年后怎么样呢？诗人未作明说。"今日山川对垂泪，伤心不独为悲秋。""不独"二字，包括了多少内容！看到这种景象，诗人当然是很痛心的，然而，决不单单是随意产生的悲秋之情。登楼望远，烽烟弥漫，山川萧条，一片凄凉，诗人原是在忧怀国事，在为国家的命运和人民的生活而垂泪啊！这些由读者去细细体味的意思，正是包含在诗人的不言之中。可见，李益这首诗，措辞含蓄，言简而意赅。

度破讷沙〔一〕（其一）

　　眼见风来沙旋移，
　　经年不省草生时。〔二〕
　　莫言塞北无春到，
　　总有春来何处知？〔三〕

注释

　〔一〕破讷（nè）沙：沙漠地名，亦作"普纳沙"。故址在今陕西省横山县西。

〔二〕省：知道。这两句说，亲眼见到在这破讷沙一带，狂风吹来，卷起沙石，在空中不停地旋转、飘落。可以想见，在这荒凉的沙漠地区，一年四季，都是不会看到有青草生长的呀！

〔三〕总有：虽有。这两句说，请不要说寒冷的塞北就没有春天到来，不见青草生长；由于这里是一片风沙，即使是春天来临，你又到哪里去见到春天呢？

■ 简析

　　李益这首《度破讷沙》，是一首咏春诗。诗人没有去写鸟语花香，万木争荣的江南风光，而是选择严寒的塞北，从茫茫的沙漠入笔，提出问题，加以回答，着力描写了另外一种春天的景象。首句"风来沙旋移"，只用一个"旋"字，足见风沙来势之猛。因首句写了"沙旋移"，才有二句"不省草生时"。这当然是非常合乎自然的道理，很易于为人理解、接受。然而，三四两句，并未就此深入，而是在"无春"之中，写"有春来"，并用"何处知？"的问句作结，由读者自去结论。且不要说在这茫茫一片沙碛的塞外，没有春天，倘若春天来临，你又哪里能知晓呢？"无春"之中"有春来"，这常是不易于为人发现的。然却被诗人捕捉，并作诗歌咏了。

度破讷沙（其二）

破讷沙头雁正飞，
鸊鹈泉上战初归。〔一〕
平明日出东南地，〔二〕
满碛寒光生铁衣。〔三〕

■ 注释

〔一〕鹎鹈（pítī）：唐时丰州的泉水之名，在今内蒙古乌加河北岸。这两句说，头天下午，当一排排大雁向南飞去，经过破讷沙上空的时候，唐朝军队与回鹘在鹎鹈交战，首战告捷，胜利归来了。

〔二〕平明：第二天早晨。

〔三〕这两句说，经过一夜的行军，到第二天拂晓，太阳从东南升起时，战士身上的铁甲和满地的沙石，相映着寒光，好似沙石上的寒光是从这铁甲上发出来的一样。

■ 简析

这首《度破讷沙》，抓住北方战场的特点，着意描写了唐朝军队在沙漠一带，战败入侵者，初战告捷而返回时的情景。首句用"雁正飞"点出时间，并用鸿雁报喜讯之意，预示了二句"鹎鹈泉上战初归"。天上有报喜的雁队，地上是胜利归来的将士。三四两句，进写"归途"之景，抓住"平明日出"、"满碛寒光"，这些很有代表性的景物，进行描写，把"归途"之景写得很有特色。长途跋涉，连夜行军，无有疲劳，这里有胜利的喜悦。告捷归来，穿行于沙漠之地，自然无人欢迎，只有"满碛寒光"。"满碛寒光生铁衣"，沙漠中的寒光，似是从战士的铁甲而来，是受"铁衣"的感染。诗人写出沿途的沙漠之景，正是写出了对归来将士欢迎的盛情。

张籍（二首）

张籍（约766—约830），字文昌，原籍在唐代苏州，但他是在和州（今安徽和县）长大的。出身较苦，后来虽中过进士，但官职较低，历任太常寺太祝、水部员外郎、国子司业等职，而且长期患病。由于其生活比较贫寒，所写诗词多反映人民的疾苦。张籍和白居易、元稹关系极好。其诗与王建齐名，世称"张王"。有《张司业集》。

凉州词

凤林关里水东流，〔一〕
白草黄榆六十秋。〔二〕
边将皆承主恩泽，
无人解道取凉州。〔三〕

■ 注释

〔一〕凤林关：在今甘肃临夏。

〔二〕六十秋：六十年。这两句说，凤林关里的水，白白地向东流着，而关外的草和树，已经在异族占领下度过了六十个春秋。

〔三〕解道：想到。这两句说，边境将领都说自己曾享受到皇帝的关怀和恩戴，却没有一个人想到应当去尽快夺回失去的凉州等地。

■ 简析

中唐时期，边地凉州长期失陷。朝中的将士对此熟视无睹，不思收复。诗人张籍有感于怀，以此为题，作诗进行嘲讽，表达了自己的愤慨。这首诗，首句用"凤林关里水东流"七字，隐隐写出凉州的失陷之苦。二句用"白草"、"黄榆"，一草一树，点出失陷"六十秋"，时间已久。一二两句，通过对凉州这些"关"、"水"、"草"、"树"等有代表性景物的描写，寓喻了其中诗意。三四两句，运用"边将皆承"和"无人解道"一正一反之意，对那些"边将"作了有力的讥讽。

秋　思〔一〕

洛阳城里见秋风，
欲作家书意万重。〔二〕
复恐匆匆说不尽，〔三〕
行人临发又开封。〔四〕

■ 注释

〔一〕秋思：秋天的情愫，即感秋。

〔二〕作：写。家书：家信。这两句说，离开故乡，来到洛阳城里，度过了夏天，秋天已经来临了。摊开纸墨，想写一封家信，总觉得心中千头万绪，似乎有讲不完的话要说。

〔三〕复：又。

〔四〕行人临发：捎信人就要登程。开封：打开封着的信。这两句说，由于担心写信时太急，有些话没写上，所以在捎信人临行之前，又将封好的信重新打开，要往上添话了。

■ 简析

　　这首诗通过对写信、封信和开封几个细小动作的描写，生动地表达了一种思乡之情。选材别致，描写真切，非同于其他的思乡之诗。这首诗题为《秋思》。首句点出地点"洛阳城"，并用"见秋风"，写到季节，与题中之"秋"字相吻合。二句写"家书"，用"意万重"，写出全诗的主意在"思"。三句用"复恐"写出当时的担忧，对上句的"意万重"作了进一步的细节说明。四句落到"临发又开封"，既是从上句"说不尽"来，又通过"开封"这一细小动作，生动地表达了作者对故乡的怀念之情，与"马上相逢无纸笔"一首同妙。

王建（二首）

王建（768—835），字仲初，唐时颍川（今河南许昌）人。出身贫寒，大历年间，中过进士，官至迁太府寺丞，转秘书郎，后为陕州司马。曾作《宫词》一百首，其诗与张籍齐名。有《王司马集》。

新嫁娘

三日入厨下，
洗手作羹汤。〔一〕
未谙姑食性，〔二〕
先遣小姑尝。〔三〕

■ 注释

〔一〕羹汤：这里指饭、菜、汤。

〔二〕谙（ān）：熟悉。姑：婆婆，丈夫的母亲。这两句说，新娘刚来三天，就下厨房洗手做起饭菜来了。

〔三〕尝：品味。这两句说，由于还不熟悉婆婆的爱好和食欲，所以，做好总要先和小姑子品尝。

■ 简析

　　从这首诗的题目《新嫁娘》看，好像是在歌咏新嫁娘，其实不然，诗人是借此来叙述自己初进官场，还不熟悉官场规矩，处处小心谨慎，遇事先求教于人的景况。诗人抓住新嫁娘人地生疏，初入厨房的心理，加以描写，揭示了"先遣小姑尝"的一种普遍现象。全诗都在"新"字作文。首句以"三日"隐切"新嫁"。"洗手"所以示"洁"。"作羹汤"，是合乎新嫁娘身份的调笑之作。三四两句，写因不知婆婆的食性，才先使小姑尝，也是进而说明"新"字。

雨过山村

雨里鸡鸣一两家，
竹溪村路板桥斜。〔一〕
妇姑相唤浴蚕去，〔二〕
闲看中庭栀子花。〔三〕

■ 注释

　　〔一〕溪：小河。斜：倾斜。这两句说，在蒙蒙细雨之中，传来了几家公鸡鸣叫的声音。山村的小溪长满了青竹，搭在溪上的板桥，好像是一块木板斜放在那里一样。

　　〔二〕妇姑：姑嫂。相唤：彼此呼唤。浴蚕：指古时用盐水选蚕种。

　　〔三〕中庭：院子当中。栀（zhī）子：一种开白花的野生植物。这两句说，院子当中的栀子花，一向被妇女们所爱戴，此时却都闲了起来，没人去采摘。原来，妇女们都互相招呼着，去选择蚕种去了。

■ 简析

　　这是作者在雨天路过某地山村，看到当时的山村实景所写下的一首诗。《雨过山村》，通过对几件自然景物的描写，生动地反映了农忙季节农家的繁忙景象。一二两句写自然景物，三四两句写人。首句写"鸡鸣"，二句写"板桥"，都是放在"雨里"来写。又分别用一"鸣"字和"斜"字来写"雨里鸡鸣"、"村路板桥"。三句转向"妇姑"，用一"去"字，写出即使是"雨天"，农家依然是一刻不闲的繁忙景象。四句选用一"闲"字，从另一侧面衬托上句中的"去"，使农家的繁忙又增添了一层意思。

元稹（三首）

元稹（779—831），字微之，唐河南（今河南洛阳）人。八岁丧父，少时贫贱。贞元九年，进士出身，曾任监察御史，同中书门下平章事，武昌军节度使。最后死于武昌。他和白居易共同提倡"新乐府运动"，主张诗歌反映民间疾苦，揭露社会矛盾。他与白居易齐名，时称"元白"。有《元氏长庆集》传世。

行宫诗

寥落古行宫，〔一〕
宫花寂寞红。〔二〕
白头宫女在，
闲坐说玄宗。〔三〕

■ 注释

〔一〕行宫：皇帝外出居住的宫舍，这里指骊山华清池。

〔二〕这两句说，空荡冷落的行宫，已度过了它过去繁华的年代，现在，只有宫内的红花在寂寞独放。

〔三〕这两句说，头发已经苍白的宫女，在无聊的时候，常给人们讲述唐玄宗和杨贵妃那些酒色误国一类的故事。

■ 简析

　　以反映唐玄宗和杨贵妃为内容的爱情诗，在唐代是为数不少的。白居易曾写了长达一百二十句的长诗。因其语言流畅，立意新鲜，所以读起来不厌其长。元稹这首《行宫诗》，也讲的是唐玄宗和杨贵妃的事。虽然四句二十字，因其抓住了中心，说到了关键地方，所以，读之不觉其短。可见，衡量一首诗，是不能单纯以长短、多少来作为标准的。首句写"古行宫"，用了"寥落"二字，二句写"宫花"，用了"寂寞"二字，仅用二句十字，就把"行宫"的过去和现在作了透彻的描写。三句用一"在"字，转写"白头宫女"，四句结于"闲坐说玄宗"。用一"说"字，寄寓了对玄宗的怨恨和指责。

闻乐天授江州司马 [一]

　　残灯无焰影幢幢，[二]
　　此夕闻君谪九江。[三]
　　垂死病中惊坐起，[四]
　　暗风吹雨入寒窗。[五]

■ 注释

　〔一〕乐天：白居易的字。公元815年，白居易因直言极谏，由左赞善大夫贬为江州司马。当时作者是通州（今四川达县）司马。

　〔二〕幢幢：昏暗。

　〔三〕九江：在今江西九江，唐时江州即隋时的九江郡。这两句说，夜里，快灭的灯火没有一点生气，家中十分昏暗，就在这时听到了你被贬官到江州的消息。

〔四〕垂：将要。

〔五〕这两句说，尽管我病重将快死去，但由于这个消息使我大吃一惊，还是挣扎坐起，在风雨入窗的寒夜写下了这首诗。

■ 简析

元稹和白居易的关系，向来友善。他们之间，常有书信来往。这是元稹在病中，得知白居易被贬为江州司马的消息后，怀着十分悲痛的心情写下的一首同情诗。诗题为《闻乐天授江州司马》，重在一"闻"字。首句"残灯无焰影幢幢"，通过对眼前"残灯"的描写，为"闻"作了很好的铺垫。二句正写诗题。三句用"惊坐起"三字，概括了作者"闻君谪九江"之时的全部情感。特地点出是在"垂死病中"，就使得"惊坐起"这一动作的感情更为炽烈。四句用一景语结尾。"暗风吹雨入寒窗"，似在进一层写"闻"时的景物和自身的感叹，实是对二句中"谪"字的实质性解剖。看是景语，然却景中含情，情深意远，非常有力。

菊　花

秋丛绕舍似陶家，〔一〕
遍绕篱边日渐斜。〔二〕
不是花中偏爱菊，〔三〕
此花开尽更无花。〔四〕

■ 注释

〔一〕秋丛：秋天一丛丛的菊花。陶家：指东晋著名文学家陶渊明。陶甚爱菊花。

〔二〕斜：倾斜。这两句说，秋季，一丛丛的菊花绕着房屋开放，使人感到好像来到了最爱菊花的陶渊明的家里一样。我绕遍竹篱赏花，不觉已是日光西斜了。

〔三〕偏：偏心。

〔四〕这两句说，不是在无数的花中只喜爱菊花，而是因为菊花在这霜天开败之后，再也欣赏不到其他的鲜花了。

■ 简析

菊花，曾被人们称为傲霜花。虽然它没有牡丹的鲜艳，兰花的芳香，却为不少人所爱戴和赏识。这首诗，作者就用写花和议论相结合的手法，恰到好处地写出了人们喜爱菊花的原因。一二两句"秋丛绕舍似陶家，遍绕篱边日渐斜"，是写眼前实景。好像看到，诗人正被开遍绕舍的菊花所吸引，在专心致志地绕篱赏花，甚至连太阳西斜他都仿佛没有感知。"日渐斜"三字，用的多么妙啊！欣赏的专注，时间的久长，对菊花的喜爱，全都概括、表达出来。三四两句"不是花中偏爱菊，此花开尽更无花"，是写喜爱菊花的原因，更进一层。第一联写出爱菊之盛情，人们自然会想到其原因。第二联未作回答，并用"偏爱菊"和"更无花"，把诗人的喜爱之情推向高潮，就更加增添了爱菊的气氛。这首诗的感染力较强，还在于诗人把妙句放在诗末作结。用一二两句作铺衬，三句作阶梯，最后引出四句。因此，其感人的力量就显得很强了。

刘禹锡(十首)

刘禹锡(772—842),字梦得,唐洛阳(今河南洛阳)人。二十一岁中进士,授监察御史。后因参加王叔文进步政治改革遭到失败而被贬为朗州司马,迁连州刺史。后因裴度力荐,任太子宾客,加检校礼部尚书。时称"刘宾客"。他是中唐时代优秀诗人,风格清新,开朗流畅,含蓄婉转,具有民歌特点。他与柳宗元友善,人称"刘柳";又与白居易唱和甚多,并称"刘白"。白居易称他是"诗豪"。有《刘梦得文集》。

秋风引

何处秋风至?
萧萧送雁群。〔一〕
朝来入庭树,〔二〕
孤客最先闻。〔三〕

■ 注释

〔一〕萧萧:风声。这两句说,秋风是从什么地方刮来的呢?只见一阵阵秋风送走了南飞的大雁。

〔二〕朝：早上。庭树：院中的树。

〔三〕孤客：独身在外的游客。这两句说，当早上秋风吹动院中的树叶，哗哗作响的时候，那种萧条景象，首先为寄居在这里的孤客知道。

■ 简析

　　古人写秋风，多离不开对"秋风秋雨愁煞人"之类的感叹。刘禹锡这首诗，以同样的笔调，以秋风作引，来写其中之愁。不过，作者没有从明处去讲，而是用了较为含蓄的手法，暗示了宦游在外的人的苦闷心情。首句"何处秋风至？"从问句入手，先把问题摆出，引起注意。二句方细细描状，用"萧萧"二字把秋风带来的万木萧条，寒风凛冽的晚秋之景浓缩一笔。三句用一"朝"字，转写"入庭树"，四句结到"孤客最先闻"。"最先闻"三字，把孤客对故乡的怀念及反映的敏锐感，恰到好处地写了出来。全诗围绕"秋风"来写，一写"送雁群"，一写"入庭树"，最后写到"孤客"，语语离不开"秋风"，表达的都是一个"愁"字。

石头城〔一〕

山围故国周遭在，〔二〕
潮打空城寂寞回。〔三〕
淮水东边旧时月，〔四〕
夜深还过女墙来。〔五〕

■ 注释

〔一〕石头城：在今南京以西的石头山上，秦淮河沿山边流入长江。从东吴起设城防守，并建过宫殿。这里即指南京。

〔二〕故国：指古石头城。周遭：环绕一周。

〔三〕潮打：指长江的潮水拍打。寂寞回：潮水无声无息地退回。这两句说，青山和过去一样，还是围绕着过去的金陵，长江的江潮冲向这座空荡的城市之后，又无声无息地退了回去。

〔四〕淮水：即石头山前的秦淮河。

〔五〕女墙：古时城墙上的城垛称女墙。这两句说，淮水东边的月亮，曾照射过这座石头城繁华的过去；现在，它还和过去一样，深夜就从城墙的城垛上转过来，依然映照着这荒凉的石头城。

■ 简析

刘禹锡这首《石头城》，是一首凭吊古迹之作。这首诗，表面似在忆古，实际上是在感叹时代的变迁，咏叹历史的兴亡。诗人借物取喻，怀古抒情，在对景物的描写和低回的感叹之中，寄寓了诗人对兴亡变化的无限沉思。首句写"山"，二句写"潮"，从静中来写静静的群山环绕，从动中来写潮水拍打着空城。这都是城外之景。三四两句写"月"，是写城中之景。在写这三个景物时，每个景物都分作两层来写。写山先写"围故国"，而后再写"周遭在"；写潮先写"打空城"，而后又写出"寂寞回"；写月先写"淮水东边旧时月"，而后再写"还过女墙来"，揭开一层，还有一层。可见，诗人运用"景语"，来抒写自己的感情，在艺术手法上是有独到之处的。只写山水明月，而六代的繁华荣贵，俱归乌有。三四两句，照着荒凉石头城的月亮，过去曾照过繁华的石头城。现在，再也无人来到这座废城，只有淮水东边升起的月亮，还和从前一样，从女墙上照射过来。一"还"字，点明了今昔盛衰，耐人寻味。

元和十年自朗州召至京戏赠看花诸君子

紫陌红尘拂面来,〔一〕
无人不道看花回。〔二〕
玄都观里桃千树,〔三〕
尽是刘郎去后栽。〔四〕

■ 注释

〔一〕紫陌：这里泛指京师长安郊野的道路。红尘：形容都市的繁华和春光的绮丽。

〔二〕这两句说，郊游的人，脸上带着长安郊外的尘土，兴高采烈地回来了，没有一个人不说他是游春赏花回来的。

〔三〕玄都观：唐代长安城郊的道士庙宇。

〔四〕刘郎：即作者自己。这两句说，玄都观内生长着的千株桃树，都是我被贬官离开这里以后新栽上的。

■ 简析

刘禹锡一生坚持自己的政治观点，所以长期被贬。这首诗是元和十年（815）他被贬官十年自朗州被召回京师后，在游历玄都观时作的一首讽刺诗。长安玄都观，桃花盛开，灿如红霞，吸引着许多人前去观赏。刘禹锡看后，借题发挥，意含讥讽，写下此诗，故题中称"戏赠"。这首诗，一二两句，是写诸君子看花归来。三四两句"玄都观里桃千树，尽是刘郎去后栽"，用"桃千树"和"去后栽"，直接影射了当时新得势的权贵。这么多的桃树啊，都是我离开长安后才有的，大有弦外之音。尤其是四句中，用一"尽"字和一"栽"字，对新贵进行了无情的抨击。这些"轻薄桃花"，只好看，全是没用的东西。同时，抒发了诗人对身世遭遇的愤懑和痛苦。此后，刘禹锡又再次被贬。

再游玄都观

百亩庭中半是苔，〔一〕
桃花开尽菜花开。〔二〕
种桃道士归何处？〔三〕
前度刘郎今又来。〔四〕

■ 注释

〔一〕苔：生长在潮湿地上的藻类植物。

〔二〕这两句说，这片很大的庭院，有一半长的是草苔植物。原来栽的桃树已经开败，全被菜花所代替了。

〔三〕道士：暗喻当时的权贵。

〔四〕刘郎：指作者自己。这两句说，当年那些种桃树的人都到哪儿去了呢？然而，上次来过的刘郎，今天却又重新来到这里了。

■ 简析

这首《再游玄都观》，在内容和意境上都是前一首诗的继续。青年时期的刘禹锡过了十年的逐客生活，回京后，因玄都观题诗，触犯了当时的权贵，再次被贬。十四年以后，被召回时，他仍不气馁和妥协，又以更加嘲讽的口吻写下了这首讽刺诗。这首诗仿照前一首诗的写法，用桃花谢、菜花开这一自然现象，来比喻人事的更替，很有意味。一二两句"百亩庭中半是苔，桃花开尽菜花开"、"百亩庭中"、"桃花开尽",自然使人想起当年"玄都观里桃千树"的景象。三句用"种桃道士归何处"提出问题,四句"前度刘郎今又来"同前一首"尽是刘郎去后栽"相呼应。用一"又"字,从语气上更加强烈地表示了诗人倔强正直的精神和对政敌的蔑视。久经战斗的刘郎,今又重入长安了。当年那些"种桃道士"死的死了,下台的下台了,依附他们的新贵也都垮了。这是一种胜利的记录。单就诗人这种追求美好理想的坚定意志和不屈的斗争精神,也无愧于"诗豪"的荣誉。

浪淘沙〔一〕（其八）

莫道谗言如浪深,〔二〕
莫言迁客似沙沉。〔三〕
千淘万漉虽辛苦,〔四〕
吹尽狂沙始到金。〔五〕

■ 注释

〔一〕浪淘沙：唐时歌曲名。

〔二〕莫：不。谗言：暗中伤别人的谣言。

〔三〕迁客：指贬调边远地区的官员,这里是自喻。这两句说,不要认为小人谗言就如同那恶浪一样可怕,也别说受屈放逐的官员就会从此如沙沉到江底,永远不会翻身。

〔四〕漉（lù）：这里指过滤。

〔五〕始：终于。这两句说,经过千次淘洗,万次过滤,虽然要受些辛苦,但当把沙子吹尽之时,终会发现被小人诬陷的清白正直之人,其价值比黄金还要可贵呢!

■ 简析

　　古代诗人在思考和议论人生、社会、理想以及善恶、美丑等问题时，常把一些带有哲理性的语句点缀入诗，既有较深刻的思想性，又有鲜明的形象性。寓哲理于形象之中，其感人力量至深。这首《浪淘沙》，一二两句用似对非对的句式，选取"如浪深"、"似沙沉"的字眼，概写自己遭受多次贬谪的苦痛。三四两句"千淘万漉虽辛苦，吹尽狂沙始到金"，从自身深刻的感受中，挖掘出具有启发性的思想，而这种思想又是通过形象表现出来。情调乐观，充满自信，有比有兴，含意深远。在一定程度上，揭示了为谗言所害，终会得到平反昭雪的历史规律。

乌衣巷〔一〕

朱雀桥边野草花，〔二〕
乌衣巷口夕阳斜。〔三〕
旧时王谢堂前燕，〔四〕
飞入寻常百姓家。〔五〕

■ 注释

　　〔一〕乌衣巷：今南京市东南的一条街巷，在秦淮河畔。原是东晋王导、谢安大族居住之地。三国吴曾在此设军营，军士穿黑衣，故名。

　　〔二〕朱雀桥：秦淮河上的桥名，在今南京聚宝门内。

　　〔三〕这两句说，在朱雀桥边，一片绿茸茸野草丛中，点缀着各色花朵；乌衣巷内荒凉冷落，只有一抹斜阳默默地洒在街道的一角。

　　〔四〕王谢：即东晋时的宰相王导和谢安，聚居乌衣巷，离朱雀桥不远。

〔五〕这两句说,过去寄住在王导、谢安等豪门堂前的燕子,随着时间的变迁、王谢的没落,而飞到寻常百姓的屋檐之下了。

■ 简析

　　这首怀古诗,借用现实生活中一个小小的角落——即没落的乌衣巷之景,十分含蓄地反映了封建社会豪门贵族不可避免的没落命运。一些怀古诗,常用比较法来写。这首诗也不例外。一二两句用相对的句式,写出"野草花"、"夕阳斜",即现在的衰败景况:朱雀桥边杂乱地生长着野草野花,乌衣巷口夕阳斜照,叫人觉得无比衰败荒凉。这实是在"抚今"。三句则悬想旧时此时的兴盛,而且偏偏借燕子来作比较。燕子冬去春来,来时,总要寻找原来的巢穴。今日之燕犹旧时之燕,但旧时的王谢之堂,已经换作寻常百姓之家了。通过对燕子的描写,告诉人们,那些封建权贵的炙手可热,无非是历史上一瞬间的现象。像王、谢这样的豪门士族,尽管显赫一时,最后也逃不掉衰败的命运。诗人从侧面落笔,借着细微的观察,用丰富的想象,在诗中揭示了旧事物必然灭亡的规律。语言含蓄,意味深长。

赠李司空妓诗

鬓鬓梳头宫样妆,〔一〕
春风一曲杜韦娘。〔二〕
司空见惯浑闲事,〔三〕
断尽江南刺史肠。〔四〕

■ 注释

〔一〕鬖髿（wǒtuǒ）：形容发髻或头发美好。

〔二〕杜韦娘：原为唐时一歌妓，后人曾作过《杜韦娘曲》。这里指歌女唱的歌曲。这两句说，歌女打扮的发型和皇宫里的美女一样，在这春光明媚的季节，又唱了一曲十分时行的《杜韦娘》歌曲。

〔三〕司空：指李绅，当时任司空。浑闲事：很平常的事。

〔四〕这两句说，让这种打扮和唱着这样曲的人来陪酒，对你这个司空大人是很平常的事，但对我来说，反而使我感到悲伤到了极点，心中极不舒畅。

■ 简析

这首赠诗，是诗人罢和州刺史回京后，被司空（官名）李绅请去赴宴，在宴会上看到歌女劝酒，感到极不习惯；听到歌女歌唱，心里极不舒畅，当场赋下的一首诗。诗人运用白描手法，一二两句写出歌妓的情态。首句选写歌妓的发髻，用"官样妆"作比，给人以奇特之感。二句写歌妓唱歌，用"杜韦娘"曲，也极不普通。是"惯"是"不惯"，这里未作议论。到三四两句，才采用分写的方法，作了两种不同的表露。三句用"浑闲事"，写出"司空见惯"。四句用"断肠"，写出自己的悲伤。同样一种场面，"江南刺史"不大习惯，而且还有反感，而司空这位大官却是见惯了的。所以，后代人摘取诗中"司空见惯"四字，来比喻对某种事情习惯了就不以为奇的意思。现在成了人们常用的一句成语。

竹枝词（其一）

杨柳青青江水平，
闻郎岸上踏歌声；〔一〕
东边日出西边雨，
道是无晴却有晴。〔二〕

■ 注释

〔一〕踏歌：言唱时以脚踏地为节拍。这两句说，一位姑娘在春风淡日，杨柳吐绿，江水平缓的美好景色中，忽然，有一个青年男子动听的歌声，从江面飞渡过来，引逗得她思绪万千，不能平静。

〔二〕晴：双关语，既有"晴"的意思，也有"情"的意思。这两句说，东边出了太阳，西边却还在下雨；此时此刻，说是没有晴（情）吧，实却有晴（情）啊！

■ 简析

竹枝词，是刘禹锡在建平（今四川巫山）做官时，采用当地一种曲调填下的诗。当地人在唱时，往往要用笛子和鼓伴奏，一边唱一边舞。从体裁上说，基本同于七绝。其句法是上四下三，上四字为一顿，注上"竹枝"二字，下三字为一顿，注上"女儿"二字。"竹枝"和"女儿"，则为唱时的一种和声。其特点，多用白描，少用典故，文字通俗流畅，禁用堆砌，颇接近于民歌。这首诗，无论从内容和格调上，都很像是以船家姑娘口吻写的一首民歌。诗人把情景巧妙地结合起来，采用双关语的句式，十分逼真细腻地描写了姑娘对情人的爱恋。首句用"青青"二字，写出杨柳的碧绿，枝条的风姿，又用一"平"字，写出江水的平缓，巧妙地描写了眼前景物。二句用一"闻"字，引出所叙之事，集中描写了一位姑娘由"郎"的"踏歌声"，所引起的起伏不定的心情。三四两句,用"东边日出西边雨,道是无晴却有晴"两句妙喻,尤其是用带相关语的"晴",来暗喻"情",针对眼前景物,极巧妙地抒发了姑娘此时此际的思想感情。采用含蓄的双关语言,把两种大不相关的事物,通过谐声把它们统一在一起,自然贴切,使要抒发的情感,跃然纸上。这是此诗谐声借喻的成功所在。这首诗景中含情,情寓其中,富有诗意,富有情味,故为后人传诵。

竹枝词(其二)

山桃红花满上头,
蜀江春水拍山流。〔一〕
花红易衰似郎意,〔二〕
水流无限似侬愁。〔三〕

■ 注释

〔一〕蜀江:指长江。这两句说,山上漫山遍开着灿烂艳丽的桃花,山下一江浩渺的春水,正拍岸激流。

〔二〕衰:衰老,衰败。

〔三〕侬:我。这两句说,花红易谢,像那位郎君的爱情一样;那流水不尽的江水,却好似我自己无穷的痛苦。

■ 简析

这首诗,也是以一个女子的口吻来写的。只是调子不如上一首轻快,而有些低沉、苦痛之感罢了。它同样是运用民歌常用的手法,先写眼前景物,然后再用以作比,抒写她的爱情和苦闷。

虽没有具体的人物形象，却能收到完好的艺术效果。第一联纯属写景，第二联借景抒情。首句"山桃红花满上头"，二句"蜀江春水拍山流"，都是写眼前的景物。山上是漫山盛开的桃花，山下是一江浩渺的春水。这一片美景，姑娘并无心思欣赏，只是这优美的景色引出了她的无限情思。三四两句"花红易衰似郎意，水流无限似侬愁"，"花红易衰"、"水流无限"、"郎意"、"侬愁"，比喻得多么鲜明准确！桃花是容易凋谢的，正"似"那位郎君的爱情一样；流水是无尽的，正"似"自己的无穷痛苦一样。读到这里，姑娘的一种异常的内心情感，已深深为人领悟。"水流无限似侬愁"一句，动人心弦，很能使人联想起南唐后主李煜的"问君能有几多愁，恰似一江春水向东流"的名句。

竹枝词（其七）

瞿塘嘈嘈十二滩，〔一〕
人言道路古来难。〔二〕
长恨人心不如水，〔三〕
等闲平地起波澜。〔四〕

■ 注释

〔一〕嘈嘈：流水下滩的声音。

〔二〕这两句说，瞿塘有十二个滩头的风浪是很险恶的，有人说，从古以来，这里就很难通过。

〔三〕长：常。人心：指那些无耻小人。

〔四〕等闲：这里作无端解。这两句说，经常愤恨的那些无耻小人，还不如一片江水，即使好好的平地，他们也会翻起风浪来。

■ 简析

　　这首诗，形象生动地对那些惯于兴风作浪、阿谀奉承的小人，作了尖刻的讽刺和揭露。一二两句是写景，三四两句是抒情。写景是为了抒情；只有情寓景中，才有较强的艺术感染力。首句"瞿塘嘈嘈十二滩"，只是点出景物，没有什么深意。二句承写一句"人言道路古来难"，是情景双关之语。三四两句，"长恨人心不如水，等闲平地起波澜"，借景发端，用通俗简洁的语言，表达出自己对那些小人的愤恨和不平之意。读之，令人感慨。

杜秋娘（一首）

杜秋娘，金陵女子，年十五嫁镇海节度使李锜为妾。李锜谋反被杀，她进入宫廷，为宪宗所宠。穆宗立，命她作王子漳王的傅母。漳王废，她被放归故乡，穷困而死。她能歌善舞。杜牧有《杜秋娘诗》。

金缕衣

劝君莫惜金缕衣，〔一〕
劝君惜取少年时。
花开堪折直须折，
莫待无花空折枝。〔二〕

■ 注释

〔一〕金缕衣：金线织成的衣服。

〔二〕莫待：不要等到。

■ 简析

这是一首属于乐府的曲子。全诗多用重复字，形成排比的效果，回环婉转，自然通畅，很有感染力。首句用"劝君莫惜"写出不要怜惜那华贵的金缕衣，因它终会破旧。二句用"劝君惜取"，运用重叠字来写应该珍惜那大有作为的青少年时代，起到了很好的效果。三四两句用比喻手法，又用重叠手法，把"花"、"折"重复二次。读之，不觉重复，反觉顺口。可见，诗中有重复字，如果用得妥当，反而更妙。这首诗看来似乎是劝人及时行乐，但从另一方面讲，二句"劝君惜取少年时"，颇有劝人少壮之年，应该积极向上的进取之意。

贾岛（三首）

贾岛（779—843），字阆仙，唐范阳（今河北涿州）人。青年时出家为僧，法名"无本"。以后在京洛认识韩愈，辞僧还俗，应举进士，作了长江主簿，世称"贾长江"。当时与孟郊同为有名的苦吟诗人。他的诗多为五律，专以推敲比较、铸字炼句取胜，曾自称"二句三年得，一吟双泪流"。苏东坡有"郊寒岛瘦"的评语。著有《贾长江集》。

寻隐者不遇

松下问童子，
言师采药去。〔一〕
"只在此山中，
云深不知处"。

■ 注释

〔一〕言：说。

■ 简析

　　这首诗，虽只两句，却想象丰富，清新别致。寻而不遇，无失意之情，倒另有一派情趣。自"言"字以下，皆为童子回答之辞。首句以叙作问，其余以言作答。这种形式，在唐诗中是不多见的。其诗好在无华丽的辞藻，极合时人平常口语。平淡中含意颇深，自然中又措辞不俗。

剑　客〔一〕

十年磨一剑，
霜刃未曾试。〔二〕
今日把示君，〔三〕
谁有不平事？〔四〕

■ 注释

　　〔一〕剑客：精于剑术的人。

　　〔二〕霜：形容剑刃锋利，其白如霜。这两句说，花费了十年工夫，磨制了这把刀剑。剑刃雪白如霜，寒光闪闪；究竟如何，还未曾试过。

　　〔三〕示：让对方看。君：你。

　　〔四〕这两句说，今天要拿出来试试它的锋芒了。请告诉我，天下谁有冤枉不平的事情呢？

■ 简析

　　剑客属于侠客一类，是古代平民理想中的为民伸张正义的勇士。贾岛这首诗作，采用自述的口吻，逼真地塑造了一位见义勇为的剑客形象。首句"十年磨一剑"，写出了来之不易。二句用

"未曾试",承上转下。三句由"今日"进而"示君",四句提出"谁有不平事?"二十字,极精练而集中地概括了古时剑客的侠义形象。

题兴化寺园亭

破却千家作一池,〔一〕
不栽桃李种蔷薇。〔二〕
蔷薇花落秋风起,
荆棘满亭君自知。〔三〕

■ 注释

〔一〕破却:毁坏。

〔二〕桃李:指桃李夏有荫凉,秋有果实。蔷薇:带刺的花。这两句说,毁坏了千百户的人家,才建造了这样一个水池亭阁;在水池亭阁的周围,不允许栽种桃李,只种了一些蔷薇花。

〔三〕荆棘:指蔷薇的尖刺。这两句说,等到秋天凉风吹来,蔷薇花落尽,尖刺布满亭园,你自然就会知道这是对你不种桃李,只种蔷薇的最好报应了。

■ 简析

贾岛这首《题兴化寺园亭》,是针对裴度建兴化寺园亭一事而写的。裴度置百姓的痛苦于不顾,为了自己的享乐,毁坏了千百户人家的房地,兴建了一处有水池亭阁的憩园。作者以此为题,作诗讥讽。首句中,"千家"对"一池",二句中,"桃李"对"蔷薇",用"破却"和"不栽"来作叙写,可以见到诗人的用字之妙。三句"蔷薇花落秋风起",是转写时间,给人一"来日"的概念,四句用"荆棘满亭君自知"收尾,则讥意尤深,指出"千家作一池"的结果,只能得到"种瓜得瓜,种豆得豆"的报应。

刘皂（一首）

刘皂（生卒年不详），唐咸阳（今陕西咸阳东北二十里）人。其他未详。刘皂现存诗都是绝句，长于抒情。《全唐诗》录诗五首。

旅次朔方〔一〕

客舍并州已十霜，〔二〕
归心日夜忆咸阳。〔三〕
无端更渡桑干水，〔四〕
却望并州是故乡。〔五〕

■ 注释

〔一〕朔方：古郡名，自西汉始建，至唐代，辖区多变，治所不一。桑干河以北，属朔方地区。

〔二〕舍：居住。并州：即今太原一带。十霜：一年一霜，故称十年为"十霜"。

〔三〕咸阳：作者故乡。这两句说，旅居太原已十年了，归心似箭，日夜思念着故乡——咸阳。

〔四〕无端：没来由，不知为啥。桑干水：即桑干河，源出山西北部管涔山，向东北流入河北官厅水库。相传，在每年桑葚成熟时干涸，故有此名。

〔五〕这两句说，现在又无缘无故地渡过桑干河，回头想望并州，也如同故乡那样亲切。

■ 简析

　　作者旅居并州十年，故萌"归心"，居"并州"而忆"咸阳"，渴望还乡，此乃客居他乡之人的共同心情；"客舍并州已十霜，归心日夜忆咸阳"，不写客居十年的凄凉景况，也不把"忆咸阳"的具体内容铺开来写，而是将说不尽的情思，道不完的怀念内容，浓缩在这两句十四言中。再往下读，这种苦情更为深沉。"无端更渡桑干水，却望并州是故乡。"急待归回故乡，然却事与愿违，反而被迫更渡桑干，进入塞外荒凉地区，离"咸阳"越远，反觉"并州"可亲，故有"却望并州是故乡"之感。后人多有模拟之句，以表现对故乡的苦恋之情，可见其影响深远。此诗感情真挚，语言朴素，故为后人所传诵。

李绅（二首）

李绅（772—846），字公垂，唐润州无锡（今江苏无锡）人。二十六岁中进士，曾做翰林学士，官至宰相，后出为淮南节度使。他是白居易的好友，当时他的诗作很有名气。他流传下来的作品，在《全唐诗》中录有四卷，以《悯农二首》最为有名。

悯农诗（其一）

春种一粒粟，〔一〕
秋收万颗子。〔二〕
四海无闲田，〔三〕
农夫犹饿死。〔四〕

■ 注释

〔一〕粟（sù）：谷物。

〔二〕收：收成。这两句说，春天种上一颗种子，秋天能收获万颗粮食。

〔三〕四海：即四海之内，古人以为中国的四周都是海，故四海即指全国的意思。闲田：没有种的田。

〔四〕这两句说，尽管四海之内都播上了种子，没有一块空闲的土地，但农民仍然是要饿死的。

■ 简析

  这是唐宋以来，广为流传的一首名诗。作者用十分通俗的道理，揭露了旧社会中的不合理现象。一二两句，"春种一粒粟，秋收万颗子"，用对仗的句式，讲到种一收万。三句转写"四海无闲田"，仍然是在写"秋收万颗子"。四句落在"农夫犹饿死"。道理一层接着一层，粮食是种一收万，到处没有闲田，年成也不是不好，但农民到头来还是要遭受饥饿的痛苦。这是为什么呢？作者没有明言，也用不着明点，对统治者残酷剥削农民的批判，却已从中看得十分清楚了。

悯农诗（其二）

锄禾日当午，
汗滴禾下土。〔一〕
谁知盘中餐，〔二〕
粒粒皆辛苦。〔三〕

■ 注释

  〔一〕禾：庄稼。锄禾：用锄去秽助苗长。当午：时值中午，这两句说，农民顶着炎热的日头在锄庄稼，到了中午，一滴滴辛勤的汗水滴入土地。

  〔二〕餐：指吃的饭食。

  〔三〕这两句说，谁能想到盘中的饭食，每一颗都是来之不易的呢！

■ 简析

　　同前一首一样，这也是为人传颂的优秀五绝。作者选取烈日之下辛勤锄禾的一个典型场面，用洗练的语言，生动的形象，描述了农民在田间劳动的苦情。诗人告诫人们，粮食来之不易，必须加倍爱惜。首句"锄禾日当午"点出时间，已有"辛苦"之意。二句"汗滴禾下土"，更见"辛苦"。三句转写"盘中餐"，四句结出"粒粒皆辛苦"。语语动人，已经成为家喻户晓的格言了。自然贴切，明白如话。这首诗，思想性较强，语言质朴，说理深刻，形象生动，是唐人绝句中的优秀篇章。

白居易（九首）

　　白居易（772—846），字乐天，唐代伟大的现实主义诗人。祖籍太原，后迁下邽（今陕西渭南）。家境贫寒，从小聪明，九岁通声韵，十五六岁能做诗。二十九岁中进士，曾任秘书省校书郎等职，元和年间任左拾遗、左赞善大夫。后因为故相武元衡鸣不平，被贬为江州司马，后改迁杭州刺史，苏州刺史，官至太子少傅，刑部尚书。晚年好佛，居香山，自称"香山居士"。他是唐代杜甫以后又一个现实主义的爱国诗人，曾与元稹共同提出"文章合为时而著，歌诗合为事而作"的主张，时称"元白"。他创作诗歌较多，仅五十岁以前就有一千三百多首，而且不少是"篇篇无空文，句句必尽规"的具有人民性和丰富的现实内容的好诗。有《白氏长庆集》。

问刘十九[一]

绿蚁新醅酒，[二]
红泥小火炉。[三]
晚来天欲雪，
能饮一杯无？[四]

■ 注释

〔一〕刘十九：即刘轲，河南登封人，元和末年进士，是作者在江州结识的朋友。

〔二〕蚁，指浮在酒面上的泡沫。"绿蚁"是酒的别称。醅（pēi）：未经过滤的酒。

〔三〕这两句说，我有刚酿成而还没经过滤的美酒，正暖在红泥抹成的小火炉上。

〔四〕这两句说，天快黑了，又很寒冷，好像要下雪的样子，此时你能来和我共饮一杯酒吗？

■ 简析

这是作者在元和十一年（816）在江州任司马时的作品。诗用平易的口语，寄托了诗人对朋友的深厚情谊。按说，是写邀友共饮，然却另有一番意味。首句写"醅酒"，次句写"火炉"，由"酒"、"炉"，想到天寒欲雪，独酌无味，方有邀友共饮之句。全诗妙就妙在"能饮一杯无？"天色已晚，寒云密布，冷风吹来，预感到要下雪了。正是饮酒御寒的好时候，"能饮一杯无？"句中用一"无"字，虽语带商榷之意，但邀友之情却很真挚，而且很有风趣。末句用问句作结，一问之后，并无答案，且不问能否应邀，但问其能饮不能饮。语不尽，意更不尽，余意留给读者去想象，别有意味。

遗爱寺〔一〕

弄石临溪坐，〔二〕
寻花绕寺行。

时时闻鸟语，
处处是泉声。

■ 注释

〔一〕遗爱寺：在今庐山香炉峰下。

〔二〕弄：玩赏。

■ 简析

这首五言绝句，是白居易被贬为江州司马时所作。诗人妥帖的安排，自然的语言，写了三个动作、六种景物。短短数字，构出一幅庐山遗爱寺的风景画，令人神往。首句写"石"，二句写"花"，有动有静，"临"对"绕"，"坐"对"行"，精练地写出诗人对大自然美景的热爱。三句写"鸟语"，四句写"泉声"，"时时"对"处处"，既做到平仄相对，又把寺周围的环境加以点缀和渲染。诗意甚浓，用字精工，非高手难成此诗。

夜 雨

早蛩啼复歇，〔一〕
残灯灭又明。〔二〕
隔窗知夜雨，
芭蕉先有声。〔三〕

■ 注释

〔一〕蛩（qióng）：古书上指蟋蟀。

〔二〕残灯：油将尽的灯。这两句说，蟋蟀叫了很长一段时间，又休息下来了；将要熄灭的油灯，这时却又显得特别明亮起来。

〔三〕这两句说，隔着窗户知道夜中大雨降落，是因为听到了雨打芭蕉的响声。

■ 简析

这首诗一二两句，用物比较，"早蛩"对"残灯"，"复歇"对"又明"，是写"夜"；"啼"对"歇"，"灭"对"明"，上下相对，左右相对，对得十分精工。三四两句是写"雨"。先把雨一笔写尽，尔后写"声"，且用芭蕉来写，尤显别致，有画龙点睛之妙。全诗之景，或夜或雨，均从屋内人的角度来写。通过对"蛩"、"灯"、"芭蕉"的描写，作了淋漓尽致的表达，有声有色，情趣盎然。

暮江吟

一道残阳铺水中，
半江瑟瑟半江红。〔一〕
谁怜九月初三夜，〔二〕
露似真珠月似弓。〔三〕

■ 注释

〔一〕瑟瑟：指碧色宝石。这里指江水的背阴处，因斜阳照射不到，江水如同碧色宝石一般。这两句说，黄昏时，一道阳光映入江中。一半江水因斜阳照射不到，颜色如碧色的宝石，一半则在斜阳的照射下被染成了红色。

〔二〕怜：爱。初三夜：夏历初三的晚上，月牙儿开始出现的日子。

〔三〕这两句说，谁不爱惜九月初三这一夜晚呢？月牙儿刚刚出现，露水如珍珠，月亮像弯弓，景色多么美好啊！

■ 简析

　　比喻，是作诗常用的手法之一。一首诗的成功与否，往往同比喻运用的好坏有很大关系。一般说来，比喻有两个最基本的条件：一是要贴切，二是要新颖。不贴切的比喻，使人看了觉得别扭，更谈不上什么感染力。不新颖的比喻，则引不起读者的兴趣。因此，古人写诗常在比喻上狠下功夫，用新鲜贴切的比喻来增强诗的表现力。白居易这首《暮江吟》，生动地描写了暮江黄昏时的江面景色，比兴得体，形象生动，犹如一幅美好的图画。首句写"一道残阳"，用一"铺"字，写出了残阳入水时的情态。二句接写"江"，用"半江瑟瑟"、"半江红"，从颜色上加以别致的描绘。太阳一半隐没在西山影中，一半露在天空，虽然射不到江面，但灿烂的红霞，却落影在清亮的江水之中。江中，有的泛着红光，有的只有阴影，江水依然是平静碧绿。刻画得多么传神！三句点出时间，提出"谁怜"，赞美自然景色，表现诗人陶醉的心情。四句又作进一层的描写，"露似真珠月似弓"，从形象上进行比喻，为暮江夜景增添了一笔彩色。

村　夜

霜草苍苍虫切切，〔一〕
村南村北行人绝。〔二〕
独出门前望野田，
月明荞麦花如雪。〔三〕

■ 注释

〔一〕霜草：草名，又名相思草。苍苍：青翠的样子。切切：喻指虫鸣细碎的声音。

〔二〕这两句说，霜草茂盛地生长着，草中传来了夜虫鸣叫的细碎声音；夜深了，人们都已归去，村道上没有一个人影。

〔三〕这两句说，由于难以入睡，只好独自一人走出家门到村外来散心；只见村外的野地里，白色的荞麦花让月光一照，白茫茫的一片，景致显得很幽美。

■ 简析

在写景的绝句中，或七言或五言，常有双语描状的句式。叶梦得在《石林诗话》中说："诗下双字极难，须使七言五言之间，除去五字三字外，精神兴致全见于两言，方为工妙。"这可以说是叶少蕴对双语描状作用的简要概括。白居易这首《村夜》，首句写"草"和"虫"，连用两个双语。写草用"苍苍"，使其境界和气势更为开阔。写虫用"切切"，把秋天虫鸣的声音描绘了出来。这是非双语描状的句式所不能达到的。二句用一"绝"字，写人。再由"绝"写到三句中的"独"。又用"望"字引出四句"月明荞麦花如雪"。把诗人闲住村中，因母去世，心情不佳，夜间难以入眠而外出游转时所看到的景色写了出来。诗用平淡的语言，却写出了当时农村十分宜人的幽静夜色。

登郢州白雪楼〔一〕

白雪楼中一望乡，〔二〕
青山簇簇水茫茫。〔三〕
朝来渡口逢京使，〔四〕
说道烟尘近洛阳。〔五〕

■ 注释

〔一〕郢州：在今湖北钟祥。

〔二〕白雪：古代一种高雅的歌曲。有人在楚国郢都演唱"阳春白雪"，能跟着唱的很少。又唱"下里巴人"，跟着唱的人就非常多。因为这个缘故，后人在郢州建了白雪楼。

〔三〕山：指武陵山。水：指汉水。这两句说，登上白雪楼，向自己的故乡遥望，使人遗憾的是只能看到武陵山和茫茫的汉水。

〔四〕京使：从京城长安来的使者。

〔五〕烟尘：指战争。这里指以蔡州为基地的吴元济割据势力和在洛阳的军阀李师道暗中起事以应吴之事。这两句说，早上，在渡口碰到了由长安来的使者，他说："战争的烟火，已经逼近洛阳城了。"这是多么使人担心和忧愁的事情呀！

■ 简析

　　这是诗人白居易被贬职以后，前往江州的途中，路经郢州时所作的一首诗。尽管诗人由于自己正直无畏，受到了不正当的处分，但他想到的仍然是战争的动荡，国家的危急。这首诗，诗题是《登郢州白雪楼》，首句即从"白雪楼"写起，用"望乡"两字，点明诗意。二句写"山"和"水"，用"簇簇"、"茫茫"两个叠词，写出山水的遥远和迷茫。一二两句是写远景。这种远景，是从"望乡"中来，自然与诗人的情感是紧紧相连的。读到这里，似乎读者也顿起了一种迷茫之感。三句转写"逢京使"。正在迷茫惆怅之际，又遇上了"京使"，他将会带来什么样的消息呢？四句用"说道"引出"烟尘近洛阳"。一个"近"字，巧妙地表达出诗人对战事的关注，并一语道出了望乡产生迷茫的情由。

惜牡丹花诗

惆怅阶前红牡丹，〔一〕
晚来唯有两枝残。〔二〕
明朝风起应吹尽，〔三〕
夜惜衰红把火看。〔四〕

■ 注释

〔一〕惆怅：失意，忧愁。

〔二〕残：剩余。这两句说，看到台阶前美丽的红牡丹，到晚来只剩下两枝花了，不由使我产生一种十分惋惜的忧愁之情。

〔三〕明朝：明天。尽：落。

〔四〕把火：掌着灯。这两句说，就是这两枝花，等到明天也会被风吹落，所以我今夜掌灯前来欣赏。不然，连这两枝红艳艳的牡丹也看不上了。

■ 简析

这首诗是作者在作翰林学士时所作。作者用自然流畅的语言，深切表达了对牡丹的爱惜之情。这首诗重在一个"惜"字。诗人正是围绕这个"惜"字，来进行铺叙的。首句写对牡丹的"惆怅",已有"惜"意。二句用一"晚"字和"残"字,具体来写,更是出于"惜"意。三句转写风"吹尽",四句方有"夜惜衰红把火看"。诗人在作翰林学士期间,一些感受颇为深刻,在吟诗以作表达时,只是用景物来做陪衬,并没有明点要表达的情思,仅是透露出一点点苗头,让读者去体会。这样的诗章,耐人寻味,可备一格。

同李十一醉忆元九〔一〕

花时同醉破春愁,〔二〕
醉折花枝当酒筹。〔三〕
忽忆故人天际去,〔四〕
计程今日到梁州。〔五〕

■ 注释

〔一〕李十一:即李建。元九:即元稹。

〔二〕花时:指赏花时。同醉破春愁,有一醉解千愁之意。

〔三〕酒筹:饮酒时行酒令的用具。这两句说,今晚赏花时,大家喝了酒,无头绪的苦闷忧愁也都解去了。醉中用花枝做行酒令的工具,也是很别致高雅的。

〔四〕故人:指朋友元稹。天际:很远的地方。

〔五〕梁州:今陕西南郑和四川一带。计程:估计所走的路程。这两句说,醉中忽然想到朋友元稹在去往很远的地方,估计他今天能到达梁州了。

■ 简析

　　这是元稹前往东川（今四川三台）一带审案，走后，白居易约李建、白行简三人同游曲江、慈恩寺，天晚后饮酒时想念元稹，写下这首诗。首句写赏花饮酒，用"同醉破春愁"五字，暗点题意。二句写"折花枝"作行酒令，增添情趣。三句用"忽忆"，转写"故人天际去"，四句写到"计程""到梁州"。既写了对友人的怀念，也写了对友人的送情。末句"计程今日到梁州"，平白如话七个字，却反映了友人之间的深厚感情。据载，不久，元稹曾寄诗来，果然是他们"计程"的那天到达梁州。元稹还梦见和他们一起游曲江。原诗是："梦君同绕曲江头，也向慈恩院院游。亭吏呼人排马去，忽惊身在古梁州。"

大林寺桃花[一]

　　人间四月芳菲尽,[二]
　　山寺桃花始盛开。[三]
　　长恨春归无觅处,[四]
　　不知转入此中来![五]

■ 注释

　　[一]大林寺：我国佛教圣地之一，在今庐山牯岭附近，相传为晋代僧人所建。

　　[二]芳菲：这里泛指花。

　　[三]始：刚刚。这两句说，在农历四月的时候，各种花色全部开败，繁花已经开始凋谢，花落春归了；而此刻，在气候寒冷的大林寺，却正是桃花刚刚盛开的季节。

263

〔四〕长：同常。觅：寻找。

〔五〕转入：转移。此：指大林寺。这两句说，常常怨恨春花落得太快，春归去后，无处可以寻得春天了；没有想到，如花似锦的春光美景是转移到这大林寺的山中来了。

■ 简析

　　这是白居易在江州做司马时，和朋友漫游庐山大林寺时写下的一首诗。这首诗，平白如话，浅显易懂。这是它出奇制胜的地方。内容上，无需作更多的解释，一看就会明白。在表现方法上，诗人用词造句，恰到好处，读后，清新而婉转，实在令人惊服。首句用"四月"点出时间，用一"尽"字，写出繁花已谢。二句点明地点，且独写"山寺桃花"，用"始盛开"三字，与首句的"芳菲尽"形成对比，互相衬托，起到了强烈的艺术感染作用，巧妙地道出了诗人心中的感受。顺着诗人这种惊讶和喜悦的心情，三四两句，更深一层，"长恨春归无觅处，不知转入此中来"。"无觅处"、"此中来"，虽然字不相对，但意境仍是相互为对的。"长恨春归"与"不知转入"也有相互为对之意。这首诗写得如此透彻，这样富有情趣，除了诗人观察细致、体味深刻外，在表达上，选用相互作对的方法，也是其中一个原因。经过互对，效果更佳，作者的用意也就越加清楚了。

张祜（一首）

张祜（生卒年不详），字承吉，唐清河（今河北清河）人。一说系南阳（今河南沁阳）人。一生没做过官，喜欢游山玩水，至淮南，爱丹阳曲阿地，遂筑室隐居。其诗作，在当时很有名气。《全唐诗》存其诗一卷。

题金陵渡

金陵津渡小山楼，〔一〕
一宿行人自可愁。〔二〕
潮落夜江斜月里，
两三星火是瓜州。〔三〕

■ 注释

〔一〕金陵：今南京市。津：古代称渡口为"津"。小山楼：是当时作者住宿的地方。

〔二〕这两句说，在金陵渡口，坐落着一座别致的小山楼；里面住着一些来往宦游的人们，此刻，他们正在为自己的漂泊生活而伤感愁闷。

〔三〕星火：指远处的火光。瓜州，在今江苏扬州市南的长江北岸，其形如"瓜"字，故名。此地与南岸金陵渡口遥遥相对。这两句说，近处，西斜的月亮照着滚滚的潮水退落了；远处，有二三点火光，小小的瓜州，隐隐可见。

■ 简析

　　这是作者游历金陵，看到渡口的风景，写在渡口小楼壁上的题诗。虽是偶见的夜景，却被作者捕捉，写成脍炙人口的名作。不过，诗中流露了一种伤感的情怀。首句写渡口小楼，点出地点，以景作引。二句写"行人"，主要在写"行人"的"愁"。当然，也包括了诗人自己的愁绪在内。三四两句，本该在"愁"字上来做文章，但诗人就此转笔了。由"愁"字，引出两种景色：一是近景，"夜江"之景；二是远景，远处的隔岸之景。尤其是末句"两三星火是瓜州"，看去是寻常言语，然却包含了此时此地的天然佳景，并与"一宿行人"的"愁绪"联系起来。由此可见，诗人是费了一番心血的。

朱庆馀（二首）

朱庆馀（797—？），唐闽中（今属福建）人。一说越州（今浙江绍兴）人。二十九岁中进士，曾任秘书省校书郎。当时很有诗名。张籍很赏识他。有《朱庆馀诗集》。

近试上张水部〔一〕

洞房昨夜停红烛，〔二〕
待晓堂前拜舅姑。〔三〕
妆罢低声问夫婿：
"画眉深浅入时无？"〔四〕

- 注释

〔一〕近试：临近考试。张水部：张籍，当时作水部员外郎。

〔二〕停：放着。

〔三〕待晓：等到天亮。舅姑：公婆。这两句说，洞房还放着昨夜结婚用的红烛；等到天亮，就要到堂前去拜见公公和婆婆了。

〔四〕入时无：合不合时宜呢？这两句说，梳洗和化妆罢以后，走过去悄声问着自己的丈夫："我画的眉毛，颜色的深浅，合时样吗？"

■ 简析

　　作者在应考进士之前，想问一下张籍，自己的文章主考官会不会满意。他以此为题，把新娘比自己，夫婿比张籍，公婆比作主考官，通过对新娘梳妆后，问丈夫自己眉毛画得合不合时宜的描写，表现了在进士考试之前的一种复杂心情。诗题是《近试上张水部》，全诗却不见"近试"二字。从头至尾，写的是新婚之后的脉脉情事。从"洞房"到"红烛"，从"昨夜"到"待晓"，都不离新婚。只二句中一"拜"字，隐隐露出"近试"之意。因要"拜"，方有三句的"妆"和"问"。直到四句才点出全诗的主意"入时无"三个字。可谓一贯到底，不露痕迹。然所藏的真意，早已为读者所领会了。

宫中词

寂寂花时闭院门，
美人相并立琼轩。〔一〕
含情欲说宫中事，
鹦鹉前头不敢言。〔二〕

■ 注释

　　〔一〕琼轩：华丽的长廊。这两句说，寂寞冷落的花儿尽管已经开放，但院门却经常被关闭；这时宫中美女还三三两两地并立在华丽的长廊上。

　　〔二〕这两句说，她们彼此本想诉说一下自己心中的苦闷和愁绪，但又怕学舌的鹦鹉听去泄密，所以连说也不敢说，只好藏在心底了。

■ 简析

　　唐宋时，反映宫女生活、情态的诗颇为不少，不过，这首诗写得尤显别致。首句写景，"寂寂"、"闭"，写出其中的寂寞之情。二句写人，"相并"二字用得极妙，承上启下。三句转写"含情欲说"，四句结入"鹦鹉前头不敢言"。全诗的主意，由收句点明，显得非常有力，而且是用形象的比喻来写，含蓄真切。宫女的愁苦，曲曲折折地表露了出来。

崔护（一首）

崔护（生卒年不详），字殷功。唐时博陵（今河北定县）人。贞元年间，进士出身，官至岭南（今广东、广西一带）节度使。其少年时诗作，有名。

题都城南庄〔一〕

去年今日此门中，
人面桃花相映红。〔二〕
人面不知何处去，
桃花依旧笑春风。〔三〕

■ 注释

〔一〕都城：今陕西西安。南庄：在西安郊区。

〔二〕这两句说，去年的今天，在这个院门里曾遇到一位姑娘；她站在门里树下，盛开的桃花把她映照的越加美丽。

〔三〕这两句说，今年此时再来时，美丽的姑娘不知到哪儿去了。只有那多情的桃花，依然迎着春风，在繁盛地开放着。

■ 简析

　　在一年的清明节，作者在郊外南庄踏青。途中，他来到一座盛开桃花的院子里，见一美丽的姑娘站在一棵盛开的桃花树边，他还向这位姑娘讨了水喝。姑娘热情地接待了他，给他留下了很好的印象。第二年他又来时，只见桃花依旧盛开，人却不见了。于是，写下了这首《题都城南庄》。后人曾据此改编为《人面桃花》戏剧。这首诗，一二两句，是写"去年今日"之景。首句写出时间、地点，二句写"人面桃花"，用"相映红"三字，极精练形象地写出姑娘的形态。三四两句，分写"人面"和"桃花"。"人面不知何处去，桃花依旧笑春风"，写了今年今日之景，更写了诗人的情感。虽一口直述，绝无含蓄转折之语，心神却自然入妙。"此等着不得气力学问，所谓诗家三昧，直让唐人独步。"

崔郊（一首）

崔郊（生卒年限不详），元和年间秀才。颇好写诗，《赠婢》一诗，争诵一时，流传后代。

赠　婢

公子王孙逐后尘，〔一〕
绿珠垂泪滴罗巾。〔二〕
侯门一入深如海，〔三〕
从此萧郎是路人。〔四〕

■ 注释

〔一〕公子王孙：指贵族或富贵子弟。逐：步。

〔二〕绿珠：晋代石崇的爱妾，美貌而善音律。后被权臣孙秀逼娶，石崇不给。后孙秀矫诏诛杀石崇，绿珠跳楼自杀。这里指诗人喜欢的爱婢。这两句说，由于有公子王孙紧步孙秀的后尘，使你被迫离开了我家，心里悲痛，泪流不止。

〔三〕侯门：指王侯之家。

〔四〕萧郎：古时男子的称谓。原出于对南朝梁武帝萧衍的称呼。

后泛指被女子爱恋的情郎。这两句说，一进王侯之家，就如同入了大海一样，深不可测。从此我变成了外人，同你相见就相当困难的了。

■ 简析

  崔郊的姑母原来有一个爱婢，生得秀丽，并善于歌舞。崔郊很喜欢她。但因贫困，将她卖给节渡使于頔（音笛）。后来，崔郊在路上偶然与她相遇，彼此心思忡忡。崔郊即写就此诗，赠给了她。"侯门似海"的成语，就是来源于这首诗。《赠婢》这首诗，首句从"公子王孙"写起，二句承上，借用一典，写"垂泪"的苦楚。三句转写"侯门"，用"深如海"三字，做了极精练的描写。第四句结到"萧郎是路人"，依然是从"苦"字而来。全诗紧紧围绕"苦"字来写，写得真情感人。

杜牧（八首）

杜牧（803—852），字牧之，唐代京兆万年（今陕西西安）人。他是德宗、宪宗时宰相杜佑的孙子。二十六岁中进士，做州刺史，历任监察御史，黄、池、睦诸州刺史，司勋员外郎，中书舍人等职。有较进步的政治思想，由于秉性刚直，受人排挤，一生不得志。其诗风格豪爽清丽，独树一帜，时称"小杜"，有《樊川文集》传世。

山 行

远上寒山石径斜，〔一〕
白云深处有人家。〔二〕
停车坐爱枫林晚，〔三〕
霜叶红于二月花。〔四〕

■ 注释

〔一〕寒山：指深秋时的山。径：道路。斜（xiá）：倾斜。

〔二〕这两句说，远处，一条石头小道，盘旋曲折地通到很有些寒意的山上；在山上升起白云的地方，隐约可见有山居的人家。

〔三〕坐：因为。

〔四〕这两句说，看到近处山路上的一大片枫树，在晚风中摇曳，我不禁停车观赏；要知道深秋时候经过霜染的枫叶，是比春天二月的鲜花还要红艳啊！

■ 简析

　　一首好的绝句，常常是语言精练，结构巧妙，寓意深远，蕴蓄着丰富的生活内容和思想内容，叫人读后能产生深沉的联想。这种联想，有时会大大超出作者原来的创作意图。杜牧这首《山行》绝句，不过是一首普通的吟山赋水之诗。但在诗人笔下，经过诗人对生活的深刻理解和思考，把它加以高度集中、凝练和概括，就使这首诗产生了意外的效果。这首诗，一二两句是写远景。用"远上"二字，写出"山行"途中的艰苦。用一"斜"字，使我们看到一道盘旋曲折、向上伸展的石头小路。二句用"白云深处有人家"七字，进一步描写远处所见到的山顶之景，构成了一幅十分优美的晚秋远景图。三句转写近处山路上的大片枫树，并用"停车"、"坐爱"四字，写出诗人的情趣。四句用"霜叶红于二月花"这样的警句，独选枫林叶子的颜色，加以点缀描绘。既把这幅"山行图"的近景写得很有特色，更写出诗人"停车"、"坐爱"的缘由，凝结了诗人欣赏秋景的全部情感。枫叶比红花色泽浓烈，它在秋天方现芳姿。这是人所熟知的。但诗人给枫叶以花一般的气质，并让它与"春花"做比，组成"霜叶红于二月花"，就高度凝练和艺术地丰富了枫叶独特的性格。末句之所以发人深思，成为后人传诵的佳句，还在于它概括精练，含义深远，形象地说明了某些社会生活现象，能引起读者许多的联想。

清　明

清明时节雨纷纷，
路上行人欲断魂。〔一〕
借问酒家何处有？
牧童遥指杏花村。〔二〕

■ 注释

〔一〕欲：好像。这两句说，清明节这一天，细雨纷纷地下，路上的来往行人，因哀念已故的亲人，一个个心情都十分沉痛。

〔二〕杏花村：杏花深处的村庄。在今安徽省贵池县城西一带，向以产酒著名。附近有杜湖、东南湖等胜景。这两句说，想借酒消愁，询问什么地方有酒店呢？放牛的孩童没有说话，指了指远处一个盛开着杏花的村庄。

■ 简析

　　一首诗的显与隐，露与藏，有着互相依存的辩证关系。"景愈藏，境界愈大，景愈露，境界愈小"。任何成功的艺术形象，都是生活集中、概括的反映。它具有深厚的生活基础，丰富的思想内容。越是成功的艺术创作，它概括生活的容量越大，也就越显得含蓄。杜牧这首《清明》，写得自然，毫无雕琢之感。用通俗的语言，创造了非常清新生动的形象和优美的境界。诗句含蓄，耐人寻味，可谓"含不尽之意见于言外"。首句用一"雨"字，写出情景、环境和气氛。"纷纷"二字用得极妙，既描写了春雨的意境，又写了雨中行人的心情。二句写"行人"，"欲断魂"三字，传神地写出此时此地雨中孤身行路者触景伤怀的复杂心情。在这上坟扫墓之际，偏偏遇上细雨纷纷，不觉又增添了一层愁绪，所以"断魂"二字，用得极精巧恰当。三句一转，提出

"酒家何处有"？也许要歇脚避雨，也许想饮上几杯，消除寒意，恐怕最要紧的是要借此来散散心头的愁绪了。遂有四句"牧童遥指杏花村"。这一"遥"字用得很妙。倘若很远，则很难生发艺术联想。如果就在眼前，那又不会生发含蓄无尽的兴味。妙就妙在不远不近之间。至于"行人"以后如何动作，诸如如何找到酒店，如何避雨消愁……都自由读者去想象领会。诗人只是将读者领入了一个诗的境界。这首诗，诗小含意大，意味隽永，难怪它成为千百年来脍炙人口的诗篇。

江南春绝句

千里莺啼绿映红，
水村山郭酒旗风。〔一〕
南朝四百八十寺，〔二〕
多少楼台烟雨中。〔三〕

■ 注释

〔一〕水村：水乡。山郭：山城，山庄。郭：外城。酒旗：酒帘，酒望。这两句说，千里江南，到处是莺啼鸟语，红花盛开，绿树成荫，水乡山庄，连小店的酒旗，都在浩荡的春风中飘拂着。

〔二〕南朝：东晋后的宋、齐、梁、陈四朝合称南朝。当时，南朝诸帝皆好佛，特别是梁朝武帝萧衍，尤崇尚佛教，修建了大量寺院。这里约指存留下来的而言。

〔三〕这两句说，南朝时，费尽人力物力所修建的四百八十多座佛寺楼阁，至今还被掩映在如烟如海的细雨之中，可它们的朝廷都到哪里去了呢？

■ 简析

　　杜牧这首写景诗，也可以说是一首讽喻绝句。诗人用极其简练的手法，艺术地概括了整个江南的风景。同时，又重点描写和嘲讽了南朝几代统治者，从皇帝到世家大族，大兴寺院楼台的景况。告诉人们，历朝的反动统治者都逃脱不了覆亡的命运；千里莺啼、红绿相映的江山，却依然完好，仍旧存在，水乡山庄，酒旗在迎风飘拂。这首诗从江南景色着笔，首句用"千里"二字，对江南风物作了浓缩的描写，到处是莺啼鸟语，红花绿叶，水乡山庄。春风中，酒旗飘拂，一派明媚的景色。三句转写"南朝四百八十寺"，似是写景，但更近于抒情。四句用"多少"二字，进一步写出南朝费尽人力物力，修筑了那么多佛殿经台，至今有多少仍掩映在这烟雨之中？言外之意，又在询问，当年的朝廷又都到哪儿去了呢？所以，从全诗说来，题名在咏《江南春》，也包含了诗人的吊古之情，但更主要的是诗人发出了对南朝覆亡的慨叹。

泊秦淮〔一〕

烟笼寒水月笼沙，〔二〕
夜泊秦淮近酒家。〔三〕
商女不知亡国恨，〔四〕
隔江犹唱后庭花。〔五〕

■ 注释

　　〔一〕秦淮：秦淮河，穿今江苏南京而过，当时两岸商业很繁盛。

〔二〕烟：云雾。笼：笼罩。沙：水旁之地。这里指秦淮河的两岸。

〔三〕这两句说，黑夜来临了，烟幕笼罩着寒冷的江水，月光洒满了沙地，在这满眼萧瑟冷寂的景色之中，我乘船来到秦淮河边的酒家附近，把船停泊在僻静的地方，看这秦淮夜色。

〔四〕商女：酒家歌女。

〔五〕后庭花：全称《玉树后庭花》，是南朝陈最后一个亡国皇帝陈叔宝作的一首乐曲名。这两句说，酒家歌女不知道陈朝亡国的遗恨，隔江仍然唱着陈后主的《玉树后庭花》。更可恨的是，那些达官贵人，身负天下安危之责，依然在酒楼里醉生梦死，听着靡丽的歌曲，这就实在不能宽恕了。

■ 简析

一般说来，杜牧毕竟是个头脑比较清醒的士大夫知识分子。他看到唐朝封建统治集团腐朽昏庸，预感到前景可虑。因此，当他来到秦淮河上，并非产生欢乐之感，而是引起了满胸哀愁。这首诗巧妙地记叙了他从"悲"到"愤"的思想感情的变化，形象而逼真地讽刺了唐玄宗宠幸杨贵妃，沉醉酒色，不理国事，造成安史之乱的惨痛局面。借史以讽喻，既有对统治者的荒淫进行揭露，又以沉痛的语调，对他所属的阶级发出了警告。

这首诗，首句写景，二句叙事。写景连用两个"笼"的叠字，写的贴切传神，说出夜色的迷茫。淡目轻烟，正笼罩着秦淮两岸。把叙事"近酒家"放在句末，为下句的"商女"做了暗示。船泊在秦淮这样繁华的地方，未去游赏都市的风光，独卧船舱，是"近酒家"，而非"进酒家"。"商女不知亡国恨"，"亡国恨"三字，又牵出四句中的"后庭花"。衔接紧凑，有一气呵成之感。更为奇妙的是，作者把所要告诉人们的无限感慨，都十分巧妙地藏在诗中，给予了深刻的表露。

279

将赴吴兴登乐游原一绝[一]

清时有味是无能，
闲爱孤云静爱僧。[二]
欲把一麾江海去，[三]
乐游原上望昭陵。[四]

■ 注释

〔一〕吴兴：即今浙江吴兴。乐游原：在长安南，是唐代著名的京郊游览区。

〔二〕这两句是发牢骚的话。说在"清平"时代，自己独有闲情，是无能的表现。往往在这孤苦的时候，要想到孤云或僧人。

〔三〕把：拿着。麾：旗帜，这里指出任刺史的兵符印信。江海：吴兴在江南近海，所以说"江海去"。

〔四〕昭陵：唐太宗李世民的陵墓，在今陕西礼泉县九峻山。这两句说，我要带上出任刺史的符信去吴兴赴任，登乐游原游览时，不禁要遥望唐太宗李世民的陵墓。

■ 简析

这首诗是大中四年（850），作者由尚书司勋员外郎，外调担任湖州（今浙江吴兴）刺史，离京前，登乐游原有感而作。作者追念唐太宗的开明，以此抒发了自己对当时政治的不满情绪。首句实是一句说理的诗句。自认为自己无能，无事可为。遂有二句，出现爱孤云之"闲"，爱僧人之"静"。用一"闲"字和"静"字，承上说理，述出自己的闲静。把自己的近况和盘托出。三句方转到"将赴"的正题，并用一"欲"字，写出了作者当时将行又有不忍之情的复杂心情。四句用"望昭陵"三字，点明"欲"的缘由。至此，已将留恋京师，不忍离君的意思吐露出来。

过华清宫绝句[一]（其一）

长安回望绣成堆，[二]
山顶千门次第开。[三]
一骑红尘妃子笑，[四]
无人知是荔枝来。[五]

■ 注释

〔一〕华清宫：唐玄宗和杨贵妃避暑之地，故址在今陕西临潼骊山华清池温泉区。

〔二〕绣成堆：指林木、花卉、建筑，宛如一堆锦绣。

〔三〕千门：无数的宫门。次第：按顺序。这两句说，从长安回望骊山，山上景色迷人如同锦绣一般。为迎接运载荔枝的飞骑驿车到来，山顶许多宫殿的大门，都有秩序地一个接一个打开了。

〔四〕红尘：扬起的尘土。妃子笑：据说杨贵妃喜欢吃鲜荔枝，后岭南有荔枝树，名"妃子笑"。

〔五〕这两句说，为了让皇帝获得杨贵妃动情的一笑，一路行人骑马飞奔，带起了一溜溜尘土。不知道的人，都以为这是在传送国事公文，谁也不会想到是在给杨贵妃送来了南方的新鲜荔枝。

■ 简析

杜牧这首《过华清宫绝句》，等于是为唐玄宗而发的史论。

唐玄宗重女色，轻国事，引起安史之乱，给人民带来了沉重灾难。杨贵妃喜欢吃荔枝，为防其霉烂，唐玄宗不惜高昂代价，命人远道从广东等地，乘驿马兼程运送。据说，曾为此累死了许多人和马。杜牧以此为题，选择最典型的事件，加以形象刻画，在不违背历史真实的情况下，进行了艺术的概括，有着较强的感染力。首句从"长安"入笔，写"回望"之景。二句用"千门次第开"，为"荔枝来"作铺垫。三句重写"一骑红尘"。四句用"无人知是荔枝来"的否定句式，写出"妃子笑"的缘由。全诗都用叙述的口气，并未多作议论，然而谴责之意，跃然纸上。

过华清宫绝句（其二）

新丰绿树起黄埃，〔一〕
数骑渔阳探使回。〔二〕
霓裳一曲千峰上，〔三〕
舞破中原始下来。〔四〕

■ 注释

〔一〕新丰：今陕西临潼新丰。

〔二〕渔阳：今河北蓟县，当时为安禄山叛军驻扎的地方。这两句说，唐玄宗派的探使，从渔阳安禄山驻地飞马回转，经过长安时扬起了一片尘土，连绿树都被障蔽在尘埃里。

〔三〕霓裳：唐玄宗时一种宫廷舞曲。

〔四〕这两句说，唐玄宗陶醉在宫廷乐曲声中，纵情声色，醉生梦死，直到安禄山叛军攻破中原大地，始才停止歌舞。

■ 简析

　　这和上一首一样,从内容上说,也是杜牧对唐玄宗发出的史论。在安禄山行将发生叛乱之前,唐玄宗曾派宦官辅璆琳前往进行试探。不料,辅璆琳受了安禄山贿赂,回来对唐玄宗报了假情。唐玄宗信以为真,仍然整日不理国事,沉溺于酒色之中。后来,终于造成了国破家亡的惨景。这首诗,以此为题,截取一个横断面,加以艺术的概括。首句"新丰绿树起黄埃",先写路途之景,二句点出"渔阳探使回",三句转写使玄宗神醉魂迷的"一曲",四句点明"舞破中原始下来"。从极乐的高峰,跃进灾难的深谷。短短四句,写的有因有果,讽刺辛辣,发人深思。

赤　壁〔一〕

折戟沉沙铁未销,〔二〕
自将磨洗认前朝。〔三〕
东风不与周郎便,〔四〕
铜雀春深锁二乔。〔五〕

■ 注释

　　〔一〕赤壁:在今湖北嘉鱼县东北的长江南岸。三国时,周瑜在此利用东风火烧曹军,取得胜利。

　　〔二〕戟:古代带叉的长枪,这里泛指武器。折戟:被折断的枪支,损坏的武器。

　　〔三〕这两句说,被损坏了的武器,已经埋入黄沙之中,只是金属部分还没全部腐蚀,拿来磨去铁锈,洗去污垢,仍可辨认出是前朝的遗物。

　　〔四〕便:方便,帮助。

〔五〕铜雀：铜雀台，在今河北临漳，为曹操所建，上有高达一丈五尺的大铜雀。二乔：指孙权之妻大乔和周瑜之妻小乔。这两句说，如果不是东风帮助周瑜进行赤壁之战，击退数十万曹军，大小二乔就要被曹操掳去，关在铜雀台上，据为己有了。孙权的霸业落空，三国鼎立的局面也就不会出现了。

■ 简析

  这首咏古抒情诗，择取历史上有趣味、有风韵的典故，运用艺术手法，对所描写的对象加以渲染点缀，表达了作者对古事的追忆和看法。首句用"未销"二字，二句中用"磨洗"二字，写了前朝东吴破魏时兵器的发现、辨认，借以寄托了作者的感慨。暗喻铁戟未消，而人事已非。三四两句，从"东风"入手，用一"便"字，极精练地概括了赤壁之战、东吴取胜的原因。并用"锁"字，同"不与"相呼应，从设想的结果，来写"便"字的作用。一二两句写得深情贯注，三四两句倒有些诙谐，似在贬低周瑜，说他不过是侥幸取胜而已。其实不然，作者在此是讲了一个深刻的道理：要建立一番事业，是需要有一定的条件的。倘若无这些条件，就是英雄人物，也同样无能为力。诗人是在婉转曲折地借咏怀古事，以寄托自己抑郁的心情。

许浑（一首）

许浑（生卒年不详），字用晦，一作仲晦。唐代润州丹阳（今江苏丹阳）人。太和年间，进士出身，曾任当涂、太平县令，润州司马，后至睦州、郢州刺史。其诗多风景、怀古之作，有《丁卯集》传世。

塞下曲

夜战桑干雪，〔一〕
秦兵半不归。〔二〕
朝来有乡信，〔三〕
犹自寄寒衣。〔四〕

■ 注释

〔一〕桑干：即桑干河，源出山西北部，流经河北，是海河重要的支流。

〔二〕秦兵：指唐兵。这两句说，昨天夜里冒着漫天大雪，在桑干河打了一仗，有一半的士兵亡于战场上未能返回。

〔三〕乡信：故乡亲人的来信。

〔四〕寒衣：棉衣。这两句说，今天早上还有家信寄来，并给他们寄来了御寒的衣服呢！

■ 简析

　　这首塞外诗，是一首战场纪事。全诗没有去写具体的形象，也没有奇特的诗句，只用了叙事的方法。首句写"战"，写出时间是在冬天的夜晚，地点是在"桑干"，所进行的是一场"夜战"。二句"秦兵半不归"，省过了许多笔墨，直点题意。前一联是正叙，后一联用"乡信"、"寒衣"来做烘衬。"朝"字呼应上联中的"夜"。"有乡信"、"寄寒衣"，烘衬"半不归"。经这样一衬，作者的用意就很清楚了。

温庭筠(二首)

温庭筠(812—866),原名"岐",字飞卿,唐太原祁(今山西祁县)人。初唐宰相温彦博之后。他从小聪明过人,八叉手而成诗,时人称他为"温八叉"。为人放荡不羁,虽然有才,但始终未举进士。政治上一生不得志,直到晚年才做了方域尉和国子助教等官。其诗辞藻华丽,后人辑有《温庭筠诗集》。

赠少年

江海相逢客恨多,〔一〕
秋风叶下洞庭波。〔二〕
酒酣夜别淮阴市,〔三〕
月照高楼一曲歌。〔四〕

■ 注释

〔一〕江海:外地。客恨:离愁别恨。

〔二〕这句是借用《楚辞》"袅袅兮秋风,洞庭波兮木叶下"的典故,来描绘秋天景色,非真指洞庭湖之秋。这两句说,离乡在外,忽然与故人相逢,往往产生一种离愁别恨;尤其是在这微风吹起细浪,树叶萧萧而落的秋天，这种别恨就更是愁上加愁了。

〔三〕酒酣：酒喝得很痛快的时候。淮阴：今江苏清江市。市：热闹市区，繁华街道。

〔四〕这两句说，当大家尽情地喝了一夜酒，在淮阴酒楼话别的时候，又迎着明月，一同唱了一支分别的歌曲。

■ 简析

　　这是一首赠别诗。诗句优美形象，非同于一般的离别赠诗。题为《赠少年》，题中已经暗点了离别之意。在写的时候，不是从"别"字写起，而是从"相逢"落笔，概括出"江海相逢客恨多"的诗句，写出一般人的共同感受。二句借"秋风叶下"，做进一层叙写。将"客恨多"放在这样的环境和气氛中，加以烘托，就更有一番情趣。一二两句写了"逢"，三句方写"别"。写别点出"夜别"，且是"酒酣夜别"，四句又用"月照高楼一曲歌"，进一层写"夜别"，显得很有特色。这首诗写景见情，情景交融，特别是诗人选择了相逢又相别的极好时机，来写离愁别恨，把游子在外的苦愁心情，表达得淋漓尽致。

伤温德彝

昔年戎虏犯榆关，〔一〕
一败龙城匹马还。〔二〕
侯印不闻封李广，〔三〕
他人丘垄似天山。〔四〕

■ 注释

〔一〕戎虏：指武装的外族侵略者。榆关：即榆林塞，在今陕西。

〔二〕龙城：今河北长垣南。这两句说，过去，当外族入侵，攻到榆关时，被龙城飞将军李广打得一败涂地，只剩几个人，几匹马返回。

〔三〕闻：听说。李广：汉武帝时大将，功劳很大，但一直未被封侯，最后自杀而死。

〔四〕丘垄：坟墓。天山：这里喻指坟墓大如天山一样。这两句说，李广有很大功劳，却没有得到应得的封爵；而那些无德无才的人，不但被封侯，甚至死后还给他建立了高大的坟墓。

■ 简析

作者在这首诗中，以将官温德彝有功而未得封侯一事，借汉代大将军李广的命运作比，对唐代统治阶级的赏罚不明，埋没人才进行了大胆的讽刺。这首诗题为《伤温德彝》，中心在一个"伤"字。一二两句叙述，三四两句议论。首句写"戎虏犯榆关"，二句接写龙城败绩，"匹马还"。一二两句，都从"戎虏"写起。从"戎虏"的"犯"，写到"还"，虽然将军的战绩只字未提，但将军的卓著战功已经写出。三句转写李广有功"不闻封"，四句"他人丘垄似天山"，用一"似"字，作了入骨的讥讽。题中之"伤"字，其意也就自在其中了。

李商隐（七首）

　　李商隐（813—858），字义山，号玉豀生，唐代怀州河内（今河南沁阳）人。初学古文，成效卓著，十九岁时得到牛党令狐楚的赏识，二十五岁中进士，次年做了李党泾原节度使王茂元的女婿。牛党因此骂他"背恩"。以后牛党执政时，他屡遭排挤，只好到各地节度使的幕府谋生，终生不得意。他的诗想象丰富，风格色彩浓丽。因用典故过多，有时隐晦难解。有《李义山诗集》。

登乐游原〔一〕

向晚意不适，〔二〕
驱车登古原。〔三〕
夕阳无限好，
只是近黄昏。〔四〕

■ 注释

　〔一〕乐游原：在长安南。地势较高，而且宽敞，是当时著名的游览区。

〔二〕向晚：傍晚。意不适：不随心意。

〔三〕驱：赶。这两句说，傍晚时分，我感到心情很不舒畅；为了消遣情怀，乘车来到乐游原欣赏风景。

〔四〕这两句说，快要落山的太阳，确实是无限美好而壮观，可惜很快就会消失了。

■ 简析

这是作者在政治上失望，以忧郁感伤的调子，感叹个人的沦落、世运的衰微而写下的五言绝句。这首诗，本意在一个"登"字，然却不从"登"字写起，而是先写时间和原因。二句才写到"登"。三四两句，即景生情，傍晚阳光照临下的景色，无限美好，可惜好景不长，很快就消失了。诗人用转眼即将消失的夕阳，来象征个人的沉沦、迟暮和大唐帝国奄奄一息的趋势，用笔巧妙，比喻贴切。这首诗字数不多，来龙去脉，十分清晰，起笔收笔，前后呼应，一气写来，自然语语入神。

嘲　桃

无赖夭桃面，〔一〕
平明露井东。〔二〕
春风为开了，
却拟笑春风。〔三〕

■ 注释

〔一〕无赖：调皮，嘲笑的口气。夭桃面：指盛开的艳丽桃花。

〔二〕平明：天大亮。露井：没有盖的井。这两句说，在天大亮的时候，露井东边的桃花盛开了。

〔三〕拟：打算。这两句说，它本来是依靠春风的温暖才开出艳丽的桃花的，如今它却要嘲笑春风了。

■ 简析

一篇之妙落于末句，这在写法上被称为画龙点睛之笔。李商隐这首《嘲桃》，一二两句集中写出桃花盛开的时机和艳丽姿态，"无赖夭桃面，平明露井东"，点出夭桃的无赖，以此表达对小人的抨击。三句转写一句"春风为开了"，点出其中缘由。四句点题，"却拟笑春风"。这一个"笑"字，用得极妙，一针见血地写出了"无赖夭桃"的本质。这个结尾之妙，就在于它是形象的，富有含意，使得诗意也更为深刻了。读了之后，怎能不引起对那些以怨报德的人的憎恨呢！

瑶　池

瑶池阿母绮窗开，〔一〕
黄竹歌声动地哀。〔二〕
八骏日行三万里，〔三〕
穆王何事不重来？〔四〕

■ 注释

〔一〕瑶池：相传为西王母所居的仙境，在今新疆阜康。阿母：指西王母。

〔二〕黄竹：指周穆王求仙返回途中所唱的一首歌曲。这两句说，西王母惦记着上次前来求仙的周穆王，在她的住处瑶池掀起丝织的窗帘,向东远望,希望能看到他再次到来;不见周穆王,却听到了他传下来的《黄竹歌》,歌声悲哀,震动大地。

〔三〕八骏:指周穆王赴瑶池时,驾车的八匹骏马。

〔四〕这两句说,周穆王的骏马本来跑得很快,一日可走三万里,为什么到现在还不见他来呢?

■ 简析

诗人用神话中周穆王西游瑶池,向西王母祈求一枚仙桃,以享寿三千岁,但空手而归,徒留哀歌的典故,对晚唐几个昏庸皇帝求取"金丹",以图延年益寿,长生不老的愚昧行径,做了尖锐的讽刺。诗人从西王母迎接周穆王落笔,写出西王母没有迎来周穆王,反倒听到了震动大地的哀歌。三句正面叙写穆王的八骏马能日行三万里,四句提出疑问,用"何事"二字,使含有讥刺的诗句,更加深了讥讽的效果。

嫦　娥〔一〕

云母屏风烛影深,〔二〕
长河渐落晓星沉。〔三〕
嫦娥应悔偷灵药,〔四〕
碧海青天夜夜心。〔五〕

■ 注释

〔一〕嫦娥:古代神话中的月中仙女。相传她本是后羿的妻子,因偷吃了她丈夫从西王母那里求来的不死药,就飞奔到月宫里去了。

〔二〕云母屏风:用美丽的云母石所做的屏风。

293

〔三〕长河：指银河。这两句说，云母屏风被残烛照耀着，天近拂晓，群星也快要落下去了。

〔四〕应悔：想必悔恨。

〔五〕这两句说，嫦娥想必在悔恨自己不该偷奔，去偷吃成仙的灵药了；如今每夜对着碧海似的青天，感到十分孤寂，无时无刻不在思念着人间啊！

■ 简析

　　这首诗，作者运用比兴手法，集中写了仙女嫦娥的孤独。名曰写嫦娥，实是在暗喻作者自己的苦闷孤单和一生不得志的幽怨。首句抓住"屏风"、"烛影"这些常见的事物，写了室内的情形，并交代了人物及其背景。用一"深"字，点出作者独坐之久和思忆之深，写出了特定环境中人物的思想感情。二句写天空"长河"、"晓星"的情形，用一"落"和"沉"字，写出人物一夜不眠，眼中所出现的景物变化。三四两句，诗笔一转，从"对面"来写望月。从所忆念的对方的感情深处，用"应悔"二字和"夜夜心"，来替对方设想。自己所要表达的思念之情，就不言而喻了。这种从"对面"来写的技艺，往往更加显得感情深厚。

隋　宫

乘兴南游不戒严，〔一〕
九重谁省谏书函？〔二〕
春风举国裁宫锦，〔三〕
半作障泥半作帆。〔四〕

■ 注释

〔一〕南游：指隋炀帝乘龙舟游玩扬州。戒严：警备。

〔二〕九重：泛指皇帝居住的深宫。这里指朝廷。省：审察。谏书函：向上劝谏的奏书。这两句说，隋炀帝乘着自己的兴趣，要南游扬州，从不考虑后果，更没人敢谏阻皇帝不要搞这些劳民伤财的事。

〔三〕举国：全国。宫锦：为宫廷特意制造的上等锦缎。

〔四〕障泥：垫在马鞍下面，两边下垂，用来障蔽泥土。帆：即锦帆。隋炀帝乘船游扬州，从行几千只船，船帆皆用锦缎制成。这两句说，在春天时，全国都在裁剪优质的锦缎，贡到皇宫，结果一半用来做障泥，一半用来做船上的风帆，为隋炀帝南游做准备。

■ 简析

隋炀帝是历史上因荒淫腐化而招致国亡身死的一个帝王。作者这首诗，对他大肆挥霍国家财产，残害人民的所作所为进行了无情的讽刺。首句用"乘兴"二字，写出隋炀帝的无所顾忌。"不戒严"三字，又写出他的冒险轻身。二句用"谁省"二字，写到隋炀帝不听忠谏。这已隐隐写出对他的贬刺。三四两句，从旁转讽，用"半作障泥半作帆"的句中重字，分写一陆一水，将一层意思分作两层来写，讽刺就显得更加辛辣深刻了。

夜雨寄北〔一〕

君问归期未有期，〔二〕
巴山夜雨涨秋池。〔三〕
何当共剪西窗烛，〔四〕
却话巴山夜雨时。〔五〕

■ 注释

〔一〕寄北：作者在巴蜀（四川），妻子在长安，写诗寄给妻子，所以说"寄北"。

〔二〕君：指作者的妻子。

〔三〕巴山：亦称大巴山，又叫巴岭，这里泛指巴蜀之地（四川东南）。涨秋池：指使秋池水涨。这两句说，你来信问我什么时候回家，我还没法决定回去的日期。现在旅舍清秋，这巴山一带夜雨绵绵，讨厌的秋雨，把水池都涨满了。

〔四〕何当：何时才能。剪：指剪去烧残的烛心，使烛明亮。

〔五〕却：回转来。这两句说，哪一天才能回到家里，我们一起坐在西窗之下，共同剪掉燃残的烛芯，促膝谈心，我向你好好聊一聊这巴山夜雨的情景呢！

■ 简析

这是诗人在多雨的巴蜀，想到家乡的妻子而写下的一首诗。诗如平常话语，自然流畅，给人以亲切、情深的感觉。首句"归期未有期"，写出游子的怅惘之情。二句"巴山夜雨"，是写处境和感受，委婉、清秀，是景亦是情，味道深厚。三四两句，推而广之，布景述情，半吐半含，特别是"共剪西窗烛"之句，更能引起读者的思绪，去作更多更深的联想。诗人这种表现手法，很值得学习。情中有景，景外有情，一咏三叹，味之不尽，越不说破，越加动人。

这首诗，共二十八字，诗人连用了两个"巴山夜雨"。这在诗中是一种特别句法。几个字前后重用，称为重复句。第一个"巴山夜雨"，是指作者身在巴山看雨。第二个"巴山夜雨"，是想到将来回到家后，同妻子讲述"巴山夜雨"情景及作者的心情。两个"巴山夜雨"，都是围绕着一个"寄"字。并在三句中，用了"何当"二字（意为"什么时候能够"），同首句中的"未有期"前后相呼应。这种句法、字意的重复运用，表示了一种缠绵悱恻的情致，也就更加明显地表达了《夜雨寄北》的意旨。

贾　生〔一〕

宣室求贤访逐臣，〔二〕
贾生才调更无伦。〔三〕
可怜夜半虚前席，〔四〕
不问苍生问鬼神。〔五〕

■ 注释

〔一〕贾生：指汉代贾谊，河南洛阳人。汉初著名政论家和文学家。二十岁被汉文帝任为博士，后升为大中大夫。由于保守派排斥，后贬为长沙王大傅。四年后，召回长安，不久忧伤而死。年仅三十三岁。

〔二〕宣室：汉朝未央宫前的正室。逐臣：指贾生。封建社会被贬在外的官吏，称为"逐臣"。

〔三〕才调：才华。无伦：不可伦比。这两句说，汉文帝为了求得贤才，察访了许多有才能的人，只有贾生的才华是无与伦比的。

〔四〕可怜：可惜。虚前席：意指越谈越投机。

〔五〕苍生：百姓。这两句说，汉文帝和贾谊谈到半夜，虽越谈越投机，但可惜没有讲到任何关于百姓的生计问题，而只是问了些鬼神之类的事。

■ 简析

贾谊是西汉时一个很有才学的人。他曾多次上书汉文帝，提出加强中央集权制，发展生产，抵御外敌入侵等主张。号称贤明的汉文帝召见他时，却只和他谈鬼论神，不谈论国事。因此，使得贾谊再有治国大法，也无法施展。诗人运用这一典故，写下此诗，寄托了自己怀才不遇的感慨。

  这首诗，首句先从"宣室"写起，用"访逐臣"三字，将贾生托出。同时，暗示了汉文帝求贤之切。二句专用汉文帝的赞语写贾生的"才调无伦"，用一"更"字，作了进一步的宣扬。三句用"可怜"二字一转，将矛盾突出出来，把这一历史上并非真正任用人才的事实揭穿了。四句用笔轻轻一点，两个"问"字构成句中排比，在意义上形成鲜明对照。即抑汉文帝，扬贾生，一抑一扬，所要赞叹和所讽之意就很明白了。运用一抑一扬和对比的写法，这在诗中是常见的。但要掌握分寸，抑扬自如，却是要颇费一番匠心的。

郑畋（一首）

郑畋（824—882），字台文，唐代荥阳（今河南荥阳）人。进士出身，唐僖宗时由兵部侍郎升同平章事（宰相），因与卢携口角，被贬为太子宾客，后又升任凤翔节度使、司空、平章事，后遭嫉视而辞职归乡，终授太子太保，谥号"文昭"。其诗造诣很高，多有言及时事者，为世人所传诵。

马嵬坡〔一〕

玄宗回马杨妃死，〔二〕
云雨难忘日月新。〔三〕
终是圣明天子事，〔四〕
景阳宫井又何人。〔五〕

■ 注释

〔一〕马嵬坡：即马嵬驿，在今陕西兴平，为杨贵妃被缢死的地方。

〔二〕回马：指唐玄宗自蜀还京。

〔三〕云雨：古代指男女的欢合。这两句说，唐玄宗自蜀还京，杨贵妃却没能回来，她被缢死了。时间过去很久，唐玄宗很难忘掉他们之间的爱情，常常为之悲痛。

〔四〕天子：古指皇帝，这里指唐玄宗。

〔五〕景阳宫井：在今南京玄武湖边。南朝陈后主听说隋兵已攻进城来，便与宠妃张丽华、孔贵嫔跳在这井里，结果还是被陈兵捕获了。这两句说，唐玄宗到底还比较开明一些，如果他不同意缢死杨贵妃的话，那就不免要和陈后主一样落个可悲的下场。

■ 简析

安禄山起兵，唐玄宗同杨贵妃南逃。行至马嵬坡，将士要求处死杨氏兄弟，不然，不再前进。唐玄宗在无可奈何的情况下，同意将杨国忠处死，旋即又将杨贵妃缢死。这首诗以此为题，叙述了唐玄宗毕竟比陈后主开明一些。如果他不同意对杨贵妃采取措施，其后果也就和陈后主一样了。这首诗开门见山，首句即点出"玄宗回马杨妃死"，写出玄宗自蜀还京。二句接写玄宗与杨贵妃的"难忘"之情。用一"新"字，做了恰到好处的比喻。三句用"终是"一转，写出玄宗这一举动毕竟属于圣明的行为。四句用"又何人"的问句做结，明批陈后主，同时又是对"圣明"的反衬。给了读者进行比较和领会的余地。

曹邺（一首）

曹邺（生卒年不详），字邺之，唐代桂州（今广西桂林）人。大中年间，进士出身，曾做过祠部郎中、洋州刺史等官。其诗作多抒政治失意之慨，但也有讽刺时弊之作，如《官仓鼠》等，为后人传诵。有《曹祠部集》。

官仓鼠

官仓老鼠大如斗，〔一〕
见人开仓亦不走。〔二〕
健儿无粮百姓饥，〔三〕
谁遣朝朝入君口？〔四〕

■ 注释

〔一〕斗：容量单位，口大底小的方形容器。

〔二〕这两句说，官仓里的老鼠吃得很饱，有斗一般大，竟然狂妄到有人开仓都不躲开的程度。

〔三〕健儿：这里指将士。

〔四〕遣：让，使。君：指官仓里的老鼠。这两句说，兵士和百姓无粮充饥，受到严重威胁，是谁天天把粮食送进你们（老鼠）口里的呢？

■ 简析

  这是一首尖锐、泼辣的讽刺诗。题为《官仓鼠》，实际上，是作者把唐代的贪官污吏，形象地比作老鼠，进行了生动的描写。首句围绕"官仓鼠"，写出它"大如斗"，是比喻官高。二句"见人开仓亦不走"，进写"官仓鼠"的胆量。三句转写"健儿"和"百姓"饥无粮，同一二两句形成显明对比。四句用"谁遣朝朝入君口"的问句做结，虽然没有回答"谁"字，但在读者心中早已有了答案。并用"朝朝"两个叠字，做了点染，就使诗的意思更深化了一步。

皮日休（一首）

皮日休（834—883），字逸少，后改袭美，唐代襄阳（今湖北襄阳）人。他家世代务农，三十三岁中进士，任著作郎，国子博士等职。于公元880年，在离长安南下途中，参加了黄巢起义军。黄巢入长安称帝，他被任命为翰林学士。诗文与陆龟蒙齐名，时称"皮陆"，有《皮子文薮》。

汴河怀古

尽道隋亡为此河，〔一〕
至今千里赖通波。〔二〕
若无水殿龙舟事，
共禹议功不较多。〔三〕

■ 注释

〔一〕道：众人都说。隋：指隋炀帝。

〔二〕赖：依赖。这两句说，人们都在指责隋炀帝劳民伤财开辟这条运河，以至于隋灭亡；现在这条运河千里相连，波波相接，成为南北水上交通的要道。

〔三〕这两句说，如果隋炀帝不搞那些水殿龙舟、追求个人享乐的话，他开这条运河可与治水的大禹同议功绩了。

■ 简析

这首怀古诗以运河为题，批判了隋炀帝当时开凿运河的主观动机，但诗人同时也实事求是，点出了运河在客观上所起的作用。这首诗，首句用"尽道"引起，直写人们指责隋灭亡是"为此河"，二句用"赖通波"，接写隋炀帝"为此河"之"功"。三四两句改为议论，"若无水殿龙舟事，共禹议功不较多"，用设问的句式，敢把这个历史上有名的暴君，同治水有功的大禹相比，"共禹议功"，并总结出"不较多"，可谓是独具见解的。

陆龟蒙（一首）

陆龟蒙（？—881），字鲁望，唐代姑苏（今江苏苏州）人。年轻时，曾几次应考进士，但都没有考取。曾任苏、湖二郡从事，以后，归隐在故乡的甫里，自号江湖散人、甫里先生，又号天随子。喜爱山色水景，过着十分穷困的生活。他的诗和皮日休齐名，时称"皮陆"。有《甫里集》传世。

新　沙

渤澥声中涨小堤，〔一〕
官家知后海鸥知。〔二〕
蓬莱有路教人到，〔三〕
应亦年年税紫芝。〔四〕

■ 注释

〔一〕渤澥（xiè）：指渤海的潮水。

〔二〕这两句说，随着渤海潮声的呼啸，海中出现了一个小小的沙洲；官府比海鸥还知道得更早，他们很快就准备到这个沙洲上讨租收税来了。

〔三〕蓬莱：传说东海的三座神仙山之一。

〔四〕紫芝：传说神仙所服用的一种紫色灵芝草，凡人食后也可成仙。这两句说，如果仙境蓬莱有路通达，凡人可以往来的话，那官家也会年年派人到神仙那里，索取灵芝草，作为官税收纳了。

■ 简析

　　诗人写诗，要善于细细体察生活。读者读诗，也只有细细体察作者所经历的类似的生活，才能对诗作有较深入的理解。这是一首讽刺唐代统治者横征暴敛的诗。这首《新沙》，选用生活中一个小小的侧面，用锐利的笔锋，对统治者的残酷剥削进行了大胆的揭露。首句描写在渤海长期冲刷的潮声当中，慢慢涌出一个小小的沙洲，人们把它改造成了一块滩田。二句连用两个"知"字，写出常年生活在沙洲上的海鸥还没发现这个沙洲，而"官家"已要到此地讨租收税来了。三四两句，作者就此发出联想和议论，假如"蓬莱有路"的话，则要"年年税紫芝"了。用一种假想写来，虽不可能，但却是可信的。这首诗想象丰富，比喻深刻，确是入木三分。

黄巢（二首）

黄巢（？—884），唐代曹州冤句（今山东菏泽）人。出身于盐商家庭，读过书，善于骑马射箭。于785年，领导农民起义，遍历山东、河南、安徽、江西、福建、湖南、湖北、广东、广西等地，入长安称帝后，败死。

题菊花

飒飒西风满院栽，
蕊寒香冷蝶难来。〔一〕
他年我若为青帝，〔二〕
报与桃花一处开。〔三〕

■ 注释

〔一〕蝶：蝴蝶。这两句说，栽满了整个院子的菊花，迎着飒飒的西风；花虽开得招人喜爱，可惜时近寒冬，彩蝶和蜜蜂难来为花点缀。

〔二〕青帝：东方管春天的神。

〔三〕这两句说，等到他年我当了青帝，一定要让菊花和桃花在春暖花开的春天一起开放。

■ 简析

　　一首诗作，如何衡量它的写景、抒情、达意呢？欧阳修提出一个标准："状难写之景，如在目前，含不尽之意，见于言外，然后为至矣。"就是说，要把不大容易描写的景物，形象生动地写出来，使读者如亲自看到一般；所要表达的情意，含蓄在形象之中，皆由读者通过形象去细细体味、领会。黄巢这首《题菊花》，一二两句，用"飒飒西风"和"蕊寒香冷"，写出了菊花傲霜、耐寒的坚强性格，逼真形象，如在目前。三四两句"他年我若为青帝，报与桃花一处开"，发挥了充分的想象能力，利用自然界的花草，来比喻作者对推翻人间封建帝王的必胜信心。细细体味，大有"含不尽之意，见于言外"之感。

赋 菊

待到秋来九月八，〔一〕
我花开后百花杀。〔二〕
冲天香阵透长安，
满城尽带黄金甲。〔三〕

■ 注释

　　〔一〕九月八：农历九月八日，即重阳节的前一日。古有重阳赏菊的习俗。这里用"九月八"，是为了押韵。

　　〔二〕花：指菊花。作者在这里把傲霜的秋菊，比作受压迫的劳动人民。杀：指花草凋谢。这两句说，待到秋风送爽的时节，菊花将迎霜怒放，而其他那些娇艳的百花，都将凋落残败。这象征着人民总有一天要扬眉吐气，而反动统治者将必然崩溃败亡。

〔三〕黄金甲：古代作战时，将士所穿戴的铠甲。这两句说，到那时，人民将推翻封建帝王的统治，把长安变成芳香洁净的世界，身披金黄色铠甲的起义军将士，将雄踞京城。

■ 简析

诗言志。诗，常常是作者志向的流露，感情的寄托。青年时代的黄巢，对唐王朝的黑暗统治深感不满。后来，他到京城长安赶考，进一步看到了统治者荒淫残暴的罪恶，更加激发了他的仇恨。落第后，他写下这首《赋菊》诗，寄寓了自己改天换日的远大理想。首句写"秋来"，用"待到"写出时间。二句"我花开后百花杀"，写出"秋来"之时出现的必然结果。三句用"冲天香阵"进写"花开"，用"透长安"三字，把这种"秋来"之时的必然结果，做了恰到好处的渲染。四句又用"满"、"尽"二字，对上句做了进一层点染和描绘。全诗语言精粹，豪情满怀，气势磅礴，表达了作者的革命决心和胜利信心。

陈陶（一首）

陈陶（812—885），字嵩伯，唐代岭南（今广东一带）人。一说，鄱阳（今江西波阳）人。曾多次应举进士，落第。以后游历名山，自称"三教布衣"。其诗多表现消极出世思想，后人辑有《陈嵩伯诗集》。

陇西行[一]

誓扫匈奴不顾身，[二]
五千貂锦丧胡尘。[三]
可怜无定河边骨，[四]
犹是春闺梦里人。[五]

■ 注释

〔一〕《陇西行》：乐府旧题。

〔二〕扫：扫荡。

〔三〕貂锦：汉时羽林军穿的一种衣服。这里泛指将士。胡：指匈奴。这两句说，为了消灭入侵的匈奴军队，五千多名将士英勇作战，奋不顾身，牺牲在战场上。

〔四〕无定河：黄河支流，在今陕西榆林。因水流急，夹泥带沙，河道、深浅无定，故名无定河。

〔五〕这两句说，可怜这些死在无定河边的将士，现已成为白骨一片了，他们家中的妻子却还在梦里想着他们早日归来团聚呢！

■ 简析

从汉朝以来，边疆多事，百姓生活不得安宁。作者想到前方牺牲的将士和他们遗留下的妻子，不觉为此感叹。这首诗既表达了作者对他们的同情，也揭露和鞭挞了侵略战争。这首诗，首句用"誓扫"、"不顾"，写出将士的忠勇。二句则用"五千"、"丧胡尘"，写出征战之苦，丧亡之多。三句用"可怜"二字一转，道出此诗的正意，这些战死在无定河边的将士，已成为一堆白骨了，可是在春闺少妇的梦里，他们还是一个健在的人，她们还在盼望着他们早日归来！三四两句，各用一个"可怜"，一个"犹是"，即把这种深痛的感情写尽写透了。

聂夷中（二首）

聂夷中（837—884），字坦之，唐代河东（今山西永济）人。懿宗咸通十二年（871）中进士，曾做华阴县尉。他出身贫寒，对民间疾苦有较深的体会。其诗内容充实，语言通俗，因此，为后人传诵。

田　家

父耕原上田，
子劚山下荒。〔一〕
六月禾未秀，〔二〕
官家已修仓。〔三〕

■ 注释

〔一〕劚（zhǔ）：与锄相似的工具，这里指掘地。这两句说，为了能够生活，父亲耕种平原上的土地，儿子又在开垦山下的荒田。

〔二〕秀：指庄稼吐穗。

〔三〕这两句说，庄稼经过汗水浇灌，才开始扬花秀穗，还远没有成熟，官家就已经修整粮仓，准备大肆聚敛了。

■ 简析

在封建社会里,劳动人民无论怎样辛勤劳动,到头来终是衣不遮体,食不果腹。这首诗生动地反映了这一不合理现象。它深刻揭露了唐朝统治者对农民的残酷剥削和压迫。这首诗,可以说是一幅形象十分鲜明的写生画。一二两句,分写"父"与"子"在"原上"和"山下",耕田、垦荒的辛勤劳动情形,自然构成一图。三四两句,转写"官家"。三句用一"未"字,四句用一"已"字,又构成一图,与一二两句形成鲜明对照。寥寥几笔,胜似洋洋万言。两个农夫,一座官家粮仓,摆在读者面前,虽无议论,其结论自在读者心中。这不能不说诗人用笔之妙。

公子家

种花满西园,
花发青楼道。〔一〕
花下一禾生,〔二〕
去之为恶草。〔三〕

■ 注释

〔一〕发:开放。这两句说,花园里种满了各色鲜花,在那青色高楼的道路两旁,更是开满了朵朵花儿。

〔二〕禾:指稻苗。

〔三〕去:拔。这两句说,一位公子哥儿前来赏花,看见在一丛花枝底下,长了一株稻苗。他认定是一株恶草,伸出两个尖尖的长指,将稻苗拔了起来,随手扔到了路旁。

■ 简析

聂夷中是晚唐诗人中现实主义诗人的代表之一。在他的诗中，有许多揭露当时政治黑暗腐败和统治阶级荒淫无耻的作品。这首《公子家》，就是对当时富豪子弟"一行书不读，身封万户侯"丑恶行径的揭露。作者选用一位花花公子，将花下一株稻苗认作恶草，拔起扔掉一事为题，对四肢不勤、五谷不分的封建社会寄生虫进行了深刻讥讽。这首诗，择取了这个一般不为人注目的细小动作，不仅立意新奇，还颇具典型意义。诗的开头，抛开许多繁杂的描写，从横的方面单刀切去，首句用"种花"二字，二句用"花发"二字，写出"花园"的景致。三句又用"花下"二字一转，省去许多情节，单写花花公子赏花的发现，四句用一"去"字，生动地勾画出花花公子苗草不分、愚昧无知的形象。

章碣（一首）

章碣（837—？），唐代钱塘（今浙江杭州）人，曾多次考进士，均未中。后到处流浪，不知所终。

焚书坑[一]

竹帛烟消帝业虚，[二]
关河空锁祖龙居。[三]
坑灰未冷山东乱，[四]
刘项原来不读书。[五]

■ 注释

〔一〕焚书坑：指秦始皇吞并六国，统一中国以后，为了巩固他的统治地位，实行愚民政策，所进行的一次焚烧书籍和活埋儒生的事件。

〔二〕竹帛：古代写着字的竹简。虚：不存在，空虚的意思。

〔三〕关河：指函谷关和黄河。祖龙：秦始皇。这两句说，秦始皇为了保住自己的统治地位，把大量的书籍烧掉了，把许多读书人活埋了，但秦王朝并没有得到巩固，还是随着烧书烟雾的消失而垮台了；如今，只有牢固的函谷关和黄河，镇守着秦朝的国都京城咸阳。

〔四〕山东：指函谷关以东地区，这里泛指中原一带。

〔五〕刘项：刘邦、项羽。这两句说，焚烧书籍和读书人的火坑，还没有冷却，函谷关以东的地区已经发生了动乱。那些推翻秦王朝的起义军首领刘邦、项羽，都不是读书人出身啊！

■ 简析

押韵固然是构成诗的特点之一，但诗的最主要的构成部分，却不是诗韵而是诗意。所以，古人作诗，常在诗意上狠下功夫。这是一首咏古诗。作者把历史事实作为诗的题材，用了想象、夸张的手法，对秦始皇的焚书坑儒的历史事件进行了一番评论，提出推翻秦王朝的本不是"读书人"，而是那些不读书的"粗人"。这首诗构思精巧，写法别致。首句由"竹帛"，写到"帝业虚"。二句用"空锁"，来烘托"祖龙居"。第一、第二两句，是对历史事实的记叙，第三、第四两句发出议论。用"未冷"说出"乱"的到来之快，末句用"刘项原来不读书"收尾，既展现了全诗的主旨，又对秦始皇焚烧书籍、实行愚民政策作了透彻的讥讽，还用"不读书"同起句"竹帛"相衔接，首尾呼应，贯通一气。

曹松（一首）

曹松（生卒年不详），字梦徵，唐代舒州（今安徽潜山）人。少时家贫，以后曾流落在江浙一带。七十岁时才中进士，只做过秘书省正字。《全唐诗》存其诗二卷。

己亥岁〔一〕

泽国江山入战图，〔二〕
生民何计乐樵苏？〔三〕
凭君莫话封侯事，
一将功成万骨枯。〔四〕

■ 注释

〔一〕己亥：是唐僖宗乾符六年，即公元879年。

〔二〕泽国：指镇海节度使所管辖的江浙一带，因其地多有水泽，故称"泽国"。

〔三〕樵：打柴。苏：打草。乐樵苏：意指安居乐业。这两句说，江浙一带，战争连绵不断，老百姓哪儿能过上安居乐业的生活呢？

〔四〕这两句说，请你不要说封官觅侯的事情，你一个人获得王侯之封，原是建立在无数百姓的白骨之上的啊！

■ 简析

  这首诗是针对镇海（今浙江宁波）节度使高骈镇压黄巢起义一事而写成的。题目《己亥岁》，点明时间，首句从"泽国"入手，单写地点和战事。二句用"何计乐樵苏"作一问句，进而提出问题。三句转写别意，似在回避。四句"一将功成万骨枯"七字，既回答了以上问题，又着重点染了全诗主题。告诉读者，像高骈这样的将领的升迁，原来都是建立在万民的白骨之上的。

杜荀鹤(一首)

杜荀鹤(846—907),字彦之,唐代池州石埭(今属安徽)人。四十六岁中进士,后作了五代梁太祖朱温的翰林学士,仅五日而卒。他的诗明快有力,富有激情,不少诗作,颇有反抗精神。有《唐风集》传世。

再经胡城县〔一〕

去岁曾经此县城,
县民无口不冤声。〔二〕
今来县宰加朱绂,〔三〕
便是生灵血染成。〔四〕

■ 注释

〔一〕胡城县:在今安徽阜阳县西北。

〔二〕这两句说,去年,我曾从这个县城经过,那时县里的老百姓没有一个不口喊冤枉的。

〔三〕县宰:县官。朱绂(fú):红带,代表朱红色的官服。为唐时四、五品官的服饰。

〔四〕生灵：指人民。这两句说，今年来到此县，看到当年的县官"立功"提升了，得意扬扬地穿上了朱红色的官服。要知道，这朱红的官服，原是人民的鲜血染成的啊！

■ 简析

　　在李唐王朝发兵截击黄巢起义军的十年间，正是诗人杜荀鹤的盛年时期。他亲自经历了这次历史大动乱，目睹了那些嗜血的豺狼因镇压人民而立了"战功"，取得了朝廷赏识而加官晋爵，享受荣华富贵。作者对这一社会现实，用他的诗笔做了比较深刻的揭露。这首诗从"去岁"写起，用"无口不冤声"五字，真实地描绘出人民凄凉悲惨的景况。三四两句，接写"今来"。由"县民"写到"县宰"，写"县宰"单写"加朱绂"，最后点出"朱绂""是生灵血染成"的。

罗隐（八首）

罗隐（833—909），字昭谏，唐代余杭（今浙江余杭）人。原名罗横，因常讽刺世事，得罪当时权贵，十数次应举进士皆落第，故改名罗隐。以后曾做过钱塘令一类的小官。其诗也颇有讽刺现实之作，多用口语，有《甲乙集》，后人辑有《罗昭谏集》传世。

雪

尽道丰年瑞，〔一〕
丰年事若何？〔二〕
长安有贫者，
为瑞不宜多。〔三〕

■ 注释

〔一〕丰年瑞：瑞雪报丰年，是吉祥兆头。

〔二〕这两句说，大家都说瑞雪兆丰年，可丰收年景又有什么用处呢？

〔三〕这两句说，长安住着缺吃少穿的穷苦百姓，想到他们有被冻死的危险，尽管瑞雪兆丰年，也还是希望不要多下雪。

■ 简析

　　文学作品，是通过形象来表达作者的思想的。具体到一首诗，一首绝句，能不能发议论，或类似议论的说明呢？罗隐这首五言绝句《雪》，做了很好的回答。一首诗在适当的场合，用适当的手法，不仅可以发议论，而且还会使诗更有人情味。这首诗，首句泛写"丰年瑞"，用"尽道"写出它的普遍性。二句用"若何"，提出反意。三句转写"贫者"，四句发出"为瑞不宜多"的议论。从而，对唐朝末年贫富悬殊的阶级矛盾，做了尖锐的讽刺。可见，一首诗做适当的议论，同样能起到加强主题的作用。

自　遣

得即高歌失即休，〔一〕
多愁多恨亦悠悠。〔二〕
今朝有酒今朝醉，
明日愁来明日愁。〔三〕

■ 注释

　　〔一〕得：得意。失：失意。

　　〔二〕悠悠：这里作无聊解。这两句说，得意时就高声歌唱，失意时即就此罢休，发很多的愁和生很多的恨，这些都太无聊了。

　　〔三〕这两句说，今朝有酒，今朝就喝它个痛快；如明天遇到愁事时，等到明天再发愁吧！

- 简析

　　罗隐十次应举进士，都没有考中。在他的仕途之中，终生都是坎坷不平的。在这种情况下，写成的这首《自遣》，表现了他政治上失意后的消极颓废情绪。首句用一"得"一"失"，表明自己两种截然不同的态度，二句用"亦悠悠"三字，单写"愁"和"恨"。三四两句"今朝有酒今朝醉，明日愁来明日愁"，用似对非对的句式，非常形象生动地写出了一种听天由命、及时行乐的颓废者的精神状态。这首诗，在思想内容上虽然颓废，但在表情达意的手法上，还是有可取之处的。

感弄猴人赐朱绂

十二三年就试期，
五湖烟月奈相违。〔一〕
何如学取孙供奉，〔二〕
一笑君王便著绯。〔三〕

- 注释

　　〔一〕五湖烟月：五湖优美的景致。这里指命运。奈：无可奈何。这两句说，十二三岁就开始进行应举考试，尽管连五湖美景都顾不上观赏，但还是因为自己的命运不好而没有被选上。

　　〔二〕孙供奉：供奉是临时性官职。此指唐时一个斗鸡弄猴的艺人。

　　〔三〕著：穿。绯：朱色。这两句说，要知道这样，何不也和孙供奉一样，去逗猴弄鸡呢！只要获得皇帝的一阵笑声，不也同样可以穿上朱红色的官服吗！

■ 简析

　　唐朝末年，黄巢率领起义军占领都城长安之后，唐僖宗李儇在逃往四川的途中，曾有一个耍猴的艺人随行。由于唐僖宗不务正业，喜爱斗鸡弄猴，据说，这位艺人养的猴子能像大臣一样站班朝见。就因为此故，唐僖宗下令赐给这个弄猴人以朱绂，使他飞黄腾达，升官发财了。作者这首诗用衬托的手法，对此事做了深刻讽刺。全诗围绕着"赐朱绂"来写。首句用"十二三年"一个数词，写出"就试"之难。这是泛写普遍。二句用"相违"二字，写出就试的"结果"。三句用"何如"二字转写"孙供奉"，四句落入"一笑君王便著绯"，既把《感弄猴人赐朱绂》的主题一语道出，又是对首句"十二三年"试期，结果却"相违"的明白注脚。使诗的旨意，更为集中，其讽刺也就更为辛辣了。

蜂

不论平地与山尖，
无限风光尽被占。〔一〕
采得百花成蜜后，
为谁辛苦为谁甜。〔二〕

■ 注释

　　〔一〕风光：景色幽美的地方。尽：全部。占：享受。这两句说，不论是平坦的地方，还是高山峻岭，只要有盛开的花朵，都会被蜜蜂找到，并为它所占有。

　　〔二〕这两句说，当蜂采花成蜜以后，还不知道自己辛辛苦苦，东奔西走而造出的甜蜜，究竟要被谁拿走，由谁享受呢。

■ 简析

　　这首诗寓意深长。作者采用夹叙夹议的手法,明写蜜蜂,实际上是借对蜜蜂的生动描写,对勤劳的人民进行了热情的歌颂。相反,对那些不劳而获的剥削者,则做了无情的讽刺。一二两句,"不论平地与山尖,无限风光尽被占",语言朴素,不做作,不雕饰,不尚辞藻,"平淡有思致"。三四两句,"采得百花成蜜后,为谁辛苦为谁甜",平淡而不平庸,深入浅出,看去好像平易,实则在平淡的语言中,寓寄了诗人深厚的感情和丰富的思想。

西　施〔一〕

家国兴亡自有时,〔二〕
吴人何苦怨西施?〔三〕
西施若解倾吴国,〔四〕
越国亡来又是谁?〔五〕

■ 注释

　　〔一〕西施:传为春秋时代越国的浣纱美女,后被献给吴王夫差。

　　〔二〕时:指运数。

　　〔三〕这两句说,人家、国家的兴亡成败,到一定时候终会发生的。吴国的人们为什么总把吴国灭亡的原因,全都推给西施呢?

　　〔四〕解:了解。倾:指灭亡。

　　〔五〕这两句说,西施如果有灭亡吴国的办法,那么后来越国的灭亡,又是谁造成的呢?

■ 简析

　　这首讽刺诗,以被人传颂的曾使吴国遭受灭亡的美女西施为题,从另一角度抒发议论,指出国家灭亡的原因,不能全部归罪于女人"祸水"。并多少含有为西施叫屈的意思。但把"家"和"国"的兴衰归于天意,也是不对的。首句用"自有时",写出封建社会家国兴亡的一般规律,二句用一问句提出吴的灭亡"何苦怨西施"？三句继续为西施辩解,四句又以"越国亡来"作为论据,进而提出问题,说明诗人所要表达的情理。这首讽刺诗,选材别致,语言精练,推理较强,讥讽之意可谓锋芒毕露。

金钱花〔一〕

占得佳名绕树芳,〔二〕
依依相伴向秋光。〔三〕
若交此物堪收贮,〔四〕
应被豪门尽劚将。〔五〕

■ 注释

　　〔一〕金钱花:即秋天开的旋复花。
　　〔二〕占:据有。绕:环绕。芳:芳香。
　　〔三〕依依相伴:比喻花草丛丛簇簇。这两句说,因为被称作金钱花而使它的美名传得很广;在萧瑟的秋天,百花凋谢,它却丛丛簇簇,娇美开放,为秋增添了光彩。
　　〔四〕堪:能。收贮:收藏。
　　〔五〕这两句说,如果这个金钱花,真的是金钱可以收藏的话,早就让有权势的人家全部挖回去了。

■ 简析

　　罗隐擅长于讽刺，尤以政治讽刺诗为最。这首《金钱花》，诗人发挥颇为奇特的想象能力，从旋复花的别名金钱花，想到它若真的能变成金钱，恐怕那些权门豪贵之家，一定会大肆掠夺。一语道破了他们为富不仁、鱼肉百姓的本质。一二两句，用"佳名"、"绕树芳"、"依依"、"向秋光"，描写出金钱花的娇美。三四两句，借景联想，用"堪收贮"、"尽劚将"，自然直率地对"豪门"加以讥讽。诗人想象丰富，讽刺深刻。

炀帝陵

入郭登桥出郭船，〔一〕
红楼日日柳年年。〔二〕
君王忍把平陈业，〔三〕
只换雷塘数亩田？〔四〕

■ 注释

　　〔一〕郭：外城。古时城墙分内外两道。这里指皇城。

　　〔二〕红楼：华美的楼房。这两句说，隋炀帝不是在城内登桥游玩那人造的山石湖水，就是乘船出城赏景，天天如此，年复一年。

　　〔三〕平陈业：平定陈朝的大业。指隋文帝灭南朝陈统一中国事。

　　〔四〕雷塘：隋炀帝葬地，在今江苏省江都。这两句说，君王你真忍心把平定陈朝统一全国、建立隋朝的千秋大业，到头来只换取雷塘这么一个小小的只数亩大的地方吗？

■ 简析

　　这首咏史诗,是作者看到炀帝陵,联想起炀帝沉湎女色,穷奢极欲,以致亡国亡身的历史事实而发出的感叹。讽刺辛辣、尖锐深刻。首句写"入郭"、"出郭",是写隋炀帝的享乐,二句用"日日"、"年年",是写天天如此,长期如此。在一二两句叙事之后,三四两句借以议论。三句用一"忍"字,来写出"平陈业",四句"只换"二字,引出"雷塘数亩田",用问句做结,似在提出一疑问。其实,诗人是在作比,是在问中抒写自己的感叹。

鹦　鹉

莫恨雕笼翠羽残,
江南地暖陇西寒。〔一〕
劝君不用分明语,〔二〕
语得分明出转难。〔三〕

■ 注释

　　〔一〕陇西:今甘肃一带。这两句说,你(指鹦鹉)不要因为被关在雕笼内,使羽毛残落而生气,也不要嫌江南炎热、陇西寒冷而发愁。
　　〔二〕分明语:学人讲话。
　　〔三〕出转:指自由。这两句说,劝你还是不必认真去学人讲话,否则,嘴太灵巧了,有了很强的本领,要想放你出笼,那就更难了。

■ 简析

　　罗隐的讽刺诗很有特色。据说他的文章讥刺了时政，触犯了当时统治者，考了十次进士都没有被录取。也大概是有这方面的原因，才使他对一些问题，采取了比较清醒的批判和揭发的态度，使其诗作在思想上发出了一些光彩。唐时，封建统治者对人民的压迫，是多种多样的。当时民歌曾有这样的话："工匠莫学巧，巧即他人使。"罗隐这首《鹦鹉》，反映的也是同一主题。全诗句句写的都是鹦鹉，诗人运用比兴手法，从"劝"字写来，显得新颖别致。尤其是三四两句，"劝君不用分明语，语得分明出转难"，更是寓意深刻。这首诗，虽是咏物，但诗人并没有停留在咏物上，人们从作者所咏的对象上，完全领略到一种尖锐的讽刺意味。

崔道融（一首）

崔道融（生卒年不详），荆州人。曾做永嘉（今属浙江温州）县令。后至长安，官右补阙。唐王朝灭亡后，不事朱梁，隐居福建，有《东浮集》传世。

西施滩

宰嚭亡吴国，〔一〕
西施陷恶名。〔二〕
浣纱春水急，〔三〕
似有不平声。〔四〕

■ 注释

〔一〕宰嚭（pǐ）：人名，即伯嚭，为春秋时吴国的太宰。吴越战争，越败，越王通过贿赂伯嚭获得自由回国，后经长期准备，灭了吴国。

〔二〕陷：落得，指替人承担恶名。这两句说，本来是伯嚭断送了吴国，而却让西施承担了罪名，这可是极大的冤枉呀！

〔三〕浣纱：洗涤棉纱。这里指西施洗衣的小溪。

〔四〕这两句说，吴亡是政治腐败的必然结果，你看连浣纱溪水也湍急地流着，发出汩汩的声音，似乎在为西施鸣不平呢！

■ 简析

　　这首《西施滩》，与罗隐的《西施》颇有相似之处。崔道融在这首诗中，对"女人祸水"的传统看法提出质疑，更加明确地指出了西施是替人承担责任而羁恶名的。首句"宰嚭亡吴国"，是用典，二句"西施陷恶名"，是点题。三四两句"浣纱春水急，似有不平声"是借景寓情。第一联叙事，第二联写景。写景时，用一"急"字和一"似"字，把叙事中的"陷恶名"做了进一层的表达。末句把"不平"之意，巧妙地与"浣纱春水"连在一起，联想丰富，比喻贴切，含蓄有力，效果尤佳。

韦庄（三首）

韦庄（836—910），字端己。唐代长安杜陵（今陕西西安）人。他是韦应物的四世孙。原为唐朝进士，后出使蜀国，做了蜀国宰相。他的生活比较随便，胸襟豁达，所写诗词很有特色，有《浣花集》。

台　城〔一〕

江雨霏霏江草齐，〔二〕
六朝如梦鸟空啼。〔三〕
无情最是台城柳，
依旧烟笼十里堤。〔四〕

■ 注释

〔一〕台城：原是三国时代吴国后苑城，东晋成帝时改建，为东晋、南朝台省和宫殿所在地。后称"禁城"为台城，在今南京市鸡鸣山南乾河沿北。

〔二〕霏霏：喻纷纷细雨。

〔三〕六朝：东吴、东晋、宋、齐、梁、陈相继建都于建康（今南京），合称六朝。这两句说，台城一带，江雨纷纷，江草长得十分茂盛；六个曾经繁华一时的朝代，都如同做梦一样逝去了，如今，只有几只鸟儿在悲哀地鸣叫。

〔四〕这两句说，最没有感情的是那台城的柳树；它对于历史上各代的兴亡盛衰，毫不动情，依然沿着十里长堤，生长得郁郁葱葱，远远望去，如烟如海。

■ 简析

　　这是一首金陵怀古诗，是诗人于唐僖宗光启三年（887）路经金陵，在那里凭吊古迹时写下的。它似是对"六朝繁华"盛衰无常的叹息和哀悼，其实也是对那些帝王将相"丰功伟业"的蔑视，暗示一切都如流水般地逝去了。这些都算得了什么呢？虽是吊古之作，也渗入了诗人自己的哀愁。首句用"江雨霏霏"，二句用"鸟空啼"，写出台城寂寞凄凉的气氛，又用低沉的旋律引起读者的伤感。三四两句"无情最是台城柳，依旧烟笼十里堤"，虽没说出哀愁，却使人感到了哀愁。还要提到的，是这首诗首句中用了"霏霏"二字。这在诗中叫双字描状。"江雨霏霏江草齐"，加上"霏霏"二字，就使我们如闻江雨之声，如见江雨之状。可见，双叠词运用恰当，其作用是不凡的。

焦崖阁〔一〕

李白曾歌蜀道难，
长闻白日上青天。〔二〕
今朝夜过焦崖阁，
始信星河在马前。〔三〕

■ 注释

〔一〕焦崖阁：在今陕西洋县北五十里的焦阁山上。

〔二〕上青天：见李白《蜀道难》诗："蜀道之难，难于上青天。"这两句说，李白曾写诗描述过蜀道的艰难，过去，也曾听到过道路之难，好像是白天上青天一样。

〔三〕星河：即银河。这两句说，今天晚上，我路过焦崖阁，才相信这里路途艰险，骑马来此，如同走到银河旁边一样。

■ 简析

韦庄于公元897年入蜀途中，来到了焦崖阁。因道路曲折高耸，行走非常艰难，于是很自然地联想起了李白的诗作《蜀道难》。诗人根据自己的体会，又用比兴手法，形象生动地把这个"难"字表现了出来。这首诗，题为《焦崖阁》，作者的意图是要表现焦崖阁的难。但在写时，并未从此处着笔，而是从蜀道写起。首句借用"李白曾歌蜀道难"，点出"蜀道难"。二句具体地进写"难"字，难在"白日上青天"。三四两句，方转写"焦崖阁"。三句用"今朝夜过"四字，把焦崖阁放在夜间来写，与上句"白日"成对，为下句"星河"铺垫。四句用一"信"字，来解除过去的疑虑，其焦崖阁之"难"，就不言而喻了。

古离别

晴烟漠漠柳毵毵，〔一〕
不那离情酒半酣。〔二〕
更把玉鞭云外指，〔三〕
断肠春色在江南。〔四〕

■ 注释

〔一〕毵毵（sānsān）：喻柳叶下垂的样子。

〔二〕不那：无奈。酣：正在兴头上。这两句说，淡淡的晴烟，青青的杨柳，风和日丽，是一片美好景象。此时就要分别了，但告别酒才刚喝一半，还没有喝够呢！

〔三〕玉鞭：马鞭。

〔四〕这两句说，在临别之时，送行者用马鞭指着行人将要前去的江南；江南的春天来得更早，春色更为动人，所以，也就更易触动彼此的离情愁绪。

■ 简析

一般借景衬托的抒情诗，都是以美景寄欢情，以哀景抒哀情。韦庄这首《古离别》却不然。他跳出了以乐写乐、以哀抒哀的寻常比拟，用优美的景色，来反衬离愁别绪，并做到了色调鲜明，和谐统一。因此，效果就更为突出。首句选择"晴烟"、"柳"二物，用"漠漠"、"毵毵"两个重叠词，如实地写出春天的浓丽和杨柳的风姿。二句转写"不那离情酒半酣"，构成一种强烈的反跌，使满眼春色都有些失色，春色越浓，牵动的离愁情绪越加强烈。并用"酒半酣"三字，既写了柳荫下置酒送行的场面，又巧妙地写出了此时人物的内心感情。三句用"更"字一转，用一"指"字，写出临别时的扬鞭指点动作，使这幅图画更加栩栩如生。四句用"断肠春色在江南"七字，作进一层的抒写，将要去的江南，春天来得更早，春色也就更为动人，它带给行人的不是欢乐，而是更多的因春色而触动的离愁。写到这里，诗意也就自然突现出来了。

韩偓（一首）

韩偓（842—约923），字致尧，小名冬郎，唐长安万年（今陕西长安一带）人。他是李商隐连襟韩瞻之子，少能作诗，曾得到李商隐的赏识，进士出身。历任谏议大夫、翰林学士、中书舍人等职。后因不附朱全忠，被贬为濮州司马。其诗词藻华丽，有香奁体之称。后人辑有《韩内翰别集》。

自沙县抵龙溪县，值泉州军过后，村落皆空，因有一绝〔一〕

水自潺湲日自斜，〔二〕
尽无鸡犬有鸣鸦。〔三〕
千村万落似寒食，〔四〕
不见人烟空见花。〔五〕

■ 注释

〔一〕沙县、龙溪、泉州：在今福建。值：逢。泉州军：泉州的官军。

〔二〕潺湲：指水流舒缓的样子。

〔三〕这两句说，江河之水在独自潺湲地流着，太阳也西斜了。一路上没有鸡犬鸣叫，只是偶尔传来几声乌鸦的啼叫声。

〔四〕落：村落、村庄。寒食：清明节前两日，为寒食节。

〔五〕人烟：这里指居民。这两句说，成千上万的村庄，好像都在过寒食节似的；到处都不见人烟，只有野花在自开自落。

■ 简析

这首写景诗，是作者避难闽中（今属福建）之作，写于唐亡之后，即五代梁开平四年（910）。它通过农村荒芜凄凉景象，写出了战争带来的创伤，揭露了唐亡后藩镇军队扰民的罪恶。在艺术手法上，清丽含蓄。首句"水自潺湲日自斜"，连用两个"自"字，写出"水"，"日"这些客观景物不受战争的影响。二句用一"无"一"有"，选写"鸡犬"和"鸣鸦"。三句转写"千村万落"，四句结到"不见人烟空见花"。一种悲哀、萧条的景象，从诗的字里行间透露出来，读者如临其境，受到这种气氛的浓烈感染。

张泌（一首）

张泌（生卒年不详），字子澄，唐代淮南（今江苏江都）人。官至中书舍人。《全唐诗》收其诗十九首。

寄 人

别梦依依到谢家，〔一〕
小廊回合曲阑斜。〔二〕
多情只有春庭月，
犹为离人照落花。〔三〕

■ 注释

〔一〕依依：恋恋不舍。谢家：这里指姑娘的娘家。

〔二〕回合：四面环抱。阑：阑干。这两句说，我做梦进入梦境，觉得自己飘飘荡荡地到了一位姑娘的家里；在院子里，看到了曾与她谈过话的四面走廊和曲折的阑干，这些景物都像往常一样依然存在，却不见了那位美貌的姑娘。

〔三〕离人：已经分离的人，指作者自己。这两句说，醒来之后，我步出庭院，一轮皎月照着地上的片片落花，显出惨淡的景象；花虽落了，曾映照过枝上芳菲的明月，现在依然多情地临照着，好似还没忘记过去结下的情缘。

■ 简析

张泌这首抒情绝句，可以说是用诗写成的一封情书，是寄给一个过去曾彼此相爱而现已失恋的女子。情书要寄人，这样的诗更要寄人。作者以此为题，大概是出于这样的缘故。全诗从叙述一个梦境开始。首句写入梦之由，用"依依"二字做了恰到好处的比喻。二句写梦中所见。抓住"小廊"、"曲阑"这些过去二人倾吐心事时很有代表性的见证物，写出了自己对对方的思念之情。三四两句，转写明月。多情的春庭明月，尚且在替离人映照"落花"。似在告诉人们，我们为何就要这样地决绝呢！言外之意，还在于彼此能通通音讯。写到这里，已经完整地塑造了一个可爱的艺术形象，表达了诗人深沉曲折的思想感情。

郑遨（一首）

郑遨（865—935），字云叟，唐代滑州白马（今河南滑县东）人。唐末举进士不第，终生隐逸，没有做官，后入少石山为道士。其诗作不多，无集流传，但有些诗的内容较好。

富贵曲

美人梳洗时，
满头间珠翠。〔一〕
岂知两片云，〔二〕
戴却数乡税。〔三〕

■ 注释

〔一〕珠翠：指珍珠、翠玉制做的首饰。这两句说，美人在清晨打扮的时候，满头都戴上了珠玉之类的头饰。

〔二〕云：比喻头发。两片云：指两个发髻。

〔三〕税：旧社会向劳动人民强收的捐税。这两句说，有谁知道，在她头上两个发髻之间戴的头饰，价值要顶得上好几个地方上交的捐税呢！

■ 简析

　　古人写诗，很讲究选择题材。所谓选择，就是凭借自己的眼力，对生活做艺术的剪裁。这首五言绝句，选择了生活中的一件极为平常的小事加以描写，深刻地揭露了封建统治者对劳动人民的残酷剥削。题为《富贵曲》，并未真咏富贵，而是借其反意，进行辛辣的讽刺。首句从"美人梳洗"写起，二句写到"珠翠"。用一"满"字，把"富贵"作了形象的浓缩。三四两句，发出议论："岂知两片云，戴却数乡税"。点出美人的富贵，原本都是从劳动人民那里搜刮、剥削得来的。短短四句二十字，对富贵的揭露，有力、深刻。

王驾（一首）

　　王驾（851—?），字大用，唐末河东（今山西永济）人。大顺年间，中过进士，官至礼部员外郎，自号"守素先生"。与司空图、郑谷友善。他是晚唐时期一位有名气的诗人。

社　日 〔一〕

鹅湖山下稻粱肥，〔二〕
豚栅鸡栖半掩扉。〔三〕
桑柘影斜春社散，〔四〕
家家扶得醉人归。〔五〕

■ 注释

　　〔一〕社日：古时农村春分前后祭社神（土地神）和五谷神的日子。

　　〔二〕鹅湖山：在今江西铅山县境内。山里有湖，相传晋代有人在湖里养过鹅，所以叫鹅湖山。

　　〔三〕豚栅（túnzhà）鸡栖：指猪栏和鸡窝。扉：门扇。这两句说，鹅湖山下一带，是盛产稻米的好地方；村庄里，到处是猪圈和鸡窝。现在，家家户户都半掩半开着门，参加社日去了。

〔四〕柘：一种野生植物，样子像桑树。影斜：指太阳偏西后，树影越来越斜了。

〔五〕这两句说，天将黑时，桑树和柘树的影子斜了，春社的盛会散了；家家都搀扶着因为庆祝社日而喝醉的人，往自己的家里走去。

■ 简析

　　古人写诗，都强调要写得富有诗意，富有情趣。若是写景诗，则要做到景中含情。具体说来，一首写景绝句，要写得很有诗味，不仅要着力刻画景物，更主要的是能在景物之中透露人物的情思。这首《社日》，作者选择一个特殊的场面，用极精练的语言，写了江南农村景象的一个侧面。首句"稻粱肥"三字，写出江南农村的丰收之景。二句用"半掩扉"，点出"社日"。三句转写"春社散"。四句"家家扶得醉人归"七字，形象地表现了当地农家的和平生活和农民淳朴的性格。人物情感，全都透过所描写的景物展现了出来。

陈玉兰（一首）

陈玉兰，唐代吴（今江苏一带）人，是王驾的妻子。其他情况不详。

寄 夫

夫戍边关妾在吴，〔一〕
西风吹妾妾忧夫。〔二〕
一行书信千行泪，
寒到君边衣到无？〔三〕

■ 注释

〔一〕戍：防守。吴：今江苏南部，古为吴国之地。

〔二〕这两句说，丈夫从军镇守在边疆的关口，而我却在这遥远的吴地；寒冷的西风吹凉了我的身体，使我更为边关的丈夫担忧。

〔三〕君：指丈夫。这两句说，我写这封信时，写一行字曾流下千行眼泪，禁不住要提笔问你："寒冷临到你的身边，我寄给你的御寒棉衣，你收到了没有呢？"

■ 简析

  唐代的边塞多事,常有征夫戍守边疆。作者在这首诗中,用真诚的感情,自然通俗的语言,写出了一个女子想念和关怀自己丈夫的心情。题为《寄夫》,实是"寄情"。首句既写"夫",又写"妾",先写两地,"夫戍边关"、"妾在吴"。二句借写"西风",来写"妾忧夫"。三句用"一行书信千行泪"的夸张句式,进写"忧"字。四句用书信中的一语"寒到君边衣到无"做结,无须多说,即把《寄夫》的全部情感,巧妙地表露出来。

金昌绪（一首）

金昌绪，唐时钱塘（今浙江杭州）人。生平不详，《全唐诗》仅存其诗一首。

春　怨

打起黄莺儿，〔一〕
莫教枝上啼。〔二〕
啼时惊妾梦，〔三〕
不得到辽西。〔四〕

■ 注释

〔一〕打起：打得飞走。

〔二〕莫教：不让。这两句说，把树上饶舌的黄莺，打得飞走，不要让它在枝头上啼叫。

〔三〕妾：古时妇女自称。

〔四〕辽西：指今辽宁西部，原为当时征东军队驻扎之地。到辽西：梦到辽西。这两句说，一旦黄莺儿在枝头啼叫，就要惊扰了我的美梦，使我不能梦中飞越万里关山，到辽西和丈夫相会了。

■ 简析

　　这首诗通过对少妇入梦前一个细小动作的描写，成功地表现了少妇渴望到辽西与丈夫相会的复杂心情。诗从侧面落笔，单写少妇赶走树上饶舌的黄莺，别来惊扰美梦一事。首句写欲"打"，二三两句，写"打起"的原因，直到四句才说出诗的正意。曲折情事，绝非在这二十字之内，更多的是要由读者去寻索补充。可见，"留不尽之意见于言外"，着笔生花的所在了。这是一首脍炙人口的好诗，也是金昌绪留存下来的唯一诗作。

西鄙人（一首）

西鄙人，实同无名氏，或指唐代西北边疆的平民百姓。鄙人，指下层人民。

哥舒歌〔一〕

北斗七星高，〔二〕
哥舒夜带刀。〔三〕
至今窥牧马，〔四〕
不敢过临洮。〔五〕

■ 注释

〔一〕哥舒：即哥舒翰，为唐玄宗时的大将。世居安西，为少数民族哥舒部的后裔。早年做王忠嗣手下将领，吐蕃来侵，他拿了半截枪杆上前迎敌，竟然大败吐蕃兵。此后，皇帝在青海为其筑神威军堡垒，调二千犯人在此防守，使吐蕃不敢再入青海。官至河西、陇右等节度使，封西平郡王。

〔二〕北斗七星：即北斗星。

〔三〕这两句说，哥舒翰常常夜间出巡，守卫边疆；他的威望很高，如同七颗北斗星一样。

〔四〕窥：偷看。

〔五〕临洮：在今甘肃岷县北，因临洮水而得名。秦时，蒙恬曾在此修筑长城，抵御外族入侵。这两句说，由于哥舒翰的赫赫威名，直到今天，都使得胡人只能在边地向唐朝境内窥视，而没有胆量越过临洮，前来内地牧马作乱。

■ 简析

　　这是流传于唐时边区劳动人民中间的一首诗歌。全诗用豪放自然的语言，对哥舒翰进行了热情的歌颂和赞扬。唐时，边地常有战事，人民生活受到了很大的威胁和骚扰，人民很希望能有一个安定的生活环境。这首诗，采用形象思维的艺术手法，对边防的英勇将士及其统帅哥舒翰进行了颂扬。一二两句，用明亮长存的北斗星，来喻指哥舒翰的威望，既表达出人民对他的热爱，又衬托出他的聪明才智。其中"夜"字，承"北斗七星"而来，具体写出哥舒翰防边的英姿。三四两句进而写实，点明哥舒翰威望如北斗的原因所在。正因为如此，胡人只能在"牧马"时窥视内地，而"不敢过临洮"。诗的语言精练，意境深远，字里行间充满了边地人民对卫边将士的敬慕之情。

葛鸦儿（一首）

葛鸦儿，唐代女诗人。生卒年代及经历不详。

怀良人[一]

蓬鬓荆钗世所稀，[二]
布裙犹是嫁时衣。[三]
胡麻好种无人种，[四]
正是归时不见归。[五]

■ 注释

〔一〕良人：古时妻子对丈夫的称呼。

〔二〕蓬鬓：散乱像蓬草一样的头发。荆钗：用荆条做成的发钗。

〔三〕这两句说，生活很贫困，我用荆条做成发钗来理头，这在世上是少见的。至于衣服，则还是出嫁时的衣服，早已穿得破旧不堪了。

〔四〕胡麻：芝麻。

〔五〕这两句说，芝麻这种东西，虽然好种，但你不在家，也种不到地里；这会儿正是需要你归来的时候，却不见你归来。

■ 简析

　　这首诗写的是一个穷家妇女对自己丈夫的怀念。作者运用比赋的传统手法，把男子被征入伍远戍边地，妇女在家无法生活的情景写了出来。这既是为自己诉苦，也是对统治阶级的反抗和呼吁。一二两句，真实地写出自己眼前的景况，用"世所稀"、"嫁时衣"，生动地写出丈夫走后的贫寒。三句"胡麻好种无人种"，运用当时种胡麻的传说，来做巧喻，引出四句"正是归时不见归"，抒发渴望丈夫早日归来的殷切心情。对于种胡麻这一传说，明人顾元庆，在《夷白斋诗话》中，曾有这样的记载：说古时种胡麻，倘若是夫妇二人同种，结籽就会很多，收成就会很好。如果不是夫妇一起播种，收成就要大减。作者运用这一古代民间传说，用"无人种"和"不见归"，就更增添了诗的意境，更为深挚动人。

高蟾（一首）

高蟾（生卒年不详），唐代河朔（今黄河以北地带，均称"河朔"）人。乾符年间，进士出身。乾宁间任御史中丞。

下第后上永崇高侍郎

天上碧桃和露种，
日边红杏倚云栽。〔一〕
芙蓉生在秋江上，〔二〕
不向东风怨未开。〔三〕

■ 注释

〔一〕倚：靠着。这两句说，天上的仙桃同清露是一起种下的；迎着太阳看红杏，好像那红杏是倚着彩云栽起来的。

〔二〕芙蓉：指荷花，开在秋天。秋江：秋天的湖边。

〔三〕这两句说，荷花在秋季的湖边开放，也就不应该去埋怨东风没有帮助自己了。

■ 简析

　　这是作者应考进士未中，写给高侍郎的一首诗。作者未能考取，自然心情不佳，但他却没有怀才不遇的抱怨，而是以自己的才疏识浅，时机未到，来做自慰。一二两句"天上碧桃和露种，日边红杏倚云栽"，用相对的句式，写出一片美景。既是景语，亦是情语，是借"碧桃"和"红杏"暗点那些春风得意之人。三句写"芙蓉"，意在比喻自己。写"芙蓉"独写"生在秋江上"，是为下句铺垫。四句"不向东风怨未开"，借景抒情，巧妙地对自己不能考取进士一事，做了一番安慰。但安慰中又有自责。写得含而不露，颇有诗味。

无名氏（一首）

胡笳曲[一]

月明星稀霜满野，[二]
毡车夜宿阴山下。[三]
汉家自失李将军，
单于公然来牧马。[四]

■ 注释

〔一〕胡笳曲：歌曲名，同清平调。

〔二〕野：指长满青草的原野。

〔三〕毡车：用毡或兽皮蒙盖的车子。这里代指少数民族匈奴。阴山：在今内蒙古，汉时为与匈奴的接壤地。这两句说，在月亮明朗，星斗稀疏，白霜遍野的夜晚，匈奴的毡车进到阴山脚下来夜宿了。

〔四〕单于：匈奴的首领。这两句说，自从汉朝失去飞将军李广之后，匈奴就无所顾忌，竟敢深入到这里来自由自在地牧马了。

■ 简析

李广是汉朝时的将军。在他守边的数十年中，匈奴不敢冒犯一步，对巩固边地做出了贡献。这首《胡笳曲》，用白描加议论的手法，通过对李将军的追溯，寄托了作者对李将军的怀念。同时，对当时统治者不能合理选用人才，做了暗讽。这首诗，首句是写景，二句是叙事，把结果放在前边来写。三句转写"汉家自失李将军"，点出缘由，四句结到"单于公然来牧马"，与前相呼应。在写法上，有别于一般的怀古诗，值得借鉴。

宫人韩氏（一首）

宫人韩氏为唐僖宗时的宫女，后出宫嫁给于祐步为妻。

题红叶

流水何太急，
深宫尽日闲。〔一〕
殷勤谢红叶，〔二〕
好去到人间。〔三〕

■ 注释

〔一〕深宫：指皇宫内。这两句说，水流得多么急促啊！而我在这孤独苦闷的皇宫中，整日过着十分无聊的生活。

〔二〕殷勤：恳切。谢：告诉。

〔三〕人间：原和天上相对。这里指常人住的地方。这两句说，我恳切地要求红叶，你有什么法子，能使我去到民间，也过那自由自在的生活呢！

■ 简析

　　这首五绝诗，是被幽闭在皇宫中的宫女韩氏所作。《唐诗别裁》中注，韩氏把自己渴望得到自由能过幸福生活的苦情，题在红叶上，即这首《题红叶》。以后，被于祐步所得。于祐步也在红叶上题了一首诗。于诗又恰被韩氏拾取。后来，于、韩二人遂结成了夫妇。这首《题红叶》，首句写"流水"，"何太急"三字，用得动情。二句用一"尽"字，写出"闲"得无聊，并与"流水"成鲜明对比。一正一反，一景一情。三句转写"谢红叶"，四句"好去到人间"，寄托自己的心愿。真景真情，自然贴切。

王禹偁（三首）

王禹偁（954—1001），字元之，北宋济州钜野（今山东巨野）人。他家世代务农，出身清寒。二十九岁中进士，曾为右拾遗、左司谏等官。因遇事敢言，得罪权贵，屡次降职。他的诗现实性较强，风格平易，词语朴素。他是北宋初期首先起来反对绮靡文风的诗文家。著有《小畜集》等。

清　明

无花无酒过清明，
兴味萧然似野僧。〔一〕
昨日邻家乞新火，〔二〕
晓窗分与读书灯。〔三〕

■ 注释

〔一〕兴味：趣味。萧然：萧条冷落的样子。僧：和尚。这两句说，在这既没有花也没有酒的贫困之中过清明节，使人觉得冷落萧条，毫无兴趣，简直和一个没有归处的和尚一样。

〔二〕乞：要。新火：指寒食节后新生的灶火。

〔三〕分与：分给。这两句说，寒食节后，从邻家求来新生的灶火，读书一夜，天气已晓。

■ 简析

古书说："诗言志。"古人写诗，常利用诗来表达自己的志向和心愿。因为人的习惯、性格及社会生活不同，运用语言和表现方法不同，因此，即使同一题目，写同一内容，如果不是故意抄袭，是决不会类同的。王禹偁这首《清明》，与杜牧的《清明》就迥然不同。他借写清明，写出了过去读书人的穷困生活和苦学精神。在表达方法上也很新颖。首句"无花无酒"，连用两个"无"字，写出自己过清明节的无聊。二句进写自己孤独一人，毫无乐趣。三句转写一句"昨日邻家乞新火"，似要打破这种穷苦的局面了，然四句却落入"晓窗分与读书灯"。出人意料，别具一格。这样一点，给全诗增添了新的诗意。在这无花无酒，孤独一人，萧然无味的清明时节，从邻家乞来新火，作者却是在寒窗之下通宵达旦苦心攻读。一个连清明节都无心寻酒取乐，依然在穷困之中专心苦学，追求功名的形象，不是生动地刻画出来了吗！

畲田调〔一〕（其三）

鼓声猎猎酒醺醺，〔二〕
斫上高山入乱云。〔三〕
自种自收还自足，
不知尧舜是吾君。〔四〕

■ 注释

〔一〕畬(shē)田：指我国西南少数民族，不以牛耕，而用刀耕火种的方法耕种土地。畬田调：种田时唱的歌。

〔二〕猎猎：本指风声，这儿形容击鼓声。醺醺：比喻酒醉的样子。

〔三〕斫：大锄。这两句说，在一片鼓乐声中喝了个酩酊大醉，然后扛着大锄上山开田；由于山高，人如同是进入云堆里一般。

〔四〕尧舜：古代圣人。这两句说，自种自收还能自足，所以也就不知尧舜是我们的君主了。

■ 简析

在王禹偁的作品中，不时流露出作者对劳动人民的关切和同情。这是他赞美山区人民刀耕火种的诗歌，充满了劳动者对劳动的骄傲和欢乐心情。首句用"猎猎"写"鼓声"，如闻其声；用"醺醺"写醉酒之状，如见其形。这正是双字描状所起的作用。二句用"上"写"高山"，用"入"写"乱云"，写出山地的高峻和劳动时的艰险。三句连用三个"自"字，来写"种"、"收"、"足"，四句用一典作比，"不知尧舜是吾君"，概括了劳动者的乐观自慰和骄傲。格调轻快，语言流畅，接近于民歌体裁。

畬田调（其四）

北山种了种南山，
相助力耕岂有偏。〔一〕
愿得人间皆似我，〔二〕
也应四海少荒田。〔三〕

■ 注释

〔一〕偏：私心。这两句说，耕种了北山，又耕种南山，大家彼此相互帮助，有多少力气出多少力气，没有一点儿私心。

〔二〕皆似我：都像我们一样。

〔三〕这两句说，但愿人间各地都像我们这样勤劳、互助，这样四海之内就没有荒芜的田地了。

■ 简析

这是王禹偁被贬斥到商州（今陕西商县）时写的一首诗。作者有意学习民歌手法，直写胸中所见，热情歌颂了劳动人民团结互助，辛勤劳动的欢乐景况。情绪积极乐观，具有民歌趣味。这首诗采用第一人称的口吻，首句写"种"，二句写"助"，先是描绘劳动人民耕作时的情况。三句由"愿得"引出一句议论，四句结到"四海少荒田"。看去，尽管语言浅显，平白如话，但因它不是从概念出发，而是从生活出发，因此，读来并不乏味，反觉形象感人，意境优美。

寇准（一首）

寇准（961—1023），北宋政治家。字平仲，华州下邽（在今陕西渭南县东北）人。十九岁中进士，后做过参知政事、中书门下平章事等官。他是宋朝抗击外族入侵的主战派大臣代表。辽军进攻时，他任宰相，反对王钦若等南迁的主张，力主抵抗，促使真宗往澶州督战，与辽订立澶渊之盟。不久被王钦若排挤罢相。晚年再起为相。后又被排挤去位，封莱国公。后被贬为道州司马、雷州司马。当时京城里有民谣说："欲得天下好，无如召寇老。"他死于南方。有《寇忠愍公诗集》。

夏　日

离心杳杳思迟迟，〔一〕
深院无人柳自垂。〔二〕
日暮长廊闻燕语，
轻寒微雨麦秋时。〔三〕

■ 注释

〔一〕杳杳（yǎoyǎo）：没有，无影无声。迟迟：迟缓。

〔二〕这两句说，动身离开这里的想法还杳无音信，长期生活在这里，思想也似乎变得迟钝起来了。在这深院之中，除了我以外再没有其他人，只有那院中的垂柳同我做伴。

〔三〕麦秋：指初夏麦收时节。这两句说，太阳落山，天将黑时，长长的走廊上传来了燕子的鸣叫声；值此麦收季节，下了一场小雨，倒给人增添了几分凉意。

■ 简析

　　作者捕捉夏日傍晚即景，写成此诗，反映了作者被贬之后的消闲生活。首句连用两个叠字，用"杳杳"来写"离心"，用"迟迟"来写"思"，情感显得更为饱满。二句"柳自垂"，用一景语，写出自己当时的心情。三句"日暮"点明时间，用"闻燕语"，又进写一层。四句"轻寒微雨麦秋时"，给"闻"增添了一种气氛。诗人对所描写的景物，经过细致的体察，抓住景物的特色来写，一方面写出了夏日的风景，同时也把自己的消闲生活，精微贴切地表达出来，无有刻削之痕。

茜桃（一首）

茜桃（生卒年不详），北宋人，时为寇准的侍妾。

呈寇公（其一）[一]

一曲清歌一束绫，[二]
美人犹自意嫌轻。[三]
不知织女萤窗下，[四]
几度抛梭织得成？[五]

■ 注释

〔一〕呈：献给。

〔二〕清歌：指无音乐伴奏唱的歌。一束：一匹。

〔三〕美人：指歌女。犹自：还是。这两句说，歌女只是单独唱了一支歌曲，就赏给她一匹绫绸，可是在这个歌女的心里，却觉得这个赏赐还是太轻薄了。

〔四〕萤窗：指光线微弱得像萤火那样的小窗口。

〔五〕几度：几次。这两句说，要知道，这一匹绫绸是那可怜的织绫女工，在光线微弱的窗户下面，抛了多少次梭，才织成的呀！

■ 简析

寇准在一次宴会上，把绫绸赏给了一个唱歌唱得比较好的歌女。歌女得到绫绸，并不满足，反而嫌寇准赏给的太少了。茜桃以此为题，写了《呈寇公》二首赠予寇准。这是其中之一。这首诗，直言不讳，一二两句"一曲清歌一束绫，美人犹自意嫌轻，"毫不隐晦，无一字是隐语，把歌女的不知足和寇准的豪奢，直书出来。三四两句"不知织女萤窗下，几度抛梭织得成？"也无所讳。通过叙写，说出议论，希望能知道劳动人民的辛苦，匹匹绫绸都是来之不易的。通篇写得直率而敦厚，理随物显，很值得一读。

范仲淹(二首)

范仲淹(989—1052),北宋政治家、文学家。字希文,苏州吴县(今江苏苏州)人。进士出身,少时贫困好学,出仕后有敢言之名,官至参知政事。他在陕西守卫边塞多年,西夏不敢来犯,说他"胸中自有数万甲兵"。他政治上主张革新,因受守旧派的阻挠,未能实现。他被罢去官职后,出任陕西四路宣抚使。后在赴颍州途中病死。他工于诗词散文。所作文章富于政治内容,词传世仅五首,风格较为明健。诗大都描写边地风光和征战劳苦,为世传诵。有《范文正公集》。

江上渔者〔一〕

江上往来人,〔二〕
但爱鲈鱼美。〔三〕
君看一叶舟,〔四〕
出没风波里。〔五〕

■ 注释

〔一〕渔者:打鱼的人。

〔二〕往来人：来来往往的人。这里指有钱的人。

〔三〕鲈（lú）鱼：一种口大鳞细，体形较扁，但味道鲜美的鱼。这两句说，经常在江上来往的有钱人，都非常喜爱鲈鱼味道的鲜美。

〔四〕君：你。一叶舟：像一片树叶似的小船。

〔五〕这两句说，你看那像一片树叶似的小船，为了捕捞鲈鱼，在风浪中隐隐约约，忽上忽下，要担多少风险啊！

■ 简析

　　文艺是以形象来感染教育人的。诗也不例外。这首五言绝句，之所以为后人传诵，其中最主要的一个原因就在于它给了人以生动丰满的形象。诗所反映的，是江上渔民辛勤的劳作与艰苦的生活。一二两句先直截了当地写出一个简单的事实：一般人都爱吃鲈鱼，喜其味道鲜美。而后，笔锋一转，三四两句方写打渔者的艰难。"君看一叶舟，出没风波里"，为了打捞到鲈鱼，他们不得不冒着生命的危险，驾着如同一片树叶似的小船，在波涛汹涌的大江中捕捞鲈鱼。我们仿佛看到：它一会儿跌进波谷，一会儿又涌上浪峰。这两句写得十分精彩，诗意很浓。这里，诗人既有对渔者苦难的同情，又有对渔者勇敢精神的赞扬。这首诗，形象生动，语言简洁，手法高明。江上、舟中，对比来写，给读者以动的感觉。

出守桐庐道中（其八）

素心爱云水，〔一〕
此日东南行。〔二〕
笑解尘缨处，〔三〕
沧浪无限清。〔四〕

■ 注释

〔一〕素心：本心，平素的心意。云水：这里指行云流水，引为各处游玩。

〔二〕这两句说，平素就喜爱到各地游玩，今日又有机会向东南方向出发了。

〔三〕缨：帽带。

〔四〕沧浪：指河水。《楚辞·渔父》："沧浪之水清兮，可以濯我缨；沧浪之水浊兮，可以濯我足。"这两句说：来到江边，解开沾满灰尘的帽缨休息下来；钱塘水，十分清澈，诗人看到这番情景，心中非常愉快。

■ 简析

这首诗是范仲淹出守桐庐（今浙江杭州西南桐庐）时的旅途所作。诗人用流畅的笔调，写了自己对祖国大自然的热爱和途中的愉快心情。一二两句"素心爱云水，此日东南行"，先说出自己对于山水的酷爱，而后再说到为酷爱而东南行，自是一番情趣。三四两句"笑解尘缨处，沧浪无限清"，写出诗人当时的愉快心情。这首诗，给读者以强烈的艺术享受，同时，也使读者的心情为之一爽。

梅尧臣（二首）

梅尧臣（1002—1060），字圣俞，北宋宣州宣城（今安徽宣城）人。宣城古名宛陵，故也称梅宛陵。一生穷困不得志。少时应进士不第。历任州县衙门属吏。中年后赐进士出身，授国子监直讲，后调尚书都官员外郎。论诗注重政治内容，对宋初有些作家的靡丽文风表示不满。在写作技巧上重视细致深入，认为"必能状难写之景，如在目前，含不尽之意，见于言外，然后为至"。所作颇致力于反映民生疾苦和社会矛盾，风格力求平淡。对宋代诗风的转变影响很大，甚受陆游等人的推崇。有《宛陵先生文集》。

陶　者〔一〕

陶尽门前土，
屋上无片瓦；〔二〕
十指不沾泥，
鳞鳞居大厦。〔三〕

- **注释**

〔一〕陶者：指烧砖瓦、陶器的工人。

〔二〕这两句说，为了烧砖瓦，把门前的泥土都快挖尽了；然而，自己的住房上，却连一片瓦也没有。

〔三〕鳞鳞：这里形容房上的瓦密得像鱼鳞一样。这两句说，那些十指不沾泥的人们，却住在盖着鳞鳞片瓦的大厦里面。

- **简析**

梅尧臣认为，写诗当是"因事有所激，因物兴以通"。这首直接反映封建社会贫富悬殊、尖锐对立的五言绝句，是他这一思想的具体体现。这首诗采用对比的手法，有力地揭露了劳动人民的劳动果实被剥削者所掠夺的不合理现象。一二两句写贫者，一个"尽"字，一个"无"字，写得何等鲜明！三四两句写富者，一个"不"字，一个"居"字，用得何等贴切！两种截然不同的形象，呈现在读者面前。此诗风格平淡，状物鲜明，含义深远，是对封建社会贫者劳无所获，富者不劳而获的有力抨击和辛辣讽刺，受到了后世劳动人民的推崇与喜爱。

田 家

南山尝种豆，〔一〕
碎荚落风雨。〔二〕
空收一束萁，〔三〕
无物充煎釜。〔四〕

■ 注释

〔一〕南山：泛指田家所在的地区。尝，曾经。

〔二〕碎荚：指豆角被打得零落了。这两句说，农民辛辛苦苦在南山种上了豆子，快要收割时却来了一阵狂风暴雨，把豆子全都打坏了。

〔三〕萁：豆茎。

〔四〕煎釜：指煮饭的锅。这两句说，到头来只收回一捆豆秆，只能当柴火烧。锅里却是空空的，无物可煎。

■ 简析

这首五绝诗，从"种豆"写到"煎釜"，生动地描写了农民辛勤劳动一年，因遭受自然灾害，到头来却是"无物充煎釜"的悲惨景象。首句写"种"，二句写"落风雨"，三句写"空收"一捆豆秆，遂有四句"无物充煎釜"的结果。短短四句二十字，仅就"种"、"收"两个方面着笔，把农民的悲惨生活描绘出来，表达了诗人对农民疾苦的同情。诗写得紧凑自然。先用一联说明春天种豆，当快成熟时，遭风吹雨打，后用一联点明到了收割时，则无豆可收。有条有理，通俗自然。全诗用叙事的方法，把农民的辛辛苦苦与忍饥挨饿的悲惨日子，用相当同情的口吻写出，从而唤起了读者的共鸣。

苏舜钦（一首）

苏舜钦（1008—1048），字子美，宋梓州铜山（今四川中江）人。因多次上书论政，遭中丞王拱辰打击。后闲居苏州，过着寄情山水的生活。有《苏学士文集》。

淮中晚泊犊头〔一〕

春阴垂野草青青，〔二〕
时有幽花一树明。〔三〕
晚泊孤舟古祠下，
满川风雨看潮生。〔四〕

■ 注释

〔一〕淮中：指淮河中部一带。犊头：一渡口。

〔二〕垂：低的意思。

〔三〕幽花：野花。这两句说，春季，天阴之后好像天也显得比以前低了。乘船观赏岸上景色，在茫茫原野上，偶尔能看到夺目的野花生长在绿草丛中。

〔四〕川：河流。这两句说，晚上，孤船停在一座古祠之下，恰好下起雨来。在这风雨之中看看潮来，也还颇有一些趣意。

■ 简析

　　苏舜钦这首《淮中晚泊犊头》，虽是一首写景诗，但带有强烈的感情色彩。一二两句"春阴垂野草青青，时有幽花一树明"，"垂野"、"幽花"、"草青青"、"一树明"，纯是写景。春云密布，野旷天低，一片苍茫寥廓之中，几株野花，夺目耀眼。三四两句"晚泊孤舟古祠下，满川风雨看潮生"，日暮之时，孤舟停泊在一座古祠的旁边，正好可以观赏那满川风雨的春潮了。在特定的感情色彩中，明显地渗透着诗人的孤独寂寞之感。诗人这种"以景喻情"的表现手法，既有明点，也有暗喻。所写景物为人领略，所抒之情为人领悟。这同诗人细密的观察力是分不开的。

张俞（一首）

张俞（生卒年不详），字少愚，北宋益州郫（今四川郫县）人。几次应举进士未中，以后隐居四川青城山白云溪，自号白云先生。

蚕 妇

昨日入城市，
归来泪满巾。〔一〕
遍身罗绮者，〔二〕
不是养蚕人。〔三〕

- **注释**

〔一〕这两句说，昨天进城去，回来时，泪水湿透了汗巾。

〔二〕遍身：浑身上下。罗绮者：穿着绫罗绸缎的人。

〔三〕这两句说，城里那些浑身上下穿着绫罗绸缎的人，都不是养蚕的人。

■ 简析

　　张俞这首《蚕妇》，与李绅的《悯农》："锄禾日当午，汗滴禾下土。谁知盘中餐，粒粒皆辛苦。"都是广为后人传诵的五言绝句。不过，在内容上，李绅的着手处是要珍惜劳动果实，而张俞这首是从一个蚕妇写起，生动形象地揭露了封建社会劳动人民遭受剥削的不合理现象。这首诗从字面上看，似乎未"对"，但从诗意上体会，则又"对"得十分精巧。首句用一"入"字，二句用一"归"字，将蚕妇的悲伤，十分形象地写了出来。三四两句运用"罗绮者"、"养蚕人"的对比手法，讲述这位劳动妇女哭泣的原因，进一步深化主题。全诗反映的虽是养蚕妇女的一个侧面，然而却是对整个封建社会的控诉和鞭挞。由于诗句语言朴素自然，形象鲜明感人，读起来朗朗上口，故深受后人喜爱。

欧阳修（四首）

欧阳修（1007—1072），北宋文学家、史学家。字永叔，自号醉翁、六一居士。庐陵（今江西吉安）人。幼年丧父，家境贫困，由母亲用芦秆画字教他认字。二十三岁中进士，曾任枢密副使、参知政事。早年支持范仲淹，要求在政治上有所改良。王安石推行新法时，曾上疏指陈青苗法之弊。主张文章应"明道""致用"，对宋初以来追求靡丽形式的文风表示不满，并积极培养后进，为北宋古文运动的领袖。所作散文说理畅达，抒情委婉，旧时列为"唐宋八大家"之一。诗风与其散文近似，风格清新，语言流畅自然。曾与宋祁合修《新唐书》，并独撰《新五代史》。有《欧阳文忠公集》。

和梅圣俞杏花〔一〕

谁道梅花早？
残年岂是春。〔二〕
何如艳风日，〔三〕
独自占芳辰。〔四〕

■ 注释

〔一〕和：以别人的诗题及韵，再做一首叫"和"，即答诗。梅圣俞：即梅尧臣。

〔二〕残年：这里指年底。这两句说，谁说一年之中梅花开得最早呢？难道年底还可以算是春天吗？

〔三〕何如：如何。

〔四〕芳辰：花草旺盛的时节。这两句说，梅花如何能够比得上杏花呢？你看，在艳日春风中，别的花草刚刚苏醒，出土露头，而杏花却已经盛开了。

■ 简析

梅花清高自洁，一向为诗人所赞扬。欧阳修这一首《和梅圣俞杏花》，别出心裁，贬低梅花，赞赏杏花。指出，在春光艳丽的时节，杏花为大自然增添了风光景色，这是值得庆贺的。一二两句写梅花，三四两句写杏花。写梅，用问句形式，单单围绕"早"字来写，并提出"残年岂是春"？三句由"春"写到"艳风日"。四句以"独自占芳辰"作结，一"独"、一"占"，把对杏花的赞美，一笔写尽。这首五言绝句，两句一联，各写一物，一联贬"梅"，一联赞"杏"，实是别具一格。

画眉鸟〔一〕

百啭千声随意移，〔二〕
山花红紫树高低。〔三〕
始知锁向金笼听，〔四〕
不及林间自在啼。〔五〕

377

■ 注释

〔一〕画眉鸟：一种叫得很好听的鸟。

〔二〕啭：指画眉鸟婉转的叫声。

〔三〕这两句说，无论在红色或紫色的山花之间，还是在高树低树之间，画眉鸟飞来飞去，总是在婉转动人地歌唱着。

〔四〕锁：关。金笼：好看的鸟笼。

〔五〕自在啼：自由自在地啼叫。这两句说，此时，才知道把画眉鸟关在鸟笼里听它歌唱，远远不及它在林间自由自在地鸣叫好听。

■ 简析

欧阳修这首咏物诗，一二两句用华丽的语言，"百啭千声"、"山花红紫"，写出画眉鸟在大自然中优美、动听的啼叫声。开门见山，直写被歌咏的对象。如果咏物只停留在咏物，终是意义不大，而且境界也不高。因此，凡咏物诗，作者总要加进自己的情感和议论。情寓其中，咏物才有含意。这首《画眉鸟》，三四两句，作者用似对非对的词句，借写"锁向金笼听"不如"林间自在啼"的歌声优美，乍看，好像还在继续接写画眉鸟，但透过诗句，使人感到作者是在借以表达自己对摆脱束缚、冲出牢笼、争取自由的向往。所以，这首诗就显得意味深长了。

别　滁〔一〕

花光浓烂柳轻明，〔二〕
酌酒花前送我行。〔三〕
我亦且如常日醉，
莫教弦管作离声。〔四〕

■ 注释

〔一〕滁：滁州，今安徽滁州。欧阳修任太守期间，曾在州南修筑丰乐亭，在此饮酒，每饮则醉，自号醉翁，故有"醉翁亭"之称；并作了《醉翁亭记》，一时蜚声文坛，大获盛名。

〔二〕花光：花色。浓烂：鲜艳。

〔三〕酌酒：饮酒。这两句说，在这鲜花盛开，花色夺目，垂柳婀娜，枝条遮阳的一片美景之中，众人为我在花前饮酒送行。

〔四〕弦管：乐器。这两句说，我如同以往一样，喝了个大醉，所以也就忘掉了离愁，没有让管弦奏出送别的曲调而使人们产生离别的愁绪了。

■ 简析

这是诗人离别曾任太守的所在地滁州时写下的一首绝句。笔调清丽明媚，语浅情深。首句写"花"、"柳"，用"浓烂"、"轻明"，既是写景，又是点明时间。二句"酌酒花前送我行"，叙写一句。三句转写"常日醉"；四句结到"莫教弦管作离声"。一个"莫"字，选用得很别致。同是离别诗，但这一首在写法上，却非同一般。全诗没有去写离别时的愁苦，倒是先写出一片优美景色。尔后，写到"酌酒"，写到"常日醉"。最后，用"莫教"二字作概写，引出"弦管作离声"。看来，有这一句作结，好像无有愁苦，然而，离愁别苦正是寓于其中，而且恐怕不是一般的愁苦。这是读者完全可以想到的。

379

再至汝阴[一]

黄栗留鸣桑葚美，[二]
紫樱桃熟麦风凉。[三]
朱轮昔愧无遗爱，[四]
白首重来似故乡。[五]

■ 注释

〔一〕再至汝阴：再一次到汝阴。宋时汝阴，今为安徽阜阳。

〔二〕黄栗留：黄莺的别称。《毛诗疏》曰："黄鸟，黄鹂留也。或谓之黄栗留。幽州人谓之黄莺，或谓之黄鸟。当葚熟时，来在桑间，故里语曰：黄栗留看我，麦黄葚熟。"桑葚（音慎）：葚同椹，为桑树的果实，紫红色，酸甜，可食，桑叶可养蚕。

〔三〕麦风：这里指四月的风。《居士集》目录原注曰："治平四年丁未，公年六十一，正月丁巳，神宗即位。三月，御史彭思永、蒋之奇以蜚语污公，上察其诬，斥之，公力求去。壬申，除观文殿学士，转刑部尚书，知亳州。闰三月辛巳，陛辞，乞便道过颍少留，许之。五月甲辰，至亳。据此，则再至汝阴当在四月，与诗桑葚、麦风正合。"这两句说，黄莺在桑林间鸣叫，桑葚散发出成熟的香味，四月的春风吹来阵阵暖气，促使紫色的樱桃早早成熟了。

〔四〕朱轮：红色车轮，指古代王侯贵族乘坐的红色车子。这里解作做官理事。遗爱：指把"仁爱"遗留于后世。

〔五〕重来：又来。这两句说，很惭愧过去在这里任职期间，没有给百姓多做一些好事；现在白发苍苍了，来到此地，感到如同回到自己故乡一样亲切。

■ 简析

这是欧阳修重返汝阴时写下的诗，共有三首，这是其中之一。这首诗,第一联写景,第二联抒情。写景,诗人选择汝阴的典型景物,"黄栗留"、"紫樱桃"、"桑葚"、"麦风",运用对偶排比手法,写出汝阴四月的美。一"美"一"凉",对汝阴之景做了恰当的比喻。抒情,运用前后对比的方法,联系自己的想法,采用相对的句式,"朱轮"、"白首"、"无遗爱"、"似故乡",写出两层意思:既有指责自己工作做得不好,又把诗人同此地居民的感情,融为一体,进行了一番渲染。全诗四句分写四物,彼此间并无内在的必然联系,但将四物排列在一起,前两句实写,后两句虚写,运用虚实结合的方法却写得浑然一体,有景有情,读来颇感亲切妥帖。且"黄"、"紫"、"朱"、"白",从色彩上又增添了一种美感。

李觏（二首）

李觏（1009—1059），字泰伯，北宋建昌军南城（今江西东部、抚江上游）人。因南城在盱江边，旧称盱江先生。曾任太学助教，后升直讲。为北宋的思想家。著有《直讲李先生文集》。

读长恨辞〔一〕

蜀道如天夜雨淫，〔二〕
乱铃声里倍沾襟。〔三〕
当时更有军中死，
自是君王不动心。〔四〕

■ 注释

〔一〕长恨辞：指白居易的长诗《长恨歌》。

〔二〕蜀道：通往四川的道路。淫：多。

〔三〕沾襟：指唐玄宗十分悲痛，眼泪把衣襟都打湿了。这两句说，到蜀地的道路比上天还难，何况是在夜间，又不断地下起了雨呢！值此时刻，唐玄宗想起了杨贵妃，眼泪就伴着铃声不断地流下来了。

〔四〕这两句说，那时军中死去的并非贵妃一人，死了那么多人，君王却丝毫也没有怜惜他们，更没有为他们而难受过。

■ 简析

李觏这首《读长恨辞》，可以说是一篇读书札记。一般人读白居易的长诗《长恨歌》，都为唐玄宗和杨贵妃抱恨。但这一首七绝，却从另一个角度对唐玄宗迷恋女色，贻误国事进行了有力批判。既辛辣，又婉转。首句写"蜀道如天"，用"夜"、"雨"二字，更显艰难。二句写泪"沾襟"，用一"倍"字，足见其中的情感。三句写"更有"，四句写"不动心"。第一联与第二联，一是"倍沾襟"，一是"不动心"，形成鲜明的对比。全诗含义深沉，层层递进，而且讽喻之意颇为尖锐，所以能引起读者的共鸣。

乡 思

人言落日是天涯，〔一〕
望极天涯不见家。〔二〕
已恨碧山相阻隔，〔三〕
碧山还被暮云遮。〔四〕

■ 注释

〔一〕落日：落山的太阳，这里指太阳落山的地方。天涯：极远的地方。

〔二〕极：到，边际。这两句说，人们常说，那太阳落山的地方是天涯；虽然天涯很远，还可以看得见，而故乡即使尽力远望也看不到啊！

〔三〕碧山：青山。

〔四〕遮（zhē）：遮盖。这两句说，本已悔恨青山阻隔着视线，不能看到自己的家乡，现在青山又被暮云遮挡，就又多了一层障碍，越发看不到了。

■ 简析

　　这首怀乡绝句，用比拟夸张的手法，烘衬了作者寄居外乡，对自己故土的思念之情。一二两句"人言落日是天涯，望极天涯不见家"，写出天涯可见而家乡难望，可见家乡的遥远。三四两句"已恨碧山相阻隔，碧山还被暮云遮"，一层进似一层，写出家乡难望。首句说"天涯"，二句用"天涯"作比，三句写"碧山"，四句用"碧山"作比，并选用"望极"、"已恨"、"云遮"几字，写出了一种急切思乡之情。语言精练，寓意深长，情景全出，很有韵味。怀念故乡的诗文，历来甚多，都有不同的写法。这首诗全用想象和比喻，手法及效果均佳。

刘敞（一首）

刘敞（1019—1068），字原父，宋代临江新喻（今江西新余）人。世称公是先生，官至集贤院学士，判南京御史台。长于《春秋》之学，摆脱传统束缚，开宋儒批评汉儒的先声。一生诗文并茂。撰有《七经小传》、《春秋权衡》、《公是集》。

雨后回文

绿水池光冷，
青苔砌色寒。〔一〕
竹深啼鸟乱，〔二〕
庭暗落花残。〔三〕

■ 注释

〔一〕砌：台阶。这两句说，下过雨后，无论满地绿水，还是长着青苔的台阶，都给人一种寒冷的感觉。

〔二〕乱：鸣叫声高。

〔三〕庭：院子。这两句说，在深深的竹林里，许多鸟叫得正欢；昏暗的庭院里，花已被雨打残了。

■ 简析

　　刘敞这首《雨后回文》，被称为回文诗。即从前向后正读，或从后向前倒读，均可成章的诗。回文诗，原为晋朝苏蕙把诗织在布上，寄给她远方的丈夫的一种诗体，正反皆可读，共得百余首。宋时，也有人仿照写了不少，这是其中的一首。这首诗是用两组对联，一二两句互对，三四两句互对，来歌咏雨后庭院的秋色。无论是正读，还是反读，都反映的是雨后萧条冷落的秋天景象。正读时，可以看到首句的"冷"，二句的"寒"，三句的"乱"，四句的"残"，用得十分贴切。倒读时，"残花落暗庭，乱鸟啼深竹。寒色砌苔青，冷光池水绿"，一"落"，一"啼"，一"青"，一"绿"，（这里，"竹"与"绿"，古代均为入声字。）又显得同样工精语真。

刘攽（二首）

刘攽（1023—1089），北宋史学家。字贡父，临江新喻（今江西新余）人。时为有名的好学者。进士出身，为州县官二十年，迁国子监直讲，官至中书舍人。曾助司马光修《资治通鉴》，专任汉代部分。有《彭城集》、《公非先生集》。

雨后池上

一雨池塘水面平，
淡磨明镜照檐楹。〔一〕
东风忽起垂杨舞，
更作荷心万点声。〔二〕

■ 注释

〔一〕淡磨：轻轻地磨。檐楹：房檐和堂前的柱子。这两句说，一阵大雨落入池塘之后，平平的水面如同磨过的明镜一样，倒映着塘边的房檐和柱子。

〔二〕荷心：荷叶。这两句说，忽然刮起一阵东风，吹得杨柳随风起舞，将树叶上的雨点，滴落到池里的荷叶上，又发出了万点声响。

■ 简析

　　绝句,在唐朝以前曾被称为"断句"。"断"、"绝"同义,顾名思义,都是一刹那间意念和感觉的反映,是主观心情和客观景物片断的抒写或描绘。诗人要把自己一瞬即逝的感受写下来,绝句就成为一种最适宜的形式。这首《雨后池上》,抓住东风吹落树上存的雨水,降入荷花塘的一瞬美景,描绘了一幅美丽的图画。一二两句"一雨池塘水面平,淡磨明镜照檐楹",是写荷花塘幽美迷人的静态。三四两句"东风忽起垂杨舞,更作荷心万点声",是写荷花塘的动态。静时,"水面平",如"明镜",且能"照檐楹"。动时,"垂杨舞","万点声",一个"忽"字,一个"更"字,用的甚好,把动时的情态、声响,生动地描绘出来。诗人捕捉池塘雨后的一瞬美景,构思造意,仅仅四句二十八字,凝成鲜明完美的形象,使读者如临其境,如闻其声。

新　晴

青苔满地初晴后,
绿树无人昼梦余。〔一〕
唯有南风旧相识,
偷开门户又翻书。〔二〕

■ 注释

　　〔一〕昼梦:白天睡觉。余:以后。这两句说,下过雨后天转晴了,满地长出了茸茸的青苔;白天睡了一觉,醒来之后还是绿树在同我做伴。

〔二〕这两句说，只有我的老朋友南风怕我寂寞吧？又偷偷地打开门和窗户来翻看我的书了。

■ 简析

诗人捕捉雨后初晴的即景，即兴成诗，细腻动人，形象逼真。首句用"青苔满地"，写雨后初晴的一片景色。二句"绿树无人"，既是进一步写雨后之景，又寄寓了作者当时的情思在内。三句独写"南风"，用"旧相识"三字给予南风以生命，给其拟人化的特征，写出其中的缘由。四句"偷开门户又翻书"，连写两个细小的动作"开门"、"翻书"。本是微风拂动书页，诗人却说是"偷"、"翻"，盖因系"旧相识"之故，所以，四句用一"偷"字，把诗人和南风的感情写得很深，真是妙趣横生，独显别致。

司马光（一首）

司马光（1019—1086），字君实，宋代陕州夏县（今山西夏县）涑水乡人，世称涑水先生。仁宗时中进士，任天章阁待制兼侍讲知谏院。他立志编纂《通志》，作为封建统治的借鉴。撰成八卷上进，神宗时赐书名为《资治通鉴》。神宗任他做枢密副使，因反对王安石变法，坚辞不就。于公元1070年出知永兴军（今陕西西安），次年至洛阳，续编《通鉴》。哲宗即位，高太后听政，命他由洛入京，任尚书左仆射、兼门下侍郎。为相八个月病死。著有《资治通鉴》，为我国编年史之最善者。

晓 霁〔一〕

梦觉繁声绝，〔二〕
林光透隙来。〔三〕
开门惊乌鸟，〔四〕
余滴堕苍苔。〔五〕

■ 注释

〔一〕霁：雨止天晴。

〔二〕觉：感觉。繁声：这里指不断的雨声。

〔三〕隙：空隙。这两句说，从睡梦中醒来，感到烦人的雨声已经完全停止；一缕缕亮光，由林间的树隙中透了出来。

〔四〕乌鸟：即乌鸦。

〔五〕余滴：树上的雨水。这两句说，用手推开房门，把树上的乌鸦惊飞了，使得树叶上的雨水又如落雨一般，滴落到了苍苔上。

■ 简析

　　司马光这首写景诗，没有寓意，也无抒情。全诗通过对一场夜雨之后，天气转晴的几样景物的描绘，构成了一幅优美的画面。诗从"梦觉"写起，首句用"绝"写雨停，二句用"光"写天亮，点明时间，紧扣题意。三句用一"惊"字，活灵活现地写出"乌鸟"飞去。四句用"堕"，写"余滴"。虽然简单，但使读者读后，颇有身临其境之感。诗句自然、精练、清新，毫不做作，很有画意。"林光"、"苍苔"，色彩也很鲜明，是一首很好的写景五绝诗。

王安石(九首)

　　王安石(1021—1086),字介甫,晚号半山,北宋抚州临川(今江西临川)人。他出身于一个地主家庭。年轻时,中进士。宋神宗时,任为宰相,积极改革旧制,推行新法,以图缓和当时阶级矛盾。新法实施,受到以司马光为代表的守旧派反对,他被迫离职回到江宁(今江苏南京)。以后,新法废除,他忧愤而死。王安石不但是一位著名的政治家,也是一位卓越的文学家。其诗文颇有揭露时弊、反映社会矛盾之作,体现了他的政治主张和抱负。散文雄健峭拔,诗歌遒劲清新。现存有《临川集》、《临川集拾遗》。

梅　花

墙角数枝梅,
凌寒独自开。〔一〕
遥知不是雪,〔二〕
为有暗香来。〔三〕

■ 注释

〔一〕凌寒：迎着严寒。这两句说，墙角不引人注目的地方，生长着一丛梅花；在这冰天雪地的寒冬，只有它迎风吐蕊。

〔二〕遥：远。

〔三〕为：因为。这两句说，人们远远看去，知道不是白雪压枝，而是梅花迎寒独开，因为是有一阵淡淡的香味扑鼻而来。

■ 简析

王安石具有远大的政治抱负，因一生仕途不平，其诗作有不少是歌颂那些具有倔强性格的事物的。他爱不怕霜欺雪压的梅花，不喜欢经不起风雨的桃李；爱磊落的苍松，堂堂直节的劲竹，不喜欢那瑟缩在寒风里的秋瓜和冻芋。这首诗，正是他用比兴手法，借颂梅花暗喻了自己不畏强暴的性格。首句"墙角数枝梅"，二句"凌寒独自开"，借喻梅花写出自己的孤独无援。三句转写一句，四句结到"为有暗香来"。一个"暗"字，用得多么精巧！短短四句二十字，情真意深，感人肺腑。可见，古代能流传下来的多不是那些应制诗，而是那些作者呕心沥血，将自己的情感融入诗句的佳作。

题舫子〔一〕

爱此江边好，
留连至日斜。〔二〕
眠分黄犊草，〔三〕
坐占白鸥沙。〔四〕

■ 注释

〔一〕舫：小船。大约这首诗题在游船上，故题目为《题舫子》。

〔二〕至：到。这两句说，我非常喜欢这江边的风景，在江岸边玩到太阳西斜了，还舍不得离去。

〔三〕眠：本指睡觉，这里是说躺在草地上。草：草地。黄犊：小黄牛，这里泛指黄牛。

〔四〕坐占：强占。沙：沙滩。这两句说，一会儿躺在牛群作为美食的绿草上，一会儿占据了白鸥停留的沙滩，欣赏天上的白云，静听河中的流水。

■ 简析

　　这首小诗，字句少，容量大，有着很高的艺术成就，可谓是"简而妙"。一二两句，"爱此江边好，留连至日斜"，诗意浅显，出语平常，也只是点明了时间、地点和诗人的所好。然而，功夫全在三四两句："眠分黄犊草，坐占白鸥沙"。用两个对偶句子，精练地写出了丰富的内容，构成了诗的意境。河岸上绿草遍野，牛群有的闲卧，有的啮草。诗人占得一块草地，正在那里欣赏这眼前美景。水边的沙滩上聚集着一群白鸥，因诗人强占了它们的沙滩，只在远远地窥伺，不敢前来。一"分"一"占"，用得何等准确生动！"黄犊"对"白鸥"，色彩多么鲜明！"草"对"沙"，都作实字用，更显得简短有力。可谓字句之内，有用笔的艰辛，字句之外，有诗意的情趣。

乌江亭〔一〕

百战疲劳壮士哀,〔二〕
中原一败势难回。〔三〕
江东子弟今虽在,〔四〕
肯与君王卷土来?〔五〕

■ 注释

〔一〕乌江亭:汉时项羽的自刎处。在今安徽省和县东北。

〔二〕壮士:本指勇士,这里指项羽。

〔三〕难回:难以挽回。这两句说,经过多年征战,人马疲惫不堪,而最叫壮士痛心的是中原那场战争造成的败局,使得整个形势都难以挽回了。

〔四〕江东子弟:这里是借用项王羞见江东父老的意思。

〔五〕卷土来:卷土重来。这两句说,假如江东子弟如今都还健在的话,难道他们还会再和君王你一起前往征战,让你卷土重来吗?

■ 简析

好的咏史诗,最突出的特点之一是,既是议论而又不用议论。这需要诗人很好地掌握。对于"史"与"诗"之间的矛盾,做恰到好处的处理。因为仅将史实重复一遍,不成为咏史;纯是议论,则变成一篇史论,不成为诗作。这首咏史诗,是王安石对楚霸王项羽身世的感叹。诗人在这首七绝诗之中,既有咏史,又有议论,将"史"、"诗"二者很好地统一起来。第一联"百战疲劳壮士哀,中原一败势难回",诗人精练地把楚汉争夺天下,垓下一役,楚军大败,项羽自刎的景况写明。"势难回"三字用得极妙。诗人并没有做简单的概括就做结束,而是通过艺术形象的描写与塑造,把诗人自己的感情、用意,隐喻其中。第二联"江东子弟今虽在,肯与君王卷土来?"运用形象的描述来抒发诗人的议论,韵味深厚。不独是议论,而是诗化了的议论,可见诗人技巧的高明了。

江　上

江北秋阴一半开,〔一〕
晚云含雨却低徊。〔二〕
青山缭绕疑无路,
忽见千帆隐映来。〔三〕

■ 注释

〔一〕秋阴:秋天的阴云。

〔二〕低徊:在低处徘徊。这两句说,江北的秋云,一半笼罩着天空,使天气有阴有晴;在这傍晚时分,饱含雨水的云彩在天空低低地徘徊,似乎不愿降落。

〔三〕帆:船。这两句说,遥望江面远处,乌云缭绕的青山,好像连一条小路也没有了;忽然看见许多船帆,从远处的江面上隐隐地驶来了。

■ 简析

王安石的写景诗,在历史上很受推崇。在《江上》这首诗中,作者用他炉火纯青的艺术之笔,颇为成功地描摹了大自然的优美。犹如一幅图画,引人陶醉。一二两句,"北"、"晚"二字点明时间、地点,"一半开"、"却低徊"写出江的上空的景色。三句一转,写到江的对面,青山重重,云雾缭绕,用一"疑"字写出无路可通，似在提出一个问题。四句落入"忽见千帆隐映来"，十分形象地写出这里并不是"无路"，而是有千只帆船由远远的江面上行驶过来了。读到这里，不禁使人想到陆游的诗句："山重水复疑无路，柳暗花明又一村"。从这些精工巧丽的诗句中，很能看出作者是具有细致的观察力的。他善于捕捉景物独有的特征，凭借对自然景物的观察和感受，加以构思炼句，巧妙修辞。所以，尽管同是写一景物，王安石的诗，总别具意境清新的特色。

泊船瓜洲〔一〕

京口瓜洲一水间，〔二〕
钟山只隔数重山。〔三〕
春风又绿江南岸，〔四〕
明月何时照我还？〔五〕

■ 注释

〔一〕瓜洲：在今长江北岸，扬州市南，与镇江相对。

〔二〕京口：在今长江南岸，即今江苏镇江。

〔三〕钟山：今南京紫金山。数重：好几层。这两句说，京口和瓜洲之间，只有一水之隔；而钟山和瓜洲之间，也仅隔几重山，路途不算很远。

〔四〕绿：作动词，即吹绿。

〔五〕还：指回到家乡钟山。这两句说，温暖的春风又吹绿了长江南岸的花草树木，故乡的景色真美，什么时候明月才能照着我返回到自己的故乡呢！

■ 简析

　　古人写诗很讲究炼字，因为一字用得恰当与否，往往影响一句诗，乃至一首诗的艺术性。古人称这样的字为"诗眼"。王安石这首《泊船瓜洲》，就很能说明诗眼的作用。当王安石写这首诗时，正是船停泊在瓜洲。因他怀念金陵，不能回到家去，才写此诗。"春风又绿江南岸"一句，"绿"字，原本是"到"。他认为不好，改为"过"，复圈去而改为"入"，旋改为"满"，改动十多次，最后才选定了"绿"字。用一"绿"字，把江南的春天景色，以及它与春风的关系，形象地表达出来了。它与以上几字相比，其一是色彩鲜明。"又绿江南岸"，唤起一片江南春色，其他诸字却无这种作用。其二能唤起人们的联想。春草绿时，引起了思归之情，自然就与下句"明月何时照我还"紧密呼应，而且又丰富了诗的意味。可见，遇上诗眼，细细推敲，选取那些色彩鲜明并能引起读者联想的字，是能增加诗的感染力的。

元　日〔一〕

爆竹声中一岁除，〔二〕
春风送暖入屠苏。〔三〕
千门万户曈曈日，〔四〕
总把新桃换旧符。〔五〕

■ 注释

　　〔一〕元日：元旦。

　　〔二〕除：过去。

〔三〕屠苏：用屠苏草泡浸的酒。这两句说，在爆竹声中，又一年过去了。春风送暖，大地更新，人们兴高采烈，全家围拢在一起，欢饮着屠苏美酒。

〔四〕瞳瞳：形容太阳初升，把大地照亮时的情景。

〔五〕桃符：从前农村迷信风俗，据说，春节前在桃木板上画神荼、郁垒二神，挂在门上可以避邪。这两句说，太阳升起，朝霞照亮了千门万户；人们争先恐后地换上了新的桃符，表示除旧迎新。

■ 简析

这是一首描写春节盛况的写景诗。从诗的语调和气势，可以看出作者的喜悦之情。因为作者在冲破重重阻力，粉碎顽固派的阻挠，使自己倡导的变法取得初步成功，对于前途深为乐观。而且，又恰逢佳节，送旧迎新。在这样的情况下写出的诗作，自然另是一番风味了。一二两句用"爆竹""屠苏"，相当快乐地表现了人民群众送旧迎新的快乐场面和心情。因这两句十分艺术地概括了年复一年辞旧迎新的春节景况，所以，几百年来被称为千秋绝唱。三四两句"千门万户瞳瞳日，总把新桃换旧符"，写得更为活泼生动。用一"换"字，既写出当时的风俗习惯，更为读者开辟了新的诗意，揭示出新的代替旧的，进步的代替落后的，历史发展的这个不可抗拒的规律。

登飞来峰

飞来山上千寻塔，〔一〕
闻说鸡鸣见日升。〔二〕

不畏浮云遮望眼，〔三〕
自缘身在最高层。〔四〕

■ 注释

〔一〕飞来山：即飞来峰，在今浙江杭州西湖西北灵隐寺前。寻：古时一种长度单位，等于八尺。

〔二〕这两句说，高高的飞来山上，耸立着千丈高塔；听说地面晨鸡初鸣的时候，在塔上可看到东方的红日高升。

〔三〕浮云遮望眼：旧喻奸邪进谗言蒙蔽皇帝。

〔四〕缘：因为。这两句说，登上飞来峰，不用担心浮云会遮住你远望的视线；这是因为你站在了凌空最高层的缘故。

■ 简析

王安石这首《登飞来峰》和苏轼的《题西林壁》相仿，都属写景一类。在描写景物中，又都含有理趣，诗句带有很深的哲理。因此，给人印象颇深。这首诗，一二两句用平叙手法直写登高，且用民间传说来烘托飞来峰上塔的雄伟和高峻。三四两句"不畏浮云遮望眼，自缘身在最高层"，是诗人才华和情操相互交织而迸发的绚丽诗句。犹如宝石，耀人眼目，点明了主题，有着强盛的生命力。从形式上看，三四两句似与苏轼的句式相仿，也有"不"及"缘"的结构。但是，从理趣上说，苏诗"只缘身在此山中"，说明的是"旁观者清，当事者迷"这一哲理，而王诗却触景生情，借景发端，用"自缘身在最高层"，阐明了登高望远这一道理。

商　鞅 [一]

自古驱民在信诚，[二]
一言为重百金轻。[三]
今人未可非商鞅，[四]
商鞅能令政必行。[五]

■ 注释

〔一〕商鞅：姓公孙名鞅。战国时秦国的名相，曾协助秦孝公变法，使国家富强。因封于商，又被称为商鞅。后孝公去世，被害。

〔二〕驱：驱使，即役使，这里为管理。信诚：讲信用和诚实不欺。

〔三〕这里指商鞅初出新法，为取信于民，曾立一木于城外，宣布若有人将木搬到某地，即赐十金于他。人皆不动，认为商鞅是戏言。赐金增到五十金，人们更不信。忽有一青年将木搬到指定地点，商鞅果然把五十金如数赐给了他。于是，人心大动，新法很快就推广开了。这两句说，从古以来，管理国家很重要的一条就是取信于民，在于有信用和诚实不欺。商鞅为了推行新法，取得人们的信任，甚至把黄金都看得不如一句守信用的话贵重。

〔四〕非：诽谤。

〔五〕令：使役。这两句说，现在的人请不要再去恶意地诽谤商鞅了，要知道他确实是一个能够使政法条令认真贯彻执行的人啊！

■ 简析

王安石这首诗，是一首咏古诗，写的是秦国的商鞅，实际上是联系了北宋的朝政的。因为王安石也曾进行了变法，颇遭一些人的反对。他是借评价商鞅，来暗喻自己的决心和目的的。首句用"驱民在信诚"，讲出一个极普通的道理。二句用"一言为重"，选写商鞅的一件小事，进一步写出"信诚"的道理所在。第一联，作者带着强烈的感情来写，对商鞅做了恰到好处的评介。第二联，作者对他人的批评、责难，提出异议。三句用一"非"字，做了有力的反驳。四句用"政必行"做结，又以事实来做证实，就使得自己的见解更加显得有论有据，说服力很强了。

书湖阴先生壁〔一〕

茅檐长扫静无苔，〔二〕
花木成畦手自栽。〔三〕
一水护田将绿绕，〔四〕
两山排闼送青来。〔五〕

■ 注释

〔一〕书：题写。湖阴先生：即杨德逢，为王安石的好友。

〔二〕长扫：经常打扫。静：清静。苔：青苔，潮湿地的藻类植物。

〔三〕这两句说，杨家的茅檐之下，由于经常打扫，青苔无法生长，显得很幽静清洁；房前空地，像菜圃似的花木整整齐齐，都是自己亲手栽培的。

〔四〕护田：指小溪守护稻田。

〔五〕排闼：推门。这两句说，一条小溪守护着稻田，环绕而流；对面的青山，推开房门，似将青翠的山色送进屋来。

■ 简析

这是诗人题在朋友杨家壁上的一首诗。诗人通过对杨家居住周围环境的描写，从中显示出主人的品格。首句用"无苔"，写出杨家住宅的清洁环境。二句用"花木",写出田野的一片风光。杨家所居,虽是茅屋,然一"静"字,却写出其中环境是如此清静。茅檐之下尚且如此,庭院的清幽闲适,就可想而知了。在这清适的环境中,主人将是如何呢?花木成畦,都是亲手栽成。正是在环境中刻画了热爱劳动的主人。三四两句,针对江南农村自然景色的特点,炼字造句,"一水护田将绿绕,两山排闼送青来",锤炼出情感如此浓烈的诗句。这两句诗好,正在于诗人把静止的自然景色,写得非常生动。把绿水青山人格化了,一句说水,一句说山。说水用"绿",说山用"青",而且又用对偶句式使之以鲜明的颜色造成突出的形象,各自在句中发挥更大的艺术效果。诗人把功夫用在炼字造意上,着力写出这样富有感情、富有风韵的自然美景,湖阴先生的乐趣、人品,也就自可领略了。

苏轼（八首）

苏轼（1037—1101），字子瞻，号东坡居士。北宋眉山（今四川眉山）人。出身于比较清寒的知识分子家庭，与其父苏洵、其弟苏辙都在"唐宋古文八大家"之列，合称"三苏"。他二十一岁中进士做地方官，后因反对王安石新法被贬。以后又官至翰林学士、礼部尚书。晚年又被贬到惠州、儋州等边远地区，最后遇赦北归，死在常州，追谥文忠。苏轼政治上属于旧党，但也有改革弊政的要求。他具有多方面的文学才能，诗、词、散文、书画都有卓越成就。其诗和词清新豪健，笔力纵横，挥洒自如，气势澎湃，想象丰富，善用比兴手法，所描写的对象多有新鲜和贴切之感，具有鲜明的浪漫主义色彩。少数诗篇也能反映民间疾苦，指责统治者的奢侈骄纵。但也有些作品表现出保守的政治观点和消极情绪。诗文有《东坡七集》。

轩窗和子由〔一〕

东邻多白杨，〔二〕
夜作雨声急。〔三〕

窗下独无眠，^[四]

秋虫见灯入。^[五]

■ 注释

〔一〕轩：有窗的长廊，小室。和：应和、酬答。子由：苏轼的弟弟苏辙，字子由。

〔二〕白杨：落叶乔木，高数丈，叶圆而阔大。

〔三〕雨声急：因白杨叶柄长，遇风易于摇动，发声有如急雨。这两句说，东面的邻家有许多白杨树，夜里秋风一起，树叶沙沙作响，如下急雨一般。

〔四〕无眠：没有睡。

〔五〕这两句说，我临窗躺下，独自一人怎么也睡不着，只见一只只秋虫从外飞来，扑向灯光。

■ 简析

　　这是诗人苏轼应和他弟弟苏辙的一首写景诗。一二两句"东邻多白杨，夜作雨声急"，是写所闻，为室外之景。三四两句"窗下独无眠，秋虫见灯入"，是写所见，为室内之景。首句先写出邻居"多白杨"，二句方写到"雨声急"。因有许多的白杨，夜里一旦秋风刮起，自然会发出有如骤雨一般的响声。"雨声急"三字，用得恰好。此句采用比喻手法，读了如亲眼见，亲耳闻。三句"独无眠"，转写外界的干扰，也是由"急"而来。四句以"秋虫见灯入"作结，另写一物，显得别致。这首诗，一写所闻，一写所见，承上启下，衔接得自然连贯，浑然一体，把诗人因对兄弟的思念而不能入眠之情，也暗喻其中。

题西林壁[一]

横看成岭侧成峰,[二]
远近高低各不同。
不识庐山真面目,
只缘身在此山中。[三]

■ 注释

〔一〕西林：庐山上的西林寺。

〔二〕横看：从正面看。岭：顶端有道路可走的山，形长且平。侧：从侧面看。峰：山的顶端，形尖且高。这两句说，正面观望庐山，是高岭横空，从侧面观望，又成了峭拔的奇峰。随着远近高低的转移，更是千姿百态，气势不同。

〔三〕只缘：只因为。这两句说，庐山啊，为什么总是认识不清你的真实面目呢？原只因为人们自己是处在这座深山之中啊！

■ 简析

以理语成诗，即用诗来说理，在描写景物中讲明一个道理，这被称为理趣。有理趣的诗句，既是说理，又很有诗味。苏轼的这首《题西林壁》，可作为这方面的著名例子。此诗是苏轼于公元1084年游庐山时，题在西林寺的墙壁上的。诗人用形象的语言来表达哲理，写得异趣横生，更加增添了诗句的概括能力。一二两句，从庐山移步换形，写出庐山变化多端，令人目迷神夺、不可辨认的多种姿态。三四两句"不识庐山真面目，只缘身在此山中"，作者在观望中受到启发，巧妙地说明"当局者迷，旁观者清"这个道理。因作者是通过庐山的具体形象来写，且真实地写出了自己在庐山的感受。既有诗味，又有哲理。尤其是后两句，成为后人常常引用的富有哲理的名句。

惠崇春江晓景〔一〕

竹外桃花三两枝,
春江水暖鸭先知。〔二〕
蒌蒿满地芦芽短,〔三〕
正是河豚欲上时。〔四〕

■ 注释

〔一〕惠崇：是北宋的和尚，著名画家，尤长于画鹅、鸭以及风景小品。《春江晓景》是他的一幅画。

〔二〕这两句说，春天来了，除了青翠的竹子以外，已有两三枝桃花绽开。鸭子因为常在水中，江水由凉转暖，它是最先知道的。

〔三〕蒌（lóu）蒿：春天开淡黄色花的一种野菜。芦芽：芦笋。

〔四〕河豚（tún）：河海中一种味道鲜美，但有毒质的大鱼，形状如猪。这两句说，开着黄花的蒌蒿，由于天气暖和已长得遮盖了土地，河边的芦笋却才露出幼芽。现在正是河豚露出水面，进行活动的大好时机。

■ 简析

北宋著名画家惠崇画了一幅《春江晓景》的风景画。苏轼看后，很欣赏，于是挥笔在画上题了这首诗。作者以画面为主，四句诗写了七样景物。首句写到挺拔的翠竹和鲜艳的桃花，红绿掩映。二句由江水写到鸭子，三句写蒌蒿和芦芽，四句写河豚。尽管这几样景物彼此之间关系并不甚大，却没有给人以零乱的感觉，越加感到是一幅十分紧凑幽美的图画。看去好似纯粹写景,没有议论发挥,却又寓意深长。二句"春江水暖鸭先知",很有理趣。在绝句中,四句各写景物,彼此并列,只靠对这些景物的安排构成一幅完整的画,这是一种特殊的修辞手法。这首诗的妙处,还在于诗人用丰富的想象和意趣盎然的笔触,弥补了画面上的不足,给那些静止的景物以生命。所以,尽管是画上的题诗,《春江晓景》早已失传了,诗人这首题画诗,却脍炙人口,长期离开画幅而单独流传,成为人们喜爱的作品。

海 棠

东风袅袅泛崇光,〔一〕
香雾空蒙月转廊。〔二〕
只恐夜深花睡去,
故烧高烛照红妆。〔三〕

■ 注释

〔一〕袅袅:轻飘飘的样子。泛:发出。崇:高贵。

〔二〕廊:走廊。这两句说,东风轻轻地吹拂着,盛开的海棠花呈现出一种高贵端庄的姿态;月亮已转离走廊,海棠花的阵阵浓香却依然笼罩着大地。

〔三〕烧:点燃。这两句说,我唯恐夜色太晚,海棠花如人一样也睡了觉,所以特意点上明烛,前来欣赏这如同浓妆美女般的海棠花了。

■ 简析

这首写景诗,以海棠花为题,诗人经过细致的观察、提炼、加工,运用形象思维,把真景和实情交织在一起,创造了优美的艺术形象。一二两句,用"泛崇光"、"香雾空蒙"的绮丽诗句,首先描绘海棠花的鲜艳和妩媚。在这寂静的夜晚,淡淡的月光映照着盛开的海棠花,轻风吹来,将海棠花的阵阵浓香,吹得四处飘散。三四两句"只恐夜深花睡去,故烧高烛照红妆",诗人把对花的爱惜和欣赏,做了夸张的修饰。人们都已睡去了,海棠会不会也"睡去"呢?还是明烛引路,快去欣赏吧!"花睡去"、"照红妆"的写法,生动形象,又拟人化,颇富有人情味。

东栏梨花和孔密州五绝之一〔一〕

梨花淡白柳深青,
柳絮飞时花满城。〔二〕
惆怅东栏一株雪,〔三〕
人生看得几清明?〔四〕

■ 注释

〔一〕孔密州:指孔道辅,孔子四十五世孙。

〔二〕这两句说,纯洁雪白的梨花盛开了,再配上浓郁青翠的柳叶,绿白相衬,十分动人。在这春光明媚的季节,柳絮如同雪花,满城飞舞,梨花又处处盛开,确是一幅美景。

〔三〕惆怅:悲哀。一株雪:这里指盛开的梨树。

〔四〕这两句说,看到东栏盛开的洁白梨花,竟然使我产生一种惆怅之情。春景如此之美,但一个人又能看到几次这样优美的清明节呢?

■ 简析

　　写景诗，有先景后情，有先情后景，有一句景一句情，也有情景交融，总之，是风云变幻，千姿百态的。苏东坡这首诗，一二两句写景，三句情景交融，四句抒情。这又是一种手法。整个看来，这首诗安排纤巧。首句用"淡白"、"深青"写出"梨花"、"柳叶"两种不同的颜色。这是写小景。二句还写"梨花"和"柳"，用一"飞"一"满"作点缀，是写其大景。三句触景生情，转写对以上景物的欣赏，由眼前小景——一棵梨树，写出一种惆怅之情。四句"人生看得几清明？"用问句作结，对产生悲伤之因做出回答。光阴荏苒，转眼就是百年。一个"几"字，表达了作者对人生短促的叹息。这首诗抓住清明时节几个自然景物的特征，写得幽雅自然，浑然天成。但诗调悲哀，流露了作者对人生易老，岁月似箭的感叹。

题刘景文〔一〕

荷尽已无擎雨盖，〔二〕
菊残惟有傲霜枝。〔三〕
一年好景君须记，
正是橙黄橘绿时。〔四〕

■ 注释

　　〔一〕刘景文：即刘季孙，字景文，宋开封祥符人，曾为两浙兵马都监，驻杭州。苏轼知杭州时，与其人有文字之交。

　　〔二〕擎雨盖：荷叶似伞可遮雨，这里指荷叶。

　　〔三〕残：开败了。这两句说，荷花开败已经没有碧绿的荷叶了；菊花凋零后也只留下了不怕霜打的枝叶。

〔四〕橙、橘：均为水果。这两句说，荷花菊花开败也都无妨，你要记住，当橙、橘快要成熟，呈现黄绿相间的景色时，那才是这一年里最美好的时刻呢！

■ 简析

绝句，二句一联，四句一绝，形式简单而灵活，在表情达意的功能上，特别显得明快而集中。古代诗人，常用绝句体把自己一瞬间的意念和感觉，抒写出来。苏轼这首《题刘景文》的写景绝句，也是这样。首句是写"荷花"，二句写"菊花"，一二两句构成一联，为一个单元，而且句式互对，把荷尽、菊残的特征写绝。三句转写"一年好景"，四句作结："正是橙黄橘绿时"。三四两句构成一联，为又一个单元。诗人抓住自然景物因季节转换而出现的新特征，二句一联，写得十分贴切，给人以生意盎然的情趣。四句两联，表达出一个完整的意思。

六月二十七日望湖楼醉书〔一〕（其一）

黑云翻墨未遮山，〔二〕
白雨跳珠乱入船。〔三〕
卷地风来忽吹散，
望湖楼下水如天。〔四〕

■ 注释

〔一〕望湖楼：在杭州钱塘门外西湖边上。本题共五首，这是其一。
〔二〕翻墨：把墨汁打翻。
〔三〕这两句说，如同打翻的墨汁一般，霎时乌云满天，几乎把山也要遮住了。接着来了一阵急雨，从湖中溅起的雨点如同珍珠一样落入船内。

〔四〕这两句说，忽然刮来了一阵卷地风，把乌云吹散，霎时间天转晴朗，望湖楼下的西湖水又变得一片蔚蓝，如镜似的平展，和蔚蓝的天空一般可爱了。

■ 简析

　　诗人对于自然景物，是有着同手足之情同样亲切的感情的。因此，写起来总是笔意爽健，格调流畅，绝少消极情绪。这首描写西湖风云变幻的绝句，由云写到雨，又由雨转到晴，再现了大自然之美，激发了人们对于生活的热爱。首句写"云"用"翻墨"，比喻逼真、生动。二句写"雨"用"跳珠"，形象真实，有色泽，有音响，有动态。三句转写一句："卷地风来忽吹散"，仅用七字，省去了许多笔墨，生动地描写了西湖风云变幻之快。四句回到"望湖楼下水如天"，依然展现出一番优美景色。天上、地下、云、雨、风、晴，都做了精细的描绘，尽管变化无穷，但都反映了一个主题：西湖之景是优美的，是值得人们欣赏的地方。

饮湖上初晴后雨〔一〕（其一）

水光潋滟晴方好，〔二〕
山色空濛雨亦奇。〔三〕
欲把西湖比西子，〔四〕
淡妆浓抹总相宜。〔五〕

■ 注释

〔一〕饮湖上：指在西湖上饮酒。本题共二首，这是其一。

〔二〕潋滟：指水波动荡的样子。

〔三〕空濛：烟雨迷茫的景色。这两句说：西湖不光是晴天水波荡漾，反射着艳丽的阳光，使人陶醉；即使是连阴雨天，烟雨迷茫之时，也是一派秀丽的奇景。

〔四〕西子：指古代春秋时越国的美女西施。

〔五〕相宜：合适。这两句说，要是把西湖比作美丽的西施的话，无论是淡雅的装束，还是浓艳的打扮，都是很恰当的。

■ 简析

诗人捕捉西湖由晴转雨时的片刻所见，对西湖做了准确的描绘和恰到好处的比拟。淡淡几笔，点染成如此新鲜的形象，表现了诗人挥洒自如的才情和丰富的想象。第一联，首句写"晴"时之景，二句写"雨"中之景。晴时"晴方好"，雨时"雨亦奇"，两句写两景，各从两个不同的侧面对西湖做了极精彩的描绘。第二联，三句转用"西子"来同"西湖"比，四句结到"淡妆浓抹总相宜"。一"淡"一"浓"，用"总相宜"作结，概括力很强。一二两句写了晴景和雨景，三四两句进而比拟、概写，把西湖的美景做了巧妙的描绘。只有诗人发挥更丰富的想象，使出他的绝技，才能写出这样的惊人之句。西施究竟是如何之美，无从考证，只能凭人们想象。人们凭借想象，来丰富她，完美她。西湖瞬息万变之美，也是无法描写的。用西施作比，甚妙！这样的绝世美人，淡淡的装束也好，浓浓的粉黛也好，对于她来说总是适宜的。类比到西湖的姿态，自然无论怎样变也都是极美的了。诗人把西湖和西施联在一起作比，唤起人们的想象，为诗增添了艺术魅力。

秦观（二首）

秦观（1049—1100），字少游，又字太虚，号淮海居士，北宋扬州高邮（今江苏高邮）人。宋哲宗元祐初，因苏轼的推荐，任秘书省正字，兼国史院编修官。后章惇当政，他在政治上再次受到打击，被贬到遥远的西南。在放还的途中，卒于藤州。秦观是当时著名的词人和诗人。他少有才名，颇受苏轼的赏识，为苏门四学士（受苏轼奖励、培养的四位名家：黄庭坚、秦观、晁补之、张耒）之一。诗词反映的现实面较狭窄，多抒写自己的生活。风格细密秀丽，修辞精致，但内容比较贫薄。有《淮海集》四十卷。

泗州东城晚望〔一〕

渺渺孤城白水环，〔二〕
舳舻人语夕霏间。〔三〕
林梢一抹青如画，〔四〕
应是淮流转处山。〔五〕

- 注释

〔一〕泗州：原址在今江苏盱眙东北，现已沉入洪泽湖中。晚望：傍晚时游览眺望。

〔二〕渺渺：遥远迷茫的情景。环：环绕。

〔三〕舳舻：舳指船头，舻指船尾，这里泛指船。夕霏：傍晚江上的烟雾。这两句说，泗州城被白水环绕，远远望去，显出一片迷茫的景象。从江上迷茫的烟雾里，传来了船上人们断断续续的谈话声。

〔四〕林梢：树梢。

〔五〕淮流：淮水。这两句说，远远望去，在林梢的尽头露出一片青色，如同是画上去的一样，那儿大概就是淮水转弯处的青山了吧！

- 简析

这首《泗州东城晚望》，作者用白描手法，十分逼真地描写了泗州城外傍晚山光水色的一片美景。首句写"孤城"，用"渺渺"和"白水环"，这是写望中的远景和静景。二句写"人语"，用"舳舻"和"夕霏间"，这是写望中听到的声音。三四两句"林梢一抹青如画，应是淮流转处山"，仍是写望中的远景，林梢如画，山处淮流。全诗语言清新，流畅自然，很有画意，而且画面上呈现的景物，都是一派远景，别具一格。

春　日

一夕轻雷落万丝，〔一〕
霁光浮瓦碧参差。〔二〕

有情芍药含春泪，
无力蔷薇卧晓枝。〔三〕

■ 注释

〔一〕夕：一夜。万丝：雨丝，这里指下雨。

〔二〕霁：本指雨止，这里引为天气放晴，日光初出。浮：反射。参差：不整齐。这两句说，昨天夜里，隐隐一阵雷声响过之后，降下来了如同丝线一般的蒙蒙春雨；今早天气放晴了，日光照在碧绿的琉璃瓦上，反射出几种不同的光泽，十分好看。

〔三〕这两句说，你看那芍药的花苞上滚着雨珠，好像和人一样富有感情，不知为什么在流着泪水；无力的蔷薇花却另是一副姿态，靠着新枝开出了美丽的花朵。

■ 简析

　　这首写景诗纤巧别致。寥寥数字，把春雨过后，红日初出时庭院的美景描绘出来。首句写雨，比作"落万丝"，新颖别致。二句写雨后之景，独用"浮瓦碧参差"。三句写"芍药"，四句写"蔷薇"。"有情""含春泪"，"无力""卧晓枝"，似对非对，写出雨后各式花色的不同姿态。用字精巧，尤其是三句中的"含"字，四句中的"卧"字，为全诗增添了一番色彩，栩栩如生，形象感人。

曾几(一首)

曾几(1084—1166),字吉甫,又志甫。北宋赣州(今江西赣州)人,徙居河南(今河南洛阳)。历任江西、浙西提刑,后因主张抗金,受秦桧排挤而离职。官至敷文阁待制,以奉通大夫致仕。因寓居上饶茶山寺,又自号茶山居士。他是大诗人陆游的老师。其诗曾学江西派。诗篇多写个人日常生活,也有悲愤时事之作,风格清俊。有《茶山集》。

三衢道中〔一〕

梅子黄时日日晴,〔二〕
小溪泛尽却山行。〔三〕
绿阴不减来时路,
添得黄鹂四五声。〔四〕

■ 注释

〔一〕三衢:即三衢山,在今浙江衢江。

〔二〕梅子黄时:指五月,梅子快成熟的季节。日日晴:江南梅子黄熟时一般多雨,今恰巧碰上好天气,故强调"日日晴"。

〔三〕泛尽：指船到了尽头。却：改为。这两句说，在江南五月梅子成熟时，天气一直都很晴朗；当我坐船行到水路的尽头时，又改为走山路了。

〔四〕黄鹂：黄莺。这两句说，苍翠的树荫还和来时路途上的情形一样，只是突然间又从树丛里传来了几声黄鹂的叫声。

■ 简析

　　这是一首很有韵味的写景诗。首句写"晴"，二句写"行"，是通过"梅子"和"小溪"来写。三句衬写一句"来时路"，四句写"黄鹂"，独写"添得""四五声"，构成一幅淡淡的画面。写景诗，有多种写法，这同诗人的体察能力、对景物的爱好有密切关系。曾几这首诗，清淡雅丽。后人评价他的诗是"清于月白初三夜，淡似汤烹第一泉"。曾几除了那些感怀时事的诗篇以外，之所以形成这种清淡的风格，这同他脱离实际，把生活的情趣放在山林泉石之间有很大关系。

李纲（一首）

李纲（1083—1140），字伯纪，北宋邵武（今福建邵武）人。进士出身，曾任太常少卿、尚书右丞，官至宰相。因积极主张抗金，受到投降派的排挤，仅在职七十天，就被贬谪到武昌。多次上疏，陈说抗金大计，都未被采纳。最后，郁郁而死。他的有些作品写得直率感人，表达了爱国的思想感情。著有《梁溪集》。

病 牛

耕犁千亩实千箱，〔一〕
力尽筋疲谁复伤？〔二〕
但得众生皆得饱，〔三〕
不辞羸病卧残阳。〔四〕

■ 注释

〔一〕实：满。千箱：指很多囤粮食。

〔二〕复伤：哀怜。这两句说，这条黄牛耕种了很多的田地，所得的收成能够装满很多的粮囤。但当它到筋疲力尽的时候，又有谁来哀怜它呢？

〔三〕众生：百姓。

〔四〕羸病：瘦弱有病。这两句说，只要百姓能够吃饱饭，即使耕田耕得筋疲力尽，病倒在夕阳之下也决不推辞。

■ 简析

　　这是李纲被贬谪到武昌时写的一首诗。由于作者积极主张抗金，为收复祖国失地、解救百姓的良好愿望难以实现，反受到了意外的排挤和打击。所以，心情郁郁不平。作者在这首诗中，没有直写自己的心情，而是以病牛作比，生动形象地诉说了自己一生的遭遇。同时，表达了自己为国为民，主战抗金的宏大志向。这在诗的表现手法上被称为"兴"。首句是叙写牛的功劳和竭尽全力为民出力的高贵品德。凝练概括。二句提出问题，纵然这样勤勤恳恳，又耕又种，到头来会落个什么结果呢？三四两句，以牛的口吻作答，只要为了百姓"皆得饱"，即使累得生了病"卧残阳"，也心甘情愿。这是全诗的生花之笔，使这一"病牛"的形象更为突出感人。写诗讲究炼字，这一"卧"字，恰到好处地把普济众生、死而后已的无私无畏精神写了出来。"卧残阳"三字用得好，夕阳残照，加重了悲凉的气氛。然有"不辞"二字，使这一意义完全翻了过来。使低沉的心理，转为高昂爽朗的调子。从中看出，诗人并非仅在叹息自己被贬谪的遭遇，而是在伤感事业未能成功。因此，这首诗不是一般的咏物诗，不如说成是某种意义上的抒情诗更为确切。

黄庭坚（二首）

黄庭坚（1045—1105），字鲁直，号山谷道人，又号涪翁。北宋洪州分宁（今江西修水）人。其父黄庶和岳父谢师厚都是当时专学杜甫的诗人。在这样的环境中，他从幼时就开始写诗作文。后为进士，曾任秘书省校书郎，迁著作佐郎。晚年受贬，死于西南荒僻的被贬之所。他出于苏轼门下，与苏轼齐名，世称"苏黄"。其诗多写个人日常生活。在艺术形式上，讲究修辞造句，追求奇拗硬涩的风格。诗论标榜杜甫，但只是借以提倡"无一字无来处"和"脱胎换骨、点铁成金"之论。在宋代影响颇大，有人称他是宋诗"江西派"的开山大师。有《山谷集》，自选诗文名《山谷精华录》。

雨中登岳阳楼望君山〔一〕（其一）

投荒万死鬓毛斑，〔二〕
生入瞿塘滟滪关。〔三〕
未到江南先一笑，
岳阳楼上对君山。〔四〕

■ 注释

〔一〕岳阳楼：在今湖南岳阳市。君山：又称洞庭山，在岳阳西南洞庭湖里。

〔二〕投荒：被流放到荒远的地方。斑：白。

〔三〕瞿塘、滟滪：在今四川东境，为航行的危险地带。这两句说，被流放到荒远的地区，死亡的危险时刻在威胁着自己，弄得头发都斑白了；如今遇赦，特别是在归路上顺利地通过了瞿塘、滟滪关，这实在是很幸运的。

〔四〕这两句说，还没有回到家乡，就开怀地笑了，因为在岳阳楼上，已能遥望到洞庭湖里的君山了啊！

■ 简析

这是诗人黄庭坚被赦，由江陵返回江西故乡时，路过湖南的岳阳时所作的七绝之一。岳阳楼，历来有"洞庭天下水，岳阳天下楼"之称。北宋范仲淹有《岳阳楼记》。李白也有诗："楼观岳阳尽，川回洞庭开。"文人到此，多吟诗赋文。由于作者被贬在四川，离乡六年，心情是沉郁的。现在，能返回故土，并在此停留，心中自有一番感触。这首诗，首句"投荒万死鬓毛斑"，概括了六年的贬谪生活。二句用"生入瞿塘滟滪关"，写出自己的幸运。三句转写一句"未到江南先一笑"，四句点题："岳阳楼上对君山"。诗人体物缘情，写得如此精微，足见其气质诗格超胜了。

雨中登岳阳楼望君山（其二）

满川风雨独凭栏，[一]
绾结湘娥十二鬟。[二]
可惜不当湖水面，[三]
银山堆里看青山。[四]

■ 注释

〔一〕川：指湘水。栏：楼上的栏杆。

〔二〕绾结：系结。湘娥：传说中的女神湘夫人，住君山。鬟：发髻。这两句说，洞庭湖内，风雨交加，我独自靠着岳阳楼的栏杆向远处眺望，看到君山的十二个山峰，如同湘夫人系结的十二个发髻一样。

〔三〕当：在。

〔四〕银山：这里指洞庭湖里的波浪。这两句说，可惜我现在只是在高处，而没有在湖面兼看山水，若是在湖里眺望，恐怕那将是银山堆里看青山的一派壮景了。

■ 简析

黄庭坚一再被贬谪，迄未担任过重要职务。因此，对他一生坎坷的生涯和一些升沉遭遇，常作诗吟赋。这首诗，题为《雨中登岳阳楼望君山》。诗从"望"字写起，写出了诗人真情实感所激发的诗情。首句用"独凭栏"来写出"满川风雨"，这是"望"。二句作比，"绾结湘娥十二鬟"还是在"望"中。三句转写倘若是在"湖水面"，四句结到"银山堆里看青山"，同样是在"望"。不过，这种"望"另是一番情趣。这首诗很有诗味，这对作者一贯倡导的句句要典，"点铁成金"之类的清规戒律，是一个大胆的突破。诗人对所写景物，感慨殊深，加之着意刻画，驰骋想象，大有如在面前之感。

宗泽（一首）

宗泽（1059—1128），字汝霖，北宋婺州义乌（今浙江义乌）人。他是宋朝著名大将，曾用岳飞为将，屡败金兵。后因多次上书力请高宗还都，收复失地，都被投降派所阻，忧愤成疾而死。临终时，仍挂念收复失地，连呼三声"过河"。有《宗忠简集》。

早　发

伞幄垂垂马踏沙，〔一〕
水长山远路多花。〔二〕
眼中形势胸中策，〔三〕
缓步徐行静不哗。〔四〕

■ 注释

〔一〕伞幄：古代大官出门用来蔽日、防雨的工具，实际是一种仪仗。

〔二〕这两句说，伞幄轻轻地飘动着，战马迈着大步，前进在布满黄沙的土路上。在这长长的征途中，山水同人就伴，野花也在道路两旁茂盛地开放着。

〔三〕策：策略。

〔四〕哗：说话声。这两句说，面对敌我形势，战胜敌人的计谋早已成竹在胸；兵士们迈着轻捷的步子，正在静肃行进，没有一点声音。

■ 简析

　　这首《早发》，是宗泽的军中之作。诗人通过对一次将士行军的描写，寄托了自己的壮志胸怀。首句"伞幄垂垂马踏沙"，是写眼前景色，用"马踏沙"点明是在行军途中。二句用"水长山远"，描写路途的遥远，"路多花"三字概写途中之景。三句用"胸中策"，写到自己的政治胸怀。四句写军队严格的纪律。全诗既反映了军队将士的风貌，也写出了宗泽对自己收复失地的才能和自信。当读着诗人的这些肺腑之言，联想到宗泽一生的遭遇，尤其是诗人为收复失地而忧愤成疾，临终时连呼三声"过河"的景况时，谁能不为诗人为国为民的高尚品质而感慨不已呢！

徐俯（一首）

徐俯（1075—1141），字师川，北宋洪州（今江西修水县）人。曾任端明殿学士、权参知政事等官。据说七岁能写诗，很受他的舅舅黄庭坚的称赞。

春游湖

双飞燕子几时回？〔一〕
夹岸桃花蘸水开。〔二〕
春雨断桥人不度，〔三〕
小舟撑出柳阴来。〔四〕

■ 注释

〔一〕回：返回。

〔二〕蘸水：沾着水面。这两句说，那成双成对的飞燕不知什么时候又返回来了，在湖上不停地盘旋。湖岸上艳丽的桃花盛开着，被露水染得全身湿漉，好似蘸着水一般。

〔三〕断桥：指春水猛涨，淹没了浮桥。

〔四〕这两句说，春雨淹没了浮桥，人不能通过，那也无妨，你看那轻快的小船，已从碧绿的杨柳树丛的深处漂过来了。

■ 简析

  这首《春游湖》，描写的是春天游湖时所见到的动人景色。首句用问句的形式，写天上双飞的燕子。燕子是候鸟，象征着春天的到来。"双飞燕子是几时从南国飞回来的呢？"从这一疑问语气中，流露出一种惊讶和喜悦之情。二句写湖岸盛开的桃花和碧绿的杨柳。桃花倒映在水中，波光荡漾，与岸上的花枝连在一起，远远望去，似是蘸水而开。多么美妙的景色！三句诗人作巧妙构思，选取了一连几日春雨，淹没了断桥，为春游设下一大障碍。四句从"春雨断桥"，写盈盈一湖秀水之中，有摆渡的小舟行驶过来，为春游增添情趣。四句写四景，犹如一幅绝妙的图画。尤其是三四两句，打破了千篇一律的手法，好似让读者也尝受到撑出小舟而来的喜悦之情。

陈与义（二首）

陈与义（1090—1138），字去非，自号简斋，北宋洛阳人。历任文林郎、太学博士、礼部侍郎、参知政事等职。作诗尊杜甫，也推重苏轼、黄庭坚。他是江西派"三宗"之一。宋室南渡时，他经历了战乱生活，颇有感怀时事的作品，诗风也有转变。有《简斋集》。

牡 丹

一自胡尘入汉关，〔一〕
十年伊洛路漫漫。〔二〕
青墩溪畔龙钟客，〔三〕
独立东风看牡丹。〔四〕

■ 注释

〔一〕胡尘：外族入侵荡起的尘土，这儿指金兵。汉关：泛指北方领土。

〔二〕伊洛：即伊河、洛水，流经洛阳。这两句说，自从金人占领了北方的领土，洛阳就变为遥远的地方，而且有十多年的时间没有回去了。

〔三〕青墩溪：在今浙江桐乡北。

〔四〕这两句说，到如今我已老态龙钟了，因为回不到故乡洛阳看那盛开的牡丹，只能独自站在青墩溪岸，迎着东风看看这儿的牡丹花了。

■ 简析

陈与义的家乡洛阳，原为北宋的西京，盛产牡丹。当他年迈龙钟，家乡还沦落在敌人手里，却又偏在他乡看到了牡丹，引起他无限感慨，所以赋成此诗。首句从"一自"起笔，二句写到"十年"、"入汉关"、"路漫漫"，写出了离开家乡时间的久远。三句写"龙钟客"在他乡"青墩溪畔"。四句用"独立东风看牡丹"收句。全诗虽为写景咏物，却注入了诗人爱国怀乡的真挚感情。

春 寒

二月巴陵日日风，〔一〕
春寒未了怯园公。〔二〕
海棠不惜胭脂色，〔三〕
独立濛濛细雨中。〔四〕

■ 注释

〔一〕巴陵：指今湖南岳阳。风：这里泛指风雨。

〔二〕未了：没有完结。怯：害怕。园公：指陈与义。北宋"靖康之难"时，诗人避兵到巴陵，借居在一个小园里，自号园公。这两句说，二月时的巴陵，几乎天天风雨不断；在料峭的春寒中，新花嫩叶飘零萧瑟了，这使园公很有些担心害怕。

〔三〕不惜：毫不可惜。

〔四〕这两句说，海棠花居然毫不可惜自己鲜红的花朵，而挺身独立在寒风冷雨之中，任凭风雨的不断侵袭。

■ 简析

　　这是陈与义在"靖康之难"，避兵于巴陵，借居在一家小园中，春寒袭来，为花木忧心而写下的一首诗。首句写出时间、地点，"日日风"三字，写出"倒春寒"。二句用倒装句法，写"春寒"带来的灾难。在风雨的侵袭之下，已经开放了的花朵飘零了，未曾开放的蓓蕾不吐蕊了，新花嫩叶萧瑟了，这怎能不使"园公"害怕呢！到此，深深被一种凄凉愁苦的情调所笼罩。然而，三四两句，诗人笔锋一转，写出一个振奋人心的情景："海棠不惜胭脂色，独立濛濛细雨中。"娇嫩的海棠，不惜鲜红花朵受到寒风冷雨的侵凌，居然冒寒在风雨中开放了。花开花落，本不受人的思想支配。但诗人在这里给它以人格化了，"独立濛濛细雨中"，赋予它以感情，认为海棠花在此时冒寒开放，表现了一种昂扬挺拔，不惜自我牺牲的精神。诗人把海棠刻画得如此生气勃勃，原是表达自己的情怀。诗虽写的是雨中之景，却反映了当时的生活气息。

徐元杰（一首）

徐元杰（1196—1246），字仁伯。南宋上饶（今江西上饶）人。绍定年间进士，曾知南剑州。有《梅野集》。

湖　上〔一〕

花开红树乱莺啼，〔二〕
草长平湖白鹭飞。〔三〕
风日晴和人意好，
夕阳箫鼓几船归？〔四〕

■ 注释

〔一〕湖：即西湖。

〔二〕红树：开满了红花的树。乱莺啼：形容很多黄莺在鸣叫。

〔三〕平湖：指风平浪静的湖面。白鹭：一种水鸟。这两句说，在一棵棵开满红花的树间，无数只黄莺在不停地鸣叫；波平如镜的湖面四周，生长着茂盛的青草，一只只白鹭在湖面上自由飞翔。

〔四〕几船归：有多少船只归去。这两句说，在这风和日丽，人心舒畅的时刻，有多少船只正迎着夕阳，吹箫打鼓地归去了。

■ 简析

　　这首诗写春游西湖时的风光。一二两句"花开红树乱莺啼，草长平湖白鹭飞"，是写湖上之景。有红花青草，还有黄莺白鹭，构成了一幅美妙的图画。三四两句，进而写春游西湖的人，"风日晴和人意好，夕阳箫鼓几船归"。在夕阳之中，一条条画船，正载着经过一天畅游的人们归去。船上还传来了吹箫打鼓的声音。他们春游湖上的兴致，至今还很浓哩。写春游的人，不写他们春游时的境况，独独写他们归去时的情形。这是一种巧妙的表现手法。"归"时兴趣还是这样的浓，那"游"时就更可想而知了。

杨万里（五首）

杨万里（1127—1206），字廷秀，号诚斋，南宋江西吉水（今江西吉安）人。二十七岁中进士，曾任漳州、常州等地方官，官至宝谟阁学士。后因上疏指摘朝政，被迫返家。十五年后，忧愤而死。诗与尤袤、范成大、陆游齐名，称南宋四家。初学江西诗派，后风格转变，以王安石及晚唐诗为借鉴，构思新巧，语言通俗明畅，自成一家。时称杨诚斋体。一生作诗二万多首，传世者仅为其一部分。部分诗文关怀时政，反映民间疾苦，较为深切。有《诚斋集》。

宿新市徐公店〔一〕

篱落疏疏一径深，〔二〕
树头花落未成阴。〔三〕
儿童急走追黄蝶，
飞入菜花无处寻。〔四〕

■ 注释

〔一〕新市：在今湖南攸县。徐公店：徐家旅店。
〔二〕篱落：篱笆。

〔三〕这两句说，篱笆稀稀疏疏，一条小径伸向远方；树上的花已凋谢了，但树叶还没有长得茂盛浓密。

〔四〕这两句说，天真活泼的儿童在追捕着蝴蝶；蝴蝶落在菜花里，分不清哪是蝴蝶，哪是菜花，实在不好寻找。

■ 简析

杨万里对自然景物有着特别浓厚的兴趣。他认为，"山中物物是诗题"，且"不是风烟好，何缘句子新？"因此，他常细细观察，深深领会，写出许多生动逼真的风景诗。这首《宿新市徐公店》，一二两句用自然流畅的诗句，写出春夏之间的景色，"疏疏一径深"、"花落未成阴"，别具春夏交接时景物的特征。可见诗人观察之细。三句转写孩童，用"追黄蝶"三字，逼真地实写孩童天真烂漫的动作，四句"飞入菜花无处寻"，把孩童和菜花一起来写，描绘了一幅孩童在菜花丛中，寻找与菜花同色的蝴蝶的图画。

小　池

泉眼无声惜细流，
树阴照水爱晴柔。〔一〕
小荷才露尖尖角，〔二〕
早有蜻蜓立上头。〔三〕

■ 注释

〔一〕晴柔：晴天的柔丽风光。这两句说，泉水无声无息地流淌着，似乎在惋惜离开这泉源之地；池边树的树荫，倒映在水中，好像也很喜爱这晴天的柔丽风光。

〔二〕尖尖角：刚出水面的嫩小荷叶的尖尖。

〔三〕这两句说，荷叶的一个叶尖小角，才刚刚露出水面，就有蜻蜓伏在上头了。

■ 简析

　　这首写景绝句，自然、平淡。作者捕捉自然景物的特征和变化，采用平易浅近的语言，描绘了一幅泉池风光的图画。诗中有画，表现了一幅朝气蓬勃的富有生命力的春天佳景。一二两句"泉眼无声惜细流，树阴照水爱晴柔"，用"惜"和"爱"二字，极形象地写出几种自然景物之间似有很深的情感。"泉眼"和"细流"，"树阴"和"照水"，在这一片春光美景中，更显出一种依依不舍的情态。三四两句"小荷才露尖尖角，早有蜻蜓立上头"，独写"小荷"和"蜻蜓"，对泉池风光用以点缀，进而开拓意境，为这幅优美的春景图画，增添了勃勃生机。

过松源晨炊漆公店〔一〕

莫言下岭便无难，〔二〕
赚得行人错喜欢。〔三〕
正入万山圈子里，〔四〕
一山放出一山拦。〔五〕

■ 注释

　　〔一〕松源、漆公店：皆地名。晨炊：早饭。

　　〔二〕莫言：不要说。

〔三〕赚：骗。错：空。这两句说，在山地行走，切不要认为下了山就没有什么困难了。倘若产生这种想法，那就错了，只会骗得行路的人空欢喜一场。

〔四〕正入：恰好进入。

〔五〕放出：指下山。这两句说，因为下山恰好是刚刚进入万山丛中，过了这座山又有那座山挡在眼前，需要努力攀登。

■ 简析

这首诗，粗看似是写景，实际上是在议论，包含着较深的理趣。诗人借对眼前翻山越岭的实景的描写，讲了一个深刻的哲理。一二两句，平白如话，写"下岭"有难，切莫"错喜欢"。这是先点题意。三四两句"正入万山圈子里，一山放出一山拦"，集中来做回答。困难是一个接着一个，如同进入了崇山峻岭，翻过了一座山，还有一座山在那里等着呢！思想上万不可松懈，要做好充分的准备。诗人把所要讲的哲理，通过具体景物，通过对"下岭"的感受写出，既有理趣，又有诗味，给人印象深刻。

晓出净慈寺送林子方

毕竟西湖六月中，
风光不与四时同。〔一〕
接天莲叶无穷碧，〔二〕
映日荷花别样红。〔三〕

■ 注释

〔一〕四时：四季。这两句说，六月中旬时的西湖风景，毕竟与平素大不相同。

〔二〕接天：喻荷叶一望无际。

〔三〕别样：不同一般。这两句说，你看，从泥污中高高挺立的荷叶是那样的碧绿，而滚着露珠的荷花，在阳光下又显出不同一般花色的红艳光泽。

■ 简析

历史上歌咏西湖的诗词很多。作者这首《晓出净慈寺送林子方》七绝，也是歌咏西湖的一篇佳作。首句用"六月中"，点明时间，所要写的是六月中旬时的西湖风光。二句概写一句，"风光不与四时同"。第一句叙写出诗的主意，第二句方作进一步的仔细描绘。三四两句"接天莲叶无穷碧，映日荷花别样红"，作者摘取西湖夏初早景，用"无穷碧"写"莲叶"，用"别样红"写"荷花"，显得颇为动人。湖中的荷叶，拔水而出，耸立在那里是那样的碧绿；艳丽的荷花让太阳一照，显得更加鲜艳夺目。很有特色地写出了六月西湖的优美景色。读了三四两句，自然会做出结论，六月西湖的风光，确实是"不与四时同"，与诗人第一联中"风光不与四时同"紧相吻合。

初秋行圃〔一〕

落日无情最有情，
偏催万树暮蝉鸣。〔二〕
听来咫尺无寻处，〔三〕
寻到旁边却不声。〔四〕

■ 注释

〔一〕圃：菜园。

〔二〕偏：出乎寻常。这两句说，那快要西落的太阳，似落非落的样子，说它无情然却最为有情；最出人意料的就是让千树万树上的秋蝉，在黄昏时鸣叫。

〔三〕咫：喻距离很近。

〔四〕不声：不鸣叫。这两句说，在很近的距离内你能听到蝉的鸣叫，然却没有地方可以找到它；当你闻声寻到蝉的旁边时，它早有所察觉而不再鸣叫了。

■ 简析

　　这首写景诗，写的是初秋时菜地的场景。诗中有情有景，有动有静，犹如一幅幽美的风景画。首句写"落日"，连用两个"情"字，用"无情"来写"有情"，别具特色。二句"偏催万树暮蝉鸣"，是由"情"而来，把落日时的蝉鸣，化为太阳的功能，更显出"情"之所在。三四两句写动作，用"无寻处"和"寻到旁边"，把作者对大自然的爱好，对生活的热爱做了巧妙的表达。诗是写《初秋行圃》，独用"日"、"树"、"蝉"几物，就写得别有情趣，可见作者的观察力和表达力是很强的。

岳飞（一首）

岳飞（1103—1142），字鹏举，北宋相州汤阴（今河南汤阴）人。佃农出身，北宋末年投军，任秉义郎。随宗泽守开封，任统制。后多次击败金兵，是我国历史上杰出的民族英雄。公元1140年，金兀术进兵河南，被岳飞打得大败，岳飞并连收郑州、洛阳等地。这时高宗、秦桧一心求和，以十二道金牌将他召回。岳飞回临安（今浙江杭州）后，被解除兵权，不久被诬谋反，下狱。后以"莫须有"的罪名被杀害。有《岳忠武王文集》，诗文充满慷慨激昂之情。

池州翠微亭〔一〕

经年尘土满征衣，〔二〕
特特寻芳上翠微。〔三〕
好水好山看不足，
马蹄催趁月明归。〔四〕

■ 注释

〔一〕翠微亭：在今安徽贵池齐山顶。

〔二〕征衣：战衣。

〔三〕这两句说，由于南征北战，常年都穿着沾满尘土的战衣；今天专程到这美丽的翠微亭上来赏花游景。

〔四〕这两句说，祖国的山河多么美好，看也看不够，真叫人不忍离去。为了保住这大好河山，我要催促马蹄趁明月映照赶快回去，准备征战去了。

■ 简析

　　岳飞这首《池州翠微亭》，虽是一首游览之作，但从中可以看出，岳飞是时刻都把祖国的安危放在心上的。即使出游赏景，看的是祖国的山水，想的也是为保卫祖国随时准备踏上新的征途，充分表达了作者精忠报国、抗击金兵的英雄气概。这首诗含意十分丰富，首句"经年尘土满征衣"，从细处着笔，具体，形象。读之，好似一位身经百战的将军，身穿"征衣"，正风尘仆仆地朝我们走来。二句写"寻芳上翠微"，点题。选用"特特"二字，极妙，既形象，还似乎听到了声音。三句连用两个"好"字，"好水好山"，且是"看不足"，写出对祖国的热爱。四句结到"马蹄催趁月明归"。这是写的眼前实景，但又寓寄着作者独有的凌云壮志。面对祖国的大好山河，怎能忘记自己的职责，一味欣赏呢？何不催马归营，准备去征战呢！这首诗通过游览观赏感受的抒写，充分表达了作者壮志凌云的英雄气概。格调健美，语言豪爽，意味深长。

李清照（一首）

　　李清照（1084—1155），号易安居士，南宋济南（今山东济南）人。父李格非为当时著名学者。她十八岁与太学生赵明诚结婚，早期生活比较安定、优裕，致力于书画金石的搜集整理。金兵入侵，黄河南北相继沦陷，她与赵明诚渡淮南奔，流寓南方。途中，赵明诚中暑身亡，她只身漂泊在杭州一带，过着孤苦生活。她是南宋著名女词人。所作词，前期多写其悠闲生活，后期多悲叹身世，情调感伤，流露出对中原的怀念。形式上善用白描手法，自辟蹊径，语言清丽。其诗留存不多，部分篇章感时咏史，情辞慷慨。有《易安居士文集》。

绝　句

生当作人杰，〔一〕
死亦为鬼雄。〔二〕
至今思项羽，〔三〕
不肯过江东。〔四〕

■ 注释

〔一〕人杰：人中的豪杰。

〔二〕鬼雄：鬼里的英雄。这两句说，活着应当作人中的杰出人物，就是死了也要作鬼中的英雄。

〔三〕项羽：即楚霸王。

〔四〕江东：江南。这两句说，直到现在，还叫人想念项羽，崇敬他当年不肯渡江回到江东去的那种宁死不屈的英雄气概。

■ 简析

秦王朝灭亡以后，项羽和刘邦争夺天下，被刘邦打败，退至乌江之时，有人劝他暂回江东，待以后整军再举。项羽认为原先随同自己一起渡江而西的八千江东子弟都在战场上牺牲了，自己活着回去没脸相见他们的父老。最后，在乌江自杀。作者以此为题材，借歌颂视死如归的项羽，深刻讽刺了以屈膝求和来换取东南偷安，再不想北上收复失地的南宋统治者。一二两句相对，"生当作人杰，死亦为鬼雄"。写得很有气势，不愧千秋佳句。三句写"至今思项羽"，特用"至今"二字暗喻当时，四句进一步写出"思"念项羽的主要内容是"不肯过江东"。全诗语言明白如话，格调刚健清新，寓意深长，为后人传诵。

刘子翚（一首）

刘子翚（huī）（1101—1147），字彦仲，号病翁，宋代崇安（今福建崇安）人。曾任兴化军通判，后退居屏山，学者称为屏山先生。朱熹尝从其问学。部分诗篇愤慨时事，《汴京纪事》二十首，尤具特色，有些作品受有理学影响。有《屏山集》。

汴京纪事

空嗟覆鼎误前朝，〔一〕
骨朽人间骂未销。〔二〕
夜月池台王傅宅，〔三〕
春风杨柳太师桥。〔四〕

■ 注释

〔一〕嗟：哀叹。覆鼎：古代以鼎为立国的重器，覆鼎是说败坏国家的大事。

〔二〕未销：没有消失。这两句说，那些失职的臣子，葬送了北宋王朝，实在叫人可叹可憎，就是他们的尸骨腐烂了，咒骂他们的声音也不会停止。

〔三〕王傅：北宋末年太傅王黼，贪污卖国，他在汴京有周围几里的大住宅。

〔四〕太师桥：北宋末年，贪污骄奢的太师蔡京修建了豪华住宅和美丽的风景区，后被烧得只剩下一座桥。这两句说，月光映照下的美池高台，是大奸贼太傅王黼的住宅；春风杨柳的风景区，原是误国贪官太师蔡京的楼台庭院。

■ 简析

　　这首十分尖刻的讽刺诗，骂得痛快，讽刺深刻。在写法上，别具一格，不落俗套。首句用一"误"字，概略地叙写那些失职臣子葬送北宋王朝的事实，提出全诗主旨。二句"骨朽人间骂未销"，既是承上句中的"误"字来，又是对那些误国害民的历史罪人做的结语。这些死有余辜的罪人，到底是谁呢？三四两句点了两物："王傅宅"、"太师桥"。这是为当时百姓所深知的，自然无需再做明说。需要提到的是三四两句用对偶的形式，写了"夜月池台"和"春风杨柳"。偏在此时写自然景物，并非是随意着笔，而是要用"风"、"月"这些长存的东西，比喻王黼、蔡京这伙贪官误国的权臣，将永远被后人唾骂，被载入历史的羞耻簿上。

朱熹（二首）

朱熹（1130—1200），字元晦，一作仲晦，号晦庵，别称紫阳，宋代徽州婺源（今江西婺源）人，侨寓建阳（今福建境内）。进士出身，曾任秘阁修撰、宝文阁待制等职。他广注典籍，对经学、史学、文学、乐律以及自然科学有不同程度贡献，是我国古代继孔孟之后的儒家大师、理学家。著作有《四书章句集注》、《诗集传》。

观书有感

半亩方塘一鉴开，〔一〕
天光云影共徘徊。〔二〕
问渠哪得清如许，〔三〕
为有源头活水来。〔四〕

■ 注释

〔一〕方塘：方形的水塘。这儿暗喻书。鉴：镜子。

〔二〕徘徊：来回走动。这两句说，这个只有半亩地大的一块水塘，宛如一面新镀过的镜子一样明亮照人。你看，那天上的亮光和云彩的影子全被反射在镜子里了。

〔三〕渠：它的意思。许：这样。

〔四〕这两句说，如果要问它为啥能够这样清澈明亮，这是因为源头有清新流动的活水不断输入的缘故。

■ 简析

朱熹这首《观书有感》，俱入理趣，是"以理语成诗矣"。全诗用形象思维和比兴手法，写了读书的乐趣和重要。首句把"半亩方塘"，比作一本书。因书是长方形的，故有"半亩"之说。把书打开，就好像打开了一面镜子。既雅观，又新颖。二句借用"天光"、"云影"这些为人们喜爱、欣赏的自然美景，写书中的丰富内容，更是一番情趣。三句一"问"字，引出那个方塘的水哪能这样澄清，四句结出因为有源头活水流过来。书中的思想内容那样精纯，因它有丰富的写作源泉。知识来源于实践，来源于生活。这个"活水"，比喻得何等得好啊！杜甫在自己的生涯中，曾概写了"读书破万卷，下笔如有神"的理语警句。朱熹在这里也讲了一个深刻道理。不过他不是明言直讲，而是用比拟的手法，通过生动的比喻来表达的。全诗用隐喻，倒也别具一格。

春　日

胜日寻芳泗水滨，〔一〕
无边光景一时新。〔二〕
等闲识得东风面，〔三〕
万紫千红总是春。〔四〕

■ 注释

〔一〕胜日：良辰。芳：花草。

〔二〕光景：风光景物。这两句说，在春光明媚的季节，为了寻找优美的景色来到泗水河边；只见眼前一片无边无际的春光景致，又是一番新貌。

〔三〕等闲：寻常，随便。

〔四〕这两句说，在这寻常情况下，总算是领略到了东风的作用，它带来的春天，永远是万紫千红的盛景。

■ 简析

朱熹这首写景诗，借景寓情，写得纯朴自然，浑然天成。诗人把年年的春景收入诗内，经过提炼，赋予它诗的意境，并创作了千秋不朽的佳句。首句用"胜日寻芳"四字，具体写出"泗水滨"的美好景色。二句更进一层，"无边光景一时新"，可说是对首句"寻芳"的最妙注脚。三句用"识得东风面"，转为议论抒情，四句结出"万紫千红总是春"。既写出了诗人的体会，更把春天作了总结性的描绘。"万紫千红总是春"只七字，即把春天写活了。诗人准确地把握绝句特定的体裁，精心用字造句，寻声赴节，既保持了七绝本身特有的风味，又恰到好处地表达了诗人自己内心的情怀。语短情长，句尽而意不尽，极得民歌意趣，因此，为后代人们所传诵、引用。

陆游（十五首）

陆游（1125—1210），字务观，号放翁，南宋越州山阴（今浙江绍兴）人。是南宋的著名诗人，出身于封建地主家庭。其父陆宰是一个具有爱国思想的知识分子，曾给陆游以爱国主义教育。陆游自幼好学不倦，自称"我生学语即耽书，万卷纵横眼欲枯"。二十九岁在杭州应举进士，因名列秦桧之孙之前，复试时被除名。秦桧死后三年，他才被起用，做州府等地方官。后入四川宣抚使王炎幕府，投身军旅。后官至宝章阁待制。金人南侵，他坚决主张抗战，充实军备，因多次受到投降派的压制，后被革职回乡。陆游虽居故乡，爱国思想益深，收复中原的信念始终不渝，写下不少爱国诗篇。"六十年间万首诗"，内容极为丰富。抒发政治抱负，反映人民疾苦，批判当时统治者的屈辱求和。其诗悲壮豪放，语言晓畅平易，精炼自然，具有浪漫主义色彩，表现出渴望恢复国家统一的强烈感情。抒写日常生活，也多清新之作。不过，有些诗词也流露了消极情绪。有《剑南诗稿》、《渭南文集》。

秋夜将晓出篱门迎凉有感

三万里河东入海，〔一〕
五千仞岳上摩天。〔二〕
遗民泪尽胡尘里，〔三〕
南望王师又一年。〔四〕

■ 注释

〔一〕河：黄河。三万里：形容黄河很长。

〔二〕岳：指华山。仞：古代一种长度单位，相当今七尺。五千仞：是说华山很高。这两句说，大约三万里长的黄河由西向东奔流入海，五千仞高的华山几乎要碰着天，祖国的山河是多么壮观啊！

〔三〕胡尘：指金人南侵扬起的尘土。

〔四〕王师：指南宋的军队。这两句说，被遗弃的大宋百姓，由于受外族的残酷迫害，痛苦的泪水快要流干了。他们在一直盼望着祖国的军队去收复失地，解救他们。但日复一日，一年又过去了，却不见南宋军队到来。

■ 简析

诗以情动人。情真意深，才能有感人肺腑的艺术力量。这首《秋夜将晓出篱门迎凉有感》，是陆游退居故乡之后所作。诗人怀着对中原遗民的无限同情和祖国山河的热爱，以其慷慨悲壮的诗句，唱出了广大人民和爱国志士雪耻报国的强烈愿望和收复失地的焦急心情。一二两句写祖国山河，运用大胆的比喻，用"三万里"来形容"河"，用"五千仞"来比喻"山"，且用平仄和对偶，既使诗句优美，又表达了祖国山河的壮丽。祖国疆域，长河行地，巨岳撑天，怎能不激起人们对它的热爱，去做一番不平凡的事业，为收复失地而奋斗呢！三四两句，笔锋一转，写到生活在这山河之中的遗民,即沦落在中原地区的亡国之民,他们作为异族统治下的奴隶,已有六十多年了。他们依然在盼望宋王朝的军队去解救他们,重回祖国怀抱。诗人用"泪尽"、"南望"几字,十分恳切地写出百姓盼望解救的心情。当读了这首诗,谁能不对宋朝统治者苟且偷安、误国害民的无耻行径产生愤恨呢!

"遗民泪尽胡尘里,南望王师又一年","泪"是极痛苦的泪,写在诗人的诗中,洒进读者的心坎,真情实感,情深意长,具有很强的抒情性和概括性。诗人第一联用壮阔景色来烘托第二联的悲凉心情,更为诗中的情感增添了沉重的气氛。

剑门道中遇微雨〔一〕

衣上征尘杂酒痕,〔二〕
远游无处不销魂。〔三〕
此身合是诗人未?〔四〕
细雨骑驴入剑门。〔五〕

■ 注释

〔一〕剑门:指四川的剑门关。

〔二〕征尘:旅途中的风尘。

〔三〕销魂:即陶醉或神往。这两句说,尽管衣服上满是风尘,又沾了一些酒痕,但这一次远程旅行,没有一处是不使我销魂的。

〔四〕合:应该。未:同么、吧。

〔五〕这两句说,我这个人大概是注定了只应该做一个诗人了吧?现在我是在细雨蒙蒙的时刻,骑驴到剑门关远游来了。

■ 简析

　　陆游是我国南宋时著名的爱国诗人。他平生志在沙场，连梦里也想着跃马横戈，杀敌报国。但由于投降派的排斥和打击，他的雄心壮志未能实现。这是他的终生恨事。宋孝宗乾道八年（1172），陆游参加四川宣抚使王炎的幕府，驻在南郑一带，参与了收复长安的军事行动。由于投降派破坏，王炎被调到临安，陆游也改任为成都府安抚司参议官。在这年初冬一个细雨蒙蒙的日子，诗人怀着抑郁心情，由陕入蜀，路经剑门，写下了这首诗。这首诗，看似自喜，实是自嘲，寓沉痛悲愤于幽默之中，婉约而富有情趣，耐人寻味。首句从"衣上"落笔，用"征尘"、"酒痕"，写出诗人的失意。抓住了特点，具体形象，文笔精炼。二句用"销魂"来写当时的感受，是惆怅？是喜悦？还是悲愤？蕴涵着复杂的感情。三句用"合是"二字，来写自问，是全诗的命意所在。四句用一景语做结，"细雨骑驴入剑门"，包含了诗人丰富的联想和深沉的感触。既是对上句自问作答，又是那饮恨感慨所由产生的依据。全诗通过旅途感受的抒写，曲折地表达了诗人因受投降派排挤打击的内心悲愤，其感慨是很深的。

北　望

北望中原泪满巾，
黄旗空想渡河津。〔一〕
丈夫穷死由来事，〔二〕
要是江南有此人。〔三〕

■ 注释

〔一〕黄旗：指南宋的军队。河津：黄河的渡口。这两句说，每当我向北方眺望，想到失陷于异族的北方领土，就热泪滚滚，泪水沾满了衣巾。现在，要想让宋军渡过河去收复失地，那不过是一阵空想而已。

〔二〕穷死：这里指轻死，是不怕牺牲的意思。由来事：从来就有的事。

〔三〕要：只要。此人：这儿指能够渡河收复中原的人。这两句说，大丈夫视死如归，不怕牺牲的事，是从来就有的事，是不足为奇的；我只盼江南能出现收复中原的人，有了这样的人，即使自己潦倒而死，心里也会得到很大的安慰。

■ 简析

言为心声，这是十分确切的。陆游的诗，多数是表达他对祖国的热爱。对于早日收复北方领土的渴望之情，在这首《北望》诗中，得到了充分的表达。题为《北望》，又从"北望"这个细小的动作写起，由此进而发端，想到失陷于异族的北方领土，一层一层，进行抒写。全诗除首句是叙事之外，其余三句皆为议论。然而，感情真挚、自然，感人至深。首句用"泪"，二句用"空想"，把诗人自己的满腔悲愤，一肚愁肠，写得至透至尽。三句转写一句"丈夫穷死由来事"，与诗人所要表达的主题紧密相关。四句点明诗人的心意在于"有此人"。诗人写的是"北望"，是在北望失陷的中原领土，实际上诗人是在"北望""有此人"，盼望收复中原的人。通观全诗，有叙事有议论，一层进似一层，感情真诚，意境颇深，耐人寻味，是一首难得的爱国诗篇。

梅花绝句

闻道梅花坼晓风，〔一〕
雪堆遍满四山中。〔二〕
何方可化身千亿，
一树梅花一放翁。〔三〕

■ 注释

〔一〕坼（chè）：裂开。晓风：清晨的寒风。

〔二〕雪堆：喻梅花如雪堆一样洁白。这两句说，听说梅花是在寒冬迎着晨风开放的；当洁白的梅花开放的时候，满山四处都好似堆满了雪花一样。

〔三〕放翁：陆游的号。这两句说，有什么神奇妙法，能把我变成数千数万个人，让一棵梅花树前站上一个赏梅的陆游，那才不会辜负遍地开放的梅花呢。

■ 简析

梅花开在寒冬腊月。它具有傲霜雪，迎凌风，不畏强暴，纯洁自爱，毫无媚态的情操。古代诗人对它的歌咏，或诗或词，比比皆是。陆游这首《梅花绝句》，写得别具一格。诗人借写梅花的高洁、傲霜，来暗喻自己一生痛苦辛酸而孤独自洁的品质和性格。其诗比兴自如，旷达豪放，语言生动，音韵谐洽。首句写梅花"坼晓风"，二句接写梅花如"雪堆"。既有近景，又有全景，比喻逼真。三句用大胆的夸张，转写"可化身千亿"，四句紧紧扣在"一树梅花一放翁"。比喻形象，写法独特。全诗未用一字抒写自己对梅花如何如何，仅在三四两句中，用"身千亿"和"一放翁"，就把诗人对梅花的爱慕之情写尽写透。读了此诗，谁能不为诗人的造诣拍案叫绝呢！

十一月四日风雨大作〔一〕

僵卧孤村不自哀,〔二〕
尚思为国戍轮台。〔三〕
夜阑卧听风吹雨,〔四〕
铁马冰河入梦来。〔五〕

■ 注释

〔一〕十一月四日：时在公元1192年。这时陆游六十八岁。

〔二〕僵卧：躺着不动。不自哀：不为自己的身世悲哀。

〔三〕轮台：今新疆轮台。代指边疆地区。这两句说，我虽已年老力衰，今夜住在一个孤独的小村里，但并不为自己的身世悲哀，还是在想着如何去为国家戍守边疆。

〔四〕夜阑：深更半夜。

〔五〕铁马：披着铁甲的战马。冰河：指北地封冻的河流。这两句说，在这深更半夜，我躺在床上，静听着风雨的声音，使我在梦中好像又骑马领兵跨过冰河，驰骋在那北方的战场上了。

■ 简析

这是一首带有议论性的抒情诗，是作者晚年闲居山阴时所写。原作二首，这是其二。诗人陆游的志向和意愿，特别是他的爱国热情、收复祖国失地的抱负，常常通过他的诗句表达出来。这首《十一月四日风雨大作》，借托梦境和幻想，生动形象地表露了自己忠心耿耿的报国理想。一二两句，开门见山，写出自己尽管被放逐，仍"不自哀"，还在想着"戍轮台"的雄心壮志。理想能否实现，毕竟还有一段距离，处于那种环境，诗人不是没有考虑的。因此，三句笔锋一转，写了一句当时景色，"夜阑卧听风吹雨"。"风吹雨"，既是自然界的风雨，也是喻指当时南宋统治的政治气候。四句"铁马冰河入梦来"，合的自然贴切。有了上句中的"风雨"，自己金戈铁马、气吞残虏的雄心和遐想，只有寄托在梦中了。"入梦来"三字选取得多么恰当，它凝结了诗人多少情感！

秋风亭拜寇莱公遗像〔一〕

豪杰何心后世名，〔二〕
材高遇事即峥嵘。〔三〕
巴东诗句澶州策，〔四〕
信手拈来尽可惊。〔五〕

■ 注释

〔一〕秋风亭：在今湖北巴东县，为宋朝寇准修建。寇莱公：即寇准，他被封为莱国公。

〔二〕豪杰：指才能出众的人。心：这里指考虑的意思。

〔三〕峥嵘：不平凡。这两句说，豪杰何必去考虑自己身后的名声呢？材高的人往往会在处理一些复杂的事情上，显出不平凡的才能。

〔四〕巴东诗句：指寇准十九岁中进士，在巴东县任职期间写下的佳句："野水无人度，孤舟尽日横。"澶州策：指景德元年冬，寇准在澶州击败契丹的策略。

〔五〕拈（niān）：用手指取物。这两句说，莱国公巴东的著名诗句和运筹澶州的英明决策，都是信手拈来，然却常常使人为之惊倒。

455

■ 简析

陆游尽管很有才气,有为国为民收复北方失地的决心,但由于当时统治者的苟且偷安,使他只能望洋兴叹。因此,他在寇准的秋风亭及其遗像前,联想很多。在这首诗中,陆游对寇准给予了很高的评价。从寇准的文学才华,到治理国家的才能,都有所涉及。一二两句是概写,由"豪杰"写到"世名",由"材高"写到"峥嵘",一种不凡的形象已有所突出。三句选用"巴东诗句"和"澶州策"作典型,具体叙写。四句结到"信手拈来尽可惊",又作进一步深化。"信手拈来"四字,似毫不费力,然却把寇准的才能,一下托出,难免使读者也要为之倾倒了。

岁 晚〔一〕

云暗郊原雪意稠,〔二〕
天公似欲富来麰。〔三〕
布衾岁久真如铁,〔四〕
讵敢私怀一己忧。〔五〕

■ 注释

〔一〕岁晚:一年终了的时候。

〔二〕郊原:郊外的原野。雪意:下雪的迹象。

〔三〕麰(móu):古代称大麦。这两句说,郊外原野的上空布满了层层黑云,颇有下雪的气势;老天似乎要让明年的大麦获得丰收了。

〔四〕布衾(qīn):布被子。

〔五〕讵(jù)敢:岂敢。一己:自己一个。这两句说,用土布做成的被子，因年代长久，盖在身上简直和铁一样冰凉；但我怎么能因为怕下雪，天变寒冷而产生只利于自己的想法呢！

■ 简析

　　古有"瑞雪兆丰年"的说法。这首《岁晚》正是由此构思造意，落笔抒写的。从中可以看出，陆游时刻在关心着劳动人民，处处在想着劳动人民。首句从"郊原"写起，用"云暗"、"雪意稠"，来重写"雪"。二句发挥想象能力，由岁晚之时的雪，联系到"富来麰"。三句转写一句外景，"布衾岁久真如铁"，写出诗人生活的艰苦，也是对降雪的担忧，是反衬之笔。四句以"讵敢私怀一己忧"作结，把诗人的思想推向了更高的境界。

读　书

　　归老宁无五亩园，〔一〕
　　读书本意在元元。〔二〕
　　灯前目力虽非昔，
　　犹课蝇头二万言。〔三〕

■ 注释

　　〔一〕归老：年老离任归家。宁无：难道没有。
　　〔二〕元元：指人民。这两句说，如果我离任回家，难道还没有五亩田地可以维持生活吗？我读书的目的原本是为了人民的。
　　〔三〕课：这里作阅读解。蝇头：比喻字小得和苍蝇头一样。这两句说，在微弱的油灯下看书，眼睛已大不如从前了。但我每天仍然要阅读二万多如蝇头一样字的书籍。

■ 简析

　　陆游是一个善于学习的诗人。他提倡"万卷虽多应具眼"，又强调"诗思出门何处无？"他一生之中写出大量优秀诗篇，是与他的苦学精神分不开的。这首《读书》七绝，如同诗人的学习体会，既反映了诗人在年老体弱之时仍坚持苦学的情况，又表明了他学习是为平民百姓而并无他求的可贵精神。一二两句，纯属议论。在封建时代，能提出"读书本意在元元"，确是可贵。三四两句是写实，尽管明白如话，浅显平淡，但仔细琢磨，却浅中有深，平中有奇。"灯前目力虽非昔，犹课蝇头二万言"，把诗人在孤灯之下，老眼昏花地阅读蝇头小字的场景，惟妙惟肖地刻画出来。这既是对自己的生动描写，更是对后人的告诫，怎么能不说它寓意深远呢！

秋旱方甚，七月二十八夜忽雨，喜而有作

嘉谷如焚稗草青，〔一〕
沉忧耿耿欲忘生。〔二〕
钧天九奏箫韶乐，〔三〕
未抵虚檐泻雨声。〔四〕

■ 注释

　　〔一〕嘉谷：秋天的禾苗。稗（bài）草：杂草。

　　〔二〕沉忧：深深地忧愁。这两句说，秋天的禾苗由于久旱未雨，好像被火烧过一样，毫无生气。杂草却四处横生，长得很茂盛。我为农民的收成而担忧，因盼下雨，几乎对自己的身体都不去考虑了。

〔三〕钧天：天的中央，这儿指神仙居处。九奏：演奏九遍。箫韶：上古帝王舜时的一种音乐。

〔四〕这两句说，雨终于盼来了。即使是给天上神仙演奏的仙乐，也比不上那房檐滴水的声音更好听。

■ 简析

秋雨，在一些古代诗人看来，常是与愁绪连在一起的。但在陆游这首抒情诗中，却一扫旧习，对秋雨进行了热情的歌颂和赞美。淳熙七年（1180）七月，抚州地区秋旱禾枯，忽而降雨，秋禾得苏，同劳动人民一起盼雨的诗人，其兴奋之情自不可抑，故欣然挥笔，作诗以贺，写下了这首真挚、酣畅感人的诗。一二两句，一句写景，一句写情，集中写"秋旱方甚"，把诗人盼雨的焦急心情，颇为动人地写出。三四两句，围绕"忽雨"来写，用"箫韶乐"不如"泻雨声"，巧妙地表达出诗人对降雨的欢乐心情。

示 儿〔一〕

死去元知万事空，〔二〕
但悲不见九州同。〔三〕
王师北定中原日，〔四〕
家祭无忘告乃翁。〔五〕

■ 注释

〔一〕示儿：告诉儿子的话。

〔二〕元知：原来就知道。

〔三〕同：统一。这两句说，我原本清楚，一个人死后是什么事情也不知道了。但还有一件事使我尤为悲痛和不安，就是没有亲眼看到祖国的统一。

〔四〕王师：南宋的军队。定：收复。中原：泛指淮河以北一带，当时为金人所占。

〔五〕家祭：家里祭祀祖先。乃翁：你的父亲，陆游自指。这两句说，有朝一日，当南宋的军队收复了北方领土的时候，你在祭祀祖先时，一定不要忘记告诉你的父亲啊！

■ 简析

这是陆游在临终前写下的一首绝句，也是最著名的一首诗。诗人怀着死前不见中原的遗恨，借对儿子的遗嘱，叙述了自己一生对收复失地的坚定信心。首句从"死"字落笔，写出"万事空"。人失去了知觉，世界上存在的万事万物对他来说，不再具有任何意义，等于没有了，可以无牵无挂。二句"但"字一转，引出"不见九州同"，突出一个"悲"字。说死去还有恨事：痛心于祖国还有失地未能收复。三句用一"定"字，写出相信南北统一之日，定将到来。四句结到"无忘告乃翁"。全诗一二两句写得情怀悲壮，三四两句写得乐观自慰。诗句自然工妙，情感真挚，明朗流畅，犹如白话，无怪读者吟诵难忘。

冬夜读书示子聿

古人学问无遗力，〔一〕
少壮工夫老始成。〔二〕

纸上得来终觉浅,
绝知此事要躬行。[三]

■ 注释

〔一〕无遗力：即不遗余力，不剩下自己的精力。

〔二〕这两句说，过去，古代搞学问的人，没有一个不是尽了自己一切力量和才能的。他们从少年时代就努力下功夫，直到成年时才获得一些成就。

〔三〕躬行：亲自实践。这两句说，你要知道，纸上得来的东西，毕竟是浅薄的，而且印象也不深刻；要牢牢地掌握它，还是要靠亲自实践才行。

■ 简析

刘熙载评论陆游的诗是"明白如话，然浅中有深，平中有奇，故足令人咀味。"这首《冬夜读书示子聿》，开头先讲学习知识"无遗力"，二句点出学习成绩取得之不易，用一"老"字，写出冰冻三尺，非一日之寒，高深的知识是一点一滴地积累起来的。三四两句，转写另一层意思。其意，既是从一二两句而来，又可说是对一二两句作的结论。纸上得来的知识"终觉浅"，最终还是"要躬行"，靠实践。在封建社会，作者在诗中能写出这样有理趣的诗句，"浅中有深，平中有奇"，通俗易懂，明白如话，讲了很深的道理，又很有诗味，"令人咀味"，除了诗人数十年的学习和钻研，有较高的文学修养外，还与他晚年退居故乡，有更多的机会接触劳动人民和实践有很大关系。

沈 园（其一）

城上斜阳画角哀，〔一〕
沈园非复旧池台。〔二〕
伤心桥下春波绿，
曾是惊鸿照影来。〔三〕

■ 注释

〔一〕画角：古代一种号角，一般归军中使用。哀：这里比喻声音沉痛感人。

〔二〕沈园：故址在今浙江绍兴禹迹寺南。这两句说，太阳西斜，城墙上传来了悲哀沉痛的画角声；沈园也已不再是过去的池阁楼台了。

〔三〕惊鸿：古诗中用以表示美女的轻盈动作。这里指唐婉。这两句说，看到桥下起伏不平的绿波，就会伤起心来，要知道，那曾是唐婉照过影子的地方啊！

■ 简析

陆游原妻唐婉，是他舅父的女儿。婚后，两人的感情很好。可是，陆游的母亲却很不喜欢唐婉，硬逼着把他们拆散。唐婉改嫁给一个叫赵士程的人，陆游也重娶王氏。一次，二人在沈园偶然相遇。唐婉用酒招待陆游，陆游很难过，就在园壁上题了《钗头凤》一词，抒写他的感伤。这以后不久，唐婉就去世了。这是陆游在七十五岁时，写的有名的爱情诗《沈园》二首中的一首。这首诗用凄苦的景物来写悲哀，使诗的表情达意很有力量。首句写"斜阳"、"画角"，用一"哀"字，极妙。二句叙写"旧池台"，用"非复"二字，又是一层。三句由"伤心桥"写到"春波绿"，四句点破"曾是惊鸿照影来"，借景烘情，耐人寻味。诗人对于原妻唐婉真挚的感情，正是从这些诗句中反映出来。语不惊人，却饱含情感，富有情味。

沈　园（其二）

梦断香销四十年，〔一〕
沈园柳老不飞绵。〔二〕
此身行作稽山土，〔三〕
犹吊遗踪一泫然。〔四〕

- **注释**

〔一〕梦断香销：指唐婉去世。

〔二〕绵：即柳絮。这两句说，唐婉去世已经四十年了，一切都发生了极大的变化，连沈园的柳树都衰老得没有飞絮了。

〔三〕行：快要。稽山：即会稽山，在今浙江绍兴县东南。此时陆游年已七十五岁，是说像这样年纪，将老死埋葬在会稽山下。

〔四〕泫然：伤心流泪。这两句说，尽管我也是快要入土的人了，但每当凭吊起她的生前踪迹时，仍然会伤心地落下泪来。

- **简析**

四十年过去了（实际上是1155年至1199年，共44年），沈园的变化很大。但陆游对唐婉真挚的感情，并没有随着岁月的流逝而消失，反而越来越强烈。从这首诗中，反映了旧社会婚姻不自由给青年男女带来的抱恨终生的痛苦。这首诗，一二两句写唐婉，三四两句写自己。首句用"梦断香销"写唐婉去世"四十年"。二句"沈园柳老不飞绵"，用景语来作旁衬。三句转写"此身行作稽山土"，先不说出正意，用一句话来作衬托，四句方结到"犹吊遗踪一泫然",说出正意,显得更有情感、更加伤痛。

十二月十二日夜梦游沈氏园亭(其一)

路近城南已怕行,
沈家园里更伤情。〔一〕
香穿客袖梅花在,
绿蘸寺桥春水生。〔二〕

■ 注释

〔一〕这两句说,踏上通往城南的道路,越接近城南,越不敢放开步子向前行走;因为到了沈园,心中思绪万千,就更加叫人痛心。

〔二〕蘸:泡在水里。这两句说,五十多年过去了,梅花依然芬芳清香,常常被牵挂在游客的衣袖上;别致的小桥还是静静地泡在绿水之中,景还是当年景,只是人不在了啊!

■ 简析

这是陆游八十一岁时写的回忆原妻唐婉的七绝。诗人目睹旧物,触景生情,回忆起同唐婉在沈园相会的情形,更加痛切肺腑。首句写"行",二句写"情",写"行"用"已怕",写"情"用"更伤",一种悲痛的心情流露已尽。三四两句,"香穿客袖梅花在,绿蘸寺桥春水生",进一步运用反衬的手法,写梅花香、绿水桥,用"在"、"生"二字写景物,加倍显出诗人当时心情的悲愁。

十二月十二日夜梦游沈氏园亭（其二）

城南小陌又逢春，〔一〕
只见梅花不见人。〔二〕
玉骨久成泉下土，〔三〕
墨痕犹锁壁间尘。〔四〕

- 注释

〔一〕陌：路。

〔二〕这两句说，城南的小路又迎来了春天，只见路旁梅花依然盛开，然而却不见当年在此相逢的亲人了。

〔三〕玉骨：指唐婉。泉下：黄泉之下。

〔四〕墨痕：指写在墙上的《钗头凤》。锁：同锁。这两句说，时间已过了很久，我心上的人也已化为地下的尘土了，你看那当年写在墙壁上的《钗头凤》的墨痕，也快要让尘土给遮盖住了。

- 简析

这首诗，写得更为痛切。诗人从梅花写到唐氏，想到当年在沈园会面时的情景，令人痛断心肠，表达了诗人对唐婉的坚贞爱情。首句写"城南小陌"，这是诗人上次去沈园，同唐婉相遇的道路。用"又逢春"三字，写出时又一年，并为下一句作了伏笔。二句"只见梅花不见人"，实是写"人"，非写"梅花"。三四两句用"久成"、"犹锁"，作进一步写，深切地写出诗人对唐氏的怀念。时间一年一年地过去了，"玉骨"也早已变成了"泉下土"，墙壁上的《钗头凤》的墨痕，也渐渐被尘土遮盖，但对唐婉的情感，却越来越深沉，越来越坚贞。

范成大（四首）

范成大（1126—1193），字至能，号石湖居士，南宋平江吴郡（今江苏苏州）人。十五岁丧父母，二十九岁中进士，出任徽州司户参军、吏部员外郎等职，官至参知政事。四十四岁时出使金国，坚强不屈，几乎被杀。晚年退居故乡石湖。其诗题材广泛，出使金国途中，所作绝句一卷，写渡淮后的见闻，表现其渴望恢复国家统一的心情。其诗内容充实，语言清新朴素，但诗中也存有消极虚无思想。有《石湖居士诗集》。

州 桥〔一〕

州桥南北是天街，〔二〕
父老年年等驾回。〔三〕
忍泪失声询使者：〔四〕
"几时真有六军来？"〔五〕

■ 注释

〔一〕州桥：在今开封城内。

〔二〕天街：指北宋汴京城宫门前的街道。

〔三〕父老：对老年人的尊称。驾：指宋朝皇帝。这两句说，在故都汴京州桥南北，原是京城的街道，那里的人民时时都在盼望着宋朝皇帝收复失地，去解救他们。

〔四〕询：询问。使者：指出使金国的使臣。

〔五〕六军：宋朝军队。这两句说，处于金国统治下的汴京人民，尽管压住悲痛忍着泪水，还是控制不住哭出声来，用颤抖的声调问使者："什么时候才真有国家的军队到来呢？"

■ 简析

这是一首以叙事为主的爱国诗，是作者出使金国途中写下的七十二首绝句之一。通过对故都汴京州桥的描写，反映了沦陷区人民在异族统治下所受到的压迫和侮辱，真挚地表达了他们渴望驱逐敌人，收复国家疆土的爱国愿望；对求和偏安的南宋统治者，进行了无情的讽刺和鞭挞。这首诗如此感人，是因诗中凝聚了无比强烈的情感，语言朴素自然，毫无做作。一二两句点出主题，一个"等"字，写出遗民盼望解救一层意思。三句写到其中苦难，"忍泪失声"四字写得多么动人！概括了百姓多少悲痛！悲痛后面隐藏着多少屈辱苦难！四句"几时真有六军来？"引用父老原话做结语，显得真挚中肯。"几时""来"，直把"父老"的迫切要求，淋漓尽致地描绘出来。正是"大家之作，其言情也必沁人心脾……其辞脱口而出，无矫揉妆束之态。"

四时田园杂兴（其三十一）

昼出耘田夜绩麻，〔一〕
村庄儿女各当家。〔二〕

童孙未解供耕织，〔三〕

也傍桑阴学种瓜。〔四〕

■ 注释

〔一〕耘：除草。绩麻：纺麻线。

〔二〕当家：承担家庭负担。这两句说，庄稼人白天到地里耕田除草，晚上回来又纺麻线，连幼小的孩子也都承担着一定的家务劳动。

〔三〕供：参加。

〔四〕这两句说，成年人整天劳动，年幼的孙儿虽然不会耕田织布，但也学着大人的样子，在桑树荫下学着种瓜呢！

■ 简析

　　范成大曾把他在农村的所见所闻，写成《田园杂兴绝句》六十首，分为"春日"、"晚春"、"夏日"、"秋日"、"冬日"五组，每组十二首。因分别描写春、夏、秋、冬四季中农村的情景，抒发各种感情，所以称为《四时田园杂兴》。这首诗，首句写"耘田"、"绩麻"，由"昼"写到"夜"，是从时间来写。二句"各当家"，写出人人皆是如此。三四两句，特写儿童，"也傍桑阴学种瓜"。描写了农村老幼，从早到晚参加劳动的繁忙景象；连孩童也学着种瓜，表现了孩童天真可爱和勤劳的品质。三四两句，描写孩童种瓜，虽然是从侧面落笔，然却不在于陪衬，而是对一二两句的深入描写。不能参加劳动的小孩子们尚且是这样，那担负着劳动重担的成年人，又将是怎样忙着生产的呢？诗人作这样描写，在读者面前展现出一幅热烈的劳动生产图画，为人们留下了强烈的印象。

四时田园杂兴（其三十五）

采菱辛苦废犁锄，〔一〕
血指流丹鬼质枯。〔二〕
无力买田聊种水，〔三〕
近来湖面亦收租。〔四〕

■ 注释

〔一〕废：丢开。

〔二〕血指：指采菱时被刺扎破的手指。丹：指血。鬼质枯：形容枯瘦如鬼一般。这两句说，采菱人丢开犁锄这些耕田的工具，受尽千辛万苦前来采菱；菱又把他们的手指刺破，人都变得枯瘦如柴，不成人样了。

〔三〕聊：暂且。种水：在水中种菱。

〔四〕这两句说，因为穷得没有力量买田，只好到湖里种菱度日，没想到近来连湖面也要收租了。

■ 简析

范成大的这首记事七绝，以"四时田园杂兴"为题，写了无钱种地而改种菱角的农民，在南宋时所过的悲惨生活。首句由"采菱辛苦废犁锄"起句，点明采菱人为了"采菱"而"废"了犁锄这些种田的农具。结果怎么样呢？二句则写他们的遭遇。"血指流丹鬼质枯"，仅仅七字，足见采菱的凄苦，使人产生无限同情，又会心中生疑。既然"采菱辛苦"，如此悲惨，何必要"废犁锄"呢？三句方作点明。由于"无力买田"才到湖面"种水"。这原本是生活所迫啊！读者心中疑团遂解。到此，诗人又把笔锋一转，写出四句"近来湖面亦收租"，在悲中又写出一层悲来。结局将是如何，读者可以想象。这首诗，诗人通过生动的形象，运用一层进似一层的方法，把农民深受统治者的残酷压榨，做了淋漓尽致的表达。全诗不加掩饰，直抒真情，形象生动，不失为一首史诗。

雪中闻墙外鬻鱼菜者求售之声甚苦有感〔一〕

饭箩驱出敢偷闲？〔二〕
雪胫冰须惯忍寒。〔三〕
岂是不能扃户坐？〔四〕
忍寒犹可忍饥难。〔五〕

■ 注释

〔一〕鬻（yù）：卖。售：出售，卖出。

〔二〕饭箩：盛饭的器具。驱出：逼出。

〔三〕胫：小腿。这两句说，由于饥饿所逼，出来叫卖鱼和菜，哪里还敢偷懒呢？长久地站在那里叫卖，大雪埋没了双腿，冰碴挂上了胡须，这样的冷冻早已是习惯了。

〔四〕扃（jiǒng）：原指门窗箱柜的插关，这里指关上门窗。

〔五〕这两句说，难道他不知道关好门窗，坐在家里要比这舒服吗？要知道忍受饥饿比忍受寒冷要困难得多呀！

■ 简析

范成大对现实生活有一定的接触和理解，对人民的疾苦也比较关心。作者在大雪之中，听到墙外卖菜人十分凄苦的叫卖声，无限感慨，吟诗抒怀，深刻揭露了封建剥削制度的残酷。这首诗,首句"敢偷闲",用问句提出问题,二句不做回答,直写"雪胫冰须惯忍寒",仅仅七字,生动地刻画出一幅饥寒之人的形象。三句又是一问句,"岂是不能扃户坐?"四句也不做正面回答,而是用"忍寒"和"忍饥"来做比较。一个"犹可",一个"难",无须作者多说,读者自有答案。其诗大胆直露,真挚爽快,运用叙述来暴露,效果依然是很好的。

姜夔（一首）

姜夔（kuí）（1154—1221），字尧章，号白石道人，南宋鄱阳（今江西鄱阳）人。早年孤贫，生活艰苦。屡次应举，都没有中，终身不曾做官，是一个往来于官宦之家的清客式人物。工诗，词尤有名，且精通音乐。词重格律，音节谐美。有《白石道人诗集》。

除夜自石湖归苕溪〔一〕

细草穿沙雪半消，
吴宫烟冷水迢迢。〔二〕
梅花竹里无人见，〔三〕
一夜吹香过石桥。〔四〕

■ 注释

〔一〕石湖：今苏州吴江间的风景区。苕溪：今浙江吴兴县。

〔二〕吴宫：指吴王夫差为西施建造的宫殿。这两句说，在这寒气未消、冰雪半化的除夕，小草已穿破沙土长了出来；美丽的吴宫越来越远，消失在烟雾中了。

〔三〕梅花竹：指长在岸边的梅花和青竹。

〔四〕这两句说，由于岸边梅花和竹林的遮挡，看不到一个人，在这除夕之夜，只有风吹着梅花的清香，伴我乘船驶过石桥。

■ 简析

　　这首诗平易浅显，韵味华美。作者用极其自然逼真的手法，写了他由石湖返回苕溪时，沿途所见的幽雅景致。当时，作者在除夕的晚上，与好友分手，兴高采烈地乘船归回居地，心情是比较欢快的。因此，所作也比较轻松活泼。首句"细草穿沙雪半消"，点明时在除夕，是在冬去春来，雪半消、草发芽的季节。这写的是途中所见的近景。二句"吴宫烟冷水迢迢"是写远景。小舟疾驶，那高大华丽的吴宫，被茫茫雾气笼罩，渐渐隐没在远处。三句转写眼前，"梅花竹里无人见"。轻疾的小舟，路过高洁、清雅、傲气的梅花丛和竹林，自有一种乐趣。四句以"一夜吹香过石桥"作结，"一夜吹香"既与上句"梅花"衔接，又启句中"过石桥"。至此，把诗人的得意之情，巧妙地暗喻出来。

方岳（一首）

方岳（1199—1262），字巨山，自号秋崖，宋时祁门（今安徽祁门）人。

春 思

春风多可太忙生，〔一〕
长共花边柳外行。〔二〕
与燕作泥蜂酿蜜，
才吹小雨又须晴。〔三〕

■ 注释

〔一〕多可：多么能够的意思。忙生：忙的样子。

〔二〕这两句说，春风多么会忙忙碌碌啊！它同花儿生活在一起，能使花儿开放；同柳树在一起，就使柳树早早发青。

〔三〕这两句说，春风又同燕子一起衔泥做窝，还催开百花帮助蜜蜂酿蜜；刚刚吹来阴云下了一阵小雨，又将乌云送走，带来了蓝蓝的晴天。

- 简析

  方岳这首《春思》，用拟人化的笔调，通过对春天景物的描写，热情地赞美了富有生机的春风。首句开门见山，直写"春风""太忙生"。以下三句，围绕春风，各写二物。二句写"花"、"柳"，三句写"燕"、"蜂"，四句写"雨"、"晴"。作者选择的都是精彩的镜头，且写的都是动态，又用精练的字来唤起读者的联想。从中看出了作者的情意。可谓是"境界全出"。王国维在谈到境界时说："诗人中有轻视外物之意，故能以奴仆命风月，又必有重视外物之意，故能与花鸟共忧乐。"可见，所谓"轻视外物"者，即能站在高处观察生活，取舍生活。所谓"重视外物"者，则是要求进入生活，感受和融化生活，以自己的感情与花鸟共忧乐、同呼吸。这样，方能赋予自然景物以"我"的感情。

戴复古（一首）

戴复古（1167—1248），字式之，自号石屏，宋黄岩（今浙江台州）人。他在仕途上没有找到出路，过了一辈子清苦的生活，长期浪游江湖，卒年八十余。他曾向陆游学诗，也受有晚唐诗的影响，是"江湖派"中较为突出的作家。部分作品能指责当时统治者的苟且偷安，表达收复中原的愿望。语言自然，有《石屏诗集》。亦能词，有《石屏词》。

淮村兵后〔一〕

小桃无主自开花，
烟草茫茫带晚鸦。〔二〕
几处败垣围故井，〔三〕
向来一一是人家。〔四〕

■ 注释

〔一〕淮村：指淮河边上的村庄。兵后：战乱之后。

〔二〕烟：指春天早晚的雾气。这两句说，小小的桃树虽然失去了主人，但依然在春天里绽开了艳丽的红花；夕阳西沉以后，在烟雾笼罩的野草间，偶尔飞过了几只乌鸦。

〔三〕败垣：倒塌的墙。故井：废井。

〔四〕这两句说，只见有几处倒塌的院墙，围绕着被废弃的枯井；要知道，这里原来都是住着一户一户的人家呀！

■ 简析

绝句，或五绝，或七绝，特别是描写景物的绝句，在作法上都强调缘情体物。即要求诗人对景物要做细致的体察，要抓住景物的特点来写。戴复古这首《淮村兵后》，写的是南宋时期，战争动荡中被破坏的淮河一带的乡村惨状。写的自然工巧，用字得当，殆无一字虚设。第一联"小桃无主自开花，烟草茫茫带晚鸦"，写"小桃"特用"无主"二字，写"烟草茫茫"用了"带晚鸦"三字，足见其精微。第二联"几处败垣围故井，向来一一是人家"，进一步点缀、破题。"败垣"用"几处"来写，"人家"由"一一"来说，作者这样的描写，并非在辞藻上用功，而是注意了缘情体物。所写的景物，别具特色，皆能符合"淮村兵后"这个总的特点。因此，使读者更加感到平民百姓当时四处流浪，无家可归的窘迫景况。

洪咨夔（二首）

洪咨夔（1176—1236），字舜俞，自号平齐，宋代於潜（今浙江临安）人。他是抨击当时政治黑暗的著名人物。

促 织（其一）

一点光分草际萤，〔一〕
缲车未了纬车鸣。〔二〕
催科知要先期办，〔三〕
风露饥肠织到明。〔四〕

■ 注释

〔一〕萤：即萤火虫。

〔二〕缲（sāo）：缲丝。纬：横线。这两句说，促织由于置不起明灯亮烛，只好向草间的萤火虫分享一点微光解决照明；在这样的灯光下，缲车还未停止，织机就又响起来了。

〔三〕催科：指封建社会统治者向百姓催收赋税。

〔四〕风露饥肠：饿着肚子。这两句说，必须记住，在官吏来收税之前，一定要把所交付的东西全准备好，即便是忍饥受冻也要从夜织到天明，把布赶织出来。

■ 简析

　　这首题名为《促织》的诗，语言爽快，构思新巧，处处以写促织入手，含义颇深。首句写条件、环境，"一点光分草际萤"，说明出于贫困，分萤火虫的一点微光。二句写劳动，"缲车未了纬车鸣"，足见其艰辛和紧张。三句转写"催科"，把促织夜鸣和劳动人民夜织联系起来。四句写"织到明"。作者选用"先期办"、"风露饥肠"等词，把劳动人民在苛税及重重压迫下的辛酸日月，写得深刻透彻。全诗以促织为题，对当时的官吏进行了无情讽刺，同时，对辛勤劳动的人民寄予了深切同情。

促　织（其二）

　　　　水碧衫裙透骨鲜，〔一〕
　　　　飘摇机杼夜凉边。〔二〕
　　　　隔林恐有人闻得，
　　　　报县来拘土产钱。〔三〕

■ 注释

　　〔一〕水碧衫裙：形容促织的透明色彩。

　　〔二〕边：指地方。这两句说，促织穿着绿色透明的衣裙（暗喻纺织女子），带着织机在夜间要找个凉爽的地方工作。

　　〔三〕报县：报告县官。拘：征收。这两句说，即便是隔着层层密林，却也担心有人听到织布的声音；否则，一旦有人报告县官，就会来向他征收土产的税钱了。

■ 简析

　　这首诗与前一首，反映的是同一内容、同一主题。这首诗发挥了更多的想象，以促织织布作比，尖锐地讽刺了统治者对平民百姓无孔不入的剥削和勒索。一二两句是叙写，三四两句是议论。写"水碧衫裙"，用"透骨鲜"，极形象地写出促织的姿态。写"飘摇机杼"，用"夜凉边"，写出促织的心机打算，很有情感。三句用"恐"来写出促织的担忧，四句点题："报县来拘土产钱"。通过一个细小动作的描写、议论，反映了一个重大题意，含蓄、辛辣、有力。

刘克庄（一首）

刘克庄（1187—1269），字潜夫，号后村居士，宋代莆田（今福建莆田）人。当过几任县令，因不畏权贵，敢说直话，一直受到打击和迫害。官至工部尚书兼侍读，以龙图阁学士致仕。其诗初受"永嘉四灵"的影响，学晚唐，其后转而推崇陆游，但主要学习陆游的善作"奇对"和"好对偶"，喜用典故成语。诗词颇有感慨时事之作，渴望恢复北方土地，反对南宋政权的妥协苟安，为江湖派的重要作家。有《后村先生大全集》。

戊辰即事

诗人安得有青衫，〔一〕
今岁和戎百万缣。〔二〕
从此西湖休插柳，
剩栽桑树养吴蚕。〔三〕

■ 注释

〔一〕安得：怎么能够。

〔二〕和戎：古指与外族维持和平关系。缣（jiān）：双丝的细绢。

这两句说，读书人怎么能够再穿上自己常穿的青衫呢？要知道今年和金国构和，一下子就交出了上百万匹的上好细绢呀！

〔三〕吴蚕：泛指蚕，这儿是用唐诗的成语。这两句说，西湖从此不要再栽用以赏景的柳树了，应把空余的地方都栽成桑树，以用来养蚕织绸，解决民生的问题。

■ 简析

戊辰这年，即1208，宋朝出兵攻金大败，最后赔款三百万两，并说定以后每年缴纳"岁币"三十万两。由于金银大量外流，造成国家民穷财尽。这首《戊辰即事》，诗人出于对国家和人民的热爱，赋诗寄情，建议南宋王朝应注意国计民生，不要再文恬武嬉了。这首诗，首句从"青衫"提出问题，二句"今岁和戎百万缣"直点题意。三四两句是写景暗喻，抒写自己的情怀。独选"西湖"来写，很有特色，由"西湖"写到"休插柳"，又用一"剩"字，来写"栽桑树"、"养吴蚕"，十分尖刻。"西湖"尚且如此，那其他地方就更是可想而知了。

林升（一首）

林升（生卒年不详），南宋时人，其他未详。

题临安邸〔一〕

山外青山楼外楼，
西湖歌舞几时休？〔二〕
暖风熏得游人醉，
直把杭州作汴州。〔三〕

■ 注释

〔一〕临安：今浙江杭州。邸（dǐ）：客栈。

〔二〕这两句说，青山之外有青山，楼阁之外还有楼阁，风景、住宅重叠叠，望不到头，多么美好啊！那些醉生梦死的统治者，在西湖听歌看舞，到什么时候才能休止呢！

〔三〕汴州：今河南开封，时为北宋国都。这两句说，暖洋洋的湖风，把游人吹得好像喝醉了酒；那些达官贵人简直把这临时避难的杭州，当作故都汴州了。

■ 简析

　　这首诗，写在临安（今浙江杭州）一家客栈的墙上。古人写诗，往往通过对景物的描写来抒发感情，这叫情景相生法。这首诗，采用上句写景，下句写情，巧妙地表达了作者的沉痛感情。首句连用两个"外"字，写出"山"、"楼"的景致。既是直写眼前景物，又有寓情在其中。"山外青山"，还不足为奇，"楼外楼"，倒引起人们的注意。楼阁之外还有楼阁，一排一排，雕梁画栋，写出达官贵人之多，正在寻欢作乐。这句重叠诗句，使人想到青山绿水之间，一片金碧辉煌，楼阁之中，处处是轻歌曼舞。二句触景生情，发出一声长叹，"歌舞几时休"？西湖这些歌舞要到什么时候才能停止呢？一个"休"字，写得既痛切又愤恨。三句又写一句景，由"熏"到"醉"，把南宋统治者只知苟且偷安，不思抵御外族侵略，收复失地，终日过着醉生梦死、荒淫无度的生活做了无情揭露。四句"直把杭州作汴州"，可以说是作者的大声疾呼，是对南宋统治者的大胆讽刺和挖苦了。作者用形象比喻，直抒胸中所见。语言流畅、直率，朗朗上口，为后代人们所喜爱。

吴仲孚（一首）

吴仲孚（生卒年不详），字惟信，宋吴兴（今浙江吴兴）人。

苏堤清明即事〔一〕

梨花风起正清明，
游子寻春半出城。〔二〕
日暮笙歌收拾去，〔三〕
万株杨柳属流莺。〔四〕

■ 注释

〔一〕苏堤：在今杭州西湖，为苏东坡所筑。

〔二〕游子：出游的人。寻春：春游。这两句说，在春风吹拂，梨花开放，正值清明佳节的时候，几乎有一半人出城，到城外游春取乐去了。

〔三〕笙：一种簧管乐器，是民间器乐合奏中不可缺少的乐器。笙歌：指器乐和歌舞。

〔四〕属：归属。流莺：飞动的黄莺。这两句说，天色渐黑，游春的人和器乐歌舞都结束了，剩下那许许多多的垂柳，轮到活泼的黄莺来欣赏了。

■ 简析

　　这首诗，记叙了杭州西湖清明节时的场面。诗人采用平铺直叙的手法，抓住自然景物的特征，记述了西湖清明时的盛况。首句用"梨花"、"风起"衬托清明节，点明题意。二句用"半出城"三字，既写游春的盛况，也写西湖的美丽风景。虽用了夸张，但却真切。三句一转，讲到因"日暮"而"收拾去"，四句用"万株杨柳属流莺"作结，进而写出良辰美景是不会白白地浪费的，又让活泼可爱的黄莺前来欣赏，颇有拟人化的笔调。诗句自然流畅，优美感人，结束尤显别致，耐人寻味。

叶绍翁（三首）

叶绍翁（生卒年不详），南宋龙泉（今浙江龙泉）人。

游园不值〔一〕

应怜屐齿印苍苔，〔二〕
小扣柴扉久不开。〔三〕
春色满园关不住，
一枝红杏出墙来。〔四〕

■ 注释

〔一〕不值：没有遇到主人。

〔二〕怜：怜惜。屐齿：指木头鞋底上的小齿。也有草制或帛制的。

〔三〕小扣：轻轻地敲打。柴扉：柴门。这两句说，前来游园，穿着带着小齿的鞋在门前徘徊，足迹印在苍苔上，把平整的绿色绒毯破损了，叫人十分怜惜。轻轻地敲着用树枝编成的柴门，已有很长时间了，依然没有人答应。

〔四〕这两句说，春色到底是关不住的，尽管园门紧闭，居然还是有一枝鲜红浓艳的杏花，不受任何阻碍，冲破樊篱而伸出墙外来了。

■ 简析

　　这是一首写景诗。在杏花吐艳的季节,作者到小园访友赏花。因园门紧闭,既未遇友,又没能欣赏到满园的花景。这本是一件失意的事情,也是一件极普通的俗事。然而,一枝娇艳的杏花却伸出墙来,向他吐露了满园的春色。作者触景生情,在这枝出墙的杏花上,造意炼字,写出流传千古的不朽诗句:"春色满园关不住,一枝红杏出墙来",艺术地表现了自己的闲情逸致。三四两句写得如此生动形象、优美大方,既是写景,又有很深的哲理,常为后人所引用。这两句在写法上很别致。看起来,似乎不大规格,但吟诵起来时,"春色"和"红杏","满园"和"一枝","关不住"和"出墙来",却是相互为对的。而且,对得自然天成,构成了一幅极美的图画。这首诗的重要艺术效果,还在于它给人以无穷的联想。说的是满园春色,尽管门关了,墙也围住了,都不过是枉费心机。一枝红杏还是伸出墙来,向人们报告春天的消息,透出了勃勃生机。不仅如此,更有题外的暗示,使人们想到一切有生命的事物,是不可以禁锢住的。

夜书所见

萧萧梧叶送寒声,[一]
江上秋风动客情。[二]
知有儿童挑促织,[三]
夜深篱落一灯明。[四]

■ 注释

〔一〕萧萧:草木摇落的声音。

〔二〕动:牵动。这两句说,秋风吹动梧桐叶沙沙作响,使人顿感寒意就要来了。这江上的萧瑟秋风,是最能牵动客人思乡之情的呀!

〔三〕挑:拨动。促织:即蟋蟀。

〔四〕篱落:篱笆。这两句说,夜已深了,因难以入睡,看见还有活泼的儿童正点着灯,在篱笆边捉蟋蟀呢。

■ 简析

这首《夜书所见》,是作者夜晚因秋风阵阵,寒意袭身,引起思乡之情,难以入睡,到庭外散步时记下的所见。首句用"萧萧梧叶"来写"寒声",独用一个"送"字,十分传神。二句方点出"秋风","江上秋风动客情",写出诗人被秋风牵动的思乡感情。三四两句转忧为乐,去写儿童,"知有儿童挑促织,夜深篱落一灯明"。并着意刻画儿童的无忧无虑,活泼天真的可爱举动,与一二两句适成显明对比,使两种情趣,越加显得强烈。通篇看来,有"梧叶"、"寒声"、"秋风"、"江上"、"儿童挑促织"、"篱落一灯明",构成了一幅生动的夜景图画。

田家三咏(其三)

抱儿更送田头饭,
画鬟浓调灶额烟。〔一〕
争信春风红袖女,〔二〕
绿杨庭院正秋千。〔三〕

■ 注释

〔一〕鬟：鬟角，耳前头发下垂处。这两句说，农家妇女整天要照料孩子，还要把做好的饭送到地里，所以想打扮自己，也只能利用做饭的间隙，把灶火的烟灰调起来画画自己的眉毛和鬟角。

〔二〕争信：怎能相信。

〔三〕这两句说，她们怎能相信富贵人家的妇女，过着豪华的生活，此刻正在栽满杨柳的庭院里打着秋千呢！

■ 简析

作者的《田家三咏》，前二首均写农家的劳动和生活。这第三首，用对比法，描写了农家妇女勤劳、节俭、忠厚的品德，同时，对富贵人家的妇女不劳而获的花天酒地生活，做了衬托和抨击。一二两句，直言农家妇女的生活。虽写了"抱儿"、"送饭"，但绝不限于此，读者会联想得更多。从二句"画鬟浓调灶额烟"，又可完全想象得到，农家妇女的劳动是辛苦繁忙的。三句用"争信"引出"红袖女"，四句只用"绿杨庭院正秋千"七字，十分概括而形象地写出富贵人家妇女的享乐生活。从字面看，只有"正秋千"三字，但读者可以去作补充，去丰富。诗能引起读者的再创造，这正是诗之含意所在。

华岳（一首）

华岳（生卒年不详），字子西，号翠微，南宋贵池（今安徽贵池）人。因反对奸臣而遭杀害。

田　家

鸡唱三声天欲明，〔一〕
安排饭碗与茶瓶。〔二〕
良人犹恐催耕早，〔三〕
自扯蓬窗看晓星。〔四〕

■ 注释

〔一〕天欲明：天将要亮。

〔二〕这两句说，鸡叫三声天快亮的时候，妻子开始准备茶饭和餐具了。

〔三〕良人：古代妇女对丈夫的称呼。

〔四〕蓬窗：茅草遮盖的窗子。这两句说，丈夫生怕妻子催促自己下地太早了，又亲自扯开茅草遮盖着的窗子，察看时间是什么时候了。

■ **简析**

　　这是一首描写古代农村春耕生活的绝句。全诗纯用白话，没有雕琢和修辞之句，将农家妇女及其丈夫在春耕这一繁忙季节的举动，恰到好处地写了出来。一二两句写妻子，三四两句写"良人"。写妻子，由"天欲明"写到"安排饭碗"，省略了许多情节。三句转写丈夫"犹恐"，四句结到"看晓星"。寥寥几句，写得十分生动具体，很有诗情画意。虽然没有辛勤的劳动场景，然读者却是能想到的。

罗与之（一首）

罗与之（生卒年不详），字与甫，自号雪坡，宋吉安（今江西吉安）人。

商　歌[一]

东风满天地，
贫家独无春。[二]
负薪花下过，[三]
燕语似讥人。[四]

■ 注释

〔一〕商歌：是愁思哀怨的一种曲调。

〔二〕这两句说，东风送来了春天，到处都呈现一派春光明媚的景象，但对于为食奔忙的贫苦人家来说，却从来也没有尝春的心思和机会。

〔三〕薪：柴。

〔四〕讥：嘲笑。这两句说，他们背着从山上打回来的柴草，从花下路过时，连燕子也似乎用叫声在讥笑他们不会赏春，只知受苦了。

■ 简析

春秋时，宁戚有自鸣不平的歌《商歌》二首。商，是古代五音中的一个，象征着萧瑟的秋天。作者也采用这一题目，来为贫人诉衷，表示了对贫者的同情和对富家的讥讽。首句借写东风，写出春光烂漫，到处鸟语花香，景色媚人。二句笔锋一转，不写东风浩荡之中的遍地春光，单独写一个没有春光的人家。一个"满"字，说得多么普遍；一个"独"字，用以对比，将贫家的哀愁集于一身，怨愤和不平，何等深沉！三句转写"负薪花下过"，四句独写"燕语似讥人"，以一句情语做结，显得含蓄，很有余味。剥削者剥夺了劳动人民的财富，反过来还讥笑劳动人民贫穷。这个负薪者不知遭受了多少次讥讽，现在连对燕语都怀疑起来了。一"似"字，用得何等的妙！用意甚深，说出了穷人的辛酸，揭露也就更为深刻。

翁卷（一首）

翁卷（生卒年不详），字续古，南宋永嘉（今浙江温州）人。

乡村四月

绿遍山原白满川，
子规声里雨如烟。〔一〕
乡村四月闲人少，
才了蚕桑又插田。〔二〕

■ 注释

〔一〕子规：杜鹃鸟。这两句说，初夏的江南山村，山地和平原上到处绿油油的，满川稻田水，映着天光，呈现一片白色；黄梅时节，在如烟似雾的迷茫细雨中，不断传来杜鹃鸟的鸣叫声。

〔二〕才了：刚才做完。这两句说，乡村的四月，农民都投入到紧张的生产劳动中去了，刚刚完了蚕桑，又开始了插秧。

■ 简析

这是一首优美的写景诗，诗中描绘了江南初夏时的乡村风光。首句用"绿"和"白"二字,写出山、河的美丽。这是静中之景。二句写"子规"和"雨",点出梅雨季节,既使人感到江南乡村的美景,又了解了杜鹃在催耕。这是动中之景。三四两句,似是议论,又似写人。三句中的"闲人少",四句中的"了"和"又"几个字,很生动地把农民紧张劳动的场景表达出来,如同一幅美丽的图画呈现在眼前。

徐玑（二首）

徐玑（1162—1214），字文渊，一字致中，号灵渊，南宋永嘉（今浙江温州）人。官至武当、长泰令。他和同乡好友徐照、翁卷、赵师秀并称"永嘉四灵"，开创了所谓"江湖派"。亦工书法。有《二薇亭集》。

秋 行

戛戛秋蝉响似筝，〔一〕
听蝉闲傍柳边行。〔二〕
小溪清水平如镜，
一叶飞来细浪生。〔三〕

■ 注释

〔一〕戛戛：蝉声。筝：古乐器。

〔二〕傍；沿着。这两句说，秋蝉在戛戛地叫着，犹如动听的筝声一般。为欣赏这动听的声音，我闲散在柳树丛中，边行边听。

〔三〕这两句说，只见小溪的清水平平如镜，一片树叶飘落到水中，生出了无数细细的波纹。

■ 简析

　　这首《秋行》是一首别致的风景诗。第一联写"秋蝉",第二联写"小溪",凝练、集中。首句用"似筝",写出"秋蝉"的优美叫声。二句由"蝉"写到"柳边行",进而写入。三句用"平如镜"作比,写"小溪清水",为下句铺衬。四句以"一叶飞来细浪生"作结,一个"生"字,用得甚好。一种动态,呈在眼前。人人眼中所见之景,变为诗人笔下之作,短短几句,生动形象,自有一番情趣。

新　凉

　　水满田畴稻叶齐,〔一〕
　　日光穿树晓烟低。〔二〕
　　黄莺也爱新凉好,
　　飞过青山影里啼。〔三〕

■ 注释

　〔一〕田畴:谷田叫田,麻田叫畴。这里用作田的总称。

　〔二〕晓烟:这里指雾。这两句说,田里的水很充足,稻子长得旺盛齐整;这时日光穿过树枝射来,晨雾显得很低,即将散去。

　〔三〕影:山阴处。这两句说,连黄莺都喜欢享受这刚来的凉爽,飞过青山,到阴影处来啼叫了。

■ 简析

　　这首诗记下了炎热之后初凉的景象。首句用"稻叶齐",点明时间是在正夏之季,二句用"日光穿树"点出白天,"晓烟低"更为具体,是在上午日出雾消之时。三四两句联系诗题,把黄莺"影里啼"的原因写出,同人一样"也爱新凉好",既有察己知人的手法,也把黄莺人格化了。诗虽无抒情,但作者悠然自得的心情,一吟即出。

文天祥（一首）

文天祥（1236—1283），字履善，一字宋瑞，号文山，宋代吉州庐陵（今江西吉安）人，是南宋末年伟大的民族英雄和诗人。二十岁中进士第一名，历任刑部郎官，知瑞州、赣州等，官至右丞相。元兵南下时，他代表南宋和元谈判，被扣，后逃出，起兵抵抗，兵败被俘，最后英勇就义。后人在他被囚的兵马司狱故址建文丞相祠，以资纪念。他于所遭险难及平生战友事迹，都作有诗歌，题名《指南录》，可称诗史。在大都狱中所作《正气歌》，尤为后世所传诵。有《文山先生全集》。

扬子江〔一〕

几日随风北海游，〔二〕
回从扬子大江头。〔三〕
臣心一片磁针石，〔四〕
不指南方不肯休。〔五〕

■ 注释

〔一〕扬子江：长江的别称。

〔二〕北海：这里指北方。

〔三〕回从：回到。这两句说，前些日子被元人扣押，被迫在北方漫游了一段；今天，终于回到扬子江的大江里来了。

〔四〕磁针石：即指南针。

〔五〕南方：这里指南宋王朝。这两句说，我对南宋的忠心，如同那指南针永远指着南方一样，是永远不会改变的。不恢复南宋王朝，我死也不肯甘休。

■ 简析

《尧典》中说："诗言志，歌咏言。"诗，一向是表达人的思想感情和志向的。此诗，是文天祥从元军中逃脱出来，奔向福州（当时宋端宗赵显在福州继位）时在途中所作。诗人运用比兴手法，触景生情，抒写了自己心向南宋，不到南方誓不罢休的坚强信念，真实地反映了作者对祖国的坚贞和热爱。首句"几日"、"随风"、"北海游"几个字，用轻松的语气写出被元人扣押时的生活。二句"回从"、"扬子大江头"，则是一种亲切的语调。三四两句，"臣心一片磁针石，不指南方不肯休"，用"磁针"来比"臣心"，用"南方"来比"南宋"，最后以"不肯休"作结，自见文天祥对南宋的忠贞了。

萧立之（一首）

萧立之（生卒年不详），字斯立，自号冰崖，宋末宁都（今江西宁都）人。

偶 成

雨妒游人故作难，[一]
禁持闲了下湖船。[二]
城中岂识农耕好，[三]
却恨悭晴放纸鸢。[四]

■ 注释

〔一〕妒：嫉妒。

〔二〕持：止。这两句说，天公下雨是故意给人作难，阻止人们坐船出游，使下湖的船也闲置起来。

〔三〕好：这里作盼望解。

〔四〕悭：吝啬。纸鸢：风筝。这两句说，城里那些纨绔子弟，哪里知道现在农时正是需要雨的时候，又怎能理解农民盼雨的心情呢！只是怨恨天公不晴，使他们不能放风筝罢了。

■ 简析

　　这首杂感诗，通过对富贵哥儿盼晴游玩的描写和议论，对他们"四体不勤，五谷不分"，只知吃喝玩乐、贪图享受的所作所为，进行了揭露和批判。诗以富贵哥儿的口吻来写，句句显得真实、可信。首句从"雨"写到"故作难"，二句接"妒"，来写"禁持"。"下湖船"同上句的"游人"，并相吻合。三句从"妒"写"农耕好"，四句结到"却恨悭晴放纸鸢"。全诗捕捉富贵子弟对"雨"的一点情态，在"妒"和"恨"上作诗，写得比较深刻。

谢枋得（二首）

谢枋得（1226—1289），字君直，号叠山，南宋时弋阳（今江西上饶）人。宝祐四年与文天祥同科中进士。曾为考官，出题以贾似道政事为问，遂被罢斥。后起用为江东提刑、江西招抚使，知信州，率兵抗元。城陷后，流亡建阳，以卖卜教书度日。后元朝迫其出仕，地方官强制送往大都（今北京），坚贞不屈，乃绝食而死。其诗伤时感旧，沉痛苍凉。有《文章轨范》、《叠山集》。

蚕妇吟

子规啼彻四更时，〔一〕
起视蚕稠怕叶稀。〔二〕
不信楼头杨柳月，〔三〕
玉人歌舞未曾归。〔四〕

■ 注释

〔一〕子规：杜鹃。

〔二〕稠：密。这两句说，在杜鹃啼叫到四更的时候，蚕妇就已经起来去照看桑蚕了。因为蚕多桑叶少,她很担心蚕吃不饱,不能快快长大。

〔三〕不信:不能相信。

〔四〕玉人:美人。这两句说,简直不能使人相信,在这透过柳树枝条能见到西沉月亮的时刻,在那歌楼里,歌女们还在为官人歌舞而没有归去呢!

- 简析

南宋统治者对外妥协,不思国家的统一,整日沉醉在灯红酒绿之中,过着荒淫无耻的生活,而劳动人民却夜以继日地劳动,仍维持不了生活。这首诗,通过对养蚕妇女和官宦歌女的对比描写,对此进行了有力批判。一二两句写蚕妇,三四两句写歌女。同是"四更"、"杨柳月",却表达出两种感情:一种"怕叶稀",担心"蚕稠"吃不好,不能早些长大;一种彻夜歌舞,总嫌时间过得太快。把蚕妇和歌女放在一起,对比来写,力量更强。

庆庵寺桃花〔一〕

寻得桃源好避秦,〔二〕
桃红又是一年春。〔三〕
花飞莫遣随流水,〔四〕
怕有渔郎来问津。〔五〕

- 注释

〔一〕庵:古时寺庙的名称,多指尼姑的居处;亦有把文人的书斋称为庵的。

〔二〕桃源：指晋陶渊明写的《桃花源记》中的地方。故事说，有打渔人顺水中的桃花，找到源地。由洞口进入桃花源，另是一番世界。

〔三〕桃红：桃花开放。这两句说，当年的桃源人为了避秦之乱，找到这么一个男耕女织、生活快乐的佳地。但他们没有年历记载，只是看到桃花盛开，才知道又是新的一年来到了。

〔四〕遣：让。

〔五〕津：渡口，这里指进入桃花源的洞口。这两句说，倘若我住在桃花源里，就一定不让桃花瓣落入溪水之中，随水流出，为的是怕再有打渔人见到水中桃花，随水找到洞口进来啊！

■ 简析

　　处于南宋末年的谢枋得，对于当时的现实生活有着较为深刻的体会。统治者花天酒地，过着纸醉金迷的生活，而劳动人民却处于动荡之中，过着艰辛的日子。庆庵寺的桃花盛开，并没有引起他观赏的兴趣，而是从桃花流水，联想到了桃花源这个理想中的地方。诗人由此落笔，驰骋想象，写下了这首带有浪漫主义色彩的绝句。首句从桃花想到陶渊明笔下的桃源，并用一"寻"字写出是"避秦"的好地方。他们长期生活在这里，欢度着幸福的年月，无忧无虑，连后来的汉及魏晋这些朝代都不知道，自然更不会知道神州又经过盛唐、宋这些年代了。他们是如何计算历法呢？"桃红又是一年春"，是靠桃树开花，才知又是一年。虽写的是计算历法的方法，但表达的诗意却远不仅如此，而是更进一步形容了这个美妙的绝俗之地。三四两句，作者又从实景出发，"花飞莫遣随流水，怕有渔郎来问津"。桃花一开，万一随水流出洞口，再有渔人发现怎么办呢？如果我在那里，就决不会让桃花落入水中。诗人发挥丰富的想象，表达了对桃源的向往。当然，这种桃源只是向往而已，当时世上除了南宋政权处于风雨飘摇之中，人民生活动荡不定，哪还有这样的乐园呢？

卢梅坡(一首)

卢梅坡,宋代人。其他未详。

雪 梅

梅雪争春未肯降,〔一〕
骚人搁笔费评章。〔二〕
梅须逊雪三分白,〔三〕
雪却输梅一段香。〔四〕

■ 注释

〔一〕梅雪争春:梅花寒冬开放,香气飘散,给人以一种春感。白雪几经降落,可以送来春天,故有梅雪争春之说。降:这里作认输解。

〔二〕骚人:即诗人。搁:放下。评章:评论。这两句说,梅花和白雪相互争春,彼此各不相让,谁也不肯认输,连诗人要评价它们二者的高下,也需要搁下笔来好好地想一想,煞费一番心思了。

〔三〕逊:差的意思。

〔四〕这两句说,看来,梅花在白的俏丽上要比雪差三分,而白雪在芳香上,却要输给梅花一段了。

■ 简析

　　开放的梅花,多似白雪。因此,一些诗人写到梅花,多要联系到白雪。卢梅坡这首诗以"雪梅"为题,通过对"梅"、"雪"二物的一番评论,在比较中巧妙地写出了梅花的独特姿色。首句开门见山,扣住题目,写出梅雪在"争春"上是不分高低的。二句依然围绕"争春"来写,进一步说明,连爱舞弄笔墨的诗人文士都为此而"搁笔",要考虑考虑了。谁高谁低,确是难以"评章"。三四两句,作者用对偶句法,以风雅的辞藻给了它们合理的评价:"梅须逊雪三分白,雪却输梅一段香。"针对冬雪、寒梅各自的特色,做出恰如其分的评语。在一些咏梅诗中,有的常拿雪来作比,只是从色泽洁白上来写。这首诗虽然也是从此着笔,但时时不离开对比二字。讲到纯洁清白,"梅"自然不如"雪",但"雪"在芳香上却又输给了"梅",可谓有得有失了。这首诗好在能写出别人诗中所有:雪似梅,梅如雪。但又能写出他人笔下所无:即"梅雪争春"。读之,也是一番情趣。这首咏物诗,没有写景,没有抒情,纯属议论,却写得如此生动,这在宋诗中是别具一格的。

朱淑真（一首）

朱淑真（生卒年不详），号幽栖居士，钱塘（今浙江杭州）人。北宋女作家。她生于仕宦家庭。相传在婚嫁之事上不遂心，郁闷而终。能画、善词、通音律。词多感伤郁怨，有《断肠集》、《断肠词》等作品。

落 花

连理枝头花正开，〔一〕
妒花风雨便相催。〔二〕
愿教青帝常为主，〔三〕
莫遣纷纷点翠苔。〔四〕

■ 注释

〔一〕连理枝：两棵树的枝联结在一起，枝叶两交，多用来比喻恩爱的夫妻。

〔二〕催：损害、摧残。这两句说，那生长在连理枝头的花朵开得正盛的时候，满含嫉妒之意的风雨，就来摧残鲜花了。

〔三〕教：让，令。青帝：古代传说管理春令的神。

〔四〕遣：使。翠苔：即青苔。这两句说，多么愿意让青帝永远做主人而不离开人间，别让那枝头上艳丽的花朵纷纷凋零，飘落到潮湿的草苔上，那该有多好啊！

■ 简析

　　这是一首描写晚春时的写景诗。晚春时节，绿叶萋萋，红花凋零，别是一番景象。因此，古来就有不少的诗人以此入诗。"夜来风雨声，花落知多少"，就是为人们所熟悉的诗句。这首诗也是同样写晚春风雨吹落花，但诗人又换一写法，效果便又不同。一二两句是写景，并点明是在落花时节。三四两句为写情，写诗人的惜花之意。语言生动，层次分明。在起句中，诗人用"连理枝头花正开"写春，语意深长。由于"连理枝"多是用于写恩爱的少年夫妻，就容易使人联想到白居易《长恨歌》中的诗句："在天愿作比翼鸟，在地愿为连理枝。"随着这句拟人化的比喻，二句就更有人情色彩，写到"风雨"，由于"妒花"的幸福，便来"相催"，结果，自然是飞红纷纷落地的景色。一联虽是写景，但诗人的个人情感直接流露，毫无遮掩。在三四两句中，诗人就更大胆地用浪漫主义的色彩，写出"愿教青帝常为主"这样的诗句，以便使得艳丽的花枝，不要再"纷纷点翠苔"了。

郑思肖（一首）

郑思肖（1241—1318），字忆翁，号所南，宋代连江（今福建连江）人。南宋被元灭亡以后，他隐居苏州。平日行、坐、寝、处，都向着南方，不忘故国。所取名字，都有纪念赵宋复国之意。画兰花不画土，人问他何故，他说土地已被北人挖去了。所写诗歌，表现了他的故国之思和坚贞的民族气节。有《所南集》。

咏制置李公芾〔一〕

举家自杀尽忠臣，〔二〕
仰面青天哭断云。〔三〕
听得北人歌里唱，〔四〕
"潭州城是铁州城！"〔五〕

■ 注释

〔一〕咏：歌咏，歌唱。制置：掌管一方军事的制置使。李公芾（fú）：即李芾，公是对他的尊称。时李芾兼知潭州。

〔二〕举家：全家。

〔三〕仰面青天：仰着头，面对青天。哭断云：哭声传上云霄，把天上的浮云都切断了。这两句说，全家一起自杀，全家都是忠臣。全家人仰头面对青天，殉国时的悲愤哭声，上冲云霄，把天上的浮云都切断了。

〔四〕北人：这里指元人。

〔五〕潭州：今湖南长沙。铁州城：铁铸的城池，形容防卫坚固。这两句说，听到元人在歌里这样唱道："潭州城是和那铁铸的城池一样，是不易攻破的啊！"

■ 简析

南宋末年，潭州（今湖南长沙）守将李芾在元兵围攻期间，尽力组织兵卒防守，并亲冒矢石，坚决抵抗。战到最后，见城将失陷，便全家一起自杀殉国。诗人即以此为题，歌咏了一位忠勇的南宋将领。首句写"举家自杀"，点出"尽忠臣"。二句进而夸张，"仰面青天哭断云"，把李芾和他全家殉国时的悲愤激昂的情景，作了渲染。诗人就此停笔，三四两句转写元人。"听得北人歌里唱：'潭州城是铁州城！'"如同铁铸的州城一样，潭州城的防卫是异常坚固的。通过听到元人口里所唱的歌词，从元人的方面来衬托李芾将军守城的英勇顽强精神，显得更为有力。